AKRAM EL-BAHAY

Ministry of Souls – Das Schattentor

WEITERE TITEL DES AUTORS

DIE FLAMMENWÜSTE-TRILOGIE

Die Vorgeschichte:
Flammenwüste – Das Geheimnis der goldenen Stadt
Band 1: Flammenwüste
Band 2: Flammenwüste – Der Gefährte des Drachen
Band 3: Flammenwüste – Der feuerlose Drache

DIE BIBLIOTHEKS-TRILOGIE

Band 1: Die Bibliothek der flüsternden Schatten – Bücherstadt
Band 2: Die Bibliothek der flüsternden Schatten – Bücherkönig
Band 3: Die Bibliothek der flüsternden Schatten – Bücherkrieg

ÜBER DEN AUTOR

Akram El-Bahay hat seine Leidenschaft, das Schreiben, zum Beruf gemacht: Er arbeitet als Journalist und Autor. Für seinen Debütroman *Flammenwüste* wurde er mit dem Seraph Literaturpreis und dem silbernen RPC Award ausgezeichnet. Auch die Folgeromane waren jeweils für den Seraph nominiert.
Als Kind eines ägyptischen Vaters und einer deutschen Mutter ist er mit Einflüssen aus zwei Kulturkreisen aufgewachsen und lässt sich ebenso von der bunten Mythenwelt des Orients wie von westlichen Fantasytraditionen inspirieren. Zudem zieht sich die Magie der Sprache wie ein roter Faden durch alle seine Romane. Er ist Mitglied des Phantastik-Autoren-Netzwerkes PAN. Der Autor lebt mit seiner Familie in Nordrhein-Westfalen.

AKRAM EL-BAHAY

DAS SCHATTENTOR

MINISTRY OF SOULS

Roman

Lübbe

Dieser Titel ist auch als E-Book erschienen

MIX
Papier aus verantwortungsvollen Quellen
FSC® C014496

Originalausgabe

Dieses Werk wurde vermittelt durch die
Michael Meller Literary Agency GmbH, München.

Textredaktion: Michelle Gyo, Stuttgart
Titelillustration: © shutterstock: Brocorwin | cammep |
FiveMileHex | Nimaxs | Altana8
Umschlaggestaltung: Massimo Peter-Bille
Satz: two-up, Düsseldorf
Gesetzt aus der Caslon
Druck und Verarbeitung: GGP Media GmbH, Pößneck
Printed in Germany
ISBN 978-3-404-20965-1

1 3 5 4 2

Sie finden uns im Internet unter luebbe.de
Bitte beachten Sie auch: lesejury.de

Aus der Bibliothek
der ungeschriebenen Bücher

INHALT

SOULMAN

Der Tag, der Jacks Leben eine ganz und gar unerwartete Wendung gab, schmeckte nach Tod. Sehr angemessen für den jungen Mitarbeiter des Ministry of Souls, dem streng geheimen und erst vor wenigen Jahren gegründeten Ministerium für endgültige Angelegenheiten. Jack hatte ein Gespür für den Tod. Und dessen Duft hing für ihn so deutlich in der regenfeuchten Luft Londons, dass der Fünfundzwanzigjährige ihn auch dann wahrgenommen hätte, wenn die ältere Dame im Nachthemd nicht gerade dabei gewesen wäre, in geradezu selbstmörderischer Art durch das offen stehende Dachfenster zu klettern. Eine ältere Dame, die längst mit dem Leben abgeschlossen hatte.

»Bitte Agatha, lassen Sie das«, zischte Jack, während er durch das verstaubte Zimmer lief und dabei versuchte, den vielen Katzen auszuweichen, die ihn mit missbilligenden Blicken bedachten. Eine von ihnen sprang zu der Frau, die ihre Beine ungelenk durch das Fenster schob, und ließ sich von ihr kurz kraulen. Als hätte das Tier sie in ihrer Entscheidung bestärkt, sah Agatha entschlossen auf und hüpfte hinaus auf das Dach.

Jack seufzte. So hatte er sich das alles hier nicht vorgestellt. »Es ist nun mal vorbei. Warum akzeptieren Sie das nicht?«

»Ich muss mich um meine Babys kümmern«, erwiderte Agatha, raffte ihr schneeweißes Nachthemd und verschwand dann aus seinem Blickfeld.

Jack sah einem von Agathas überfütterten Babys in die unergründlichen Augen. Die toten Mäuse, die überall in dem verlassenen Haus herumlagen, gaben einen Hinweis darauf, dass die Katzen ziemlich gut in der Lage waren, auf sich selbst achtzugeben, und keinen Hunger litten. Außerdem, die Alte konnte nicht ewig hierbleiben. Das gehörte sich einfach nicht. »Bitte, Agatha«, sagte er so vernünftig er konnte, doch die Dame reagierte nicht einmal mehr, falls sie ihn überhaupt noch hörte. Nur die Katze, die sich eben noch von ihr hatte kraulen lassen, fauchte Jack vom Fensterbrett aus an.

Er seufzte noch einmal, trat an das Fenster und drückte sich dann an der Katze vorbei hinaus.

Die Dachpfannen waren nass vom Regen und so rutschig, dass Jacks erster Schritt ihn beinahe den Halt hätte verlieren und in die Tiefe stürzen lassen. »Verdammte …«

»Nicht fluchen, Jack«, hörte er Agatha rufen. Sie hatte schon die Hälfte des Wegs zur Dachkante hinter sich gebracht. »Das gehört sich nicht.«

»Was Sie da gerade tun, gehört sich nicht«, entgegnete er schwer atmend vor Aufregung angesichts des gerade noch so vermiedenen Sturzes vom Dach. »Sie bringen alles durcheinander.«

Agatha quittierte die Worte mit einem nachsichtigen Lächeln. »Das ist nicht mein Problem«, rief sie gut gelaunt und lief weiter über das Dach.

Wunderbar, dachte Jack bei sich. Warum nur mussten alte Leute sich so oft das Recht herausnehmen, zu tun, was sie wollten? Als bliebe ihnen sowieso nicht mehr genug Zeit, um die Verantwortung für ihre Taten zu übernehmen.

Wie ein Zirkusartist balancierte Jack über das rutschige Dach und griff dabei in seine Manteltasche. Das kleine Glasfläschchen, das er hervorzog, glitzerte ein wenig im fahlen Licht des verregneten Tages, als würde es von innen her von einem schwachen Licht beschienen. Der Sand, aus dem das Glas dieser Phiolen gemacht wurde, stammte aus einem so kleinen und fernen Wüstenreich, dass kaum ein Mensch es auf einer Karte hätte finden können.

»Lassen Sie das, Jack«, rief Agatha, die das Ende des Dachs erreicht hatte. »Wir sind doch erwachsen.«

»Es muss sein, Agatha. Dort ist es schön.« Er hatte aufgeholt und war nun nur noch wenige Schritte von der alten Dame entfernt. Die dichten Wolken über ihm schüttelten sich beharrlich Tropfen aus dem Leib, und Jack starrte missmutig in den grauen Himmel, in den zahllose Kaminschlote grauen Rauch pusteten. Er wischte sich das braune Haar aus der Stirn, das ihm nass auf der Stirn klebte, und fuhr sich nachdenklich über die dichten Bartstoppeln, in denen sich der Regen fing. Dann blickte er erneut zu Agatha.

Ihr schlohweißes Haar war ebenso trocken wie ihr Gesicht. Genau genommen fiel der Regen einfach durch sie hindurch. »Ich schätze, Sie waren noch nicht dort, oder?«

»Doch«, entgegnete Jack. Allerdings hatten seine Ausflüge an den Ort, an den er Agatha bringen wollte, immer nur wenig Zeit in Anspruch genommen. *Bleibe nie länger als eine Stunde.* Eine der obersten Regeln der Soulmen, wie sich die Mitarbeiter des Ministeriums für endgültige Angelegenheiten selbst nannten. Und er war nie alleine dort gewesen. Noch war er nicht so weit. »Die Zwischenwelt ist wunderschön«, behauptete er dennoch, als priese er eine Reise zu einem mondänen Badeort an.

»Dann gehen Sie doch selbst hin«, sagte Agatha schnippisch. »Ich bleibe lieber hier. Ich habe alle Zeit der Welt, wissen Sie?« Sie trat so nah an den Rand des Dachs, dass Jack glaubte, sie würde in der Luft stehen. Dann breitete sie die Arme aus. »Wir sehen uns bald wieder? Unsere kleinen Spielchen würden mir sonst fehlen. Ich mag es, wenn ein gut aussehender Mann hinter mir her ist. Aber vielleicht gehen Sie mal zum Barbier. Ihre Haare sind mir eine Spur zu lang. Ich mag den militärischen

Schnitt lieber. Ist sehr adrett. Würde gut zu Ihren braunen Augen passen. Ich«, sie gluckste, »stehe auf die dunklen Typen.«

Himmel, dachte Jack. Hatte sie ihm gerade anzüglich zugezwinkert? In dem Moment, in dem er die Phiole öffnen wollte, sprang Agatha rückwärts vom Dach in die Tiefe.

Einen Moment später hatte er die Dachkante erreicht und spähte hinab. Er sah Agathas Gestalt auf die verlassene kleine Gasse schweben. Sie sah aus, als wäre sie einer dieser modernen Fotografien entstiegen. Wie mit schwarzer und grauer Farbe auf weißes Papier gemalt. So wie alle Geister. »Anständige ältere Damen benehmen sich nicht so, Agatha«, rief er ihr verärgert hinterher.

»Oh«, entgegnete sie, während ihre substanzlosen Füße auf dem regennassen Lehmboden aufkamen. »Ich war mein ganzes Leben lang anständig. Da werde ich wohl im Tod mal ein wenig Spaß haben dürfen, oder?« Sie lachte in der Tat höchst unanständig und entschwand Jacks Blicken.

Und dann entluden sich die Wolken, sodass es schien, sie wollten die ganze Welt fortspülen. *Wunderbar*, dachte Jack, *wieder keine Beförderung*. Er war noch immer kein ganzer Soulman. Immer noch nur eine Art Auszubildender. Und wie es aussah, würde sich das nicht so schnell ändern.

Der Weg zurück ins Ministerium war weit. Agatha war in ihrer Wohnung gestorben. In ihrem Bett, um genau zu sein, was erklärte, weshalb sie dort in ihrem Nachthemd herumspukte. Dummerweise befand sich dieses Bett in Whitechapel. Das Viertel war nicht nur eines der heruntergekommeneren, sondern lag auch noch so weit im Osten Londons, dass man mit einer Droschke über eine Stunde hinaus brauchte. Für die Hinfahrt hatte sich Jack daher eine Fahrt mit dem Zug gegönnt.

Das Transportnetz wuchs unaufhörlich und würde bald wohl die ganze Stadt wie Adern durchziehen. Das Ministry of Souls sollte sogar einen eigenen, streng geheimen Bahnhof erhalten: London Necropolis. Das klang alles noch nach Zukunftsmusik. Doch es war das Jahr 1850. Moderne Zeiten. Und manchmal war die Zukunft heute schon Realität. Dieser Fortschritt hatte natürlich einen Preis. Hin und wieder kostete er sogar Menschenleben.

Dass etwas Ungewöhnliches vorgefallen sein musste, bemerkte Jack, kaum dass er ins Herz der Stadt rund um die City of Westminster vorgedrungen war. Er war im Grunde gut vorangekommen, auch wenn er für die Rückfahrt eine Droschke genommen hatte. Selbst im geheimen Ministry of Souls wurden die Fahrtkosten der Agenten und erst recht der Auszubildenden genau nachgehalten. Und Jack wollte unbedingt vermeiden, noch unangenehmer aufzufallen. Er würde sowieso einiges zu hören bekommen, weil ihm Agatha wieder einmal durch die Lappen gegangen war. Er stieg aus und sah auf eine beinahe endlose Masse aus Leibern vor sich. Die ganze Stadt schien zum Erliegen gekommen zu sein. Während er sich an den Menschen vorbeischob, die nach Hause strebten, hörte er Fetzen der aufgeregten Gespräche, die sich um ein Unglück drehten, das sich gerade beim Bau des neuen Bahnhofs King's Cross ereignet haben sollte. Es hieß, bei einem Testlauf für den Bahnhof sei eine Dampflokomotive ungebremst in eine Gruppe Arbeiter gefahren. Ein Witzbold behauptete sogar, ein überzähliges Gleis, das versehentlich zwischen den Bahnsteigen 9 und 10 eingebaut worden sei, hätte den Zugführer verwirrt. Nun, auch wenn dies vermutlich nicht stimmte, so war Jack doch eines klar: Heute hatte der Fortschritt Opfer gekostet. Todesopfer. Und für den Tod hatte er ein besonderes Gespür.

King's Cross lag nicht weit entfernt. Die Straße, auf der Jack unterwegs war, führte in Richtung der Baustelle, und auf dem in den frühen Abendstunden ohnehin überfüllten Gehweg sammelten sich zunehmend Schaulustige, die sich selbst vom Regen nicht davon abhalten ließen, den Ort des Unglücks persönlich in Augenschein zu nehmen. Während sich die Menge im Schneckentempo in Richtung King's Cross schob, sprangen die Gerüchte und Halbwahrheiten über das Ausmaß der Katastrophe von einem Mund zum nächsten. Die Zahl der zu beklagenden Toten stieg dabei selbstredend mit jeder neuen Schilderung der Ereignisse.

»Man sagt, wenigstens einhundert Männer haben auf der Baustelle ihr Leben verloren«, hörte Jack eine alte Frau sagen. Sie saß nicht weit entfernt von ihm auf einer Kiste, die wiederum auf der Ladefläche eines Pferdewagens festgebunden war. Bei näherem Hinsehen entpuppte sich die Kiste als Sarg.

»Agatha«, zischte er. »Sie sind mir gefolgt.« Er schüttelte missbilligend den Kopf und griff unwillkürlich in seine Manteltasche. Dann aber entsann er sich einer weiteren Regel der Soulmen. *Nie in der Öffentlichkeit.* In dem Moment, in dem ein Geist und damit die körperliche Form der Seele in die Phiole eines Soulman gezogen wurde, erhielt sie für einen Augenblick ein Abbild, das nicht nur einer der Mitarbeiter des Ministeriums für endgültige Angelegenheiten sehen konnte. Für jeden Menschen und damit auch für die, die nicht das besondere Talent eines Soulman besaßen, wurde sie dann offenbar. Jack zog seine Hand wieder hervor. Ohne Phiole. Die Beförderung zum Soulman musste weiter warten.

»Guter Junge«, lobte ihn Agatha. »Wie lange geht das eigentlich schon mit uns?«

Üblicherweise waren Geister außerordentlich schweigsam. Nun, wenigstens sprach Agatha so leise, dass wohl niemand der Umstehenden aufmerksam wurde. Jack war indes der Ansicht, dass ältere Damen so nicht reden sollten. Gleich ob sie lebten oder nicht. »Vier Wochen.« Er sagte das so vorwurfsvoll er konnte. Vier Wochen, in denen er erfolglos versucht hatte, die Seele einer älteren alleinstehenden Dame auf die andere Seite in die Zwischenwelt zu begleiten. Menschen wie Agatha galten unter den Soulmen als Lehrstück. Einfache Aufgaben. Warum nur musste ausgerechnet sie so sehr an dieser Welt festhalten? »Einhundert Tote?«, fragte er nach. In den ersten Schilderungen, die er mitgehört hatte, war noch von einem Dutzend gesprochen worden. Der rasante Anstieg hing sicher zu einem gehörigen Teil mit der Fantasie der Leute zusammen. Selbst wenn es nicht einmal halb so viele Opfer gab, wie derzeit behauptet wurde, bedeutete dies viel Arbeit für die Soulmen. Jack kannte die Abläufe schon ganz gut. Es waren in der Tat moderne Zeiten. Und das Sterben im fortschrittlichen 19. Jahrhundert eine gut organisierte Angelegenheit – zumindest im Vereinigten Königreich von Großbritannien und Irland. Vermutlich waren ein paar der vielen Jungen, die auf den Straßen der britischen Metropole gegen Kleingeld als Laufburschen arbeiteten und damit sich selbst und nicht selten auch noch einige Familienmitglieder durchbrachten, sofort zum Ministerium gerannt und hatten Meldung erstattet. Das Ministry of Souls kannte viele Wege, um im ganzen Land an Informationen über Todesfälle zu gelangen. Doch hier direkt vor der eigenen Nase waren die Laufburschen der zuverlässigste. Getarnt als *Miller & Miller Nachrichtendienst für interessante Informationen* residierte das Ministerium mitten im Herzen Londons. Die Jungen, die vermutlich die Nachricht über das Unglück überbracht hatten, waren mit Sicherheit wie üblich der Ansicht gewesen, sie hätten einer Art Zeitung ein paar wertvolle Informationen gebracht. In Wahrheit aber hatten sie einer ebenso geheimen wie einzigartigen Behörde Bericht erstattet.

Jack drückte sich an zwei Männern in offensichtlich teuren Anzügen vorbei und stieg zu Agatha auf den Leichenwagen, der im allgemeinen Verkehrschaos zum Stillstand gekommen war. Selbst hier, im Herzen der modernen Welt, bekam man den Verkehrsstau einfach nicht in den Griff. Ein Blick über die Köpfe der Menschen hinweg machte deutlich, dass sich der Stau auch in der kommenden Stunde nicht auflösen würde. Und vermutlich auch in der darauffolgenden nicht.

Vom Ministerium aus hatten sich die Soulmen, die heute Bereitschaft hatten, vermutlich bereits in Gang gesetzt. Seit die Regierung das Ministerium ins Leben gerufen hatte, herrschte, was das Sterben anbelangte, deutlich mehr Ordnung als in früheren Zeiten. Unerklärliche Vorfälle durch Geister würden bald ganz der Vergangenheit angehören. Dass die nichts ahnende Bevölkerung weder etwas von Geistern noch von den Soulmen wusste, empfand Jack zwar manchmal als bedauerlich und auch ein wenig ungerecht. Indes fühlte er auch einen tiefen Stolz darüber, dass er zu den wenigen Auserwählten gehörte, die in der Lage waren, Geister zu sehen und auf die andere Seite zu begleiten. Eine Gabe, die all diejenigen besaßen, die einmal vom Geist des Menschen berührt worden waren, der sie am meisten liebte. In Jacks Fall war dies seine Mutter gewesen, die an Typhus gestorben war und ihm so ungewollt eine Kindheit in einem der vielen Waisenhäuser der Stadt beschert hatte.

»Und? Wie lange dauert es noch, bis die Droschken wieder fahren? Wir können schlecht zu Fuß gehen.« Einer der beiden gut gekleideten Männer, vielleicht ein Bankier, klopfte ihm mit seinem Regenschirm gegen das Bein und sah ihn auffordernd an. Wäre Jack ein wenig vornehmer angezogen, wäre der Mann sicher weitaus höflicher gewesen. Doch die Mitarbeiter des Ministeriums trugen Anzüge, die extra so abgenutzt waren, dass ihre Träger keine besondere Aufmerksamkeit erregten. *Niemals auffallen.* Die beiden Worte hatte man Jack vom ersten Tag an immer wieder eingebläut. Die Arbeit des Ministeriums für endgültige Angelegenheiten musste unbedingt geheim gehalten werden. Die mächtige Anglikanische Kirche hatte der Installation der nicht gerade unumstrittenen Einrichtung nur unter dieser Bedingung zugestimmt. Aus verständlichen Gründen fürchteten die Kirchenoberen um die Glaubwürdigkeit ihrer Institution, sollte die genaue Natur des Todes und der anderen Seite in der Öffentlichkeit bekannt werden.

»Es dauert noch, bis sich hier etwas tut«, meinte Jack kurz angebunden. Neben ihm lächelte ihn Agatha beschwingt an. Für sie war das alles vermutlich ein großer Spaß. Und zwar einer auf seine Kosten. Er musste sie unbedingt auf die andere Seite in die Zwischenwelt begleiten, wenn er zu einem Soulman ernannt werden wollte. Nun, wenigstens blieb es ihm erspart, über die Felder irgendeines entlegenen Dorfs durch Matsch zu waten und nach einem umherstreunenden Geist aus einem vergangenen Jahrhundert zu suchen. Zufrieden war er aber dennoch nicht. Wenn er sich nicht gerade auf der bislang so erfolglosen Jagd nach der katzenliebenden Agatha befand, war er allenfalls ein besserer Bote. Ihm oblag es, die von echten Soulmen in Phiolen gesperrten Geister aus dem Archiv des Ministeriums zu holen und sie unter Aufsicht aus der Welt der Lebenden hinüber in die Zwischenwelt zu bringen. Menschen, die meistens vor vielen Jahren oder manchmal gar Jahrhunderten gestorben und aus unterschiedlichen Gründen einfach hiergeblieben waren. Mitten unter den Lebenden. Während der Monate im Dienst des Ministeriums hatte Jack gelernt, dass es überraschend viele Geister gab. Die meisten waren eher harmlos, und nur wenige von ihnen hatten es sich zur Aufgabe gemacht, die Existenz der Menschen, nun, ein wenig spannender zu gestalten. Solche wie Agatha konnten das Diesseits kaum verändern. Dazu waren sie zu jung. Doch die älteste je vom Ministerium eingefangene Seele, die eines Priesters aus dem frühen zwölften Jahrhundert, war im Lauf der Zeit so mächtig geworden, dass sie sogar eigenhändig die Kirchenglocken hatte läuten können. Der geisterhafte Geistliche hatte feststellen müssen, dass es seine Nachfolger an der nötigen Pünktlichkeit hatten mangeln lassen. Das Glockengeläut aus dem Nichts hatte in der Gemeinde verständlicherweise für einige Irritation und bei der Kirche für Missfallen gesorgt. Mit jedem Jahr, das ein Geist auf Erden blieb, gewann er an Körperlichkeit hinzu. Junge Seelen wie die von Agatha waren hingegen für die meisten Menschen unsichtbare und allenfalls hörbare Erscheinungen. Manche lösten ein Déjà-vu aus, wenn sie einen Menschen zweimal nacheinander streiften. Jack hätte gerne zu den Soulmen gehört, die als echte Agenten im Außendienst arbeiten durften. Nur würde er einfach nicht befördert werden, wenn sich Agatha weiter so beharrlich weigerte, eingefangen zu werden.

»Wenn Sie wollen, Jack, schaue ich einmal, was da vor sich geht. Vielleicht gibt es etwas für Sie zu tun, und wir können unsere kleine Angelegenheit … vergessen?« Agatha schenkte ihm ein so charmantes Lächeln, dass Jack es beinahe erwidert hätte.

Der Gedanke hatte etwas für sich. Allerdings … »Jeder Auftrag muss vom Ministerium kommen. Ich kann nicht einfach herumlaufen und Geister einsammeln. Alles würde durcheinandergeraten.« Obwohl es sicher ein Leichtes wäre, eine Seele unter den Unglücksopfern in die Phiole in seiner Jackentasche zu ziehen. »Das ist nett, aber ich muss ins Ministerium.« Er brachte doch noch ein dünnes Lächeln zustande. In dem Monat, seit er Agatha jagte, war sie so etwas wie eine Bekannte für ihn geworden. Es würde vielleicht sogar ein wenig traurig sein, sie einzufangen. Irgendwann. Hoffentlich bald.

»Dann bis zum nächsten Mal«, erwiderte die Dame in Schwarz und Weiß. »Bis dahin schaue ich mir ein wenig die Stadt an. Hier gibt es Ecken, die ich zu Lebzeiten nie zu Gesicht bekommen habe. Ich war gestern sogar in der Herrenumkleide einer Badeanstalt.« Sie schlug sich die geisterhafte Hand vor den Mund, als müsste sie diese ungehörigen Worte zurücknehmen.

»Agatha«, murmelte Jack gespielt vorwurfsvoll. Er durfte

nicht zu laut reden. Die Umstehenden wurden besser nicht auf seine Unterhaltung mit einem Geist aufmerksam. »Das gehört sich nicht.« Er nickte. »Also, wir sehen uns.«

»Ich freue mich«, säuselte Agatha und sprang in hohem Bogen und von allen unbemerkt auf die Straße.

Von allen, bis auf Jack. »Ja, ich auch«, sagte er.

Für einen Moment überlegte Jack, sich doch mit den anderen Leuten einfach zum Unglücksort aufzumachen. Vielleicht brauchten seine Kollegen Hilfe und wären froh über jede Hand, die eine Seele in eine Phiole aufnehmen konnte, um sie zunächst ins Ministerium zu bringen. Indes, die Regeln des Ministry of Souls waren streng. Wenn sich Jack einfach über sie hinwegsetzte, konnte das im schlimmsten Fall damit enden, dass sich seine Zeit im Archiv des Ministeriums weiter verlängerte und er selbst dann nicht dort hinauskam, wenn es ihm doch einmal gelingen sollte, die irre Katzenliebhaberin zu erwischen.

Jack kletterte vom Leichenwagen herab und wandte sich ab in Richtung Themse. Fort von dem Unglück.

So wenig die Arbeitskleidung des Ministeriums hermachte, die hohen Zylinder waren ein guter Schutz gegen den Regen. Als Jack endlich das heruntergekommene Backsteingebäude am Bishops Walk direkt gegenüber des Palace of Westminster erreichte, war zumindest sein Kopf halbwegs trocken. Der junge Mann am Empfang grüßte ihn mit vor Aufregung so rot leuchtenden Ohren, dass sie es fast mit der Farbe seiner strohigen Haare aufnehmen konnten. Es gab wenigstens einen, der in der Hierarchie der Soulmen eine Stufe unter Jack stand. Diesen Platz am Eingang hatte Jack die ersten vier Wochen seiner Zeit im Ministry of Souls besetzen müssen. Und er hatte jeden Tag davon gehasst.

»Es ist der Wahnsinn«, wisperte der Rothaarige zur Begrüßung heiser. »Einhundertfünfzig Tote. Eines der größten Unglücke überhaupt. Und wir sind mittendrin.«

Jack nickte dem jungen Auszubildenden knapp zu. Nun, sie beide waren offensichtlich nicht mittendrin. Wie erwartet waren die Gänge, durch die üblicherweise die Agenten im Außendienst zu ihren Einsätzen liefen oder gerade mit einer Phiole zum Archiv gingen, leer. Jacks Schritte hallten laut von den steinernen Wänden wider, als er auf das Treppenhaus zuhielt, das hinunter in das Archiv führte. Jack malte sich, während er an einigen scheußlichen Wandgemälden entlangging, die jemand mit einem enormen Mangel an Geschmack aufgehängt haben musste, aus, wie öde sein nächster Auftrag wohl werden würde. Erst kürzlich hatten die Soulmen die Mönche eines Ordens aus dem fünfzehnten Jahrhundert eingefangen. Stumme Gestalten, die Jack und seine Kollegen missbilligend angeblickt hatten, während man sie in die Zwischenwelt gebracht hatte. Dass der Ort ihres Herumgeisterns heute mitten in einem der ärmsten Stadtviertel Londons lag, in dem es so sehr stank, dass Jack den Geruch menschlicher Hinterlassenschaften noch Tage später in der Nase gehabt hatte, machte die Sache nicht angenehmer. Aber alles musste seine Ordnung haben. Jeder Geist musste so gut es ging von den Archivaren identifiziert und registriert werden, ehe er von den Soulmen aus dieser Welt gebracht wurde.

Dass dies heute ein völlig außergewöhnlicher Tag war, begriff Jack endgültig, als er an der Treppe die Schritte von unten hörte. Allerdings versetzte nicht der, den er hörte, sondern derjenige, den er gerade nicht hörte, Jack in Erstaunen. Denn vorneweg stieg eine Legende die Treppe empor. Ein Mann, der im wahrsten Sinne des Wortes als der gute Geist des Ministeriums galt. Im Wesentlichen lag dies daran, dass er der allererste Soulman und darüber hinaus tot war. Der leicht durchscheinende, breitkrempige Hut wippte bei jedem Schritt, den der Geist machte. Hinter ihm mühte sich sein ebenso lebendiger wie untersetzter Assistent, dessen Name Jack immer wieder entfiel, die Stufen hinauf. Jack konnte es kaum glauben: Terry, der Archivar, hatte sein Reich verlassen.

Der Geist mit den vielen Falten im Gesicht, dem kurzgeschnittenen Vollbart und der runden Brille hatte mit Gründung des Ministry of Souls die Leitung des Archivs übernommen und sich von seinem Tod nicht in der Erfüllung seiner Pflicht behindern lassen. Es hieß, er habe das Archiv seit seinem Ableben nicht mehr verlassen. Und tatsächlich hatte ihn Jack niemals an einem anderen Ort gesehen als dort unten zwischen den Regalen voller Phiolen. Man munkelte, Terry habe an seinem Schreibtisch einen tödlichen Herzanfall erlitten und sei dann einfach sitzen geblieben, um weiterzuarbeiten. Meistens hatte Terry die Nase in alte Unterlagen gesteckt, die ihm möglicherweise einen Hinweis auf einen der Toten brachten, dessen Geist im Archiv gelagert wurde. Erst wenn feststand, welche Phiole zu wem gehörte oder es eindeutig war, dass die Identität der Seele nie würde geklärt werden können, durfte einer der Soulmen den Geist zurück an den Ort seines Todes und von dort auf die andere Seite bringen. Und wenn nicht einmal klar war, wo sich der Ort des Todes befand, wurde die Phiole in gehärtetes Glas eingefasst und in das Zwischenlager gebracht. Ein besonders gesicherter Teil des Archivs, dessen Mauern so verstärkt worden waren, dass man die Geister hier für einige Jahrzehnte gefahrlos unterbringen konnte. Wie ein Endlager aussehen sollte, wusste man indes bislang nicht. Geschweige denn, wo es stehen sollte.

»Ich habe mehrere dieser Dinger hier verschickt«, begrüßte der Archivar Jack vorwurfsvoll. Dabei deutete er auf eine Metallkapsel, die sein schwer atmender Assistent in der rechten Hand hielt. In der anderen Hand trug er eine kleine Ledertasche. »Ich sollte diesem Herrn Clark schreiben, dass er seine Rohrpost wieder abbauen kann. Sie taugt offenbar nichts. Niemand hat mir geantwortet.«

Jack zog dem noch immer Keuchenden die Kapsel aus der Hand. »Es ist keiner hier, der die Nachrichten hätte lesen können«, erklärte er. »Und damit auch keiner, der sie hätte beantworten können.«

Die durchscheinenden Augen hinter den Brillengläsern weiteten sich. »Bei allen guten Geistern! Alle sind fort? Dann wurden wir angegriffen. Die Seelen haben sich gegen uns erhoben.« In dem Treppenhaus gebar seine Stimme zahllose Echos.

Genervt rollte Jack mit den Augen. Beinahe jeder Soulman schien einen Hang zu Verschwörungstheorien zu haben. Selbst die bereits verstorbenen. Vielleicht gehörte dies dazu, wenn man Teil einer Geheimorganisation war. »Niemand hat uns angegriffen. Es gab ein Unglück beim Bau des neuen Bahnhofs. King's Cross. Vermutlich sind alle dorthin.« *Nur ich darf alleine zurückbleiben*, dachte Jack. *Alleine mit einem alten Geist und seinem Diener. Und dem rothaarigen Narren.*

»Stimmt!«, rief Terry. »Das Unglück. Wunderbare Sache. Habe davon gehört. Wir haben schon Platz da unten gemacht. Es wird sicher sehr schnell gehen, die neuen Geister zu identifizieren. Heutzutage gibt es ordentliche Register. Nicht so wie früher. Da kam man einfach so auf die Welt, ohne sich anzumelden.«

Himmel, dachte Jack. Der Alte war offenbar noch irrer, als er immer geglaubt hatte.

»Das erklärt auch, weshalb der Dummkopf am Empfang mir die Nachricht von der Polizei gebracht hat und nicht einem der Agenten für den Außeneinsatz«, plapperte Terry weiter.

»Welche Nachricht?«, fragte Jack.

Terry deutete auf die Metallkapsel in Jacks Hand.

Das Stück Papier, das er in ihr fand, ließ ihn die Stirn runzeln. Das … das war absolut unglaublich. Er zwang seinen Blick von der Nachricht und richtete ihn auf den verstorbenen Chef-Archivar. »Tote? Im Buckingham Palace? War das Essen verdorben?«

Terrys Assistent, der mit Ironie offenbar wenig anfangen konnte, schüttelte den Kopf. »Nein«, erwiderte er noch immer leicht atemlos, nun aber mit Tadel in der Stimme, »sicher nicht. Die Toten liegen im Hof des Palastes. Es sind Staatsgäste.«

»Arabische Staatsgäste, um genau zu sein«, ergänzte Terry. »Du musst dahin. Sofort.«

Zwei Unglücke an einem Abend. Jack runzelte die Stirn. Darauf war das Ministerium nicht vorbereitet. So gut auch alles organisiert war, hatten sie doch einfach zu wenig Leute. Die Lebenserwartung in London war den modernen Zeiten zum Trotz noch immer unangenehm kurz. Jeden Tag starben Menschen, manchmal Dutzende, meist aufgrund der schlechten Lebensumstände. Und wenn dann noch Katastrophen hinzukamen, gerieten die Soulmen im Außeneinsatz an ihre Grenzen. Oder darüber hinaus. Während sich die Gedanken in Jacks Kopf überschlugen, hatte er Terry nur mit einem Ohr zugehört. Ein Satz aber ließ ihn aufhorchen. Und sein Herz höherschlagen. »Was haben Sie gerade gesagt?«

Der Archivar sah ihn tadelnd an. »Wo hast du deinen Kopf, Junge? Du musst dahin. Sofort. Es ist sonst keiner hier. Oder? Wir beide müssen die Stellung halten.« Er deutete auf seinen Assistenten. »Und der Minister hat sich noch nicht hier blicken lassen.«

Ja, eigentlich müsste der Minister selbst gehen. Oder zumindest dabei sein. Ein Auftrag im Buckingham Palace war heikel. Die Krone wusste natürlich von den Soulmen. Aber bislang war noch keiner der Zylinderträger durch die royalen Flure marschiert und hatte Geister eingefangen.

»Königin Victoria dürfte wenig erfreut sein, wenn sie fürchten müsste, dass heute Nacht ein Geist neben ihr im Bett liegt.« Der Alte kicherte heiser.

Terry hatte recht. Natürlich gingen die meisten Seelen von selbst auf die andere Seite. Aber es gab immer mal wieder ein oder zwei, die sich nicht sofort auf den Weg machten. Die meinten, noch etwas erledigen zu müssen. So wie Agatha, die glaubte, sich weiter um ihre Mäusejäger kümmern zu müssen. Wenn auch nur einer der Staatsgäste blieb, vielleicht um sich für sein unerwartetes Ableben zu rächen, dann …

»Hier.« Terrys Assistent hielt Jack die kleine Ledertasche hin, die er die ganze Zeit über festgehalten hatte. Und auf dessen fragendes Schulterzucken antwortete er: »Phiolen. Acht Stück. Für jeden gemeldeten Toten eine. Sicher weiß keiner von diesen Ausländern, wie man in Großbritannien stirbt. Bestimmt verirren sie sich hier. Ist ja auch alles fremd für sie.«

»Und der Kompass?«, fragte Jack. »Und die Uhr?« Ohne diese beiden Hilfsmittel durfte kein Soulman zu einem Einsatz aufbrechen. Geschweige denn auf die andere Seite gehen. Die Uhr funktionierte auch dort, obwohl die Zeit an diesem Ort zu vergehen vergaß. Und der Kompass zeigte einem Soulman die Lage der nächsten Pforte an, falls er sich allen Regeln zum Trotz doch einmal verirrte. Das Wissen zur Fertigung dieser beiden Gegenstände stammte wie vieles, was mit dem Tod zu tun hatte, aus dem Orient. Nun aber war London der Mittelpunkt der Welt und das Wissen um den Tod hier zur Blüte gelangt.

»Ja, ja«, brummte Terry, und auf einen Wink von ihm hin nahm dessen Assistent Jack die Metallkapsel und die Nachricht aus den Händen und gab ihm die Ledertasche. Dann fischte der Mann aus seiner dunklen Jacke eine angelaufene Taschenuhr und einen verbeulten Kompass. »Sie«, sagte Terry, »haben dem alten Abraham gehört. Musste letzte Woche selbst auf die andere Seite begleitet werden. Ich wollte sie eigentlich ein wenig instand setzen lassen. Aber sie funktionieren tadellos. Wenn du also die Toten«, er hob mahnend einen Finger, »*eindeutig* identifizieren kannst, darfst du sie direkt hinüberbegleiten. Ich denke, im Palast ist man nicht erpicht darauf, dass wir später noch mal wiederkommen.«

Terrys Assistent legte die beiden wichtigsten Ausrüstungsgegenstände eines Soulman auf die Tasche.

Jack sah fragend zu ihm und dem Geist. »Bin … bin ich jetzt …?« Jack wagte kaum, den Satz zu beenden.

»Himmel, das ist ein offizieller Auftrag«, erwiderte Terry mit leichtem Tadel in der Stimme. »Erteilt vom Leiter des Archivs. Ich bin immerhin der ranghöchste Soulman hier. Und ja, damit bist du heute offiziell ein Agent im Außendienst. Beeil dich. Bevor die Queen ihr gekröntes Hinterteil noch zur Toilette bringt und dort von einem wilden, säbelschwingenden und rachsüchtigen Orientalen überrascht wird.«

Nun, sicherlich war das einzig Wilde hier Terrys Fantasie. Aber Jack wollte ihm nicht widersprechen. Er war nun tatsächlich im Außendienst. Wenigstens heute Abend. Und wenn er es gut machte, würde sicher niemand mehr nach Agatha fragen. Er strahlte Terry an. »Das … das ist wunderbar.« Er nahm die Tasche in beide Hände, machte auf dem Absatz kehrt und lief los.

»Unglaublich«, hörte er Terry hinter sich sagen. »Die jungen Leute haben einfach keinen Respekt mehr vor dem Tod.«

NICHT VON DIESER WELT

Der Regen hatte sich so unvermittelt zurückgezogen, als habe er die Lust daran verloren, Londons Straßen in Flüsse zu verwandeln. Nun hing dichter Nebel wie eine Erinnerung an ihn in den Straßen. Der Weg, den Jack wählte, war zwar nicht lang, doch er nahm an diesem Abend so viel Zeit in Anspruch, als müsste Jack ans entlegenste Ende dieser immerfort wachsenden Stadt. Über die Westminster Bridge hinüber auf die andere Seite der Themse und dann am James's Park entlang. Am Tag wäre es ein netter Spaziergang gewesen. Im abendlichen Nebel aber schien alles so unwirklich wie in der Zwischenwelt. Nur dass es dort nicht so schlecht roch. Die Armut breitete sich mit Vorliebe im Herzen der Stadt aus, sodass die Reichen in die Vororte zogen. Wenig verwunderlich war es daher, dass so viel Wert auf den Ausbau des Transportnetzes gelegt wurde. In diesen Tagen wurde sogar darüber gesponnen, einen Teil der Züge, die Londons Einwohner beförderten, unter die Erde zu verbannen, da die Straßen schon an normalen Tagen hoffnungslos verstopft waren. Es schien für die britische Ingenieurskunst keine Grenzen zu geben. Nun, ein besseres Kanalnetz wäre vermutlich sinnvoller.

Das Licht der Gaslaternen floss wie zerlaufene Milch in den Nebel, während Jack mit schnellen Schritten über die Brücke ging, die Ledertasche mit den Phiolen unter den Arm geklemmt. Er hatte kurz mit dem Gedanken gespielt, sich eine Droschke zu rufen, und war froh, dass er sich stattdessen für seine eigenen Beine entschieden hatte. Die Pferdewagen stachen wie Scherenschnitte aus dem Nebel heraus. Dicht an dicht standen sie im Stau auf der Brücke, und die wütenden Rufe der Fahrer klangen seltsam dumpf zu Jack hinüber.

An einigen Hauswänden hingen die neuesten Fahndungsplakate. Die Blicke der Abgebildeten schienen Jack zu verfolgen, während er seinen Weg auf der anderen Seite der Themse mit schnellem Schritt fortsetzte. Sein Herz schlug wild, während er zum ersten Einsatz seines Lebens ging. Und das lag nicht alleine daran, dass er sich beeilte. Wenn er sich heute gut anstellte, wäre er wohl endlich ein echter Soulman. Es war mehr, als er, der wie so viele Kinder Londons aus den Armenvierteln schon früh auf sich alleine gestellt gewesen war, vom Leben hatte erwarten können. Im Grunde war der Tod immer ein Teil seines Lebens gewesen. Wer nicht viel besaß, lernte ihn oft früh kennen. So wie Jacks Mutter, die kurz nach ihrem siebenundzwanzigsten Geburtstag gestorben war. Sie war damit seinem Vater gefolgt, der schon einige Jahre zuvor auf die andere Seite gewechselt war. Nun, als Kind hatte Jack von diesen Dingen natürlich nichts gewusst. Er hatte sich den Tod immer wie einen langen Schlaf vorgestellt. Bis er von einem Soulman rekrutiert worden war, der sein Talent erkannt hatte, nachdem Jack neben ihm einen Geist hatte sehen können. Damit hatte Jack eine Welt betreten, die ihm nicht nur ein sicheres Einkommen als geheimer Regierungsbeamter versprach, sondern auch die Erkenntnis bescherte, dass der Tod nur ein weiterer Schritt auf dem langen Weg des Lebens war.

Der Buckingham Palace, seit kaum zehn Jahren der offizielle Hauptsitz der britischen Monarchie, erhob sich wie eine leuchtende Festung im Nebel. Trotzig schickte er warmes Licht in die anbrechende Nacht, die mit kalten Fingern unter Jacks Dienstkleidung griff. Obwohl der Tod ihn hergeschickt hatte, fühlte sich Jack in diesem Moment so lebendig wie noch nie.

Für Menschen wie ihn war das, was sich hinter diesen dicken Mauern abspielte, nur eine Geschichte. Menschen, deren Namen er zahllose Male gehört, deren Gesichter er aber nie gesehen hatte. Und nun war er im Begriff, wenigstens für einen flüchtigen Moment Teil dieser Geschichte zu werden. Ahnte Königin Victoria, dass einer der Soulmen auf dem Weg zu ihr war? Nun, vermutlich nicht.

Als Jack schließlich vor dem Buckingham Palace stand, kam er sich mit einem Mal maßlos dumm vor. Wo sollte er hingehen? Es gab keine Haustür, an die er klopfen konnte. Vor lauter Aufregung hatte er ganz vergessen, den alten Terry zu fragen, wohin genau er gehen sollte. Er umrundete den ganzen Palast und stand dann wieder an dem Punkt, an dem er eben losgegangen war. *Verdammt*, dachte er bei sich. *Dein erster Einsatz, Jack, und du kommst nicht einmal in die Nähe der Toten.*

»Sind Sie der Bobby?« Der Kopf, zu dem die vor Aufregung zitternde Stimme gehörte, war beinahe nicht zu erkennen. Er lugte aus dem Spalt einer kleinen Tür, die so gekonnt mit dem Stein einer Mauer des Prachtbaus verschmolz, dass sie von außen nicht auffiel.

Bobby. Englands Polizisten verdankten den niedlichen Namen dem amtierenden Innenminister Sir Robert Peel. Jack fand ihn reichlich albern, aber er nickte mit ausdrucksloser Miene, und die Antwort verließ seinen Mund ohne jedes Zögern. »Ja. Constabler Smith«, log Jack. »Sie hatten eine Meldung erstattet.« Wie jeder angehende Soulman im Außeneinsatz hatte Jack nicht nur gesehen, wie die Seelen der Toten in die Phiolen aufgenommen und mit diesen dann auf die andere Seite getragen wurden. Er hatte auch mehr als einmal mitbekommen, wie sich die Soulmen Zugang zu den Orten verschafften, an denen die Geister zu finden waren. Gelegentlich trafen Soulmen und Bobbys dabei aufeinander. Neben ausgewählten Regierungsmitgliedern und dem Königshaus gab es nur eine Gruppe von Menschen, die von der Existenz der Soulmen wusste. Die Ranghöchsten der noch jungen Metropolitan Police. Die erste echte Polizei der Welt. Ins Leben gerufen von Sir Peel, selbstredend in London. Die Abmachung zwischen den beiden Behörden beruhte auf einer weiteren Regel des Ministry of Souls. *Verändere nichts.* Solange die Soulmen die potenziellen Tatorte so beließen, wie sie sie vorfanden, duldeten es die Angehörigen der Metropolitan Police, dass sie manchmal sogar noch vor ihnen selbst dort hindurften. Dahinter steckte eine gehörige Portion Selbstzweck. Die Vorstellung, nicht nur mit einer Leiche, sondern auch mit der dazugehörigen Seele an einem Tatort zu sein, war für einige der Polizisten mehr als irritierend. Zu diesem Zweck unterhielt die Metropolitan Police eine telegraphische Verbindung zum Ministry of Souls, um bei Mordfällen die Soulmen hinzuziehen zu können. Die Ministeriumsmitarbeiter verfügten daher über etwas, das ihnen nahezu jede Tür Londons öffnete. Jack griff in seinen Mantel und zog den Dienstausweis hervor, der so hilfreich war wie ein Universalschlüssel: Ein Dienstausweis, der nicht von dem eines Polizisten zu unterscheiden war. Mit dem Satz *Sie hatten eine Meldung erstattet* war Jack zwar ein kleines Risiko eingegangen, doch der Mann, der ihn angesprochen hatte, wartete auf einen Bobby. Und der Aufregung nach, die seine Stimme zittern ließ, war der Anlass dafür äußerst beunruhigend.

»Sie tragen keine Uniform«, stellte der Mann hinter dem Türspalt misstrauisch fest.

»Ich kann sie gerne holen, wenn Sie sich solange die Zeit mit den Toten vertreiben wollen«, erwiderte Jack und hielt den Ausweis wie einen Schild vor sich, während er auf die Tür zuschritt. Eine Laterne strahlte aus dem Spalt hervor, dann öffnete sich die Tür ganz.

»Nein«, wisperte der Mann, offenbar entsetzt über die Vorstellung, mit ein paar Leichen alleine zu sein, »das geht schon.

Schnell, schnell«, drängte die Stimme. Der Mann, der zu ihr gehörte, entpuppte sich als Dienstbote, dessen Gesicht so kalkweiß war, dass er in seinem schwarzen Anzug fast selbst wie ein Geist aussah. Jack kannte sich nicht allzu gut aus mit den Rängen der königlichen Dienerschaft. Doch er vermutete, dass bei einer derart delikaten Angelegenheit sicher nur der Butler der Königin selbst draußen auf die Polizei warten würde.

»Ihre Toten werden wohl kaum davonlaufen«, meinte Jack.

Der Diener erwiderte nichts darauf. »Kommen Sie«, wisperte er heiser und führte Jack über den Hof. Die beiden schienen in diesem Moment die einzigen Menschen auf der Welt zu sein. Selbst die Geräusche schien der Nebel zu verschlucken. Es war nur wenig vom Innenhof des Buckingham Palace zu erkennen. Geschwungene Säulen lugten wie die Körper sich windender Schlangen aus dem Dunst heraus und säumten einen Platz, der weder Baum noch Strauch beherbergte. Zahllose Fenster blickten auf den Hof. Die meisten waren dunkel. Durch einige aber fiel helles Licht in den Hof, das im Dunst verschwamm. Wie die Augen lauernder Tiere schienen sie, die Jack und den Bediensteten musterten.

»Wo sind die Toten?« Jack hatte bereits einige Erfahrung mit den Bobbys gemacht. Die Uniformierten vermittelten jedem das Gefühl, verdächtig zu sein. Für Jack, der die meisten Jahre seiner Kindheit damit zugebracht hatte, sich mit kleineren Diebstählen und Betrügereien durchzuschlagen, war es normal, als schuldig zu gelten. Kaum jemand hatte ihm früher je einen Blick zugeworfen, der nicht in Misstrauen und Vorverurteilung schwamm. Doch die meisten normalen Menschen reagierten weitaus sensibler darauf.

»Da hinten.« Der Diener senkte unwillkürlich den Kopf, als habe er etwas zu verbergen, und dirigierte Jack durch den Dunst. Vor ihnen erhob sich ein prächtiges steinernes Tor so unvermittelt, dass Jack vor Überraschung leise aufkeuchte. Drei hohe Bögen, eingefasst von vier Säulen. Der Marble Arch. Selbst jetzt schimmerte der weiße Marmor hell, und es schien, er wäre mit feuchter Farbe auf eine graue Leinwand gemalt worden. Auf der anderen Seite des Haupttors des Buckingham Palace lag, an diesem Abend kaum zu erkennen, die Mall, die Prachtstraße Londons, die bis zum Trafalgar Square im Osten reichte. Diesen Weg nahm die Kutsche der Königin, wenn die Monarchin ihre Residenz verließ. Und vor dem Tor erkannte Jack den Grund für die Angst des Mannes.

»Hier.« Die Stimme des Dieners klang zwar bemüht ruhig, doch Jack konnte die Furcht deutlich aus dem einen Wort herausschmecken. Es waren moderne Zeiten. Der Anblick von acht Leichen ließ den Mann dennoch unwillkürlich ein Kreuz schlagen.

»Die Staatsgäste«, murmelte Jack.

»Dies ist der Herrscher des arabischen Emirats Ra's al-Chaima«, erklärte der Diener, als müsste er die Toten bei einem Empfang der Königin ankündigen. Er deutete auf eine Leiche, die von Feuer so entstellt war, dass Jack die Qualen, die der Tote in seinen letzten Momenten durchgestanden haben musste, selbst zu spüren glaubte. »Dies dort sind die Mitglieder seiner Familie«, fuhr der Diener fort, wobei er eine Reihe so fremdländischer Namen nannte, dass Jack sie sich kaum merken konnte. »Dies dort«, schloss der Mann, »ist seine Tochter, Prinzessin Naima.« Der Diener deutete auf eine junge Frau, die direkt neben dem toten Emir lag. »Gott sei ihrer Seelen gnädig.« Die Tote trug ein türkises Kleid, das opulent mit Goldfäden durchzogen war. Ein Schleier lag zerrissen neben ihrem Leichnam.

Es waren insgesamt vier Männer und vier Frauen. Sieben lagen im Kreis angeordnet direkt vor dem Tor. Die Füße wiesen nach innen. Ein Mann hingegen lag verkrümmt wie ein schlafendes Kind neben ihnen.

»Und er dort?«, fragte Jack.

»Ein Diener«, erwiderte der Mann beiläufig.

Dennoch konnte Jack ein wenig Mitleid für den Tod eines Gleichgestellten aus den Worten heraushören. Er verkniff sich die Frage nach möglichen Todesursachen. Eine exotische Krankheit aus der Heimat konnte er im Angesicht des verstörenden Bildes vor ihm ebenso ausschließen wie verdorbenen Fisch. Die Staatsgäste der Königin waren ermordet worden. Den Emir hatten die Flammen gefressen. Doch woran waren die anderen gestorben? Stichwunden konnte er nicht erkennen. Und die Körper waren nicht deformiert. Verstohlen blickte sich Jack um. Zum einen suchte er nach einem Hinweis auf die Geister, die sicher noch nicht den Weg auf die andere Seite gefunden hatten. Zum anderen musste es einen Mörder geben. Jemanden, der die Toten angeordnet hatte wie die Zahlen eines Ziffernblatts. Und es war wohl nicht auszuschließen, dass er noch hier war. Den fragenden Blick des Dieners bemerkte er erst einen Moment später. »Ich, äh, ich denke, ich fange an.«

»Es kommen wohl noch andere Polizisten?«, erkundigte sich der Diener. Offenbar gefiel ihm die Vorstellung, einzig Jack würde die Ermittlungen führen, nicht besonders.

Und obwohl Jack ihm das nicht übel nehmen konnte, fühlte er sich in seinem Stolz leicht gekränkt. »Ja, die anderen sind auf dem Weg«, meinte er. Sicher würde es hier bald nur so wimmeln von Uniformierten. Jack sollte dann am besten bereits fertig sein.

»Gut«, erwiderte der Diener. »Ich muss wohl nicht erwähnen, dass dies eine höchst delikate Angelegenheit ist. Tote im Buckingham Palace sind … untragbar. Und tote *Gäste* sind vollkommen undenkbar.«

Jack sah sich weiter vergeblich nach den Geistern um und hörte nur mit einem Ohr zu, während sich der Bedienstete über politische Spannungen in dem Wüstenreich ausließ, aus dem die Toten stammten. Über Extremisten, die dank der modernen Dampfschiffe einen Weg in die Hauptstadt des Weltreichs fanden und den Tod des für den Frieden kämpfenden Emirs der fernen britischen Kolonie sicher dazu missbrauchen würden, einen blutigen Kampf für die Unabhängigkeit ihrer Heimat bis hinein in Londons Straßen zu tragen.

»Was werden Sie nun tun, Constabler?«, fragte der Diener schließlich, der sich offensichtlich bemühte, den Toten nicht zu nahe zu kommen.

Jack sah auf. *Dich loswerden*, dachte er bei sich. »Ich untersuche den Tatort«, sagte er laut. Das klang fast wie bei einem echten Polizisten, und der Diener nickte knapp. »Sie stören hier. Halten Sie sich bereit. Ich komme nachher vielleicht noch einmal zu Ihnen. Bleiben Sie beim Eingang. Und führen Sie meine Kollegen hierher.«

Die Aussicht darauf, noch einmal zu den Toten gehen zu müssen, entlockte dem Bediensteten für einen kurzen Moment einen gequälten Gesichtsausdruck. Dann aber setzte er eine stoische Miene auf, verbeugte sich und verschwand so abrupt im Nebel, dass Jack für einen Moment den Gedanken hatte, der Mann selbst wäre ein Geist gewesen. *Mach dich nicht lächerlich*, ermahnte er sich. *Er war nicht farblos.* Doch die Geister der Toten würden es sein. Waren sie alle schon hinübergewechselt? Das wäre mehr als ungewöhnlich. Im Grunde ausgeschlossen. Die Seelen blieben immer noch einige Stunden, ehe sie sich ganz und gar vom Diesseits lösten. Und gingen dann erst durch die Pforte, die stets so lange geöffnet blieb, bis der letzte Tote, für den sie sich aufgetan hatte, diese Welt verlassen hatte.

Die Pforten. Sie waren das große Geheimnis des Sterbens. Für jeden Toten wandelte sich eine Tür in der Nähe zu seiner persönlichen Pforte auf die andere Seite. Und wenn der Tod einen Menschen auf freiem Feld oder irgendwo in der Wildnis ereilte, gab es dennoch immer eine Tür, die er aufsuchte. Sie mochte in diesen Fällen lediglich viele Meilen entfernt sein. Weshalb all dies so war, wurde unter den wenigen Gelehrten, die sich mit der Zwischenwelt und dem vermutlich dahinterliegenden Jenseits beschäftigten, ebenso hitzig wie ergebnislos diskutiert. Jack interessierte sich nicht sonderlich dafür, ob es eine wissenschaftliche Erklärung für die Existenz der Pforten gab. Sie waren nun einmal da. Für normale Menschen blieben sie weiter Türen. Niemand vermochte zu bemerken, dass mit ihnen etwas nicht stimmte. Dass sie noch zu einem anderen Ort führen konnten, als bloß in ein Zimmer oder aus einem Haus auf die Straße. Jack hingegen war ein Soulman. Zumindest beinahe. Und mit dem Talent, das er besaß, war er in der Lage, die Pforten zu erkennen. Es gab auf dieser Welt lediglich noch eine weitere Art von Lebewesen, die dazu in der Lage war. Und es wunderte ihn nicht, dass eines dieser Exemplare neben den Toten auf dem sandigen Boden saß. Die schwarze Katze musterte ihn so erhaben, als wäre dies hier ihr Palast und sie die wahre Königin. Oder war es ein König? Es war gleich. Katzen hatten einen besonderen Sinn für den Tod. Der Grund dafür war unter den Gelehrten ein intensiv diskutiertes Thema, das indes ebenso wenig wie die Existenz der Pforten bislang zufriedenstellend gelöst worden war. Fest stand nur, dass Katzen die Pforten erkennen und durchwandern konnten. Jack vermutete in dieser Fähigkeit auch den Grund dafür, dass Katzen manchmal Tage lang fortblieben.

Er seufzte. Wenn er die Seelen der Toten finden wollte, musste er zunächst die Pforte entdecken. Tote am selben Ort teilten sich in der Regel den Übergang. Und meist blieben die Geister in den ersten Stunden in dessen Nähe. Selbst wenn sie sich entschlossen, doch im Diesseits zu verweilen, brauchte es einige Zeit, sich aus dem Einzugsbereich der Pforte zu entfernen. Vermutlich wäre die Angelegenheit mit Agatha längst gelöst, wenn man früher von ihrem Tod erfahren hätte. Jack hätte sie einfach in der Nähe ihrer Pforte einsammeln können. Er seufzte und drängte den Gedanken an die störrische Alte zur

Seite. Er musste sich nun um andere Tote kümmern. Und wenn er es richtig anstellte, vielleicht nie wieder an Agatha denken. Jack löste den Blick von den Toten und sah sich um. Doch in dem Dunst konnte er kaum die Wände der Palastgebäude, geschweige denn eine Tür erkennen, die ... Jack runzelte die Stirn. *Nein*, dachte er. Die Vorstellung war so absurd, dass sie kaum in seinem Kopf Gestalt annehmen wollte. Dennoch wandte er sich zum einzigen Durchgang um, den es in seiner Nähe gab. Der Marble Arch erhob sich vor ihm in die Höhe wie die Haustür in ein Riesenhaus. Und er offenbarte den verräterischen, leichten Schimmer, den alle Pforten aufwiesen. Im ersten Moment war Jack das gar nicht aufgefallen. Langsam machte er ein paar Schritte auf das Tor zu.

Interessiert verfolgte die Katze Jacks Weg zum Marble Arch, ohne indes auch nur die geringsten Anstalten zu machen, sich zu rühren.

Das Tor war ein Marmorbogen, unter dem die Königin oder Staatsgäste in ihren Kutschen in den Palast fuhren. Es besaß Flügel aus schmiedeeisernen Stäben, die ein Muster formten, als wären sie Triebe, die aus der Erde wuchsen. Würde nicht so ein dichter Nebel in der Stadt hängen, hätte Jack auf die Prachtstraße vor dem Buckingham Palace blicken können. So aber starrte er nur auf eine graue Wand hinter dem Tor. Dessen Flügel waren sicherlich verschlossen. Dennoch legte Jack eine Hand auf einen der Griffe. Die Berührung war so schmerzhaft, als wäre das Eisen kalt wie Eis. Jack hatte das Gefühl, ihm würde die Haut auf den Fingern erfrieren. Er lächelte und schloss die Augen. Normale Menschen hätten dies nicht spüren können. Sie hätten nur die geschwungenen Triebe aus Eisen gefühlt. Und normale Menschen hätten dies hier nicht tun können: Mit einem Ruck drückte er das Tor auf. Er spürte, wie ihm das Eisen in der echten Welt widerstand. Und wie es sich zur selben Zeit in die Zwischenwelt öffnete. Als Jack die Augen wieder aufschlug, sah er zwei Tore. Hinter dem geschlossenen Durchgang erkannte er ein zweites, schimmerndes. Wie ein Schatten lag es da. Ein offenes Tor. Eines, das aus dieser Welt hinausführte.

Jacks Herz schlug schneller bei dem Anblick. Er hatte schon einige offene Pforten gesehen. Ein paar von ihnen sogar selbst geöffnet. Doch dieses hier war deutlich erhabener als Agathas fleckige Holztür, die von ihrem Schlafzimmer in ihre Küche führte und derzeit auch den Übergang in die Zwischenwelt für die alte Katzennärrin darstellte. Nun fehlten noch die Geister. Jack suchte eine ganze Weile vergeblich und glaubte schon nicht mehr daran, sie vor dem Eintreffen der Polizisten zu finden, da entdeckte er wenigstens einen von ihnen auf dem Hof. Reglos und wie festgewachsen stand er auf dem steinigen Boden. Seltsam. Bislang hatten alle Geister, auf die Jack getroffen war, irgendetwas gesagt. Nun, vielleicht lag es daran, dass dieser hier aus einem anderen Land kam. Die Kleidung wies ihn als den Diener des Emirs aus, dessen lebloser Körper abseits seiner Herrschaften lag. Üblicherweise waren die Soulmen angehalten, die Namen der Toten akribisch aufzuzeichnen. Doch es war in bestimmten Fällen gestattet, später im Archiv nur eine Berufsbezeichnung in eines von Terrys Formularen einzutragen. *Name unbekannt, Diener des Emirs von Ra's al-Chaima.* Das würde angesichts der Umstände sicher genügen. Jack stellte die Tasche ab, die ihm Terrys Assistent gegeben hatte, griff sich eine der Phiolen und zog den gläsernen Stopfen heraus. Die körperlose Seele des Dieners zeigte keine Regung, als sie sich auflöste wie Frühnebel in der Morgensonne. Der Geist füllte das Glas, das sich daraufhin silbern färbte. Jack verschloss die Phiole, stellte sie neben sich ab und zog die alte Taschenuhr hervor. Er drückte einen kleinen unscheinbaren Knopf, dann steckte er die Uhr wieder ein, nahm die Tasche und die Phiole und trat an das Tor.

Es gab Soulmen, die mit einem dramatischen Spruch auf den

Lippen durch die Pforten traten. Doch Jack fand es einigermaßen albern, in diesem Moment etwas zu sagen. Der Tod, fand er, war eine stille Angelegenheit. Nun, zumindest bei den meisten Geistern. Nur wenige waren so redselig wie die alte Agatha. In dem Augenblick, in dem Jack hinübertrat, schien es ihn zweimal zu geben. Der alte Terry hatte dafür einen wissenschaftlichen Namen, den Jack immer wieder vergaß. Die Bezeichnung der Soulmen aber war weit einprägsamer. Spiegelsekunde. Es schien, als könnte er sich selbst sehen, wie er hinübertrat. Es lag angeblich daran, dass es ihn in dieser einen Sekunde tatsächlich zweimal gab. In beiden Welten. Er sah sich in seinem dunklen Anzug mit dem Hut. In der Hand ein silbernes Licht. Kaum war er ganz hinübergetreten, verblasste der andere Jack, und nur er alleine blieb zurück.

Unter den Soulmen herrschte die Ansicht, dass die Gedanken des Verstorbenen die Zwischenwelt formten. Sie erschien für einen Geist in der Regel wie ein Abbild des Ortes, an dem er die glücklichste Zeit verbracht hatte. Es überraschte Jack daher nicht, dass er sich mit einem Mal in einem orientalischen Palast wiederfand. Zumindest vermutete er, dass der prunkvolle Raum Teil eines solchen ausländischen Herrschaftssitzes war. Ein Ort, über dem ein Grauschleier lag. Die Zwischenwelt war wie eine Erinnerung an das Diesseits. Eine Erinnerung, die mit der Zeit verblasste und schließlich verging, sodass der Geist, der sie geschaffen hatte, weiterzog. Vermutlich in die Welt, aus der es kein Zurück gab. Nun, streng genommen gab es für Geister auch aus dieser Zwischenwelt keinen Weg zurück. Niemand wusste, wie groß sie war. Manche vertraten die Ansicht, sie besäße keine Grenzen. Würde mit jedem neuen Toten weiterwachsen. Andere hingegen waren der Meinung, sie wäre immer nur genau so groß, wie sie sein müsste. Mal riesig, wenn es viele Geister gab. Mal viel kleiner, wenn es nur wenige waren, die aus dem Diesseits kamen. Sicher war nur eines: Es gab keine Karte.

Man konnte zwar von dem Ort, an dem man die Zwischenwelt betreten hatte, weiterziehen. Auch die Plätze besuchen, an denen andere Geister Abschied vom Diesseits nahmen, um sich bereit für den Schritt ins Jenseits zu machen. Doch wenn man dabei seinen Weg verlor, gab es nur ein Hilfsmittel, das einen Soulman dann noch davor retten konnte, in der Zwischenwelt verloren zu gehen. Der Kompass. Seine Nadel zeigte nicht nach Norden, sondern wies immer auf die nächste noch offen stehende Pforte. Allerdings gab er keine Auskunft darüber, wie weit entfernt sie war. Und da sich die Pforten erfahrungsgemäß eine Stunde nach dem Hindurchtreten des Geistes wieder schlossen, konnte es sein, dass man sein Ziel nicht rechtzeitig erreichte, selbst wenn man wusste, wo genau es lag.

Jack aber war vorsichtig. Ihm würde das nicht zustoßen. Ihn überkam ein Hochgefühl, als er den unwirklichen Palast betrachtete. Noch nie hatte er ein Gebäude wie dieses gesehen. Selbst nahezu farblos war es atemberaubend. Der Saal, in den sich die Pforte geöffnet hatte, war so groß, dass Agathas heruntergekommenes Haus mühelos darin Platz gefunden hätte. Und er war so verspielt gebaut, dass der Buckingham Palace dagegen so aufregend wirkte wie Agathas einfaches Backsteinhäuschen. Langgestreckte Torbögen, die in Halbkreisen endeten. Verschnörkelte Muster, die wie die glänzenden Ranken einer steinernen Schlingpflanze schienen. Es hätte ihn nicht gewundert, wenn im nächsten Moment Menschen über den Marmorboden gelaufen wären. Ein verwaister Thron stand an einem Ende des Saals. Vielleicht hatte in der echten Welt der tote Emir auf ihm Platz genommen? Alles erschien so wirklich. *Reiß dich zusammen, Jack*, ermahnte er sich, zog seine Uhr hervor und warf einen schnellen Blick auf das Ziffernblatt. Die Zeit verging in der Zwischenwelt nicht wie im Diesseits. Daher waren die Uhren der Soulmen selbstredend auch keine normalen Zeitmesser. Die beiden normalen Zeiger maßen zwar auch die wirkliche Zeit. Doch ein weiterer zählte alleine die Stunde rückwärts, die einem Soulman für die Rückkehr blieb. Ein österreichischer Uhrmacher hatte sie ursprünglich entwickelt und seinen berühmten Chronographen für das Ministry of Souls so modifiziert, dass er auch in der Zwischenwelt lief. Und darüber hinaus ausgesprochen stilvoll aussah. Es waren in der Tat moderne Zeiten. Unter den Mitarbeitern des Ministeriums für endgültige Angelegenheiten gab es Berichte von Soulmen, die vergessen hatten, rechtzeitig auf die Uhr zu sehen und sich so lange in der Zwischenwelt umgesehen hatten, bis sich die Pforte unbemerkt beinahe geschlossen hatte, sodass sie erst im letzten Moment wieder zurückgekehrt waren. Ein paar Augenblicke hier konnten eine Viertelstunde in der echten Welt ausmachen. Der Zeiger hatte bereits die erste Ziffer erreicht, während er rückwärtslief. Jack war kaum eine Minute hier. Und doch waren bereits fünf vergangen. Rasch steckte er die Uhr wieder fort und stellte die Phiole auf den Boden. In der Zwischenwelt lösten sich die Glasfläschchen, in denen eine Seele transportiert wurde, auf. Der Geist schien einen Moment lang wie Nebel, als er eine Gestalt annahm.

»Bitte sehr. Ich wünsche Ihnen alles ... Gute?«, meinte Jack, dem nichts Passenderes einfallen wollte.

Der geisterhafte Diener sah ihn an. Das Gesicht des Mannes, der kein einziges Haar auf dem Kopf trug, war von so vielen Falten durchsetzt, als säße ihm ein verschrumpelter Pfirsich auf dem Hals. Zwischen seinen Lippen kam noch immer kein Wort hindurch, und sein Blick übernahm die Rolle der Zunge. Niemals zuvor hatte Jack eine solche Angst in den Augen eines Menschen gesehen. Gleich ob bei einem Lebenden oder einem Toten.

Die Pforte war auch in dieser Welt der Marble Arch. Er leuchtete in einer der Wände und passte zumindest von der Größe gut in den riesigen Thronsaal, auch wenn nicht zu leugnen war, dass seine Baumeister aus einem anderen Teil der Welt stammten. Als Jack hindurchgehen wollte, spürte er die kalten Finger des Geistes durch den Stoff seiner Jacke. Er erschauderte. »Ich kann nicht bleiben«, sagte er. Die Geister waren in der Zwischenwelt ebenso körperlich wie die Soulmen. Auch wenn Jack noch nie davon gehört hatte, dass eine der Seelen versucht hätte, einen Ministeriumsmitarbeiter an der Rückkehr zu hindern, machte er einen raschen Schritt auf den Marble Arch zu.

Die Lippen des toten Dieners formten ein stummes Wort, das von einem angsterfüllten Blick begleitet wurde. Was hatten diese Augen zu Lebzeiten ihres Besitzers gesehen?

»Auf Wiedersehen«, sagte Jack, während er durch die Pforte ging. Seine Ausbilder hätten sicher tadelnd die Köpfe geschüttelt. Soulmen sollten nicht so klingen, als würden sie bei nächster Gelegenheit noch einmal zum Tee vorbeikommen.

In der echten Welt hing der Nebel noch immer so grau und dicht über dem Platz, dass sich Jack für einen Moment in der Zwischenwelt wähnte. Die Toten lagen unverändert im Kreis, der Leichnam des Dieners gekrümmt daneben. Die restlichen Seelen waren sicher noch hier. Doch wo sollte er suchen? Mit schnellen Schritten machte Jack eine Runde um die Toten, ohne dass er auch nur die Spur eines Geistes fand. Auch während er durch den Dunst ging, der ihn wie ein gieriges Tier verschluckte, entdeckte er keine Menschenseele. Zuletzt stand er wieder vor dem Emir und seiner Familie, die so friedlich … Jack wischte sich über die Augen. Wie hatte er das übersehen können? Er stürzte so hastig auf die Knie, dass er beinahe auf eine der leblosen Frauen gefallen wäre, deren Augen so dunkel umrandet waren, als hätte sie sich für den Tod schön machen wollen. Jeder Soulman besaß einen Blick für Geister. Konnte ihre Pforten erkennen. Und die Toten von den Lebenden unterscheiden. Acht Körper lagen vor Jack. Und nur sieben zeigten den kaum wahrnehmbaren Schimmer, den ein Leib besaß, dessen Seele sich von ihm gelöst hatte. Einen Schimmer, der selbst dann blieb, wenn der Geist schon in die Zwischenwelt gewechselt war. Die junge Frau, die direkt neben dem Emir lag, zeigte ihn jedoch nicht. *Verflucht*, dachte Jack, *sie ist nicht tot.* Aber sie war auch nicht weit davon entfernt, das Leben zu verlieren. Ihr Atem war so flach, dass Jack nicht erkennen konnte, wie sich die Brust unter dem Kleid hob und senkte. Der Mund in dem Gesicht, das so schön war, als wäre es gemalt, war leicht geöffnet. Der bittersüße Duft, der ihm in die Nase stieg, während er sein Ohr an ihre Lippen legte, um zu hören, wie oft ihre Atemzüge kamen, ließ einen bösen Verdacht in ihm aufsteigen. Gift.

Jack schob seine Hände unter den warmen Leib der Frau. Ihre geschlossenen Augen waren ebenso umrandet wie die der Toten, über die Jack beinahe gestolpert wäre. Jack hob sie hoch, den Griff der Ledertasche noch in den Fingern, und eine Strähne ihrer nebelfeuchten Haare fiel ihr über die Stirn.

Verändere nichts. Dein erster, richtiger Einsatz, Jack, und schon brichst du eine der Regeln. Aber wie hätte er die Frau hier liegen lassen können? Sie musste zu einem Arzt. Gerade wollte sich Jack mit der Frau auf dem Arm umwenden, als ihn etwas ansprang. Er stolperte und konnte nur mit viel Glück verhindern, dass ihm die Bewusstlose aus den Händen rutschte. Ein Hund? Jacks Atem ging schnell vor Schreck, während er sich umsah. Und stockte dann. Was um alles in der Welt war das? Eine Gestalt, so schwarz, als wäre sie aus der anbrechenden Nacht selbst herausgeschnitten worden. Dunkler noch. Der Teufel hätte keinen unheilvolleren Leib für einen Besuch auf der Erde wählen können. Nun, auf den Teufel waren die Soulmen bislang nicht getroffen. Doch dieses Ding dort vermochte sich Jack mit nichts zu erklären, was er bislang im Dienst des Ministeriums für endgültige Angelegenheiten gelernt hatte. Die Gestalt besaß Arme und Beine wie ein Mensch. Ansonsten war sie so diffus wie der Nebel um sie herum, und die Augen in dem Gesicht schimmerten silbern wie die Sterne, die sich bald schon am Himmel zeigen würden.

Das Wesen zischte Jack so voller Bösartigkeit an, dass dieser unwillkürlich einen Schritt zurückwich. Sein Herz schlug schnell, als wollte es aus seiner Brust entkommen, und das Grauen, das ihn ergriffen hatte, floss wie Gift durch seine Adern. Jack hatte keinen Zweifel, dass dieses … Ding ihm den Tod bringen wollte. Doch was war es? Vor lauter Angst konnte Jack kaum klar denken. *Reiß dich zusammen*, wies er sich zurecht. *Du bist ein Soulman.* Beinahe.

Jack starrte das Geschöpf an. Es ähnelte einem Geist. Ein wenig zumindest. Indes waren Geister nicht stark genug, einen Menschen anzugreifen. *Aber dieses Ding will deinen Tod, Jack*, warnte er sich. *Du kannst es spüren*, sagte er sich. *Und du kannst es in seinen Augen erkennen.* Noch nie hatte er einen Blick gesehen, der so in Hass ertränkt war. Wenn es kein Geist war, sondern etwas Anderes, womöglich Mächtigeres, würde er vorsichtig sein und sich vielleicht wehren müssen. Unwillkürlich fing sein Herz an zu rasen, als wollte es davonlaufen. Vielleicht stammte dieses Ding aus der Zwischenwelt. Auch wenn Jack noch nie davon gehört hatte, dass etwas von dort in die Welt der Menschen gelangt war. Ob er es in eine seiner Phiolen sperren konnte? Er musste es versuchen. Aber wohin sollte er mit der Frau? Der Palast war zu weit weg. Und der Schatten vor ihm spannte sich wie ein Tier vor dem Sprung.

Jack sah sich hektisch um.

Und erkannte den einzigen Ort, an dem er die Frau wenigstens für ein paar Minuten in Sicherheit bringen konnte.

Noch während er loslief, hechtete das Wesen wie ein Bluthund hinter ihm her. Es war schnell. Zu schnell. Jack zählte die Schritte nicht, die ihn vom Marble Arch trennten. Nur ein Gedanke hatte Platz in seinem Kopf. *Rette die Frau, Jack.* Er wusste selbst nicht, warum ihm das so viel bedeutete. So nebelhaft die Gestalt auch sein mochte, so scharf waren ihre Krallen. Er spürte sie wie Messerklingen auf der Haut. Sie zerrissen den Stoff seiner Jacke. Der Schmerz war fürchterlich. Als würde ihm die Berührung Gift in den Leib treiben.

Seine Beine gaben nach.

Und mit letzter Kraft sprang er voran und versetzte der Frau in seinen Arm genug Schwung. Die Bewusstlose fiel durch die Pforte und verschwand aus Jacks Blick.

Dann rollte er auf den Rücken. *Der Tod. Vielleicht ist dies dort der gestaltgewordene Tod*, fuhr es ihm durch den Kopf. Er sah nur eine Fratze. Ein Maul. Silberne Augen. Und in ihnen das Versprechen auf das Ende seines Lebens. Jack konnte vor lauter Angst nicht mehr atmen. *Wehr dich*, dachte er. Nur eines besaß er, das er als Waffe einsetzen konnte. Jack hatte keine Zeit mehr, eine einzelne Phiole hervorzuholen. Er griff in die Ledertasche und holte sie alle heraus. Dann hieb er sie mit aller Kraft auf den Boden. Das Glas schnitt ihm in die Hände. Und die Phiolen reagierten auf das Geschöpf vor ihm. Es musste also tatsächlich irgendetwas mit der Zwischenwelt zu tun haben. Für einen Moment wurde alles um ihn herum taghell. Das Licht biss ihm in die Augen. Dann wurde es schlagartig wieder dunkel.

Und erst im nächsten Augenblick begriff Jack, dass er dabei war, das Bewusstsein zu verlieren.

Er glaubte, einen Namen zu hören, den eine heisere Stimme rief. »Naima.« *Wer hat da gerufen?*, dachte er noch bei sich.

Und dann wurde alles um ihn herum schwarz.

EINE LÜGE

Im ersten Moment glaubte Jack, dass er träumte. Der Marble Arch. Die Toten im Kreis. Die Frau. Der Schatten. Alles nur verschwommene Bilder, die wie alte Erinnerungen in seinem schmerzenden Kopf durcheinanderwirbelten. Jack zwang seine Augen auf, und die Bilder verschwanden widerwillig. Zumindest teilweise. Er lag nur wenige Schritte von den Toten entfernt vor dem Marble Arch. Um ihn herum glitzerten die Scherben der Phiolen wie Eiskristalle. Und er begriff, dass die Bilder in seinem Kopf echte Erinnerungen waren. Keine Träume.

Der Gedanke an die Frau ließ ihn hochfahren. So sehr das auch schmerzte. Erst im nächsten Augenblick wurde ihm bewusst, dass der Schatten, der ihn angegriffen hatte, womöglich noch in der Nähe war. Der Nebel hatte sich nicht gelichtet. Wie viel Zeit war verstrichen, seit er von diesem Ding angefallen worden war? Er wusste es nicht. Der Dunst gebar keinen Hinweis auf seinen Angreifer, und Jack trat mit wackligen Beinen auf das Tor zu. Er versuchte es zu öffnen, um wieder in die Zwischenwelt zu gelangen. Um die Frau zu holen. Doch seine Finger fanden nur unnachgiebiges Eisen, und die Gewissheit, dass das Tor nun geschlossen war, stieg in ihm wie Gift empor. Alle Geister waren offenbar hindurchgegangen. Und die Stunde musste bereits vorüber sein. Hatte er so lange bewusstlos hier gelegen? Er konnte es kaum glauben. Nur eines war sicher: Die Frau war gefangen. Jack rüttelte an dem Tor, obwohl ihm klar war, dass er weder auf diese noch auf eine andere Weise den Weg hinüber würde finden können. Die Frau war verloren. »Verdammt«, rief er in den Nebel.

»Ist etwas nicht in Ordnung, Constabler?« Der Diener trat so unvermittelt aus dem Dunst, dass Jack vor Überraschung aufkeuchte.

»Es ... es ist alles bestens«, erwiderte Jack, der sich bemühen musste, nicht aus seiner Rolle als Polizist zu fallen. »Sind Sie gerade erst gekommen?« Es kostete ihn Mühe, sich die Nachwirkungen seiner Ohnmacht nicht anmerken zu lassen.

»Was meinen Sie, Constabler?« Der Mann sah ihn mit gerunzelter Stirn an.

Jack überlegte, ob der Diener etwas von dem Schatten und dem Angriff mitbekommen hatte, doch dann hätte der Mann sicher anders reagiert. »Wie lange waren sie fort?«

»Sir?« Der Diener bedachte ihn mit einem ebenso höflichen wie verwirrten Blick.

»Länger als eine Stunde?«, fragte Jack, während er sich heimlich nach einem Schatten im Nebel umsah.

»Nicht einmal eine halbe«, erwiderte der Diener. »Ich wollte nach Ihnen sehen.« Er machte sich nicht die Umstände, seinen Widerwillen zu verbergen, noch einmal herzukommen. »Ihre Kollegen lassen auf sich warten.«

Eine halbe Stunde? Wie seltsam, dachte Jack. Das passte alles nicht zusammen. »Sie sollten in den Palast gehen«, wies er den Diener an. Er bemerkte die Spuren der Krallen auf seiner Jacke und wandte sich so zur Seite, dass der Diener sie nicht bemerkte. »Die anderen sind sicher gleich da.« Vermutlich ließen sie sich ein wenig Zeit, damit keine Geister mehr am Tatort herumstreunten, mutmaßte Jack. »Ich warte bei dem Nebeneingang auf sie.« Und auf den fragenden Blick des Mannes hin fügte er hinzu: »Der Mörder könnte sich noch in der Nähe aufhalten.« Das war nicht mal gelogen. Auch wenn Jack den Mann nicht vor dem Feuerteufel und Giftmischer, sondern vor dem

Schatten bewahren wollte. Und wenn der Schatten die Staatsgäste auf dem Gewissen hatte? Der Gedanke hatte etwas für sich, aber er änderte nichts an der derzeitigen Lage.

»Sehr wohl«, erwiderte der Diener mit hörbarer Erleichterung in der Stimme und verschwand dann ebenso schnell, wie er gekommen war.

Jack sah noch einmal auf die Toten im Kreis. Ein Körper fehlte nun. Jack konnte nur hoffen, dass der Diener nicht noch mal nachzählte, ehe die Leichen fortgetragen wurden. Er seufzte. Das Schicksal der Vergifteten war tragisch. Aber er fürchtete, dass das Schicksal der Frau, die er in die Zwischenwelt gebracht hatte, weitaus schrecklicher war. Er sah sich noch einmal nach dem Schatten um, der ihn angegriffen hatte, und als er sicher war, dass dieses … Ding fort war, nahm er seine Tasche und ging zum Seiteneingang. Kaum hatte er ihn geöffnet, hörte er tiefe Stimmen. Die Metropolitan Police war da. Wie aufs Stichwort. Der Polizist, der die Gruppe Uniformierter anführte, schnitt bei Jacks Anblick ein Gesicht, als hätte er in ein Stück verdorbenes Fleisch gebissen. Die leitenden Mitarbeiter der Polizei akzeptierten die Soulmen wie ein notwendiges Übel. Aber sie waren weit davon entfernt, sie zu respektieren. Vermutlich hatte der Mann gehofft, dass Jack seine Arbeit bereits erledigt hatte und wieder gegangen war. Während die Männer nach Jacks kurzem Bericht eilfertig zum Marble Arch liefen, blieb ihr Vorgesetzter stehen.

Auf die Frage des Mannes mit dem dichten Vollbart, ob die Gespenster alle fort seien, verzog Jack nur mitleidig den Mund. Gespenster. Er verkniff sich jede Belehrung. »Es ist kein Geist mehr in der Nähe«, erwiderte er stattdessen müde und machte Anstalten, den Innenhof zu verlassen. Er klang selbst für seine eigenen Ohren erbärmlich.

Der Polizist wollte sich schon umwenden, dann aber hielt er inne. »Sie haben nichts angefasst, oder?«, fragte er Jack.

»Nein, natürlich nicht«, erwiderte Jack. *Ich habe nur die Prinzessin auf die andere Seite gebracht und dort verloren*, fügte er in Gedanken hinzu. *Ich habe gegen die wichtigste Regel der Soulmen verstoßen und ein Unglück angerichtet.* »Die sieben Toten liegen unberührt da.«

»Sieben? Ich dachte es seien acht.« Er kniff die Augen für einen Moment misstrauisch zusammen. Dann aber entspannte er sich wieder. »Sieben oder acht. Es ist egal. Es sind Araber. Wilde. Und sie werden mir einen Haufen Arbeit machen.« Er bemerkte Jacks fragenden Blick. »Ich habe natürlich nichts gegen Fremde«, schob der Uniformierte rasch hinterher. »Aber diese Fremden sind nicht von hier.«

Jack schüttelte den Kopf. Er mochte den Mann nicht. Und er wollte ihn nicht so einfach davonkommen lassen. Zeit für ein wenig Wahrheit. Verschwörerisch winkte er ihn zu sich heran. »Passen Sie auf«, wisperte er ihm ins Ohr. »Da ist etwas im Dunst, das nicht von dieser Welt ist. Etwas, das den Tod bringt.«

Für einen Moment konnte Jack die Angst in den Augen des Mannes erkennen. Wie eine dunkle Farbe mischte sie sich in sie hinein. Dann aber straffte sich der Polizist und fuhr sich mit der Hand über den Bart, als könnte er so die Furcht abstreifen wie die kalten Nebeltröpfchen, die sich über seiner Oberlippe gesammelt hatten. »Verrückt«, entfuhr es ihm, und er bewegte den Zeigefinger kreisförmig an seiner Schläfe. »Übrigens, Sie haben offenbar einen Freund gefunden.« Er deutete neben Jack.

Und dort saß zu dessen Überraschung die Katze, die bei den Toten Wache gehalten hatte. Mit einem Blick, den Jack nicht deuten konnte, starrte sie ihn an. Und wie jedes Mal, wenn er eine Katze ansah, überkam Jack das Gefühl, dass dieses Tier ihn durchschaute. Dass es mehr wusste, als es eigentlich sollte. Hatte sie zu den Toten gehört? Die Katze sträubte das Fell und fauchte den Polizisten so unvermittelt an, dass dieser einen Schritt zurückwich.

»Passen Sie auf«, meinte Jack, dem die Katze sofort sympathisch war, »Im Nebel gibt es Dinge, die besser verborgen bleiben sollten.«

»Verrückt«, murmelte der Polizist noch einmal. Dann lief er los. Und sah sich nach allen Seiten um, ehe ihn der Nebel verschluckte.

Auf dem Rückweg war Jack tief in Gedanken versunken. Nur am Rand nahm er wahr, dass die Katze ihn begleitete. Seine Füße fanden das Ministerium wie von alleine, und er konnte nur an die Frau und den Schatten denken, von dem er hoffte, dass er tatsächlich verschwunden war. Er hatte alles falsch gemacht. Oder? Er war nicht auf solch eine Situation vorbereitet worden. Ein Geschöpf wie seinen Angreifer dürfte es nicht geben. Eigentlich. Und die Frau. Wie hätte er sie einfach zurücklassen können? Hätte er etwa warten sollen, dass sie starb, um dann ihre Seele auf die andere Seite zu begleiten? *Verändere nichts*. Die Regel war so unmissverständlich. Und dennoch hatte er sich nicht an sie halten können. Er würde einen Bericht verfassen. Erklären, was schiefgelaufen war. Und das war eine Menge.

Den angehenden Soulman am Eingang beachtete er kaum und wollte sich schon auf direktem Weg ins Archiv begeben, als ihn eine Hand an der Schulter packte. Der Rothaarige war ihm hinterhergelaufen und sagte ein paar Worte zu ihm, die nur schwer den Weg durch Jacks Ohren in seinen Kopf fanden. Er musste sie wiederholen, ehe Jack ihren Sinn begriff. »Ich soll zum Minister?«

Der junge Mann nickte so aufgeregt, als müsste er selbst den Weg in das mit weitem Abstand größte Büro des Ministeriums antreten. »Und zwar sofort.«

Stumm nickte Jack. *Na wunderbar*, dachte er. Er hatte sich seinen Bericht in Ruhe zurechtlegen wollen. Noch einmal darüber nachdenken, wie er die Ereignisse schildern wollte. Und nun würde ihn der Minister persönlich befragen. Natürlich hatte er bereits von den Toten im Buckingham Palace gehört.

»Ist das Ihre Katze?«, fragte der Mann.

Jack hatte sie beinahe vergessen. Aber da saß sie neben ihm. Unbeweglich wie eine der ägyptischen Steinfiguren, die man im British Museum bewundern konnte. Eine Katze im Ministerium war nichts Ungewöhnliches. Jack konnte sich nicht recht erklären, weshalb sie so oft durch die Gänge streunten. Vielleicht lag es an dem Archiv und den Seelen, die dort gelagert wurden. Womöglich zogen sie die Katzen an, deren Sinn für die Zwischenwelt ihnen ja auch den Übergang durch die Pforten ermöglichte, die sie, laut Terry, zusammen mit den Geistern durchschritten.

»Ich kann sie hinunterbringen«, bot sich der Rothaarige an. »Der Minister mag keine Tiere.«

»Ja, sehr freundlich«, murmelte Jack. Dann wandte er sich um. Und ohne den Rothaarigen weiter zu beachten, ging er zu der Treppe, die hinaufführte. Er war so müde, dass er kaum die Augen offen halten konnte, während er das Stockwerk hinter sich ließ, in dem die Büros der Agenten für den Außeneinsatz lagen. Die Stellung in der Hierarchie der Soulmen zeigte sich nicht nur in der Größe der Büros, die mit jedem Stockwerk wuchs, sondern auch in der Qualität des Teppichs. In der Etage, in der sich das Büro des Ministers befand, war er so dick, dass er jeden Schritt verschluckte wie ein hungriges Tier. Offenbar dauerte der Einsatz an King's Cross weiter an. Das Ministerium war noch immer wie ausgestorben. Vor der massiven Eichentür blieb Jack einen Moment stehen und atmete tief durch. Er fühlte sich grässlich. Verwirrt. Sein Haar klebte ihm nebelnass auf der Stirn. Und er wusste nicht, was er erzählen sollte. *Ein*

Schatten hat mich angegriffen, als ich eine Sterbende in die Zwischenwelt gebracht habe, Sir. Alle Phiolen sind zerstört, und von den Geistern der Toten gibt es keine Spur. Vom Schatten übrigens auch nicht. Nun, diesen Bericht konnte er dem Minister kaum geben. Es sei denn, er wollte entlassen werden. Und das würde Jack nie riskieren.

Noch einmal atmete er tief durch, dann klopfte Jack.

»Herein.« Das Wort klang dumpf durch die Tür. Lautlos schwang sie auf, als Jack sie öffnete und das Büro betrat.

Dieser Raum war so groß, dass er wohl zwei Londoner Großfamilien problemlos Platz geboten hätte. Und er atmete Erhabenheit. Jack, der den Armenvierteln Londons entkommen war, fühlte sich schon mit dem ersten Schritt auf dem dunklen Holzboden fehl am Platz. Sicher war es kein Zufall, dass in diesem riesigen Raum jeder Schritt deutlich hörbar war. Jack hatte nie ganz verstanden, mit welchen Tricks und Kniffen die vermeintlich Höhergestellten versuchten, ihre Untergebenen aus der Fassung zu bringen. Der Minister erschien Jack in diesem Moment wie eine lauernde Spinne, und er selbst kam sich vor wie ein Tier, das lautstark in eine Falle tappte. In der Welt, in die er geboren worden war, galten allein Stärke und Rücksichtslosigkeit als Schlüssel zum Erfolg. Es sei denn, man besaß ein einzigartiges Talent wie das, die Seelen der Toten sehen zu können.

Der Minister, der hinter einem großen, von einer Gaslampe beschienenen Schreibtisch saß, entsprach so sehr dem Idealbild eines Gentlemans, dass er aus einem Lehrbuch für Etikette hätte stammen können. Von dem grauen Backenbart über den gestärkten Kragen seines schneeweißen Hemdes bis hin zum tadellos sitzenden Gehrock sah der Minister stets so aus, als wäre er bei Königin Victoria persönlich zum Tee eingeladen. Soweit Jack wusste, stammte der Minister aus einer der adligen Familien Englands. Dass er in jungen Jahren seinen Vater bei einer Jagd begleitet hatte, war prägend für sein späteres Leben gewesen. Zum einen hatte der damals Zehnjährige schlecht gezielt und mit seiner Flinte nicht dem Fuchs, sondern dem Vater, der ihn über alles geliebt hatte, das Herz zerschossen. Ein Ereignis, das ihn in frühen Jahren zum Lord gemacht hatte. Und zum anderen hatte der Geist des Vaters ihn berührt und damit gezeichnet, wie es unter den Soulmen hieß. Beides machte ihn zum idealen Leiter des Ministry of Souls.

Den Minister selbst hatte Jack bislang nur einmal getroffen. Die Behörde war mittlerweile so groß, dass der Platz in dem betagten Gebäude knapp wurde. Dennoch ließ es sich der Minister nicht nehmen, die neuen Mitarbeiter selbst zu begrüßen. Auch wenn er anschließend in der Regel nie wieder etwas mit ihnen zu tun hatte. Vermutlich kam es nur äußerst selten vor, dass ein einfacher Agent zu ihm gerufen wurde. Und sicher kam es nie vor, dass ein Anfänger wie Jack das getäfelte Büro mit dem Lärm seiner Schritte füllte.

»Guten Abend«, begrüßte ihn der Minister, ohne von einem Stapel Unterlagen aufzusehen, die er studierte. »Jack, nicht wahr?«

Nichts in seiner Stimme verriet, was der Minister dachte. Geschweige denn, was er fühlte.

»Sir«, erwiderte Jack und blickte auf die Papiere. Kolonnen von Namen waren zu erkennen. Vermutlich die Listen der Toten, deren Seelen von den Soulmen im vergangenen Monat in die Zwischenwelt gebracht worden waren. Es gab wohl keine Nation, die das Sterben ernster nahm als die Briten.

»Wie ich gehört habe, waren Sie heute im Palast.«

Jack war froh, dass der Minister nicht aufsah und erkannte, dass sein Mund zuckte. Die Stimme des Ministers war freundlich, und dennoch lag mit einem Mal eine Spannung in der Luft, die er wie ein Prickeln auf der Haut spürte. Ein Prickeln, das er stets vor körperlichen Auseinandersetzungen in seinem alten Leben gefühlt und das ihn mehr als einmal rechtzeitig gewarnt hatte. »Der Leiter des Archivs hat mich hingeschickt, um die Geister der Staatsgäste Ihrer Majestät zu begleiten.« Jack musste sich zwingen, seine Stimme ruhig zu halten. Ihr Klang konnte ebenso verräterisch sein wie die Worte. »Er fürchtete … Unannehmlichkeiten für Ihre Majestät, falls die Geister den Weg nicht von alleine gefunden hätten.«

»Terry.« Der Minister sprach den Namen aus, als müsste er ihn kosten, um zu entscheiden, ob er ihm schmeckte. Dann hob er den Blick.

Jack sah in das ausdruckslose Gesicht eines perfekten Gentlemans. Doch in den wässrigen Augen erkannte er eine so tiefe Wut, dass er beinahe einen Schritt nach hinten gemacht hätte. Er begriff, dass er mitten in einen Zweikampf aus Worten geraten war. Einen Zweikampf mit einem Gegner, der ihn mühelos besiegen konnte.

»Offensichtlich ist hier vieles schiefgelaufen. Lassen Sie uns daher bitte direkt zum Relevanten kommen. Wenn ich nicht bei diesem unsäglichen Lokomotivunglück hätte nach dem Rechten sehen müssen, wäre ich rechtzeitig im Büro gewesen. Und hätte den Auftrag selbst an mich genommen. Sie sind, soweit ich mich erinnere, noch kein Agent, oder?«

Jack fixierte einen Punkt knapp über den Augen des Ministers. Nun kam er ihm nicht mehr wie ein Kämpfer vor. Er sah stattdessen einen Kater vor sich. Einen Kater, der einen Vogel entdeckt hatte, mit dem er noch ein wenig spielen wollte, ehe er … »Nein Sir.« Jack wusste selbst nicht, wie er es schaffte, seine Stimme weiter ruhig klingen zu lassen. Vielleicht hatte sich sein Herz in dieser Nacht bereits zu sehr gefürchtet, um nun auch noch wegen eines ungehaltenen Ministers aus dem Takt zu geraten.

Jacks Vorgesetzter musterte ihn einen Augenblick lang schweigend, dann lehnte er sich in seinem hohen Stuhl zurück und bedachte ihn mit einem so durchdringenden Blick, als wollte er tief in sein Herz schauen. »Erzählen Sie, was geschehen ist.«

Unmerklich entließ Jack die Luft, die er angehalten hatte. Offenbar hatte der Kater beschlossen, den Vogel noch ein wenig leben zu lassen. Der Bericht, den Jack dem Minister gab, enthielt gerade genug Wahrheit, um den Geschmack der Lügen, die Jack hineinmischte, zu überdecken. Jack besaß nicht nur das Talent, Geister sehen zu können. Er vermochte auch das zu erfassen, was sein Gegenüber gerne hören wollte, und dies in Worte zu kleiden. Es war eine Fähigkeit, die er sich in vielen Jahren auf der Straße angeeignet hatte. Die Unwahrheiten begannen an dem Punkt, an dem Jack festgestellt hatte, dass die Frau noch lebte. In Jacks Darstellung war sie vor seinen Augen gestorben, und ihre Seele war von ihm auf die andere Seite begleitet worden.

»Also waren es sieben Tote?«, fragte der Minister, als wäre die Zahl der Verstorbenen wichtig.

»Acht«, verbesserte Jack. »Der Emir, sechs Familienmitglieder und ein Diener.«

»Der Diener ist unwichtig«, murmelte der Minister mit einem Mal nachdenklich. »Und die Seelen?«

Jack dachte an die fehlenden Geister und den stummen Diener. »Habe sie alle hinübergebracht. Terry sagte, wir könnten nicht noch einmal in den Palast. Deshalb habe ich die Angelegenheit direkt erledigt.« Die Lüge kam ihm überraschend flüssig über die Lippen.

Unwillkürlich streckte der Minister eine Hand aus. »Die Tasche, bitte.«

Jack verstand nicht, doch er reichte sie ihm.

»Acht Phiolen?«, fragte der Minister.

Jack nickte, während sein Vorgesetzter einen kurzen Blick hineinwarf, als wollte er sich vergewissern, dass auch alle Glasbehälter fort waren. Dann nickte er scheinbar milde gestimmt. Der Kater fuhr die Krallen wieder ein.

»Ich versichere Ihnen, Herr Minister, dass es nicht meine Absicht war …«

Mit einer Bewegung seiner Hand schnitt der Mann Jack die Worte von den Lippen. »Es ist gut«, sagte er zu Jacks Überraschung. »Sie haben den Auftrag unter diesen Umständen zufriedenstellend erledigt. Ich gehe davon aus, dass Sie keiner gesehen hat, als Sie auf die andere Seite gegangen sind?«

»Keiner«, antwortete Jack. *Keiner bis auf einen Schatten, der mich bei den Toten angegriffen hat*, fügte er in Gedanken hinzu. Insgesamt war er ganz gut davongekommen. Man hatte ihn nicht hinausgeworfen. Und er würde wohl keinen Bericht verfassen müssen. Nur die Registereinträge warteten noch auf ihn. Sein erster Auftrag würde schon bald offiziell abgeschlossen sein. Und doch fühlte er sich nicht erleichtert. Das Schicksal der Frau lag auf seiner Seele wie ein Stück Blei.

»Sie dürfen sich ab heute zu den Soulmen im Außeneinsatz zählen«, sagte der Minister und sah wieder auf seine Liste. Offenbar war die Befragung bereits beendet. »Eine entsprechende Notiz wird in Kürze an Ihren Vorgesetzten gehen.«

Für einen Moment stand Jack nur steif da und glaubte, sich verhört zu haben. Ein echter Soulman. Kein Auszubildender mehr. Und vielleicht keine Agatha mehr. Er hatte es geschafft. Mit einer Lüge zwar, aber er hatte es geschafft. Um ein Haar wäre er dem Minister um den Hals gefallen, doch dann straffte er sich. »Danke, Sir«, sagte er knapp, und als sein Vorgesetzter nicht mehr aufsah, machte er kehrt und ging zur Tür. Seine lauten Schritte konnten sein vor Aufregung wild schlagendes Herz nicht übertönen.

Ein Soulman.

Endlich.

SCHLAF, PRINZESSIN

Die Welt erschien Prinzessin Naima wie ein Bild, das von einer unsichtbaren Hand gemalt wurde, während sie es betrachtete. Sie war zu Hause. Und war es nicht. Der Garten, in dem sie lag, war ihr ebenso vertraut wie fremd. Hohe Palmen erhoben sich in einen Himmel, der seltsam grau schien. Und alles verschwamm ganz leicht ineinander, als würde sie in der Tat ein Bild betrachten, dessen Farben noch nicht getrocknet und doch schon von der Sonne verblichen waren.

Sie lag auf einer steinernen Bank. Ihr Lieblingsplatz. Hierhin zog sie sich oft zurück, wenn die Mauern des Palasts, in dem sie lebte, sie zu erdrücken drohten. Wenn sie die geflüsterten Gespräche der Diener oder der Wesire zufällig mit anhörte, die von der Ungerechtigkeit berichteten, die ihrem Volk durch die britischen Besatzer widerfuhr, und sie selbst die Tatenlosigkeit, zu der sie verdammt war, nicht mehr ertrug. Wenn ihr Vater die Tränen zu verheimlichen suchte, die er über das Leid seiner Untertanen vergoss, während er versuchte, den brüchigen Frieden mit den Feinden aufrechtzuerhalten.

Dies war ein Platz voller Frieden.

Aber nun fühlte er sich falsch an. Bedrohlich.

Schlaf, Prinzessin. Die Stimme kam mit dem Wind, den Naima nur schwach wie eine Erinnerung auf der Haut fühlte. Eine vertraute Stimme. Ihr Klang ließ Ruhe in Naima aufkommen. Sie gehörte dem Leibdiener ihres Vaters. Abdal. Er war auch ihr Vertrauter. In seiner Nähe fühlte sie sich sicher.

Hier aber war auch seine Stimme falsch.
Doch Naima konnte nicht anders, als ihr zu gehorchen.
Schlaf, Prinzessin.

ZERFALLENDE WELT

Der Tod war in Londons Straßen schon immer ein oft gesehener Besucher gewesen. Doch seit einiger Zeit schien er einen besonders großen Appetit auf das Leben zu haben, das er in Großbritanniens Hauptstadt fand. Ohne Unterlass brachte er in den Wochen nach dem verhängnisvollen Angriff beim Marble Arch so viel Arbeit für die Soulmen, dass es Jack manchmal vorkam, als würden die Grenzen zwischen Tag und Nacht zerfließen. Die Armen fanden auch in der modernsten Stadt der Welt nur selten genug zu essen und litten oft unter Mangelkrankheiten. Wen der Hunger nicht umbrachte, fand den Tod im verdreckten Trinkwasser. Und wer sich trotz der schlechten Versorgung auf den Beinen hielt, musste aufpassen, dass er nicht bei einem der Tumulte in den Armenvierteln, oft ausgelöst durch Streit um Nahrung oder Alkohol, ums Leben kam. Es waren nicht nur moderne, sondern auch raue Zeiten.

In den Gleichmut der Stadt, die schon immer mit dem Tod hatte leben müssen, mischten sich Sorge und Angst und Argwohn. Berichte von den Grenzen des riesigen Weltreichs hatten allenfalls die gewissenhaftesten Leser der englischen Zeitungen in Atem gehalten. Das Königshaus hatte schon seit Jahren alle Mühe gehabt, seine mittlerweile so fernen Kolonien zu befrieden. Doch die neuen Untertanen der Krone aus Indien, Ägypten und dem Nahen Osten zeigten sich zunehmend undankbar darüber, dass sie Teil des Vereinigten Königreichs geworden waren. Waren Anschläge auf britische Einrichtungen in Übersee, begangen durch selbsternannte Freiheitskämpfer, bislang nur gedruckte Worte auf Papier gewesen, so wurden sie nun offenbar zur blutigen Wirklichkeit auf Englands Straßen. Die ersten ungewöhnlichen Vorfälle hatte die junge Polizeibehörde der Stadt noch als Taten eines Wahnsinnigen abgetan. Vergiftetes Trinkwasser in Soho. Ein Verbrechen, das schnell Angst unter den Menschen säte. Es folgten bald Anschläge auf den Londoner Hafen, die den Nachschub für die Soldaten der Krone in den fernen Kolonien zum Ziel hatten. Mal brannten Container mit Waffen für die Truppen in Indien und rissen Dutzende Arbeiter in den Flammentod. Dann sank ein Versorgungsschiff für die Männer in der arabischen Wüste mitsamt seiner Besatzung. Obwohl nie jemand gesehen wurde, der für die Anschläge verantwortlich war, hatte die Presse schnell eine Erklärung parat: Die Freiheitskämpfer der Kronkolonien hatten ihren Weg nach London gefunden und ihren Kampf um die Unabhängigkeit vom Weltreich mitgebracht. Hinter vorgehaltener Hand wurde schon davon gesprochen, die legendären Assassinen seien gekommen, um mit ihren Messern der Königin selbst das Leben aus dem Leib zu schneiden.

Nun, verdenken konnte Jack es den ausländischen Attentätern nicht, dass sie um ihre Freiheit kämpften. Falls sie es tatsächlich nach London geschafft hatten. Doch für Mord hatte er wenig übrig, und das, was sich um ihn herum ereignete, war nichts anderes als das größte aller Verbrechen. Jedes neue Unglück riss Unschuldige aus dem Leben. Und brachte den Soulmen neue Arbeit. Der Platz im Archiv des Ministeriums wurde so schnell knapp, dass sich Terry schon darüber beschwerte, er müsse Tag und Nacht arbeiten, um nicht den Überblick über all die Toten zu verlieren. Den Hinweis, er sei ein Geist und würde daher nicht schlafen, überhörte er in einem plötzlichen Anfall von metaphysischer Schwerhörigkeit.

Der jüngste Tag hatte Jack in die Produktionsstätte einer

der wichtigsten Waffenmanufakturen der Stadt geführt. Ein schwieriger Auftrag. Denn eine der Seelen, die er dort gefunden hatte, wollte partout nicht gehen. Es war der Besitzer der Produktionsstätte, der angefangen hatte, mit ihm zu diskutieren. Jack hatte schon einige Male mit solchen Geistern zu tun gehabt. Dieser hier hatte ihm sogar Geld angeboten, damit er ihn in der echten Welt ließ. Selbst als Jack den Waffenhersteller auf die andere Seite gebracht hatte, war dieser noch immer nicht davon abzubringen, Jack bestechen zu wollen, damit er ihn wieder in die echte Welt brachte. Selbst Jacks Hinweis, dass Geister gar kein Geld mehr besaßen und es überdies unmöglich war, einen Geist zurückzubringen, hatte den frisch Verstorbenen nicht davon abhalten können, ihn am Ende gar zu bedrohen. Seine Arbeiter waren da weniger schwierig gewesen. Eines aber war ihnen allen gemein: Sie waren kaum noch zu erkennen gewesen. Das Bild der Körper, die von geschmolzenem Eisen überschüttet worden waren, hatte Jack auch noch am Abend im Kopf, als er im Fortune of War, einem der Pubs saß, die gerne von Londons Leichenräubern besucht wurden. Die Ressurection Men, wie sich die Männer nannten, waren eine der wichtigsten Informationsquellen für das Ministerium, wenn es darum ging, von den neuesten Todesfällen zu erfahren. Jack lauschte gerade einem Leichenfledderer, der sich seinem Gesprächspartner mit dem Namen Charles Dexter Ward vorgestellt hatte, und lautstark versuchte, ihm einen Satz erstklassiger Zähne zu verkaufen. Zurückhaltung war an diesem Platz unnötig. Ob Ward seine Zähne loswurde, bekam Jack nicht mit, denn gerade als die Verhandlungen spannend wurden, setzte sich Travis, einer der erfahrensten Soulmen, neben ihn an den Tisch in der Nähe des Tresens.

»Was hat der alte Ward denn heute im Angebot? Knochen? Einen ganzen Körper für die Universität?« Travis hielt sich nicht mit Höflichkeitsfloskeln auf. Er lehnte sich schnaufend in dem wackligen Holzstuhl zurück und bedeutete dem Mann hinter dem Tresen, ihm ein Bier zu bringen.

»Zähne«, erwiderte Jack und sah Charles Ward dabei zu, wie er sich erhob und mit offensichtlicher Zufriedenheit einen Weg durch die Menge bahnte. Scheinbar waren die Verhandlungen gut für ihn gelaufen.

»Könnte selbst welche gebrauchen«, brummte Travis und nahm das Bier, das ihm der Wirt hinstellte. Im Fortune of War blieb es selbst am Tag so schummrig, dass man nie ganz genau sah, was im Glas oder auf dem Teller war. Und vermutlich war das auch gut so. Travis störte sich nicht daran. Er nahm einen tiefen Schluck und musterte dann rasch die Gäste, von denen sich einige in kleinen Gruppen zusammendrängten. Verbrecher im eigentlichen Sinne gab es nur selten im Fortune of War. Doch die Geschäfte der Ressurection Men waren so speziell, dass es ihre Kunden vorzogen, unerkannt zu bleiben. Professoren der Medizin, die frische Leichen für ihre Forschungen brauchten, waren in dem Pub ebenso anzutreffen wie Zahnärzte, die hier alles Nötige bekamen, um ihren Patienten die besten Gebisse fertigen zu können. Ein gewisses Maß an Vertraulichkeit schätzten sie alle.

»Und, Junge?« Travis bedachte Jack mit einem müden Blick. »Wie gefällt dir die Arbeit zwischen den Welten?«

Es gab nur wenige Orte, an denen die Soulmen außerhalb des Ministeriums so ungezwungen über ihre Arbeit sprechen konnten wie im Fortune of War. Der Tod gehörte hier so sehr zum Leben, dass die Gespräche der Soulmen zwischen den Verhandlungen um ein Paar gut erhaltener Füße oder dem Tarif für ein frisches Herz nicht weiter auffielen.

»Sie ist … wunderbar.« Wie seltsam sich das Wort anfühlte. Als wäre das Ende des Lebens etwas, auf das man sich freuen konnte. Doch seit Jack in das vielleicht größte aller menschlichen Geheimnisse eingeweiht worden war, fühlte er sich auf eine eigentümliche Weise besonders. Und beruhigt. In dem Waisenhaus, das er einige Jahre – bis er es dort nicht mehr ausgehalten hatte – sein Zuhause genannt hatte, war ihm eingebläut worden, dass ihm im Jenseits nur dann Glück beschieden sein würde, wenn er sich im Leben unterwürfig verhielt. Jack war schnell klar geworden, dass er lieber im Leben ein wenig Spaß haben wollte, und war das Risiko eingegangen, Gott damit ordentlich zu erzürnen. Ob dieser tatsächlich am Ende auf die Seelen wartete, wusste keiner der Soulmen. Doch da die Kirche keine Ahnung von der Existenz der Zwischenwelt gehabt hatte, war davon auszugehen, dass sie auch in diesem Punkt ordentlich im Trüben fischte.

»Ich sage immer: Der Tod ist erst der Anfang«, meinte Travis und nahm noch einen tiefen Schluck. »Verdammt gute Arbeit, die wir haben, oder? Ein wenig viel im Moment. Aber wenn sie die Asch… Ascha…« Das Bier hatte schnell seine Wirkung entfaltet. Es musste nicht nur für Jack, sondern auch für Travis ein harter Tag gewesen sein. Und offenbar war dies heute nicht das erste Bier für ihn. Vermutlich auch nicht das zweite, so schnell wie er zu lallen begann.

»Die Assassinen«, bot er hilfreich an.

»Genau, die orientalischen Hunde«, erwiderte Travis und schlug seinen Bierkrug so hart auf den Tisch, als hätte er einen von ihnen dort ausgemacht. Er hatte indes nur einem Käfer den Leib zerdrückt, der im falschen Moment in Travis' verklärten Blick geraten war. »Wenn sie die endlich zur Strecke bringen, wird es wieder ruhiger. Wenn bis dahin nicht alles den Bach runtergegangen ist.«

Jack verbiss sich einen Kommentar. *Die orientalischen Hunde.* Ausgerechnet. Nicht nur die Phiolen, sondern auch das meiste Wissen über die Zwischenwelt stammten aus dem Orient. Dieses Wissen war mit vielen anderen Dingen aus einer der Kolonien im fernen Osten des Weltreichs nach London gebracht und beinahe als Aberglaube abgetan worden. Doch der Minister hatte, damals noch Geschäftsmann und Mitglied im House of Lords, die Schriften eines namenlosen arabischen Gelehrten in einer Kiste voll Seide aus irgendeinem Emirat gefunden und die richtigen Schlüsse gezogen. *Emirat.* Jack verzog bei dem Gedanken an das Wort das Gesicht. Er dachte oft an die Toten im Buckingham Palace. An den Schatten. Und die Frau, deren verletzliche Schönheit sich so tief in sein Gedächtnis gebrannt hatte, dass er nicht wusste, ob er sie je würde vergessen können. Bei jedem seiner vielen Einsätze hatte er nach ihr gesucht. Nach einem Hinweis darauf, dass sie noch lebte. Leider hatte er weder noch einmal etwas wie den Schatten gesehen, noch eine Spur auf den Verbleib der Prinzessin gefunden. Ganz gleich, wie oft er auch in die Zwischenwelt geschickt worden war. Travis' Worte, die seine immer schwerer werdende Zunge nur unter Mühen formte, hätte er beinahe überhört. »Was hast du gerade gesagt?«, fragte er den Soulman, der sich bereits ein neues Bier hatte bringen lassen.

»Na, dass da drüben irgendwas vor sich geht.« Travis sah Jack genau in die Augen, als wollte er ihn mit seinem Blick bannen. Zumindest versuchte er es, doch er begann schnell zu schielen. »Habe es selbst gesehen. Es ist … wie soll ich es sagen? Die Zw…ischen…welt …« Er war schon so angetrunken, dass er sich an dem Wort fast verschluckte. Jack zog ihm vorsorglich das Glas weg. Er wollte hören, was Travis zu erzählen hatte, ehe er am Ende noch im Sitzen einschlief.

»Sie löst sich irgendwie auf.«

Jack starrte den Soulman an und wusste nicht, was er sagen sollte. War Travis verrückt geworden? Vermutlich. Oder einfach nur total betrunken. »Wie kann sie sich denn auflösen?«, brachte er schließlich hervor.

»Was weiß ich?«, erwiderte Travis, der seine Zunge mit viel Mühe offenbar wieder unter Kontrolle bekommen hatte, und fingerte nach seinem Glas. »Aber sie … Himmel, ich kann bei dem ganzen Lärm hier keinen klaren Gedanken fassen.« Er runzelte die Stirn so sehr, dass sie mehr Furchen gebar als ein schrumpeliger Apfel. »Sie … verschwimmt an den Rändern und fault in ihrem Inneren weg.« Zufrieden mit sich, dass er den Satz doch noch erfolgreich beendet hatte, zog Travis das Glas so energisch zu sich, dass er einen gehörigen Teil des Bieres verschüttete. Während er den Rest in einem Schluck trank, wirbelten in Jacks Kopf die Gedanken durcheinander.

»Ein paar der Jungs haben es auch schon gesehen«, meinte Travis. »Habe zuerst gedacht, ich hätte etwas Schlechtes gegessen.«

Oder getrunken, fügte Jack in Gedanken hinzu. Erzählte Travis womöglich doch keinen Unsinn? Aber wie um alles in der Welt sollte so etwas möglich sein?

»Habe gerade einen alten Mann, der in den Kensington Gardens gerne Enten gefüttert hat, im Archiv abgeholt und auf die andere Seite gebracht. War eigentlich ganz friedlich dort. Ich war im Park. Über mir die Bäume. Wollte gerade wieder gehen, als ich es gesehen habe.«

»Was gesehen?«, hakte Jack nach, während Travis eine Pause einlegte, um sein Glas erneut an die schwulstigen Lippen zu führen.

Als der Soulman bemerkte, dass es leer war, stellte er es ungehalten ab, bedeutete dem Mann hinter dem Tresen, dass er Nachschub brauchte, und richtete seinen verklärten Blick auf Jack. »Na, der Zerfall. Am Horizont sind die Bäume miteinander verschwommen. Verstehst du? Ich meine, sie ist ja immer irgendwie unscharf, die Zwischenwelt. Aber jetzt ist sie manchmal wie«, er runzelte vor Anstrengung die Stirn, als müsste er eine besonders schwere Rechenaufgabe in der Schule lösen, »ein Bild, bei dem die nassen Farben ineinanderlaufen.« Er bekam ein neues Glas vor die dicke Nase gestellt, woraufhin seine verärgerte Miene verschwand. Rasch nahm er einen weiteren Schluck. »Und … und in den Büschen schien es, die Pflanzen dort würden … irgendwie sterben. Ich meine, auf der anderen Seite sterben! Ganz schön gruselig. Und das will in unserem Job etwas heißen. Ich hatte schon gedacht, jemand von uns sei drübengeblieben. Du weißt schon. *Bleibe nie länger als eine Stunde*.« Er lachte heiser.

»Was hat denn die Stundenregel mit diesem Zerfall zu tun?«, wollte Jack wissen, der sich keinen Reim darauf machen konnte, worauf der alte Travis hinauswollte.

»Ach, das weißt du nicht?« Travis fixierte Jack vorwurfsvoll mit einem Auge. Das andere hielt er geschlossen. Vermutlich fürchtete er, Jack sonst zweimal zu sehen. »Wenn man länger als eine Stunde dortbleibt, verschwindet nicht nur die Pforte. Man selbst fängt an, die Zwischenwelt zu verändern. Sie … verflixt, Terry hat es mir mal erklärt. Aber du weißt ja, wie ungerne ich einem Geist …«

»Travis, bitte«, ermahnte Jack ihn.

»Gut, gut. Ich glaube, er sagte, sie nimmt Schaden. Leben und Tod stoßen sich nun mal ab. Wenn Lebende auf der anderen Seite sind, sorgen sie dafür, dass sich die Zwischenwelt irgendwann auflöst. Und wenn zu viele Geister auf unserer Seite sind, dann passiert das Gleiche. Nur, dass unsere Welt mehr aushält. Sonst wären wir bestimmt schon alle mausetot.« Travis lachte noch einmal, dann gähnte er herzhaft.

»Weiß jemand davon?«

»Außer dir und mir und denen, die es auch gesehen haben?« Travis legte die Stirn erneut in Falten, und er blinzelte, als wäre ihm etwas in die Augen geraten. »Glaube nicht. Ist auch nicht immer zu sehen. Und ich glaube, keiner will derjenige sein, der vor den Minister treten und das alles erklären muss. Am Ende wird man selbst noch dafür veranwor… verantor… ich meine …«, versuchte es Travis, doch dann sank sein Kopf auf die schmutzverkrustete Tischplatte, und aus seinem Mund drang ein tiefes Schnarchen.

Jack starrte den Mann einen Moment lang wortlos an. Ein Lebender, der sich zu lange in der Zwischenwelt aufhielt, konnte sie verändern? Ihr Schaden zufügen? Das hatte er in der Tat nicht gewusst. Wie von selbst erschien das Bild der vergifteten Prinzessin in seinem Kopf. Konnte sie …? Nein, sie war sicher schon tot. Immerhin hatte er sie vor Wochen hinübergebracht. *Ja, Jack. In eine Welt, in der die Zeit vergeht, wie sie will.* Auf einmal schienen die vielen Tage voller Geister, die er einfangen und auf die andere Seite hatte bringen müssen, wie fortgewischt, und er konnte nur noch an die Prinzessin denken. Verdammt, er musste selbst diese Spuren des Zerfalls sehen und herausfinden, ob sie am Ende etwas damit zu tun hatte.

Den schlafenden Travis ließ er mit schlechtem Gewissen im Fortune of War zurück. Unter den Soulmen gab es so etwas wie einen Ehrenkodex. Einen Kameraden in Gefahr beschützte man. Allerdings dürfte selbst der abgebrühteste Leichenfledderer nicht so verrückt sein, aus dem alten Travis ein Verkaufsobjekt zu machen. Und für die Biere zählte Jack dem Wirt ein paar Schillinge in die schmutzige Hand, während dieser mit einem fleckigen Lappen die Theke wischte.

Der Weg ins Ministerium nahm selbst an diesem Abend, an dem die Straßen der Stadt ausnahmsweise einmal so leer schienen, als würde niemand in den zahllosen Häusern wohnen, für Jacks Geschmack viel zu lange in Anspruch. Das Licht der Gaslaternen floss wie zerlaufene Milch über die Kopfsteinpflaster, spiegelte sich in dunklen Schaufenstern oder verlor sich in finsteren Hofeingängen. Jacks Schatten war der einzige, der sich in ihm abzeichnete, während dieser tief in Gedanken versunken so schnell ging, dass er schwer atmete, als er endlich das Ministerium erreichte.

Die Stadt mochte zu dieser Stunde verlassen erscheinen, doch hinter den dicken Mauern der geheimen Behörde war es so laut wie in einem Bienenstock. Agenten in dunklen Mänteln und mit Ledertaschen unter dem Arm machten sich gerade auf den Weg, einige der katalogisierten Geister zu deren Pforten zu bringen. Und zusammen mit Jack betraten zwei Soulmen das Ministerium, deren Taschen so prall gefüllt waren, dass Jack sicher war, dass Terry darin Arbeit für Stunden finden würde. Er drückte sich an ihnen auf der langen Treppe vorbei, die hinabführte, lief mit schnellen Schritten durch den engen Flur, von dem mehrere Türen abgingen, und hielt auf das große Tor an dessen Ende zu. Eigentlich sollten seine Flügel aus Sicherheitsgründen stets geschlossen bleiben, doch in diesen Tagen war so viel zu tun, dass es sich schlicht nicht lohnte, sie ständig zu öffnen und zu schließen. Geschickt schlüpfte Jack zusammen mit einer der vielen Katzen in das Archiv, in dem eine rege Betriebsamkeit herrschte. Archivare und Soulmen gingen eilig zwischen den Regalen aneinander vorbei, brachten neue Geister und holten Seelen für ihre Rückführung. Wie jedes Mal, wenn er das Archiv betrat, gönnte sich Jack einen Moment und blieb stehen. Der Raum erschien ihm immer wie eine in die Tiefe gebaute Kathedrale. Viele Meter hoch reichten die Regale, in denen die Phiolen mit den Geistern untergebracht waren, die darauf warteten, in die Zwischenwelt gebracht zu werden. Streng katalogisiert nach dem (vermutlichen) Todesjahr und dem Fundort. Die Geister, die frisch entdeckt worden waren, leuchteten hell, als wäre ein Funke Sonnenlicht in ihrem Inneren eingefangen. Oder besser: ein Funke Sternenlicht. Einmal hatte Jack mit einem seiner Ausbilder diesen Ort spät in der Nacht aufsuchen müssen, um dem Archivar, der zu dieser Stunde als einziger Dienst gehabt hatte, eine eingefangene Seele zu bringen. Nur eine einzige Lampe hatte außer den Phiolen geschienen, und in dieser Nacht war ihm das Archiv wie der nächtliche Himmel erschienen. Ein Ort, an dem die Sterne geboren wurden. Nun, je weiter man in den Jahren zurückging, desto dunkler wurde das Licht. Soweit Jack wusste, fingen die Geister in ihnen irgendwann an zu schlafen und erwachten erst wieder, wenn sie in der Zwischenwelt waren.

Den blassen, korpulenten jungen Mann, der hinter dem großen Schreibtisch vor den Regalen saß, erkannte Jack sofort wieder. Er hatte ihn in der Nacht getroffen, in der Terry ihn in den königlichen Palast geschickt hatte.

»Wo ist dein Chef?«, fragte Jack, ohne sich mit einer Begrüßung aufzuhalten. Wie hieß der Mann bloß? Jack konnte sich beim besten Willen nicht an den Namen erinnern.

Terrys Assistent hatte gerade etwas mit einer Feder in das Register geschrieben, das vor ihm auf der Tischplatte lag, und er sah Jack an, als käme ihm zum ersten Mal ein lebender Mensch unter die von den Brillengläsern vergrößerten Augen. Offenbar kam der arme Kerl nicht oft aus dem Archiv. Er deutete in eine der vielen Regalschluchten. »Jemand hat einen Geist von 1849 neben eine Seele aus dem Jahr 1451 sortiert. Der Irrtum ist gerade aufgefallen. Mein Vorgesetzter will …«

»Ja, ja, sicher ein furchtbares Drama«, fiel Jack ihm ins Wort. Er mochte sich zwar nicht an den Namen des Archivars erinnern, aber dessen Plapperhaftigkeit hatte er nicht vergessen. Jack biss sich auf die Unterlippe. Wenn Terry dabei war, seine Phiolen zu sortieren, konnte es Stunden dauern, bis er wiederkam. Genauer gesagt: sie sortieren zu lassen. Der Geist spannte für alles einen Assistenten ein, der die Arbeiten für ihn erledigte. Nicht selten bedauerte Jack die armen Teufel, die für ihn Namen in Register schreiben oder eben die Glasfläschchen in den Regalen richtig anordnen mussten. Der alte Terry fand immer etwas, das er bemängeln konnte. Nun, Jack hatte keine Zeit, auf Terry zu warten. Er musste in die Zwischenwelt. Jetzt. »Du verteilst gerade die Aufträge?«, fragte er und blickte dem Mann in die Augen. »Was gibt es?« Verflixt, wie hieß er denn nur?

Die Miene auf dem blassen Gesicht wurde erhaben. »Ich wurde mit der Leitung des Archivs kommissarisch betraut, bis mein Vorgesetzter …«

»Der richtige Mann an der richtigen Stelle«, schnitt Jack ihm erneut das Wort ab. »Also, wo geht es für mich hin?« Jack legte den Kopf schief und blickte auf die Spalten des Registers. Namen und Straßen waren dort aufgeführt.

»Ich hätte da …«, begann der Mann, doch dann wurde er abgelenkt, als die Katze, die mit Jack in das Archiv gekommen war, auf seinen Schreibtisch sprang. »Ramses«, zischte der Archivar vorwurfsvoll, ohne dass sich die Katze davon beeindrucken ließ.

»Ramses? Was ist das denn für ein Name?«, fragte Jack, während er in einer fließenden Bewegung das Buch zu sich zog und die Spalten überflog.

»Ein ägyptischer Pharao«, antwortete der Mann und begann die Katze zu kraulen. Seine struppigen Haare waren fast genauso schwarz wie ihr Fell, und es schien ein wenig, als trüge er etwas davon auf seinem runden Kopf. »Vor einigen Tausend Jahren gestorben. Es erschien mir passend, ihn so zu nennen. Er tauchte hier in der Nacht auf, in der die arabischen Staatsgäste im Buckingham Palace gest… was machst du da?« Erst jetzt schien der Archivar zu bemerken, dass Jack ihm das Buch fortgezogen hatte.

»Ramses, hm? Haben wir den auch hier irgendwo stehen?« Jack wartete die Antwort nicht ab. Er hatte bereits eine Seele ausfindig gemacht, deren Tod sich nur zwei Straßen weiter ereignet hatte. *Peter Darcy, Raubmord, Regal 42, Brett 9, Phiole 7.* »Gut, ich übernehme ihn«, sagte Jack, griff nach der Hand des Archivars, in der er noch immer die Feder hielt, und drückte sie auf das Papier. Dann schrieb er mit der Feder seine Initialen neben den Eintrag und ging.

Die aufgebrachten Worte des Archivars verklangen hinter Jack, während er das richtige Regal suchte. Üblicherweise war es hier nicht so voll wie heute. Aber das Wochenende stand bevor, und auch in dieser Behörde wurden die freien Tage streng eingehalten. Im Archiv musste also Platz geschaffen werden für all die neuen Geister, die in der nächsten Woche hereinkommen würden.

Jack zog sich eine der Leitern heran und stieg zu Brett 9 hinauf, während unter ihm schon der nächste Soulman darauf wartete, die Phiole für seinen Auftrag aus dem Regal zu ziehen. So eilig er es auch hatte, musste er sich nun zur Ruhe rufen. Die Phiolen durften nie zerbrechen. Schon ein kleiner Riss konnte dem Geist darin zur Flucht verhelfen. Behutsam griff er nach Phiole 7 und steckte sie in die Tasche seines Mantels. Dann stieg er hinunter und machte sich auf den Weg hinaus.

Die Pforte, die den bedauernswerten Mr Darcy auf die andere Seite bringen würde, machte Jack in einem schmalen Haus in einer engen Straße aus, das einen Buchladen beherbergte. Die Tür war abgeschlossen. Und schimmerte verräterisch. Den Hinweis der älteren Dame, die Jack fragte, ob er denn nicht sehen könne, dass niemand im Geschäft sei, erwiderte er mit einem Lächeln. Als die Frau kopfschüttelnd weitergegangen war, drückte er den Knopf an der Uhr, öffnete die Tür, die sie nicht hatte sehen können, und betrat die andere Seite.

Statt in das Buchgeschäft führte sie Jack auf den Billingsgate Market. *Verdammt*, dachte Jack. Londons größter Fischmarkt. Er hasste Fisch. Fünf hohe Glastüren mit abgerundeten Enden, geschützt von schmiedeeisernen Gittern, führten in die große Halle, in der jeden Tag der Woche die frisch gefangenen Bewohner des Meeres und der Flüsse gehandelt wurden. Jack hatte in seinem Leben in der echten Welt nur wenige Male den

Weg hierher gefunden. Der Geruch verursachte ihm Übelkeit und ließ in ihm den Wunsch aufkommen, ebenso tot zu sein wie die hier angebotenen Meerestiere. Mr Darcy schien also ein Fischhändler gewesen zu sein.

Jack stellte die Phiole auf dem Boden ab. Und auch jetzt verging dieses spezielle Glas, sobald es mit einem Geist in Berührung gekommen war, auf der anderen Seite. Jack sah dabei zu, wie die Phiole sich auflöste. Mr Darcy erschien so unvermittelt, als wäre er … ein Geist.

»Da wären wir«, sagte Jack und blickte sich um. Hinter ihm strich die Themse an der Kaimauer entlang. In der Ferne erhoben sich die Türme der Tower Bridge. Nicht weit entfernt lagen die West India Docks, in denen die zahlreichen Schiffe ankerten, deren Ziel die Westindischen Inseln waren. Oder die gerade von dort kamen. An keinem anderen Ort in London zeigte sich der Expansionswille des Weltreichs deutlicher als an der modernen Hafenanlage. Und der Grund für das nicht zu stillende Fernweh der Krone. Exotische Gewürze, wertvolle Metalle, seltene Stoffe. Alles wurde in einem steten Strom über das Meer in Großbritanniens Herz gebracht. Im nördlichen der beiden Docks wurden die Schiffe entladen, um dann sofort in das südliche Dock weiterzusegeln, wo schon die Exportgüter darauf warteten, in die hölzernen Bäuche der immer hungrigen Schiffe gebracht zu werden. Es waren moderne Zeiten, und die Zeit selbst war kostbar wie Gold. Man brauchte nur ein paar Stunden und nicht mehr wie früher Tage, bis die Schiffe wieder bereit zur Weiterfahrt waren. Es war ein an Perfektion grenzendes Ballett, das die Hafenarbeiter und Seeleute hier aufführten.

»Riechen Sie das?« Mr Darcy sog tief die Luft ein. Nun, die Zwischenwelt hatte in diesem Moment ein Gutes: Man roch fast nichts. Jeder Duft war schwach wie eine Erinnerung. Jack musste sich zwingen, dass sein eigenes Gedächtnis ihm nicht die unschönen Gerüche der toten Fische in den Kopf zauberte. Er verabschiedete sich so höflich wie möglich und sah Mr Darcy nach, der mit glücklicher Miene in die große Halle des Fischmarkts ging. Jack hingegen machte sich daran, die Umgebung dieses Teils der Zwischenwelt nach Anzeichen des Verfalls abzusuchen. Und nach einem Übergang, einer Verbindung von der Zwischenwelt eines Geists zu der eines anderen. Vielleicht konnte er, wenn er der Spur des Verfalls folgte, so an den Ort gelangen, an dem die Prinzessin war. Sein Plan, nein, seine Hoffnung bestand darin, dass die Zwischenwelt dort besonders stark verfiel, wo sie war. Wenn er nur einen ersten Ansatzpunkt entdeckte, konnte er vielleicht auch sie finden. Wenn er schnell war. Wenn er Glück hatte. Wenn er verflucht noch mal überhaupt einen Hinweis fand.

Die Übergänge waren nichts anderes als Verbindungen zwischen den verschiedenen Teilen der Zwischenwelt. Man konnte gewissermaßen von einem Verstorbenen zum nächsten wandern. Es gab nur einen Haken. Niemand wusste genau, wo die einzelnen Seelen residierten. Es konnte also sein, dass ein Soulman, der in der Zwischenwelt von dem Ort eines gerade Verstorbenen losging, schnell bei jemandem landete, der vor womöglich zehn Jahren auf die andere Seite gebracht worden war. Und hinter dessen Zwischenweltbereich betrat man dann vielleicht den Ort, an dem ein Toter seit letztem Jahr in der Zwischenwelt Abschied von seinem Leben nahm. So lange, bis er bereit war, weiterzuziehen. Von dessen Ort mochte man zu jemandem gelangen, der gerade erst vor ein paar Tagen gestorben war. Man musste schon höllisch aufpassen, um nicht den Überblick zu verlieren. Hinzu kam, dass sich einfach keine Karte der Zwischenwelt zeichnen ließ. Unwillkürlich tastete Jack nach seinem Kompass. Dem einzigen Ding, das ihn davor bewahren konnte, hier verloren zu gehen. Wie genau es funktionierte, hatte Jack nie begriffen. Auch wenn Terry es ihm wie jedem Soulman in dessen ersten Tagen ausführlich erklärt hatte. Nun, Jack war schon immer ein schlechter Zuhörer gewesen. Und hatte sich von den Erläuterungen des geisterhaften Archivars kaum etwas gemerkt.

Er wanderte umher und suchte so akribisch, als ginge es um sein Leben. Doch zuletzt war er bis in die beiden gewaltigen Hafenbecken der West India Docks vorgedrungen, ohne dass er auch nur den kleinsten Hinweis darauf gefunden hatte, dass mit der Zwischenwelt etwas nicht stimmte. Und einen Übergang hatte er erst recht nicht gefunden. Enttäuscht lehnte er sich gegen eine nicht wirkliche Hafenmauer und blickte zu den Schiffen, die wie unruhige Tiere im Wasser schaukelten. Er glaubte auf einem von ihnen ein paar Gestalten zu erkennen. Jack kniff die Augen zusammen. Tatsächlich. *Wie seltsam*, dachte er. Üblicherweise gehörte die Zwischenwelt nur demjenigen, für den sie sich ausgebreitet hatte. Ein Blick auf die Uhr zeigte ihm, dass er noch ein wenig Zeit übrig hatte. Es wäre besser, jetzt zu gehen. Sicherer. Aber er wollte sehen, was da war. Und auf Sicherheit hatte er noch nie viel gegeben. Jack ging hinüber zu dem eisernen Steg, der auf das Schiff führte … und sah einen Mann mit einem Zylinder. Das vor Anstrengung gerötete Gesicht kam ihm allzu vertraut vor. »Travis«, rief er überrascht. Mit dem alten Soulman hatte er weiß Gott nicht gerechnet.

Der andere wollte gerade in eine der Kabinen des Schiffs verschwinden und hielt inne. Er war offenbar einigermaßen außer Atem, denn mehr als ein Winken brachte er nicht zustande.

»Wie kommst du denn hierher?«, fragte Jack und sah zu seiner Überraschung auf der anderen Seite des Schiffs sicher zehn Geister, die verwirrt über die Planken des Überseeseglers stolperten.

»Warst du gerade in den Docks unterwegs und hast dich noch ein wenig umgesehen, wie?«, fragte Travis kurzatmig und legte eine schwielige Hand auf die Kabinentür. »Netter Zufall. Dieser Ort hier ist gerade erst entstanden. Bist du mit deinem Auftrag fertig? Dann komm. Du kannst mir helfen.«

»Wohin?«, fragte Jack, der sich auf all das hier keinen Reim machen konnte.

»Na, zurück zu den echten Docks. Gab mal wieder einen Anschlag der …«, er machte eine kleine Pause. Das Wort, das er herausbringen wollte, bereitete ihm offenbar auch nüchtern einige Schwierigkeiten.

»Assassinen«, half ihm Jack aus.

»Die orientalischen Hunde, genau.« Travis setzte eine grimmige Miene auf und wischte sich über das schweißnasse Gesicht. Erst jetzt bemerkte Jack, dass es an einigen Stellen rußgeschwärzt war. »Was ist dort los?«, fragte er argwöhnisch.

»Die Hölle«, antwortete Travis und öffnete die Tür, die sich als Pforte erwies. »Die Hölle.«

Er hatte nicht übertrieben. Die Hölle selbst konnte kein schrecklicherer Ort sein als dieser hier. Der Alte und Jack stolperten aus einer Tür mitten hinein in eine Feuersbrunst. Die drei gewaltigen Masten des Schiffs, auf dem sich Jack wiederfand, standen lichterloh in Flammen und spuckten Feuer in den Himmel. Auch das Deck hatten die Flammen bereits zu fressen begonnen. Ein Teil der Reling brannte ebenso wie die Kabinen hinter Jack. Seeleute liefen laut rufend durcheinander. Einige schienen auf der Suche nach Kameraden zu sein, andere aber schrien um Hilfe. Das Schiff lag noch im Dock. Jack erkannte die Fuhrwerke der Royal Society for the Protection of Life, auf denen gewaltige Handpumpen montiert waren, mit denen das Löschwasser durch die Schläuche gedrückt wurde. Offenbar gehörte das Schiff einer Reederei, die Kunde einer

Versicherung war. Spätestens seit der Zerstörung des Palace of Westminster vor bald zwanzig Jahren gab es in London eine halbwegs moderne Feuerwehr. Auch wenn die Versicherungen, die sie betrieben, nur die Brände ihrer Kunden löschen ließen. Die Feuerwehrleute hatten längst Stege hergebracht und sich so einen Weg auf das Schiff gebahnt. Mit ihnen mussten auch die Soulmen gekommen sein. Jack erkannte, während Travis ihn von den Flammen fortzog, noch wenigstens drei weitere Agenten. Sicher dachten die Feuerwehrleute, die Metropolitan Police wäre bereits da und suchte in dem Flammenmeer nach einem Brandstifter.

»Gut, dass du gerade drüben warst«, keuchte Travis. Die Luft war so heiß, dass sie ihm fast die Worte von der Zunge brannte. Sie schmeckte nach Rauch, Feuer und verbranntem Fleisch. »Da drüben müssten noch wenigstens zwei Seelen sein. Und irgendwo sollte auch der Kapitän zu finden sein«, stieß Travis unter einem fleckigen Taschentuch hervor, das er hervorgezogen hatte und sich zum Schutz vor Mund und Nase presste. Der Soulman fingerte drei Phiolen aus einer Tasche seiner Jacke und drückte sie Jack in die Hand.

»Was ist hier passiert?«, fragte Jack und wich gerade noch einem Seemann aus, der panisch versuchte, sich die Flammen vom brennenden Leib zu schlagen. Nur allzu gern hätte Jack ihm geholfen, doch die Soulmen durften nie eingreifen. Nie den Tod verhindern, wenn er unweigerlich kam. Sie waren nur für die Seelen zuständig. *Und du siehst, was geschieht, wenn du hilfst, Jack*, sagte er sich. *Die Zwischenwelt wird zerstört. Gut gemacht.* Ja, und er würde es wieder tun, um die Prinzessin zu retten.

»Ein Anschlag.« Travis' Stimme klang dumpf unter dem Taschentuch hervor. »Das Schiff hätte morgen in irgendeine der Kolonien fahren sollen. Handelsgüter. Waffen. Was weiß ich.«

»Und geht kurz vorher einfach in Flammen auf«, murmelte Jack. Vom Dock her fingen die Feuerwehrmänner an, Wasser in das Feuer zu spritzen. Doch die Flammen fraßen sich unbeeindruckt weiter durch das Schiff.

»Damit dürfte auch dem letzten Dummkopf klar sein, dass wir uns den Tod in die Stadt geholt haben«, erwiderte Travis grimmig. »Ich sage dir, jeder mit dunkler Haut und dunklen Augen trägt ihn bei sich. Sie sind alle unsere Feinde. Wenn ich die Königin wäre, würde ich sie alle einsperren.«

Für einen kurzen Moment musste sich Jack den alten Travis mit der Krone der Königin auf dem dicken Kopf vorstellen und konnte nicht anders, als zu lächeln, all dem Chaos um sich herum zum Trotz. » Du als Königin? Das wäre eine schöne Vorstellung«, brachte er hervor, dann blickte er zu dem Teil des Schiffs, zu dem der andere Soulman wies.

»Such dort. Und pass auf, Junge. Das hier ist ein Krieg«, sagte Travis, zog eine weitere Phiole hervor und lief los.

Es kam selten vor, dass die Soulmen noch während eines Unglücks im Einsatz waren. In der Regel kamen sie, wenn der Tod schon Einzug gehalten hatte. Doch dort, wo die Seelen anschließend nur schwer oder am Ende gar nicht mehr aufzufinden waren, mussten sie Leib und Leben riskieren, um sie sofort einsammeln zu können. Ein brennendes Schiff war besonders herausfordernd. Wenn es mit den Toten sank, so würden einige Geister im schlimmsten Fall bis in alle Ewigkeit über den Meeresgrund oder über das Wasser laufen. Einige mochten den Weg auf ein fahrendes Schiff finden und dort für Unheil sorgen. Terry im Archiv geriet jedes Mal bei dem Gedanken an die Tausenden und Abertausenden Geister, die die Meere bevölkerten und dort in völliger Unordnung existierten, in Rage. Nun, in London würden, wenn das Ministerium auf der Hut war, keine neuen Wassergeister dazukommen.

Jack entdeckte eine Seele, die über die Reling gebeugt stand. Auf seinen Hinweis, dass er tot sei und bitte mitkommen solle, reagierte der Verstorbene überhaupt nicht. Der Geist gehörte einem jungen Mann, vermutlich etwa im selben Alter wie Jack. Die Leiche war von den Flammen aber so gierig zerfressen worden, dass kaum mehr als eine verkohlte Hülle übriggeblieben war. Nur mit Mühe konnte Jack den Würgereiz unterdrücken. Er zog den Stopfen einer der Phiolen heraus und sah dabei zu, wie der Geist in sie hineingesogen wurde. Dann suchte er sich einen Weg unter einem in Flammen stehenden Segel hindurch und blickte sich nach dem zweiten Toten um. Jack erblickte ihn, während er im Begriff war, über die Reling zu springen.

Manchmal glaubten die Seelen, dass sie noch lebten. Weigerten sich, den Tod des Körpers zu akzeptieren. Dieser hier dachte vermutlich, dass er sich mit einem Satz ins Meer vor dem längst eingetretenen Tod retten könnte. Der Geist balancierte auf der Reling und warf einen in Angst ertränkten Blick auf das brennende Schiff.

»Warten Sie«, rief Jack und öffnete die zweite Phiole.

Der Geist schien ihn gar nicht zu hören. Er sprang. Und Jack tat es ihm gleich. Noch während die Seele durch die Luft flog, landete Jack gerade nahe genug bei ihr auf den Planken, damit die Phiole ihre Wirkung entfalten konnte. Der Geist wurde in sie hineingezogen, und Jack verschloss mit zitternden Fingern das Glasfläschchen. Verflucht, es tat weh, als er sich auf die Beine drückte. Jack riss sich zusammen und blickte sich um. Es war das pure Chaos. Die Feuerwehr hatte das Schiff offenbar aufgegeben. Die Männer in den Uniformen der Royal Society for the Protection of Life hatten das Schiff, soweit Jack sehen konnte, aufgegeben und versuchten zu verhindern, dass die Flammen sich auch noch in einen der anderen Überseesegler verbissen. Vom Dock aus spritzten sie unaufhörlich Wasser in das noch unbeschädigte Schiff in der Hoffnung, nasses Holz würde den Flammen nicht schmecken. Heiße Luft schlug Jack entgegen, als er sich nach der Pforte umsah. Ihr Schimmer war im Feuer nur schwer auszumachen, doch Jack entdeckte schließlich die Tür, die mitten in das brennende Schiff führte. Eine Pforte für alle. Normal bei Unglücken. *Wunderbar*, dachte Jack. Wenn er nicht aufpasste, würde er hell lodernd wie eine Fackel in die Zwischenwelt gelangen. Nun, den Weg zurück würde er nicht durch sie antreten. Er würde wieder den Fischmarkt in der Zwischenwelt aufsuchen. Er wollte gerade hindurchspringen, als er eine durchscheinende Gestalt ausmachte, die unbeeindruckt von dem Feuer mitten durch das Flammenmeer spazierte.

»Eine Schande«, sagte der Geist.

Verdammt, dachte Jack. Das war nicht nur ein Matrose. Der Geist, der zu den Masten des Schiffs aufblickte, trug die Uniform eines Offiziers. Vielleicht sogar des Kapitäns. Zumindest vermutete Jack dies angesichts der aufwändigen Rangabzeichen. »Wollte nächsten Monat meinen Abschied nehmen. Sollte meine letzte Fahrt werden.«

»Nun, irgendwie ist dies auch Ihre letzte Fahrt geworden«, erwiderte Jack. Ihm fiel nichts Passenderes ein, während er die dritte Phiole entkorkte. »Kommen Sie. Ich bringe Sie ... fort von hier.«

»Der Kapitän geht zuletzt«, sagte der Geist bestimmt und blickte sich um. »Und wenn ich es richtig sehe, dann bin ich der Letzte.« Der Kapitän straffte sich. »Also, ich bin bereit, Junge.«

Jack konnte nichts Feierlicheres tun, als ebenfalls Haltung anzunehmen. Dann hielt er die Phiole so, dass der Geist von ihr aufgesogen wurde. Mit den drei eingesammelten Seelen stellte er sich vor die Tür, die in das brennende Schiff führte. Er hörte noch die Rufe vom Dock her. Sicher dachten die Feuerwehrmänner bei seinem Anblick, dass ein verwirrter Seemann geradewegs in den Tod lief. Jack blickte kurz zu ihnen hinüber. Unter den Feuerwehrmännern erkannte er Travis und die anderen Soulmen. Er reckte den Daumen in die Höhe, damit seine Kollegen wussten, dass er einen Weg zurück finden würde. Sie erwiderten die Geste und winkten ihm zu. Dann wandte sich Jack ab und ging mitten in das Flammenmeer.

Seinen nächsten Schritt machte er auf die Planken des Überseeseglers. Jack stellte die Phiole ab. Über ihm erstreckte sich der Himmel und vor ihm lag das Dock so friedlich, als hätte es nie ein Feuer gegeben. Um ihn herum erhoben sich weitere Schiffsmaste wie die Stämme von Bäumen in den Himmel.

»Wunderbar«, hörte er jemanden sagen. Dort, wo er das Glasfläschchen abgestellt hatte, stand nun der Kapitän. Erst sah der Geist Jack mit strenger Miene an. Dann legte sich ein glücklicher Ausdruck auf sein Gesicht. Kein Wunder, dass er gut gelaunt war angesichts der Flammenhölle, die er hinter sich hatte.

»Ablegen«, rief der Mann mit lauter Stimme.

»Käpt'n!«

Hinter Jack erschienen mit einem Mal weitere Geister. Die tote Mannschaft. Jack hatte noch nie so viele Geister auf einem Haufen gesehen. Sie alle verband die gemeinsame Erinnerung an dieses Schiff. Und der Ort, an dem sie alle gemeinsam gestorben waren.

»Verflucht, das ist das reinste Geisterschiff«, raunte Jack leise. Die Mannschaft nahm Haltung an. Jeder schien glücklich. Kein Wunder. Sie hatten die Hölle hinter sich gelassen. Ihre ätherischen Körper zeigten hier keine Zeichen des Flammentods.

Und Jack, fragte er sich, *wo wirst du landen, wenn du einmal nicht mehr da bist? In dem Kinderheim mit all den anderen verlorenen Seelen?* Er sah neidisch zu den Seeleuten, die sich daran machten, gemeinsam die Segel zu hissen. Nein, man kam an einen Ort, der einen glücklich gemacht hatte. Vielleicht würde sich Jack im Ministerium wiederfinden.

»War schön, Sie kennenzulernen«, meinte Jack und wandte sich um.

»Wo wollen Sie hin, junger Mann?« Der Kapitän atmete tief

durch, als könnte er den Duft der unwirklichen Luft wahrnehmen. »Bleiben Sie noch ein wenig. Wir laufen gleich aus.«

»Danke, aber ich habe wenig Zeit. Ich muss … noch etwas erledigen.« Was Jack vorhatte, wäre ihm vor wenigen Wochen nie in den Sinn gekommen. Doch seit er in den Außendienst aufgestiegen war, hatte er so viel über die Zwischenwelt gelernt, dass er sich traute, über die Reling zu klettern.

»Wollen Sie schwimmen?« Der Kapitän trat auf ihn zu und betrachtete ihn interessiert, als sei er ein seltener Käfer.

»Ich …«, begann Jack, doch die Worte blieben ihm in der Kehle stecken, während er auf die Reling sah, um die er seine Finger gelegt hatte.

Die Miene des Kapitäns verfinsterte sich, als er Jacks Blick folgte. »Ich habe der Mannschaft immer wieder eingebläut, dass sie dieses Schmuckstück in Schuss halten muss.«

Jack starrte irritiert auf das Holz der Reling. Es war seltsam verfault.

»Oder haben Sie etwas damit zu tun?«, wollte der Seemann wissen. Er sah Jack so vorwurfsvoll an, als hätte er in ihm den Verantwortlichen dafür ausgemacht.

Ja, rief Jack in Gedanken. Sein Herz schlug mit einem Mal vor Aufregung schneller. Da war der Hinweis, nach dem er gesucht hatte. *Die Zwischenwelt zeigt Zeichen des Verfalls. Und ich bin schuld daran.* Doch er schüttelte stumm den Kopf. Nicht weit entfernt erkannte er den Fischmarkt. Dort lag die Pforte, durch die er nach Hause kommen würde. Er sprang über die brüchige Reling und landete nicht im Wasser. Sondern darauf.

Lass dich nicht irritieren. Dies war keine der offiziellen Regeln des Ministeriums. Vielmehr fassten die vier Worte all die Erfahrung der Soulmen zusammen, die jeden Tag diese Welt betraten. Sie verwirrte die Sinne und brachte jeden irgendwann durcheinander. Kein Wunder, wenn sogar die Zeit hier eigenen Regeln gehorchte. Sie verging einfach nicht wie in der echten

Welt und schien jedem unterschiedlich lang. Es gab Gerüchte über Soulmen, die sich in der Zwischenwelt verlaufen und nur dank ihres Kompasses heimgefunden hatten. Statt der Wochen, die sie nach eigener Aussage hier gewesen waren, hatte ihre Abwesenheit im Diesseits kaum einen Tag angedauert. Jack glaubte nicht daran. Solche Geschichten hörten sich für ihn nach Angstmacherei an, um zu verhindern, dass man im Einsatz nachlässig wurde.

Wellen strichen an seinen Füßen entlang. Die Vorstellung, auf dem Wasser gehen zu können, war absurd. Mit der Wirklichkeit nicht zu vereinen. Undenkbar. Außer an diesem Ort. *Lass dich nicht irritieren.* Jack hatte die Regeln der echten Welt bislang nur sehr selten abgelegt wie lästige Fesseln, die er sich von Armen und Beinen strich. Es kostete ihn Überwindung, sich in der Zwischenwelt so zu bewegen wie ein Geist in der echten Welt.

Mit dem ersten Schritt sank Jack beinahe in das Wasser ein wie in schlammigen Boden. Er schloss die Augen und rief sich das ins Gedächtnis, was er gelernt hatte. Nichts hier war echt. Er konnte selbst bestimmen, welche Regeln galten. Zumindest in einem gewissen Maße. Offiziell war das sogenannte Einflussnehmen verboten. Im Handbuch für Agenten im Außeneinsatz, das Jack am Morgen nach seiner Beförderung erhalten hatte, stand es unmissverständlich so geschrieben. Da sich das Handbuch allerdings unter dem linken Pfosten seines wackeligen Bettes befand, schien es Jack angemessen, seinen Inhalt wie üblich zu ignorieren.

Und nun, Jack?

Er wusste es selbst nicht. Langsam öffnete er wieder die Augen. Er stand mitten auf dem Wasser, hinter sich das Schiff, das zu den Westindischen Inseln segeln würde, und suchte einen Übergang. Auch das war verboten. Natürlich. Wie alles, was in der Zwischenwelt Spaß machen könnte. Im Grunde war er bereits durch einen Übergang geschritten. Die Zwischenwelten von Mr Darcy, dem Fischhändler, und der verbrannten Seeleute grenzten so nahtlos aneinander, als wären sie ein und derselbe Ort. Auch das kam gelegentlich vor. Immerhin lagen der Fischmarkt und der Hafen in der echten Welt eng beieinander. So eng, dass der Übergang Jack vorhin gar nicht aufgefallen war. Doch nun suchte er nach der Zwischenwelt einer orientalischen Prinzessin. Und es war kaum anzunehmen, dass sie einen britischen Fischmarkt für ihren Abschied gewählt hatte. Er musste einen weiteren Übergang finden. Und ihm mit der Kraft seines Willens ein ganz bestimmtes Ziel geben.

Das Wasser wurde massiv wie eine Straße aus Stein, als Jack fest genug daran glaubte. Die Welt vor ihm, die ohnehin ein wenig verschwommen war, sah auf einmal aus, als würde er sie durch ein beschlagenes Fensterglas betrachten. Ein Übergang. Und er mündete an einen Ort, an dem er einen orientalischen Palast finden würde, wenn er es wollte. Zumindest sollte es irgendwie so funktionieren. Jack schloss erneut die Augen. Der Palast war seine einzige Idee. Es war der Ort in der Zwischenwelt, an den er den toten Diener der Prinzessin gebracht hatte. Vielleicht fand Jack dort einen Hinweis auf die Prinzessin. Nicht, dass er es nicht schon einmal ausprobiert hätte. Nachdem er erfahren hatte, dass man sich auf diese Weise durch die Zwischenwelt bewegen konnte, hatte er versucht, den Diener zu finden. Doch er war ihm nicht recht auf die Spur gekommen. Ein bestimmter Geist war so einfach zu finden wie eine Nadel in einem Heuhaufen. Es sei denn, man hatte eine Spur. Bei seinen früheren Versuchen hatte er wohl noch nicht genug Erfahrung mit der Zwischenwelt gehabt. Mittlerweile aber war er so oft hinübergeschickt worden, dass er sehr schnell sehr viel gelernt hatte. Als hätte ihm jemand die Möglichkeit geben wollen, die Zwischenwelt so schnell wie möglich zu beherrschen. Oh, es hatte sogar zu viel zu tun gegeben. Jack hatte nur noch selten an die vergiftete

Prinzessin denken können, und nach zwei Wochen war er zu der traurigen Überzeugung gelangt, dass sie vermutlich tot war. *Du hast dich offenbar geirrt, Jack.* Zeit für einen neuen Anlauf.

Er machte einige Schritte mit geschlossenen Augen. Das Wasser mochte hart sein, doch er fühlte, dass er auf Wellen lief.

Ein Palast. Gemusterte Wände. Geschwungene Bögen. Jack dachte so angestrengt an den Ort, an den er den toten Diener gebracht hatte, dass er die Stirn unwillkürlich in Falten legte.

Noch ein Schritt auf hartem Wasser. Und dann ... klang der nächste so hohl, als würde Jack seinen Fuß in einem riesigen Raum auf Stein setzen. Er öffnete die Augen wieder. Und war sich nicht sicher, ob er zufrieden sein sollte. Der Ort, an dem er sich nun befand, war nicht in London zu finden. Und er war auch nicht der Palast, in den er den Diener gebracht hatte. Jack blickte sich um in der Hoffnung etwas zu entdecken, das ihm zeigte, wo er ... Jack stutzte. Oder war er doch am rechten Ort? Die Halle, in der er sich wiederfand, war so riesig wie die, in die er den Stummen in jener Nacht gebracht hatte. Von all dem Prunk und all der verschwenderischen Pracht war nichts zu sehen. Dunkelheit sickerte in den Raum wie Wasser. Alles verfiel. Dies war eine Ruine. Die Muster zogen sich nicht mehr glänzend über die Wände, sondern waren nun grau wie vertrocknete Ranken. Die Wände offenbarten Löcher, als würde die Zeit selbst sich an ihnen satt fressen. Verblüfft strich Jack mit der Hand über einen Torbogen. Unter seinen Fingern zerbröselte der Stein wie vermodertes Holz.

Er wusste nicht, ob er glücklich oder entsetzt sein sollte.

Die Zwischenwelt zerfiel in der Tat. Was er hier sah, war nichts im Vergleich zu dem, was er bislang erblickt oder gehört hatte. Vielleicht war dies hier der Ursprung von allem. *Nein*, dachte Jack. Dies hier war der Ort in der Zwischenwelt, der dem Diener gehörte. Doch die Prinzessin hatte im selben Palast gelebt. Sie teilten gemeinsame Erinnerungen. Und waren am selben Ort gestorben. Sie war womöglich in der Nähe. Oder der Diener wusste vielleicht, wo sie war. Hoffentlich. Er musste …

Jack stockte. Hatte er eben ein leises Stöhnen gehört? Hatte sich einer der Schatten bewegt? Vielleicht der Diener? *Nein*, dachte Jack bei sich. Das dort hatte anders ausgesehen.

Spärliches Licht fiel von Staub getrübt in den Palast und hatte kaum die Kraft, Jack zu zeigen, wer mit ihm in dieser Halle war. Er machte einen Schritt auf den Schatten zu. Was war das? *Vermutlich nur deine eigene Fantasie, Jack. Genährt von deiner Angst.* Oh ja, er hatte Angst. Nicht die beste Gelegenheit, sie zu zeigen. Noch nie hatte er sich in der Zwischenwelt so gefühlt. Doch hier war es anders. Hier war alles anders.

Der Schatten wich vor ihm zurück, als wollte er sich Jacks Blicken unbedingt entziehen.

»Hallo?« Jack hätte sich das Wort am liebsten im Nachhinein von der Zunge geschnitten. Kein Soulman sollte ängstlich wie ein Kind ins Dunkel rufen. Dies hier war die Zwischenwelt. Es gab hier nichts, wovor er Angst haben musste. Nur einen verfallenen Palast und Schatten. *So wie den Schatten, der dich angegriffen hat, Jack.* An den kurzen Kampf konnte sich Jack noch gut erinnern. Auch wenn er sich schon insgeheim gefragt hatte, ob es ihn tatsächlich gegeben oder er sich vielleicht alles nur eingebildet hatte. Wenn es den Schatten wirklich gab, wieso war er dann auf einmal hier? Konnte er ebenfalls zwischen den Welten wechseln? Oder hatte Jack dieses Wesen vor dem Marble Arch mit seinen Phiolen getötet? Aber dazu hätte es leben müssen. Das Herz schlug so schnell in Jacks Brust, als wollte es aus ihr entkommen. Und dennoch machte Jack noch einen Schritt auf den Schatten zu. Und wieder wich dieser vor ihm zurück, bis er unter einem der geschwungenen Bögen stand. Jack war sicher, dass dies dort nicht nur Dunkelheit war, der seine Furcht Gestalt verlieh. Dies dort war ein Körper. Unwillkürlich streckte Jack die Hand aus.

Und der Schatten vor ihm zerfaserte. Nur einen Moment später trat der Geist des Dieners unter dem Bogen hervor.

Jack stolperte vor Schreck zurück und fiel. Dabei rutschte ihm die Uhr aus der Jackentasche. Klirrend schlug sie auf dem Boden auf. Sie konnte nicht kaputtgehen. Nicht in dieser Welt. Der Deckel der Uhr sprang auf und zu seinem Entsetzen bemerkte Jack, dass nicht mehr viel von seiner Stunde übrig war. Er hob sie auf. »Wo ist sie?« Verstand ihn der Diener? Wohl nicht. Sicher sprach er kein Englisch. Und selbst wenn er diese Sprache beherrschte, hätte er nichts erwidern können. *Er ist verdammt noch mal stumm, Jack.*

Nun, er war noch immer hier in der Zwischenwelt. Noch hatte er sich nicht von seinem Leben verabschiedet und den letzten Schritt ins Jenseits gemacht. Der Geist deutete auf einen anderen Bogen, der aus der Halle hinausführte. Jack begriff, was der Geist meinte, auch ohne, dass dieser sprach. Er sollte gehen.

»Ich komme wieder«, meinte Jack so entschlossen, wie er konnte. Seine Stimme zitterte dennoch.

Der Diener legte den Kopf schief und betrachtete Jack mit undurchdringlicher Miene.

Jack warf noch einen hastigen Blick auf seine Uhr. Verfluchte Zeit. Die Minuten rannen ihm zwischen den Fingern hindurch wie Sand. Er musste gehen. Ausgerechnet jetzt, wo er den Diener endlich vor sich hatte. »Ich finde sie«, rief Jack, als er rückwärts auf den Bogen zustolperte.

Diesmal las er etwas in dem geisterhaften Gesicht. Der Diener hatte ihn offenbar irgendwie verstanden. Und er hatte Angst.

Jack schloss die Augen. Dann zwang er sich das Bild des Schiffs in den Kopf, von dem aus er gestartet war. Er ging blind los, und als er irgendwann die Augen öffnete, erkannte er das Schiff nicht weit vor sich.

»Sie sehen furchtbar aus«, hörte Jack die Stimme des Kapitäns, der sich über die Reling beugte und zu ihm hinabsah. »Ist alles in Ordnung mit Ihnen?«

Nein, nichts war in Ordnung. Doch ein Blick auf die Uhr verriet Jack, dass er sich auf keine Unterhaltung mehr einlassen konnte. »Ich wünsche Ihnen …« *ein schönes Leben*, hätte Jack beinahe gesagt. Er biss sich auf die Lippen, damit die unpassenden Worte nicht hindurchschlüpften. »… alles Gute«, schloss er stattdessen. Dann lief er an dem Schiff vorbei über das Wasser hinüber zum Billingsgate Market. Er fand eine steinerne Treppe, die vom Wasser aus hinaufführte, und rannte die Stufen entlang. Die schimmernde Pforte in der Mauer dort hatte sich etwa zur selben Zeit wie die auf dem Schiff geöffnet. Verdammt, es würde knapp werden. Jack konzentrierte sich darauf, so schnell zu laufen, wie kein Mensch es in der normalen Welt vermocht hätte. Die fünf hohen Glastüren der Fischhalle kamen schnell näher. Und die Pforte neben ihnen stand noch offen.

Jack zwang sich, noch schneller zu laufen.

Und in der letzten Minute sprang er mit wild klopfendem Herzen hindurch.

VERSTECK DICH, PRINZESSIN

Wie lange hatte sie geschlafen? Stunden? Tage? Jahre? Naima wusste es nicht. Sie wusste nur eines: In dem Garten, in dem sie die Augen aufgeschlagen hatte, war sie nicht alleine.

Sie hatte die Schuhe ausgezogen und setzte die nackten Füße auf das Gras, das unter den Zehen leicht verschwamm. Strich mit den Fingern über die Rinde der Bäume und Palmen, die sich seltsam unwirklich anfühlten. Naima hielt inne, als sie die Gegenwart eines anderen fühlte. Sie war ebenso vertraut wie ungewohnt. Jemand war an diesem Ort fast immer in ihrer Nähe, ohne sich jedoch auch nur ein einziges Mal offen zu zeigen. Es war ein Mann. Ein Freund seit Kindestagen.

»Abdal.« Es war keine Frage, sondern eine Feststellung. Sie wandte sich um und suchte nach einer Gestalt zwischen den welken Jasminsträuchern, die sich am Rand eines Wegs erhoben. »Wo bin ich hier?«

Zu Hause, kam die Antwort, die Naima nicht mit den Ohren hören konnte. Vielmehr schien es ihr, dass sie direkt in ihrem Kopf erklang. Überall erkannte sie die Spuren des Verfalls. Es schien fast, als hätte eine Krankheit diesen Garten befallen, der ihr so vertraut war. Er sah aus wie der, den sie liebte. Und doch … »Dies ist nicht mein Zuhause, Abdal. Und du willst dich mir nicht zeigen. Bin ich in Gefahr?« Nun, wenn es so war, ging sie nicht von ihm aus. Sie spürte, dass ihr Diener, den sie so gut kannte wie ihren eigenen Vater, ihr nie etwas antun würde.

Sein Zögern irritierte sie daher.

»Bin ich in Gefahr?« Sie legte alle Autorität in ihre Stimme. Oh, wie sie es verabscheute, auf diese Weise zu sprechen. Aber sie hatte in ihrer Kindheit und Jugend die Sprache der Herrscher lernen müssen, und ihr Diener musste ihr gehorchen.

Wieder blieb er stumm.

Naima kniff die Augen zusammen. Da! Endlich erkannte sie ihn. Naima machte ihn zwischen den Trieben des Buschs aus. Er schien, wie dieser ganze Ort, so matt. Als wäre ein Teil der Farbe aus seiner Haut und seiner Kleidung gewaschen worden.

Abdal machte einen Schritt zurück, doch ein Wink von Naima ließ ihn stehen bleiben.

»Wer bedroht mich?«, verlangte sie zu wissen. »Und wo bin ich hier?« Naima erkannte die Qualen auf dem Gesicht ihres Dieners, als er versuchte, seinen Mund geschlossen zu halten. Die Worte zurückzuhalten, nach denen sie verlangte.

Dies ist die Erinnerung an den schönsten Ort, den Ihr kennt. Die Lippen bewegten sich, und die Worte erschienen wieder nur in Naimas Kopf.

»Die Erinnerung? Ich verstehe nicht. Wie kann das sein? Wie bin ich hergekommen?«

Abdal schüttelte den Kopf.

Naima hob die Hand und bedeutete ihrem Diener erneut, zu antworten.

Tote kommen an diesen Ort.

Naima fuhr sich über den Arm, als wäre sie nicht sicher, ob er echt war. »Ich … ich bin tot?«

So gut wie. Ich habe Euch hergetragen. Der Mann hatte Euch in den Palast geworfen. Doch dort war es nicht sicher. Dieser Ort hier ist besser. Er hat sich für Euch geöffnet. Niemand außer mir kennt ihn. Hier kann ich Euch verbergen.

Die Antwort ließ Naima zurücktaumeln. Bilder erschienen in ihrem Kopf. Der Palast der englischen Königin. Der Angriff.

Die Schreie. So gut wie tot? »Von welchem Mann sprichst du?« Ihre Stimme brach, und sie musste sich zwingen, weiterzureden.

Ein Engländer.

»Ich will zurück.« Naima straffte sich und blickte ihrem Diener direkt in die Augen. Sie wirkten ebenso matt wie seine Gestalt. Als wäre der Lebensfunke in ihnen erloschen. Und dann begriff sie. »Du bist tot.«

Ja. Und Ihr könnt nicht zurück. Er würde Euch finden. Ihr würdet sterben. Er ahnt nicht, dass Ihr hier seid. Direkt in seiner Nähe.

»Er?«

Der Schatten. Der Jäger.

Naima erinnerte sich schaudernd an das Wesen in der Nacht. An eine unmenschliche Kälte. *Versteck dich, Prinzessin,* dachte sie bei sich. »Und wenn ich bleibe?« Sie hatte gelernt, zu kämpfen. Nie aufzugeben.

Werdet Ihr mit dieser Welt untergehen.

»Was?« Naima trat einen Schritt auf ihren Diener zu, doch Abdal entfernte sich von ihr und war mit einem Mal so weit weg, dass sie ihn nur noch vage am Rand des Gartens sah. »Warum soll ich hier sterben?«, schrie sie.

Damit Ihr dem Schatten nicht in die Hände fallt. Denn das wäre schlimmer als der Tod.

UNERWARTETE HILFE

Der Übergang in die echte Welt war auch nach den Wochen, die Jack nun im Außendienst arbeitete, jedes Mal aufs Neue verstörend. Für einen kurzen Moment schien es, als wollte die Zwischenwelt nicht, dass ihr jemand entschlüpfte. Jack fühlte den Widerstand. Unsichtbare Finger, die ihm über die Haut strichen und ihn packen wollten. Doch wie immer entwand er sich dem Griff und stand dann auf den harten Pflastersteinen einer Londoner Straße der echten Welt, hinter sich der noch immer geschlossene Buchladen. Für einen Moment war er verwirrt. Gerade noch hatte er in einem orientalischen Palast mit dem stummen Geist eines Dieners ... gesprochen, oder wie immer man es nennen sollte, wenn man einem anderen die Gedanken vom toten Gesicht ablesen musste. Warum war ausgerechnet er stumm? Jack war dann zu einem Schiff voller Seelen gelangt und schließlich durch die Pforte eines verstorbenen Fischhändlers nach London geschlüpft. Kein Wunder, dass er manchmal die Orientierung verlor.

Wie oft war er in dieser Woche schon zwischen den Welten hin und her gewechselt? Zu oft. Der Weg, auch wenn er nur einen Schritt durch die Pforte ausmachte, war anstrengend, und Jack war ziemlich überarbeitet.

Sein Herz schlug noch immer heftig vor Aufregung, doch die Müdigkeit wartete bereits darauf, Jack wie eine Decke einzuhüllen. Sein Zimmer, das er als Untermieter bei der alten und meist schlecht gelaunten Witwe Bailey bewohnte, lag im Westen der Stadt. Zu weit weg für seine erschöpften Beine. Er hielt eine Droschke an und wäre in ihr fast in den Schlaf geschaukelt worden. Vor dem Haus der Witwe zählte er dem Kutscher ein paar Münzen in die schmutzige Hand, dann öffnete er die Tür, schleppte sich in den ersten Stock zu seinem Zimmer und war bereits eingeschlafen, kaum dass sein Kopf in das schmale Kissen sank.

Am nächsten Morgen erinnerte sich Jack vage an einen Traum, der ihn in eine endlose Wüste geführt hatte. Während er verzweifelt der Prinzessin hinterhergelaufen war, die ihm jedes Mal, wenn er glaubte, sie endlich erreicht zu haben, entwischte, hatte er selbst einen schattenhaften Verfolger hinter sich gespürt.

Er brauchte einen Moment, bis er wieder ganz genau wusste, in welcher Welt er gerade war. Wenn er sich nicht täuschte, hatte er heute einen freien Tag. Doch herumzuliegen oder gar auszuspannen war angesichts seiner Entdeckung in der Zwischenwelt unmöglich. Er hatte in seinen Sachen geschlafen. Hastig machte sich Jack fertig, zog sich seinen Ersatzanzug an und stolperte so eilig die Treppe nach unten und aus dem Haus, dass ihm Mrs Bailey zum Abschied einen mehr als missbilligenden Blick zuwarf.

Der Tag schien sich alle Mühe zu geben, die Erinnerung an die verfallene Zwischenwelt aus Jacks Kopf zu vertreiben. Es konnte keinen Ort auf der Welt geben, der so von Leben erfüllt war wie London. Über ihm trieb die Sonne träge hinter Schleierwolken. Ein paar Jungs, die ihm kaum bis zur Brust reichten, priesen lautstark die Zeitung des Tages an, und über allem lag die übliche Hektik eines ganz normalen Tages in London. Menschen strömten auf einen nahen Gemüsemarkt, und Droschken fuhren ratternd an Jack vorbei. Den Weg zum Ministerium legte Jack auf eigenen Beinen zurück. Während er seinen Füßen die Führung überließ, versuchte er sich über das klar zu werden, was er von Travis erfahren und dann mit eigenen Augen gesehen hatte. Die Zwischenwelt zerfiel. Warum? Der Diener war noch da. Weshalb? Nahm er einfach nur Abschied von seinem Leben oder ... *Er ist noch dort, weil die Prinzessin noch immer lebt, Jack*, gab er sich selbst die Antwort. Ja, so musste es sein. *Und das ist dein Werk.* Nun, das stimmte nicht ganz. Schuld an allem war das Geschöpf, das er in jener Nacht bei den Toten gesehen hatte. Wenn ihm der Geist des Dieners nicht helfen wollte, so würde er der Prinzessin vielleicht auf die Spur kommen, wenn er dieses Geschöpf fand. Oder zumindest mehr über es in Erfahrung brachte. Jack hatte viele Fragen. Und es gab nur einen Ort, an dem er die Antworten finden würde. Wer konnte mehr über die Welt der Toten wissen als jemand, der selbst gestorben war?

Obwohl es noch früh am Tag war, hatten sich einige Straßen bereits mit so vielen Pferdewagen gefüllt, dass sie kaum noch vorankamen und Jack die meisten mühelos überholen konnte. Er wollte gerade zwischen zwei Droschken, deren Kutscher einander die Schuld an dem langsamen Vorankommen gaben, hindurchschlüpfen, als ihn der Ruf eines Zeitungsjungen zurückhielt. Das Wort *Tote*, das aus dem Mund des Jungen kam, wirkte auf einen Soulman wie der Pfiff eines Hundebesitzers auf sein Tier. Jack drückte dem Jungen eine Münze in die Hand und zog ihm eine seiner Zeitungen unter dem Arm heraus. Ein neues Unglück. *Elf Tote in Bloomsbury. Brunnen vergiftet. Assassinen halten Polizei zum Narren.* Erst das Schiff und nun das. Die Attentate gingen also weiter. Jack konnte den Blick nicht von den Buchstaben lösen. Während er die Straße entlangging, fiel er beinahe über die Utensilien eines Schuhputzers, der sich vor dem Ministerium niedergelassen hatte. Nun, wenigstens waren die Attentate kein Problem, das Jack lösen musste, auch wenn sie den Soulmen noch mehr Arbeit bereiteten.

Dem Rothaarigen am Eingang legte er die Zeitung hin und wies ihn an, Bescheid zu geben, falls noch keiner der Laufburschen es getan hatte. Elf Tote. Es wurde nicht langweilig im Ministry of Souls.

Noch war es ruhig in dem breiten Korridor, an dessen Ende die Treppe zum Archiv lag. Um diese Zeit waren die Letzten der Nachtschicht gerade nach Hause gegangen und die Ersten der Tagwache hatten noch nicht angefangen. Nur im Archiv herrschte bereits rege Betriebsamkeit. Jack musste gleich zwei Archivaren ausweichen, als er es betrat. Ein toter Vorgesetzter hielt sich nur widerwillig an die weltlichen Vorstellungen von Tages- und Nachtzeiten. »Was treibt der alte Hutträger?«, fragte Jack einen von Terrys Assistenten, der ihn aus müden Augen ansah.

»Er ist gerade dabei, eine Kopie des Kirchenregisters von Stratford-upon-Avon durchzusehen«, antwortete der übernächtigte Mann und nickte zum anderen Ende des Archivs hinüber. »Er will endlich den Fall dieses Shakespeares abschließen, der im Zwischenlager auf seinen Transport auf die andere Seite wartet.«

»Das hört sich nach einer Menge Spaß an«, bemerkte Jack trocken und ging hinüber zum Leiter des Archivs. Neben Terry stand einer seiner Assistenten und blätterte auf einen unwirschen Wink des Geistes hin eine Seite um. Ein wenig abseits erkannte Jack einen weiteren von Terrys Assistenten. Der blasse junge Mann, der Jack in der verhängnisvollen Nacht die Phiolen gegeben hatte, hielt ein offenbar sehr schweres Buch in Händen. Sicher ein weiterer Wälzer voller Namen und Geburtsdaten.

»Diese Listen sind ein Skandal«, murrte der Geist ohne aufzublicken, während Jack an seinen Schreibtisch trat. »Als wäre es nicht schon schlimm genug, dass die Ordnung in unserem Archiv beklagenswert ist. Ich vermisse drei Phiolen. Sie sind einfach nicht zu finden. Das soll man sich mal vorstellen! Drei! Ein Skandal. Vermutlich falsch einsortiert von irgendeinem Dummkopf, der sich Agent nennt. Und es sind nicht die ersten. Schon letzte Woche sind zwei verschwunden. Und in der Woche davor waren es sogar vier. Aber wie soll ich nur die Zeit finden, sie zu suchen, wenn ich mich durch derart schlampig geführte Listen kämpfen muss? Und dann heißen in ihnen auch noch alle gleich. Wusstest du, dass alleine in diesem Jahr und in dieser Stadt fünfunddreißig Jack Smiths geboren wurden? Und es ist erst April! Man sollte doch meinen, die Leute wären ein wenig ideenreicher bei der Wahl der Namen für ihre Kinder. Oder würden sich wenigstens absprechen.«

Jack spielte mit dem Gedanken, Terry auf seinen eigenen Namen hinzuweisen, dann aber verwarf er ihn wieder. Der Geist hätte ihn vermutlich nur vorwurfsvoll angesehen. Besonders, wenn er ihm eröffnet hätte, dass sein Vater ebenfalls ein Smith gewesen war. Er räusperte sich. »Gibt es Schatten in der Zwischenwelt? Wesen, die auch in unsere gelangen können?« Jack sah keinen Sinn darin, nicht direkt zur Sache zu kommen. Terry mochte allzu lange Gespräche nicht. Zumindest nicht, wenn sie sich nicht um sein Archiv drehten.

Die Frage schien den Geist einigermaßen aus dem Konzept zu bringen. Wenigstens so weit, dass er von seinem Register aufsah und Jack fragend anblickte. Auch die Augen des blassen Assistenten, der neben ihm stand und noch immer das Buch hielt, weiteten sich. »Schatten?« Der Geist schien das Wort zu kosten, als müsste er abwägen, ob es ihm schmeckte oder nicht. Auf einmal begann der gräuliche Leib des Archivars zu zucken. Sein Hut fing an zu wippen. Unwillkürlich trat Jack auf ihn zu, um ihn zu stützen. Ein Geräusch drang aus dem Mund des Geistes, das Jack im ersten Moment für ein asthmatisches Keuchen hielt. Dann jedoch begriff er, dass der Geist kicherte.

»Das Märchen vom Schatten in der Zwischenwelt.« Aus dem Kichern wurde ein Lachen.

Der Geist machte sich über Jack lustig. Am Rand bemerkte er, dass die anderen im Archiv nacheinander stehen blieben und zu ihnen hinübersahen. Selbst ein spontaner Besuch der Königin im Ministerium hätte nicht aufsehenerregender sein können als eine Gefühlsregung des staubtrockenen Archivars.

»Also das habe ich schon lange nicht mehr gehört. Genauer gesagt, ich habe nur davon gelesen. So ein Unsinn!«

»Ich habe einen gesehen.« Jack versuchte, seine Stimme halbwegs ruhig zu halten. Nicht ganz einfach, wenn man der Mittelpunkt des Archivs war und von einem meist übellaunigen Geist ausgelacht wurde. Wenigstens machte sich nicht auch noch der pummelige Assistent, der den dicken Wälzer nun auf den Tisch gelegt hatte, über ihn lustig. Allerdings sah er Jack an, als wäre dieser selbst ein Schatten aus der Zwischenwelt.

»Wo?«, brachte Terry amüsiert hervor.

»Im Buckingham Palace«, erwiderte Jack, der sich nur ungern an die Nacht seines ersten echten Auftrags zurückerinnerte. »Und in der Zwischenwelt.«

Wenn es überhaupt möglich war, lachte Terry nun noch lauter. Jack schenkte den Umstehenden ein schiefes Lächeln. »Geht das auch ein wenig leiser?«, wisperte er dem Geist zu.

»Ein Geist der Zwischenwelt im Buckingham Palace? Verwechselst du da nicht etwas?«

Verärgert rollte Jack mit den Augen. »Ich weiß, dass es seltsam klingt, aber …«

»Seltsam?« Terry lehnte sich in seinem Stuhl zurück. Allerdings verfehlte er die Lehne und sank halb in sie hinein. »Es gibt keine Wesen, die zwischen den Welten wandeln können. Nur Menschen. Und Katzen.« Terry bedachte ihn mit einem Blick, als wäre er ein Lehrer, der einem erwachsenen Schüler das Schreiben beibringen müsste. »Der menschliche Geist«, er tippte sich gegen die Stirn, »ist nicht für die Zwischenwelt gemacht. Manchmal sehen die leicht zu Beeindruckenden dort Dinge, die ihnen ihr beschränkter Kopf vorgaukelt.«

Jack beschloss, die Beleidigungen zu überhören, so schwer

ihm das auch fiel. »Aber ich war doch beim ersten Mal noch nicht in der Zwischenwelt, als ich ihn gesehen habe. Und beim zweiten Mal war ich ihm so nahe, dass ich ihn hätte berühren können.«

»Und wo war das?«, fragte Terry, der sich nun offenbar wieder beruhigt hatte und so staubtrocken klang wie üblich.

»In einem orientalischen Palast«, sagte Jack.

Für einen Moment schien Terry verwirrt.

»In der Zwischenwelt, nehme ich an.« Es waren die ersten, recht unsicheren Worte des Assistenten. Offensichtlich sprach er nicht allzu oft.

Dankbar nickte Jack.

»Wenn es so ist, wie du sagst«, meinte Terry ernst, »dann kann das nur eines bedeuten.« Mit einem Mal sah er Jack so eindringlich an, als wollte er ihn mit seinem Blick einer Prüfung unterziehen.

Hatte sich der alte Archivar an etwas erinnert? An ein seltenes Phänomen der Zwischenwelt vielleicht? »Und was?«, fragte Jack heiser vor Aufregung.

»Dass du völlig durchgedreht bist«, sagte der Geist und fing wieder an zu lachen. »Schatten! Und was kommt dann? Übernehmen die Geister unsere Welt?«

Die Erwiderung, dass zumindest das Archiv ja längst von einem Geist beherrscht wurde, schluckte Jack hinunter. Terry hatte sich auch schon wieder kopfschüttelnd seinem Register zugewandt, und da die Vorstellung beendet zu sein schien, verloren auch die anderen im Archiv das Interesse an dem Gespräch der beiden.

Jack wandte sich ab und ging wütend auf den Ausgang zu, doch ehe er ihn erreichte, spürte er eine Hand auf seinem Arm. Sie gehörte dem pummeligen Assistenten.

»Es gibt Schatten, die in beiden Welten existieren können«, wisperte er heiser. Er schien so aufgeregt bei diesen Worten, als habe er Jack gerade eröffnet, dass er die Königin töten wollte. »Aber hier glaubt keiner an sie.«

Jack konnte ihn nur wortlos anstarren.

»Später, wenn es ruhiger geworden ist, bin ich noch hier.« Der Assistent sah ihn eindringlich an. Es fehlte nur noch, dass er Jack verschwörerisch zuzwinkerte. »Kommst du?«

Mit Mühe brachte Jack ein Nicken zustande. »Und dann?«

»Dann zeige ich dir den Schatten«, wisperte er. Und zwinkerte Jack tatsächlich zu.

Wann war Jack zum letzten Mal so aufgeregt gewesen? Als Kind in dem überfüllten Waisenhaus, als es hieß, eine Familie wolle ihn zu sich holen? Seine Hoffnung auf Eltern und ein Heim hatten sich grausam zerschlagen, weil sich die Leute für ein anderes Kind entschieden hatten. Doch das Herzklopfen von damals glaubte er auch jetzt in der Brust zu spüren. Wieso war er so aufgeregt? Weil er vielleicht einen Schritt näher an die Prinzessin herankommen würde? Er hatte sie insgesamt höchstens ein paar Minuten gesehen. Ihr Bild aber hatte sich tief in seinen Kopf eingebrannt. Er würde nur zu gerne einmal ihre Augen sehen, die in jener Nacht geschlossen gewesen waren, als wollten sie den Blick nicht auf den Tod richten müssen.

Nicht alle Agenten im Außendienst besaßen ein eigenes Büro. Für die meisten gab es einen Arbeitsraum, in dem gleich mehrere Platz fanden, um Namen oder andere Daten aufzuschreiben, die den Archivaren dabei halfen, ihr Totenregister ordentlich zu führen. Dieser Ort war, neben dem Archiv selbst, der unbeliebteste Teil des Ministeriums, und es überraschte Jack nicht, dass er die meiste Zeit alleine war, während er hier darauf wartete, dass endlich die Nachtschicht begann. Der Letzte, der ging, war der junge William, der in seinem Anzug im Gegensatz zu Jack wie ein wohlhabender Geschäftsmann aussah. Auf die Frage des blonden Mannes, ob Jack noch mit ins Fortune of War kommen wolle, murmelte dieser etwas von Terry und einem fehlenden Namen, den er noch in Erfahrung bringen müsse. Keine große Lüge. Der geisterhafte Archivar versetzte die Soulmen mit seiner Korrektheit in größeren Schrecken als die verunstaltetste Leiche. Jack blickte dem Mann nach und merkte, dass seine Augenlider immer schwerer wurden.

Das nächste, das er hörte, war der Schlag der Glocke einer nahen Kirche, die Mitternacht einläutete. Mit einem Keuchen schreckte Jack aus seinem Nickerchen hoch. Verdammt, er hatte wach bleiben wollen. Aus dem Augenwinkel erkannte er eine Bewegung. Er fürchtete schon, einer der Männer der Nachtschicht sei hereingekommen, doch es war nur eine Katze, die Jack mit blitzenden Augen musterte. Wenn er sich nicht irrte, war es das Tier, das bei der toten Prinzessin gesessen hatte. Sehr passend.

Jack erhob sich mit schmerzenden Gliedern aus dem Stuhl, auf dem er eingeschlafen war, und machte sich auf den Weg hinab ins Archiv. Das Ministerium war zu dieser Zeit in der Regel sowieso nahezu verlassen. Und da morgen Sonntag war, und es selbst unter den Soulmen viele gab, die Familie hatten, waren die Gänge heute sogar völlig ausgestorben.

Der Einzige, der Jack stören konnte, war Terry. Der Geist, der nie schlafen musste, war immer da. Jack hielt misstrauisch Ausschau nach dem Geist mit dem schlechten Hutgeschmack, doch er traf weder auf ihn noch auf irgendjemanden, bis er schließlich das Archiv betrat. Das einzige Geschöpf in seiner Nähe war die Katze, die ihm folgte, als hoffte sie auf ein Nachtmahl von Jack. Vielleicht spürte sie aber auch, dass Jack irgendetwas mit der Prinzessin zu tun hatte. Er hatte im Ministerium schnell gelernt, Katzen nicht zu unterschätzen. Ihr Gespür für den Tod war einzigartig.

Die Gaslampen, die sonst den riesigen Raum erhellten, waren beinahe alle gelöscht. Doch die Phiolen selbst leuchteten immer, sodass es nie wirklich dunkel zwischen den Regalen wurde. Ihr Licht war so kalt wie das der Sterne, und es schien ebenso wenig in diese Welt zu gehören. In der Tat erschien Jack dieser Ort nun, als würde er in einen schwarzen Himmel mit Tausenden Sternen blicken. Für einen Moment fing ihn der Anblick ein, dann aber riss er sich los, machte ein paar Schritte in das Dunkel hinein und fürchtete schon, der pummelige Assistent hätte ihn versetzt, da erkannte er ihn doch endlich am Rand des Archivs. Er stand dort gegen eine Wand gelehnt und stierte angestrengt in den Raum. »Hallo?«, rief er, als Jack auf ihn zuging. »Bist du das?«

Jack rollte mit den Augen. Was sollte man nur auf so eine Frage antworten? »Ich bin Jack«, meinte er, während er an den Regalen mit den Geistern vorbeischritt. Die Katze folgte ihm so lautlos, als wäre sie auf der Jagd.

Die Anspannung, die dem Assistenten wie ein Ausschlag im Gesicht gesessen hatte, löste sich. »Oz«, sagte er und rückte sich die Brille zurecht, in deren Gläsern sich das Licht der Geister spiegelte, sodass sie den Augen der Katze ein wenig ähnelten. »Bist du alleine gekommen, Jack?« Er sah sich suchend um.

»Nein«, erwiderte er, und auf den erschrockenen Gesichtsausdruck des Mannes hin deutete er auf die Katze.

Ein erleichtertes Lächeln erschien flüchtig auf Oz' Lippen. »Gut, das ist … gut.«

Himmel, oft scheint er nicht unter Leute zu kommen, dachte Jack. »Und wo ist er?«, fragte er. Auch wenn sie alleine waren, sollten sie sich eilen. Terry konnte sicher jederzeit hier auftauchen.

»Wer?« Oz' Gesichtszüge entgleisten erneut, als wäre er gerade bei etwas Verbotenem erwischt worden.

»Der Schatten«, half ihm Jack auf die Sprünge. Langsam

kamen ihm Zweifel, ob ihm Terrys Assistent wirklich helfen konnte.

»Ach so«, sagte Oz und drückte abermals die Brille, die partout nicht auf seiner Nase sitzen bleiben wollte, an ihren Platz. »Wir beschwören ihn. Hinten, in meinem Büro. Komm schnell.«

Oz mache auf dem Absatz kehrt, drückte eine Tür zwischen zwei Regalen auf und wollte schon loslaufen. Doch Jack hielt ihn fest. »Wo ist Terry?«

Auf dem Gesicht des Assistenten mischten sich ein Ausdruck schlechten Gewissens mit … Verwegenheit. »Ich habe ihn abgelenkt.« Er schien sich vor Aufregung darüber fast an den Worten zu verschlucken. »Er ist so aufgebracht, weil schon wieder Phiolen verschwunden sind. Es sind mittlerweile zwölf. Und nun«, er holte Luft, als müsse er einen Mord gestehen, »fehlen auch noch einige der Seiten des Totenregisters von 1848. Ich habe sie zwischen die von 1719 abgeheftet. Und von denen finden sich nun einige im Jahr 1600 wieder.« Oz sah aus, als könnte er selbst nicht glauben, dass er das gerade gesagt hatte.

»Das ist ja unglaublich«, meinte Jack. Es war sarkastisch gemeint, doch offenbar verstand sich Oz nicht sonderlich auf solche Feinheiten.

Er nickte aufgekratzt und griff sich eine der wenigen noch brennenden Gaslampen. Dann winkte er Jack hinter sich her und verschwand durch die Tür.

Für einen Moment stand Jack unschlüssig da. Was konnte der offensichtlich lebensfremde Assistent eines Geistes schon für eine Hilfe sein? *Lebensfremd, Jack?*, fragte er sich. *Vielleicht. Aber hier geht es um den Tod, nicht ums Leben.* Er seufzte. Und folgte Oz.

In den Räumen jenseits des großen Archivsaals war Jack bislang nur selten gewesen. Soweit er wusste, lagen hier im alten

Keller die Büros der Archivare. In der Zeit, in der das Gebäude noch als Handelshaus genutzt worden war, hatten hier exotische Früchte aus den weit verstreuten Kolonien gelagert. Die Mauern waren rauer Stein, durch dessen Ritzen sich das Wasser in kalten Tropfen drückte. Es roch modrig wie in einem Grab und war etwa auch so einladend. Für die Seelen die ideale Umgebung. Soweit Jack wusste, beruhigte es die Geister, wenn sie sich in einem möglichst dunklen, kühlen und feuchten Raum aufhielten. Also an einem Ort, der einer letzten Ruhestätte auf dem Friedhof ähnelte. Ob dies für die Archivare ebenfalls die beste Umgebung war, wagte er zu bezweifeln. Jack war sicher, dass er schon nach einem Tag hier unten den Dienst quittieren würde. Oz allerdings bewegte sich durch die langen Gänge wie ein Fisch im Wasser.

»Oz. Was ist das eigentlich für ein Name?«, fragte Jack, während er dem Archivar folgte.

Oz blieb unvermittelt stehen, und Jack glaubte im Schein der Gaslampe so etwas wie Verlegenheit auf dem Gesicht des Archivars zu erkennen. »Es ist gar kein Name. Kein echter. Ich heiße eigentlich«, er holte Luft, als müsste er sich zu etwas Unangenehmem überwinden, »Octavius.« Er zögerte kurz. »Octavius Zarathustra«, schob er hinterher. »Oz ist gewissermaßen eine Kurzform daraus. Ich dachte, es klingt … verwegener.«

Für einen Moment war nur das Geräusch eines Tropfens zu hören, der irgendwo von der Decke in eine kleine Pfütze fiel.

»Meine Eltern waren sehr gebildet«, bemühte sich Oz, die Stille zu füllen. »Ein römischer Kaiser und ein persischer Philosoph. Sie wollten mir von beiden großen Reichen etwas mitgeben.«

»Das war«, Jack rang nach Worten, »sehr umsichtig.« Es gelang ihm, Oz so etwas wie ein Lächeln zu schenken.

Der Archivar nickte erleichtert und lief wieder weiter. Die Schatten, durch die Oz ihn führte, ballten sich zwischen den

Steinmauern so dicht zusammen, als wollten sie Jack an den erinnern, den er suchte. Die Türen, die links und rechts von dem Flur abgingen, waren aus Eisen. Rost trieb wie Ranken und Blüten darüber. Als Jack sich schon nicht mehr sicher war, ob er alleine den Weg zurückfinden würde, erreichten sie ihr Ziel offenbar endlich. Der Raum, den Oz betrat, war so klein, dass gerade einmal ein Schreibtisch und eine Pritsche hineinpassten. Außerdem hatte jemand ein paar in die Jahre gekommene Regale aufgestellt, die voll mit Büchern standen. Kerzen waren mit Wachs auf die wenigen freien Stellen am Boden geklebt worden, und jemand hatte etwas auf den Boden gemalt. Ein angelaufener Standspiegel lehnte neben einem der Regale an der Wand. Durch ein kleines Fenster, das selbst für ein Kind zu schmal gewesen wäre, drang die Nacht in das winzige Zimmer. Am Tag konnte man wohl nur mit Glück die Füße der Passanten auf dem Bürgersteig ausmachen.

»Du schläfst hier?«, fragte Jack und konnte seine Verwunderung nur schwer verbergen, während Oz die Eisentür schloss und sich daranmachte, die Kerzen zu entzünden. Sein eigenes Zimmer bei der herrischen Mrs Bailey war zwar kein Palast, aber nun lernte er es ganz neu zu schätzen.

»Meine Eltern mögen es nicht so sehr, wenn ich zu oft nach Hause komme«, erwiderte Oz ein wenig verschämt und stellte die Gaslampe neben dem Eingang ab. »Sie meinen, ich müsste auf eigenen Beinen stehen.«

»Wie … gemein«, kommentierte Jack und versuchte, sich im Raum zu bewegen, ohne eine der Kerzen umzustoßen.

Oz balancierte mit unerwarteter Geschicklichkeit durch das Zimmer und zog ein besonders dickes Buch aus einem Regal.

»Aber es ist gemütlich«, bemerkte Jack, bemüht darum, etwas Nettes über Oz' Behausung zu sagen. Er deutete auf die nun brennenden Kerzen. »Sehr stimmungsvoll mit dem Licht und so.«

»Oh, danke«, sagte der junge Mann und rückte sich seine Brille erneut zurecht. »Aber die Kerzen sind bloß Teil des Rituals.«

»Des Rituals?« Jack entsann sich nur vage dieses Begriffs. Er hatte ihn in der Zeit der Ausbildung einige Male gehört. Die bedauernswerten Soulmen, die über das Land fahren mussten, um jahrhundertealte Geister einzusammeln, waren gelegentlich gezwungen, zu … eher ungewöhnlichen Mitteln zu greifen. Unter anderem versuchten sie, mit Beschwörungen die Geister anzulocken, damit sie diese nicht mehr suchen mussten. In London hielt man das für verzweifelten Unsinn und Wunschdenken von armen Teufeln, die keine Lust mehr auf stundenlange Märsche über Großbritanniens feuchte Dorfstraßen hatten. *Vielleicht solltest du es auch einmal versuchen, Jack*, sagte er sich. Seinen Auftrag hatte man ihm entgegen seiner Hoffnung nach der Beförderung nicht entzogen. *Agatha läuft dir immer wieder davon.* Ja, aber derzeit war sie angesichts der vielen Toten so in Vergessenheit geraten, dass Jack schon hoffte, dass sich bald keiner mehr an sie erinnerte und er sie nicht mehr würde jagen müssen.

»Um den Schatten zu beschwören«, sagte Oz. »Du hast ihn wirklich gesehen?«

Während er das fragte, hielt der Archivar den Blick in sein Buch gerichtet.

»Ja«, antwortete Jack, den immer mehr das Gefühl beschlich, dass dies hier ein Fehler war. Vielleicht sollte er auf eine andere Weise versuchen, den Schatten und die Prinzessin zu finden.

»Und er war in der Zwischenwelt und hier?«

»Das …«, Jack glaubte Terrys Lachen zu hören. »Es gibt keine Wesen, die zwischen den Welten wandeln können. Nur Menschen. Und Katzen«, wiederholte er die Belehrung des toten Archivars.

»Und der Schatten.« Mit diesen Worten drehte Oz das Buch

mit einem so dramatischen Schwung um, dass es ihm aus der Hand fiel und dabei eine Kerze umwarf.

»Und so etwas steht in Büchern?«, fragte Jack verwundert, während Oz fluchend die Kerze wieder aufstellte und entzündete. Dann hob der Mann das Buch auf. »Ich vermute, dies ist ein altes und verbotenes Buch, oder?« Es gab solche Werke hier unten in der Bibliothek des Archivs. Bücher, die sich mit dem Teufel und den Engeln befassten. Terry nannte sie alle Hokuspokus. Aber manchmal machten sich die jungen Soulmen einen Spaß daraus und blätterten als Mutprobe in diesen Büchern.

»Nein, es sind Märchen. Ganz neu. Ein Freund des Ministers hat sie übersetzt. Richard Francis Burton. Der Minister und er sind Mitglieder in der Royal Geographical Society«, erklärte Oz, offenkundig froh darüber, mit seinem Wissen angeben zu können. »Ein Experte, den das Ministerium gelegentlich für Recherchen zu Rate zieht. Das Buch trägt den Titel«, er räusperte sich, »The Book of the Thousand Nights and a Night«.

Jack warf einen Blick auf den Einband. »Eintausend und eine Nacht? Märchen?« Er konnte seine Belustigung kaum verbergen.

Oz warf ihm einen missbilligenden Blick zu. »In Märchen und Geschichten steckt viel Wahrheit. Man darf sich nur nicht zu fein dafür sein, sie zu erkennen. Sie erzählen von vielen Dingen. Zum Beispiel von Zauberei.«

»Zauberei?« Jack runzelte die Stirn. »Du bist dir schon darüber im Klaren, dass es so etwas nicht gibt, oder?«

»Ja, ja, natürlich«, beeilte sich Oz zu sagen. »Aber du weißt doch selbst, dass Menschen in der Zwischenwelt wie auch die Geister auf ihre Umgebung auf eine Art einwirken, die wie Zauberei erscheint. Und falls eine Art Geist in unsere Welt gelangen könnte, würde er diese Fähigkeit mitbringen. Theoretisch.«

»Wie?« fragte Jack verwirrt.

»Äh, es wäre einfach so. Vermutlich. Zauberei. Das wäre wunderbar, nicht?«

Jack nickte beiläufig und deutete dann auf den steinernen Boden, auf den Oz etwas mit Kreide gemalt hatte. »Ein Ei?«

»Das ist ein Kreis«, erwiderte der Archivar hörbar eingeschnappt. »Du musst das alles ernster nehmen. Wir …«, er machte eine kurze Pause, und als er dann weitersprach, zitterte seine Stimme, »… werden einen Geist aus der Zwischenwelt beschwören.«

Für einen Moment war Jack wirklich sprachlos. Er versuchte in Oz' Miene einen Hinweis darauf zu finden, dass er sich über ihn lustig machte. Der pummelige Mann atmete schneller, und seine Wangen waren so rot, als hätten die Kerzenflammen sie gefärbt.

»Nur Geister, die noch hier sind, können beschworen werden. Und selbst darüber gehen die Meinungen auseinander. Aber sie können definitiv nicht zwischen den Welten wechseln.« Jack betonte jedes Wort überdeutlich. »Deshalb weigert sich dein Chef auch zu gehen. Er weiß, dass er nie wieder in sein Archiv zurückkehren könnte.«

Oz machte eine Handbewegung, als wollte er die Worte wie lästige Insekten vertreiben. »Das erzählen die Alten dort.« Er deutete vage in Richtung des Archivs.

Zumindest vermutete Jack, dass es dort lag.

Dann senkte der Mann verschwörerisch die Stimme. »Aber es gibt Geister, die wandeln können.«

»Wandeln?« Jack verstand nicht.

Genervt rollte Oz mit den Augen. »Hin und zurück.«

»Das ist Unsinn«, meinte Jack entschieden.

»Du hast selbst einen gesehen.«

»Der … der Schatten? Du meinst, er ist ein Geist, der zwischen den Welten …«

»… wandeln kann.« Oz lächelte zufrieden darüber, dass er Jack hatte verblüffen können.

Dann schlug er das Buch auf und drückte es Jack in die Hand. »Ifrit.«

Jack betrachtete die Seiten. Eine von ihnen schmückte eine Illustration. Und sie ließ sein Herz vor Freude einen Schlag überspringen.

»Was ist das?«, fragte er, und seine Stimme klang vor Aufregung so heiser und fremd, als gehörte sie einem anderen.

»Ein Ifrit«, antwortete Oz. Auf Jacks fragenden Gesichtsausdruck hin ergänzte er: »Ein Wüstengeist. Genauer gesagt, ein Rachegeist.«

Stumm sah Jack auf die Seite vor sich. Er erkannte einen Strand, auf dem einige Palmen krumm in den Himmel wuchsen. Ein Mann stand vor einer Art Flasche, aus der scheinbar Nebel quoll. Ein ganzes Stück über ihm formte der Dunst die Gestalt eines … schattenhaften Wesens. »Das ist er. Das ist der Schatten.« Jack starrte das Bild verwirrt an. Darüber stand: *Die Geschichte vom Fischer und dem Geist.* War er einer Märchenfigur begegnet?

Oz schüttelte den Kopf, als hätte er Jacks Gedanken lesen können. »Es gibt ihn wirklich. Auch wenn die dort denken«, er deutete wieder in Richtung des Archivs, »die Ifriten seien längst ausgerottet worden.«

»Woher weißt du davon?«, fragte Jack. Nur mit Mühe konnte er den Blick von der Abbildung lösen.

»Ich lese«, antwortete er in einem Tonfall, als müsse er sich rechtfertigen. »Und zwar nicht nur die Bücher, die Mr P. für wichtig genug erachtet.«

Das Schmunzeln konnte Jack nur mit Mühe unterdrücken.

Mr P. Terry war sehr darauf bedacht, dass niemand je seinen echten Nachnamen erfuhr. Er fürchtete offenbar, dass er dann selbst in ein Register eingetragen, in einer Phiole verkorkt und schließlich in die Zwischenwelt getragen werden könnte.

»Siehst du?«, fragte Oz und deutete auf die Flasche in dem Bild. »Der Mann dort hat offenbar versucht, den Ifriten einzusperren. Das vermute ich zumindest. Ich denke, das dort die Anfänge …«

»Was ist ein Ifrit?«

Der Archivar sah ihn angesichts der unhöflichen Unterbrechung einen Moment lang vorwurfsvoll an. »Ein Ifrit«, setzte Oz an, als wäre er ein Lehrer, der einen Schüler unterrichtete, »ist ein Geist, der so sehr mit dem Wunsch nach Rache verwoben ist, dass er sich an ihm«, er gestikulierte wild, »gewissermaßen in der Zwischenwelt festhalten und nicht ins Jenseits gezogen werden kann. Dieser Wunsch gibt ihm sogar die Macht, seine Pforte offen zu halten. Sie wieder und wieder zu durchqueren. Gelehrte, zumindest solche, die in den richtigen Büchern lesen, nennen solche Pforten Schattentore. Der Ifrit vermag in beiden Welten zu existieren. Und er ist in beiden mächtig.«

Für einen Moment war Jack wieder im Hof des Buckingham Palace. Die Toten. Der Schatten, der ihn angegriffen hatte. War er für das Ableben des Emirs und seiner Familie verantwortlich? *Wer sonst, Jack? Die Katze war es sicher nicht.* Unwillkürlich blickte er zu ihr hin. Sie war ihnen gefolgt und strich Oz um die Beine, während sie Jacks Blick mit einem wissenden Ausdruck erwiderte. *Verdammt*, dachte Jack, wenn das Tier doch nur sprechen könnte. Aber im Grunde war auch so alles klar. Dieser Ifrit war aus der Zwischenwelt gekommen und hatte die Staatsgäste ermordet. *Und warum, Jack?* Nun, das wiederum wusste er nicht.

»Ifriten sind in der arabischen Welt so bekannt wie hierzulande Engel, die es im Übrigen auch dort gibt«, dozierte Oz weiter. »Sie bevölkern den Bereich zwischen Himmel und Erde und können ebenso auf die Menschen wirken wie Dschinnen und andere Luftgeister. Sie …«

»Arabisch?«

Oz seufzte, als Jack ihn erneut unterbrach.

»Natürlich. Fast alles Wissen um die verschiedenen Welten, Geister und die Phiolen stammt aus den Ländern im Osten. Eben dem Orient. Ibn Sina.«

»Von diesem Land habe ich noch nie gehört«, meinte Jack.

»Ibn Sina ist kein Land, sondern ein Mann«, sagte Oz entsetzt. Und auf Jacks fragenden Blick hin fuhr Oz in einem, wenn das überhaupt möglich war, noch belehrenderen Tonfall fort. »Ein großer Gelehrter aus Persien. Seit etwa eintausend Jahren tot. Er hat nicht nur das berühmte Buch der Genesung verfasst, sondern auch das völlig unbekannte Buch des Sterbens.«

»Natürlich, das Buch der Genesung.« Jack nickte zustimmend, auch wenn er kein Wort verstand.

Oz aber sah ihn nun etwas milder gestimmt an. »Du kennst es? Endlich mal ein Soulman, der in den Büchern des Ministeriums liest.«

Jack vermied es, ihn in diesem Moment anzusehen.

»Aber das Buch des Sterbens kennst du nicht. Nur wir haben eine Ausgabe davon. Es ist ein Geschenk von Mr Burton gewesen. Ich habe es für heute Abend …«

»… gestohlen«, beendete Jack den Satz.

Oz lächelte gequält. »Ausgeliehen«, erwiderte er. Er legte das Märchenbuch fort und zog einen dicken, äußerst mitgenommenen Wälzer aus einem der Regale. Die Schrift sah aus, als habe jemand ein Muster auf die Seiten gemalt. Kunstvoll flossen die Linien ineinander.

»Und was steht da?«, wollte Jack wissen.

»Geheimnisse der Zwischenwelt und des Jenseits. Fast alles, was wir heute wissen, ist dort zu lesen. Und es gibt ein Kapitel über die Möglichkeiten, mit Ifriten in Kontakt zu treten. Sie zu uns zu zwingen.« In Oz' Blick funkelte es gefährlich.

»Du hast das geplant.« Jack sah in die Augen eines Mannes, der sich einen lang gehegten Traum erfüllte.

»Schon seit Jahren«, sprudelte es aus dem Archivar heraus, als hätten die Worte schon viel zu lange in seinem Hals gesteckt.

»Was hat dich bisher abgehalten?«, fragte Jack misstrauisch.

Für einen Moment wirkte Oz verlegen, dann aber straffte er seine pummelige Gestalt. »Es ist eben ein wenig lebensgefährlich, wenn man unerfahren in Geisterbeschwörungen ist. Da ist es besser, man hat jemanden an seiner Seite. Für den Fall, dass der Beschwörende, das wäre ich, ohnmächtig werden sollte. In diesem Fall müsstest du dafür sorgen, dass die Kerzen nicht ausgehen, denn sonst könnte der Geist uns angreifen.«

Für einen Augenblick war Jack sprachlos. »Lebensgefährlich? Unerfahren? Ohnmächtig? Wie viele Beschwörungen genau hast du denn bisher abgehalten?«

»Es ist die erste«, erwiderte Oz in einem Tonfall, der klarmachte, dass er dies nicht als Problem ansah. »Aber keine Angst, ich habe alles darüber gelesen, was es zu lesen gilt.«

»Gelesen? Und du … du willst eines von diesen Dingern ernsthaft herbringen?«

»Natürlich.«

Oz erschien Jack in diesem Moment wie jemand, der in einem dunklen Munitionsdepot ein Streichholz entzündet, um ein wenig Licht zu machen. Es war ein Wunder, dass Jack die Begegnung mit dem Schatten überlebt hatte. So ein Wesen nun hierherzuholen erschien ihm reichlich verrückt. Und nicht nur lebensgefährlich, sondern auch lebensmüde. Und … vielleicht war es der einzige Weg, eine Spur der Prinzessin zu finden. Von ihr allerdings würde Jack nichts erzählen. Noch nicht. Die ganze Sache würde vermutlich ohnehin auffliegen, wenn er den Schatten nach ihr fragen konnte.

»Genauer gesagt«, fuhr der Archivar erkennbar zufrieden darüber, dass seine Qualifikation nicht länger in Frage gestellt wurde, fort, »gibt es nur eines dieser Dinger, wie du sie nennst. Wenn das, was Ibn Sina geschrieben hat, stimmt, so haben die Ifriten schon zu seiner Zeit nicht mehr existiert. Sie wurden gejagt. Männer, die euch ähnlich sind, haben sie aufgespürt. Man könnte sagen, es waren orientalische Soulmen. Nur, dass sie sich bei ihrer Jagd im Gegensatz zu euch in Lebensgefahr begeben haben.«

Jack beschloss, hierauf nichts zu erwidern, auch wenn er sich ein wenig in seiner Berufsehre gekränkt fühlte.

»Sie haben die Ifriten in Flaschen gesperrt, und diese wiederum wurden so tief in der einsamsten Wüste vergraben, dass die darin Inhaftierten nie wieder gefunden und befreit werden können. Nur einer überlebte.« Oz klang fast ein wenig bedauernd, was Jack einigermaßen unpassend fand. »Er wurde gefangen und in die Zwischenwelt gebracht. Warum er nicht auch vergraben wurde, weiß ich nicht.«

War dieses Ding ... dieser Ifrit, korrigierte sich Jack in Gedanken, das Wesen, das ihn angegriffen hatte? Aber wie hatte es sich befreit, wenn es zuvor gefangen worden war? Und warum war er wieder hergekommen? »Wenn du den Schatten beschwören kannst, wieso haben das nicht auch andere versucht?«, warf Jack ein. »Ich meine, dieser Ibn Tina zum Beispiel.«

»Ibn Sina«, verbesserte Oz ihn beinahe empört. »Bestimmt haben es schon mal einige versucht. Aber für einen so mächtigen Geist bedarf es spezieller Materialien und Vorkehrungen.«

»So wie das Ei? Hatten die anderen es etwa mit einem Kreis versucht?«

Oz sah ihn an, als hätte er in eine Zitrone gebissen. »Das liegt nur an der Kreide. Sie ist aus den Knochen von toten Ifriten-Jägern gemacht worden.«

Die Frage, woher um alles in der Welt jemand eine derart

morbide Kreide bekam, sprang Jack auf die Zunge. Aber er schluckte sie hinunter. Er war gekommen, um den Schatten zu fangen und über ihn eine Spur zu finden, die ihn zu der Prinzessin führen konnte. »Und es kann nichts passieren?«, vergewisserte er sich.

Die Unsicherheit in Oz' Blick stand in krassem Widerspruch zu seinen Worten. »Natürlich«, sagte er. »Der Bannkreis ist für den Ifriten nicht zu überwinden.«

Das Bannei, dachte Jack. Er hatte ein schlechtes Gefühl bei der Sache. Aber ein anderer Weg fiel ihm nicht ein.

DER FALSCHE GEIST

Das Ritual war überraschend einfach. Jack hatte vermutet, dass es eine Art Protokoll für solche Dinge gab. Beschwörungsformeln, die in der richtigen Reihenfolge und mit der korrekten Betonung aufgesagt werden mussten. Aber das Einzige, was Oz tat, war die Buchseite mit der Abbildung des Schattens herauszureißen. Er sah dabei aus, als würde er sich selbst die Haut vom Leib ziehen. Das Bild des Ifriten legte er in die Mitte des Bannkreises, dann trat er zurück hinter die Linie. »Entweder du kennst den Namen oder hast ein Bild des zu beschwörenden Geistes«, erklärte Oz, als müsse er sich rechtfertigen. Dann hob er warnend den Zeigefinder. »Was immer auch geschieht, du darfst nie in den Kreis treten.«

Der Archivar sah so ernst aus, dass Jack auf eine Bemerkung über die Form des Kreises verzichtete. Stattdessen nickte er stumm.

Oz hatte weitere Kerzen entzündet und stellte sie auf die Linie. »Sie weisen dem Ifriten den Weg.« Seine Wangen hatten sich vor Aufregung noch weiter gerötet, und er sah aus, als habe er heute Geburtstag. Oder einen Ausschlag.

»Und jetzt?«, fragte Jack, dessen Stimme leicht zitterte. Oz' Erregung schien unbemerkt auf ihn übergesprungen zu sein wie eine Erkältung.

Der Archivar antwortete nicht. Stattdessen räusperte er sich, hob das Buch des Sterbens und fing dann an, daraus vorzulesen. Nun, offenbar gab es also doch Beschwörungsformeln.

Jack … verstand nichts. »Was ist das für eine Sprache?« Er hätte die Frage am liebsten wieder zurückgeholt. Doch er hatte Oz bereits unterbrochen. Der Archivar ließ das Buch sinken. »Das ist Persisch«, sagte er streng. »Jeder Archivar beherrscht die Sprache, in der die wesentlichen Geheimnisse der Toten aufgeschrieben sind. Auch Arabisch, Altgriechisch und Latein kann ich verstehen. Soll ich dir vielleicht Nachhilfestunden in einer dieser Sprachen geben?«, fragte er schnippisch. Er wartete natürlich keine Antwort ab, sondern hob das Buch wieder vor die Augen und las weiter.

Zunächst geschah nichts. Dann schien die Luft schwerer zu werden. Jack hatte zunehmend Mühe, sie sich in die Lungen zu ziehen. Schatten ballten sich zusammen. Sie sickerten aus den Ritzen der Mauersteine, flossen zusammen und verdrängten das Licht. Der Kerzenschein konnte nur noch die Linie des Kreises erhellen. Es wurde kalt. Nicht so kalt wie an einem frostigen Wintertag. Dies war eine Kälte, die aus Hoffnungslosigkeit, Einsamkeit und Grausamkeit gemacht war. Eine, die das Herz einfror. In Jack erwachten verdrängte Erinnerungen. Und die Gefühle eines Zehnjährigen, der seine Mutter tot auf einem Stuhl fand.

»Er ist hier.« Die drei Worte stammten aus Oz' Mund. Doch sie schienen aus weiter Ferne zu kommen.

Das Licht der Kerzen wurde schwächer, als würde die Kälte ihr Feuer ersticken. Mit einem Mal stieg eine nie gekannte Angst in Jack auf. Wie dunkles Wasser, das sich in einem engen Brunnen nach oben drückte. Was würde geschehen, wenn sie tatsächlich aufhörten zu brennen? Wäre der Ifrit dann frei? Verdammt, sie holten hier gerade ein Monster in die Welt. Und zwar in einen geradezu winzigen Raum, in dem sie mit ihm alleine sein würden.

Die Kerzen flackerten nun so sehr, als fegte ein scharfer Wind durch Oz' Zimmer.

Ramses fauchte wütend und machte drohend einen Buckel.

»Zeig dich.« Die Stimme des Archivars war über das Dröhnen, das Jacks Kopf mit einem Mal füllte, kaum zu verstehen.

Sie war lächerlich leise.

Doch sie wirkte.

Im nächsten Augenblick verschwand die Kälte so schnell, wie sie gekommen war. Das Licht wurde wieder heller. Die Schatten zogen sich in die Ritzen der Mauersteine zurück. Und im Bannkreis schwebte dort, wo eben noch die Seite mit der Illustration gelegen hatte, ein dunkler Schatten. Das übergroße Geschöpf sah Jack an, und …

»Das ist er nicht.«

Oz blickte Jack verwirrt an. »Was? Natürlich ist er das. Es gibt nur einen riesigen, schattenhaften Geist. Ihn.«

»Nein, meiner sah anders aus«, erwiderte Jack.

Dieses Gespräch war sicher nicht nach Oz' Geschmack. Es zerstörte jede Dramatik. »Entschuldige bitte, aber …«

»Oh Fischer, oh Fischer! Ich will nie mehr ungehorsam sein und versuchen, dich zu hintergehen. Ich …« Der Geist stockte und blickte sich um. Offenbar hatte er jemand anderen erwartet. In dem kurzen Schweigen, das sich anschloss, hatte Jack die Gelegenheit, den Geist näher zu betrachten. Er ähnelte weit mehr einem Menschen als das Geschöpf in der Zeichnung und erst recht dem, das Jack angegriffen hatte. Sein schlanker Kopf war ganz und gar kahl. Der Leib zerfaserte an den Rändern wie Nebel, durch den ein leichter Wind weht. Die Zähne waren lang und spitz, und in der ansonsten dunklen Gestalt stachen zwei goldleuchtende Augen hervor, die wie zwei Sonnen in den Höhlen glänzten.

»Keiner von euch ist der Fischer.«

Es entging Jack trotz aller Überraschung darüber, dass Oz es tatsächlich geschafft hatte, einen Geist herzuholen, nicht, dass sich in die Unterwürfigkeit, mit der der Ifrit eben noch gesprochen hatte, ein drohender und verschlagener Unterton gemischt hatte.

»Oh Geist der Wüste«, erhob Oz theatralisch seine Stimme, »ich gebiete über dich.«

Ramses legte den Kopf schief, und Jack vermutete, dass die Katze den Archivar für völlig irre hielt.

»Tust du das?« Die Stimme des Ifriten wurde kälter. »Und wie lautet der Name meines neuen Herrn?«

Oz wich unwillkürlich einen Schritt zurück. »Ich … ich …« Er versuchte ebenso erkennbar wie erfolglos seine Angst zu verbergen.

»Du bist nicht der Schatten, den ich gesehen habe.« Jack wusste selbst nicht, weshalb es ihm besser gelang, ruhig zu klingen. Sein Herz schlug zwar so fest in der Brust, als wollte es aus ihr entkommen, aber er hatte bereits einen Schatten gesehen. Einen anderen Ifriten. Und die Begegnung mit ihm überlebt.

»Oh, noch ein Herr«, wisperte der Geist und beugte höhnisch den kahlen Kopf.

»Du bist hier, um uns Fragen zu beantworten.« Jack hatte noch nie ein Geschöpf so sehr verachtet wie dieses hier. Es verströmte Dunkelheit und Grausamkeit. Sein Blick sagte Jack einen qualvollen Tod voraus. Es war so falsch, dass er Oz am liebsten angeschrien hätte, damit dieser es wieder dorthin schickte, wo es hergekommen war. Doch Jack brauchte es vermutlich, wenn er die Prinzessin finden wollte.

»Und warum sollte ich meinen ehrenwerten Herrn und Besitzern diese Gefälligkeit erweisen?« Der Geist machte einen Schritt auf den Rand des Bannkreises zu und verharrte, als er gegen eine unsichtbare Mauer zu stoßen schien. Mit den Fingern strich er durch die Luft wie über eine Barriere, die Jack nicht erkennen konnte. »Was ist das?«, fragte er misstrauisch. »Keine Flasche zumindest.«

»Oh, das. Nun«, Oz rückte seine Brille wieder einmal zurecht, »dies ist der Bannzauber nach Ibn Sina. Natürlich kein Zauber im eigentlichen Sinne, denn Magie gibt es laut dem wissenschaftlichen Diskurs ja nicht. Jedoch, und das hängt ganz von der Definition ab, könnte man …«

»Es gibt keine Magie?« Der Geist kicherte so verschlagen, dass Ramses erneut fauchte. »Lass mich dieses Gefängnis verlassen, mächtiger Gelehrter. Und ich beweise dir, dass es sehr wohl Magie gibt. Nutze meine Macht zu deinem Vorteil.«

»Nun, natürlich könnte ich dich befreien«, erwiderte Oz, und zu Jacks Verblüffung hörte sich der Archivar äußerst geschmeichelt an. *Mächtiger Gelehrter*. Vermutlich bekam er von Terry nur selten ein Lob ausgesprochen. Oder wohl eher nie.

»Wie viele von euch gibt es?«, fragte Jack rasch, ehe sich Oz noch zu etwas überreden ließ, das sie beide bereuen würden.

Der Geist richtete den goldenen Blick auf ihn, und Jack hatte das Gefühl, dass es einige Grad kälter wurde. »Wie viele?« In der Stimme klang nicht mehr nur die Falschheit wie ein dunkler Ton. Da war auch Hass und wahrhaftige Wut. »Ich bin der, der übrig geblieben ist. In dem Gefängnis, in das der verschlagene Fischer mich gesteckt hat, habe ich den Tod jedes Einzelnen gespürt. Habe die Qualen aller anderen gefühlt wie meinen eigenen Schmerz.«

Bei den letzten Worten stieß er seine nebelhafte Faust so ungestüm gegen die unsichtbare Wand, dass Jack unwillkürlich einen Schritt zurücktrat.

»Das hier hält doch, oder?«, fragte er vorsichtshalber. Es war ihm nicht entgangen, dass Oz nun näher an die Tür gerückt war.

Der Archivar sah ihn an, als hätte er ihn gefragt, ob heute Morgen die Sonne aufgegangen sei. »Das ist der Bannzauber nach …«

»Ibn Sina«, stöhnte Jack. »Natürlich.«

»Auch wenn es wie gesagt …« Oz seufzte. »Ja, es hält«, antwortete er knapp.

Jack nickte und wandte sich wieder dem Ifriten zu. »Du lügst.« Neben ihm zog Oz zischend die Luft ein, und auch Jack begriff einen Lidschlag später, dass es vielleicht keine gute Idee war, den Geist zu reizen, selbst wenn er eingesperrt war.

Der Ifrit verzog die Lippen zu einem raubtierhaften Grinsen und schrumpfte, bis er genauso groß wie Jack war. »Ich sehe schon, wer von euch beiden Mut hat. Wessen Herz vor Angst stolpert und wessen Herz die Furcht nicht fühlen kann.«

Aus dem Augenwinkel erkannte Jack, dass Oz zu einer empörten Erwiderung ansetzen wollte. Rasch stieß er ihn an, und der Archivar begnügte sich damit, den Ifriten missbilligend anzublicken.

»Du besitzt nicht nur Mut, mein Herr. Ich erkenne auch Weisheit in dir. Einst diente ich dem Propheten Suleiman, ehe ich mich gegen ihn und unseren Herrn erhob. Du hast viel von Suleiman. Ich möchte bereuen und wieder auf den rechten Weg zurückkehren.« Nun wurde der Ifrit sogar noch kleiner als Jack und blickte zu ihm auf wie ein Junge, der um die Vergebung seines Vaters bat.

»Lass das«, herrschte Jack ihn an. Die Abscheu diesem Wesen gegenüber erstickte seine Angst. Er erkannte einen Betrüger, wenn er ihm gegenüberstand. Und dieses Wesen umgab der Gestank der Falschheit. »Du sagtest, du seist der Letzte deiner Art. Doch wir suchen einen, der so ist wie du.«

»Ähm, genau genommen suchen wir einen Ifriten, der hier in London wirkt.« Oz versuchte erkennbar, die Oberhand über die Beschwörung zurückzuerlangen. »Er ist bereits gesehen worden. Und wie du sicher selber weißt, sollten Ifriten nicht frei herumlaufen.«

Nun wandte sich der kalte Blick des Geists wieder Oz zu. »Nicht?«

Jack rollte mit den Augen. Auch wenn es Oz gelungen war den Geist herzurufen, so brauchten sie etwas, um ihn zum Reden zu bewegen. Und wie bei jedem Gefangenen gab es sicher auch für ihn nur eines, das die Zunge lockerte: die Aussicht auf die eigene Freiheit.

»Du wurdest in einer Flasche gefangen«, erklärte Oz, als hielte er eine Unterrichtsstunde.

»Ich habe den Propheten Suleiman betrogen, und er schickte mir den verfluchten Asas, der das Urteil über mich sprach.« Der Hass, mit dem der Ifrit die Worte aussprach, zeigte Jack, dass dies hier die Wahrheit war. »Dann sperrten sie mich in die verfluchte Flasche und versiegelten sie mit den einhundert Namen des Herrn. Ich war schon achtzehn Jahrhunderte in ihr gefangen, als mich ein törichter Fischer befreite. Doch ehe ich ihm seinen kleinen Hals umdrehen konnte, hatte er mich betrogen und erneut in die Flasche gesperrt.«

»Und dann in die Zwischenwelt gebracht«, ergänzte Oz wichtigtuerisch. »Damit hattest du Glück, denn die anderen deiner Art wurden in ihren Gefängnissen in der Wüste vergraben und sind damit für alle Zeit eingesperrt. Dein Schicksal war gnädig.«

»Gnädig?« Der Ifrit wuchs so schnell, dass Jacks Herz einen Schlag übersprang. Sein Kopf stieß an die Decke des Kellergewölbes, und er wurde schließlich so groß, dass er sich hinknien und die Arme eng an den Leib pressen musste. »Im Gegenteil. Es war besonders grausam. Die anderen schlafen ewig. Doch ich sollte härter bestraft werden. Ich war all die Jahrhunderte wach. Bin dazu verdammt, auf das Ende der Ewigkeit zu warten. Ich kann nicht zurückkehren. Und ich kann nicht weiterziehen. Meine … Natur verhindert es.«

Oz ruckelte an seiner Brille. »Es muss an der Messingflasche liegen. Hochinteressant. Unsere Glasphiolen vergehen ja beim Übertritt. Dein Gefängnis aber besteht weiter. Das wäre einen wissenschaftlichen Fachartikel wert. Das International journal of necromancy …« Oz verstummte, als ihn der Blick des Geists traf.

Die Augen des Ifriten funkelten vor unbändiger Wut, und Jack war sicher, dass er sich sofort auf den plapperfreudigen Archivar stürzen würde, wenn er die Gelegenheit dazu bekäme. *Pass auf, dass die Kerzen nicht herunterbrennen, Jack*, sagte er sich. Er erspähte einen Karton mit weiteren Kerzen und schob sich unbemerkt ein wenig zu ihm hin.

»Nun«, sagte Oz heiser. Der Blick des Ifriten ließ ihn schlucken. »So bleibt nur eine Frage. Wenn du gebunden bist und der Soulman an meiner Seite damit recht hat, dass du nicht der Schatten bist, den er gesehen hat …«, er räusperte sich bedeutungsvoll.

»Welchen Ifriten habe ich gesehen?« Jacks Frage bescherte ihm die ungeteilte Aufmerksamkeit des Geists. Eine Aufmerksamkeit, auf die er gerne verzichtet hätte. Er bemerkte Oz' vorwurfsvollen Blick. Kein Wunder, immerhin hatte Jack ihm erneut einen dramatischen Moment verdorben.

Der eingefangene Ifrit schrumpfte wieder, bis er ein wenig kleiner als Jack und Oz war. Fast unterwürfig beugte er den Kopf. »Ich erzähle euch gerne etwas von ihm.«

»Woher kennst du ihn? Sagtest du nicht, du hättest das Ende aller Ifriten gespürt?«, wollte Jack wissen. »Ich denke, du bist gefangen in der Zwischenwelt.«

»Schlauer Herr«, wisperte der Geist, und das Zischen, mit dem er die Worte zwischen den Zähnen hindurchstieß, ließ Jack frösteln. »In der Zwischenwelt, ja. Aber ich bin nicht gefangen, sondern gebunden. Ich vermag mich durch die Zwischenwelt, wie ihr sie nennt, zu bewegen. Es ist mühsam, denn ich kann die Flasche zwar verlassen, weil kein irdisches Siegel auf der anderen Seite Macht besitzt. Ein Teil von mir aber ist untrennbar mit dem Messing verbunden. Ein letzter Faden, der mich daran hindert, ganz und gar frei zwischen den Welten zu wandern, wie ich es einst getan habe. Nur wenige Schritte kann ich auf der anderen Seite gehen.«

»Mein Beileid«, bemerkte Jack trocken. Er fühlte sich nicht halb so verwegen, wie er klang. Doch er hatte schon als Kind gelernt, seine Furcht unter gespieltem Mut zu verbergen. Wer ängstlich wirkte, verlor in einem Heim voller Kinder.

»Ich bin der, der übrig geblieben ist. Der andere meiner Art aber ist gerade erst geboren worden.« Ein Keuchen drang aus der geisterhaften Kehle. »Oh, er ist ungestüm und wild. Und schwach. Noch. In dieser Welt kann er nur kurz verweilen. Und er ist noch nicht so stark in ihr, wie er es in der Madinat almutaa ist.«

»Mad…?«, begann Jack, doch Oz fiel ihm ins Wort.

»Zwischenwelt. So heißt sie in den Wüstenstaaten. Auf Arabisch.«

»Der andere Ifrit wird langsam stärker«, fuhr der beschworene Geist fort. »Ihn musst du gesehen haben, Herr.«

»Du hattest ihn am Anfang nicht erwähnt«, meinte Jack misstrauisch.

»Du hattest mich nicht nach ihm gefragt«, erwiderte der Ifrit. »Sag, war er lange in dieser Welt?«

Jack kniff die Augen zusammen. Er verabscheute den Ifriten, doch er konnte keinen Grund erkennen, ihm diese Frage nicht zu beantworten. »Ein paar Augenblicke, vielleicht«, sagte er, während er an den Angriff in der Nacht zurückdachte.

»Ich verstehe, Herr.« Der Ifrit schob sich bis an den unsichtbaren Rand des Bannkreises. »Er hat noch nicht die Macht, sich länger hier aufzuhalten. Es braucht Zeit, diese Fähigkeit zu beherrschen. Der Ifrit, der geboren wurde, ist wie ein Kind, das die ersten Schritte gemacht hat. Aber er wird lernen. Schnell lernen.« Mit diesen Worten verstummte er.

»Wo befindet er sich?«, wollte Jack wissen.

Der Ifrit aber schwieg. Und lächelte verschlagen.

»Los«, forderte Jack den Archivar auf, der wortlos zugehört hatte. »Er soll reden.«

»Das, ähm, ist ein wenig schwierig. Es gibt keinen Befehl, mit dem man einen beschworenen Geist zum Reden zwingen kann.« Oz klang beinahe entschuldigend.

»Herr!«

Das Zischen des Ifriten ließ Jack wieder frösteln.

»Ich berichte gerne mehr von dem Geist, den ihr beiden ehrenwerten Männer sucht. Nur will ich dafür eine kleine, fast unbedeutende Gefälligkeit von euch. Eine winzige Belohnung, die ich nicht verdient habe als euer ergebenster Diener.«

»Und welche?«, fragte Oz den Ifriten.

Doch die Antwort kam nicht von dem Geist. »Er will befreit werden.« Jack konnte dem beschworenen Wesen den Wunsch von den goldenen Augen ablesen. Jack seufzte. Es war, wie er vermutet hatte. Sie würden feilschen müssen.

»Es ist nur eine kleine Sache. Ihr müsstet in die Zwischenwelt kommen. Für euch Gelehrte kein Problem. Schließt die Augen, sobald ihr dort seid, und nennt meinen Namen, den ich einst als Mensch trug. Er lautet Hârûn ar-Raschid. Ich werde ihn hören können und euch den Weg zu mir beschreiben. Wenn ihr bei mir seid, braucht ihr nicht mehr zu tun, als die Flasche, die ja ein irdisches Ding ist, zu zerstören. Und ich bin frei, in der Zwischenwelt zu wandeln. Ohne das Gewicht des Messings.«

»Oh, und dass du dann auch wieder in unsere Welt gelangen kannst, wann immer du willst, hast du vergessen zu erwähnen, oder?« Jack schüttelte den Kopf. Wie noch nie zuvor konnte er die Falschheit der Worte schmecken. Der Ifrit würde sie hintergehen. Sie töten, wenn sie seine Flasche zerstörten. Er senkte enttäuscht den Kopf. *Was hattest du erwartet, Jack?*, fragte er sich. *Dass du nach der Beschwörung weißt, wo du die Prinzessin suchen musst?* Ja, insgeheim hatte er das. »Schick ihn zurück«, forderte Jack Oz enttäuscht auf. Er würde eine andere Spur zur Prinzessin finden müssen.

Der Archivar sah ihn so betroffen an, als hätte Jack gerade ein Kind aufgefordert, seine Katze zu ertränken. »Aber …«, setzte Oz an, »er könnte doch, also ich meine, er ist einzigartig und …«

»Einzigartig gefährlich«, erwiderte Jack. »Wenn du ihn zurückschickst, sind wir alle sicher vor ihm. Dann kann er nie wieder in unsere Welt gelangen.«

Ein Räuspern ließ Jack und Oz herumfahren. Der Ifrit hatte abermals seine Körpergröße geändert und war nun genauso groß wie Jack. »Es gibt einen Weg. Es gibt immer einen.« Er blickte Jack so fest in die Augen, als könnte er in dessen Herz den Wunsch erkennen, die Prinzessin zu finden. »Jeder kann aus der Zwischenwelt zurückkehren.« Die Lippen des Ifriten formten ein freudloses Lächeln. »Ich erzähle euch davon, wenn ihr mir versprecht, mich nicht zurückzuschicken.«

Nein, das kannst du vergessen, wollte Jack sagen. Doch Oz war vorgetreten, bis seine Nase gegen die unsichtbare Barriere stieß und … er nickte. Er war so aufgeregt, als hätte er zum ersten Mal in seinem Leben einen Geist gesehen.

Er ist wahnsinnig geworden, dachte Jack. Vermutlich war er so begierig zu erfahren, was der Ifrit wusste, dass er alles dafür tun würde. Jack brauchte einige Kraft, um ihn von der Barriere fortzuziehen. »Was soll das?«, zischte er so leise, dass der Ifrit es hoffentlich nicht hören konnte.

»Er weiß mehr über die Geheimnisse der Zwischenwelt als wir alle im Ministerium zusammen«, erwiderte Oz aufgeregt.

»Damit komme ich gut klar«, sagte Jack.

»Wir müssen ihn studieren. Mehr von ihm lernen.« Oz schien so überzeugt von sich wie ein Priester, der von Gott erzählte. Er schien nicht den geringsten Zweifel zu hegen.

»Und wie willst du ihn …«

Das Lächeln auf Oz' Lippen gefiel Jack überhaupt nicht. »Wir gehen hinüber, holen ihn und« – er senkte die Stimme so weit herab, dass sie kaum noch zu hören war – »lassen ihn in seiner Flasche. Dann behalten wir die Kontrolle. Diese Idee ist …«

»… dämlich«, fuhr Jack ihn an. Oz aber hatte sich bereits wieder abgewandt. Und Jack blieb einen Moment lang unschlüssig stehen. Es war Irrsinn, sich mit dem Ifriten einzulassen. Er würde sie betrügen. *Ja, Jack, und du weißt das. Also kannst du den Betrüger betrügen.* Und wozu? Die Antwort war eine Frage. »Kannst du jemanden auf der anderen Seite finden?«

Er spürte Oz' fragenden Blick wie Finger auf der Haut, doch er blickte nur in die nebelhafte Fratze des Ifriten.

»Einen geliebten Menschen?«, wollte der Geist wissen. »Eine Frau, die gestorben ist und die du entbehrst?« Die Worte klangen ebenso sanft wie falsch.

»Kannst du?« Jack wollte ihm nichts verraten, wenn er nicht musste. Schon gar nicht in Oz' Gegenwart. Es wurde ganz still in dem Keller. Oz starrte Jack ebenso an wie Ramses. Jack erwiderte für einen kurzen Moment den Blick der Katze und glaubte darin eine Warnung zu lesen. Katzen waren immer auch Geschöpfe der anderen Seite. Und vermutlich spürte Ramses die Finsternis des Ifriten.

»Ja.«

Die Antwort hing schwer in der Luft, und Jacks Herz schlug weiter so fest in seiner Brust, als wollte es aus ihr entkommen. *Warum machst du das?*, fragte er sich selbst. *Du kennst sie nicht einmal.* Aber er musste sich um sie kümmern. Er hatte sie weggesperrt, um sie zu retten. Und nun fühlte er sich dazu verpflichtet, sie wieder zu befreien. Und … er wollte ihre Augen sehen. Jack wusste selbst nicht, woher der Wunsch kam. Weshalb er ausgerechnet sie nicht vergessen konnte. Allzu schwer hatte er es nie bei Frauen gehabt und stets darauf geachtet, dass keine Verbindung zu eng wurde. Bindung war Abhängigkeit. Und Abhängigkeit bedeutete Schwäche. Oder? Die lächerlich schwache Bindung an die Prinzessin aber konnte er nicht abstreifen. Er konnte es nicht, weil er es nicht wollte. Er konnte es nicht, weil er ihre Augen sehen wollte. Ein seltsamer Wunsch. Einer, der ihn an die Prinzessin band wie der Fluch den Ifriten an seine Flasche.

»Und du sagst, dass jeder aus der Zwischenwelt zurückkehren kann?«, fragte Oz.

»Ja«, antwortete der Ifrit erneut.

»Oh Geist«, rief Oz dramatisch, als habe er auf ein Stichwort gewartet, »berichte uns von den Geheimnissen der Zwischenwelt. Wie können …«

»Ich glaube, es reicht, wenn er einfach erzählt«, unterbrach ihn Jack, was ihm erneut einen missbilligenden Blick des Archivars einbrachte. Sollte der Ifrit ruhig reden. Dann würde Jack weitersehen.

Der Ifrit legte den Kopf in den Nacken und schien mit der Nase einer Fährte zu folgen. »Ich spüre die Gegenwart von Geistern«, wisperte er. »Nah. Viele. Gefangen.« Das letzte Wort grollte er bedrohlich.

Oz sah ihn verwirrt an.

»Er meint das Archiv«, erklärte Jack und fragte sich, was der Ifrit ihnen berichten würde.

»Das Leben ist mächtig«, wisperte der Geist. »Der Lebensfunke ist ein Wunder. Und wie alles hat auch das Leben sein Gegenstück. Den Tod. Man könnte sagen, der Lebensfunke findet seine Erwiderung im Todesfunken. Dem letzten Aufblitzen des Lebens, ehe es sich in den Tod wandelt.«

Oz' Mund stand offen, so gespannt lauschte er den Worten des Ifriten. Und Jack bemerkte, dass es ihm nicht anders ging. Rasch presste er die Lippen aufeinander, ehe es der Archivar oder gar der Geist bemerkten. Nur Ramses sah ihn in diesem Moment an. Wissend und vorwurfsvoll, als würde er Jack problemlos durchschauen.

»Der Todesfunken währt so lange in den Geistern, bis sie in die Zwischenwelt gelangt sind und von dort den Weg ins Jenseits gefunden haben, um endgültig wieder eins zu werden mit allem. Dieser Todesfunken gibt ihnen die Kraft, den Weg in die Madinat almutaa, in die Zwischenwelt zu gehen. So wie der Lebensfunke den Menschen die Kraft gibt, zu leben. Doch wenn man ihn stiehlt«, der Ifrit machte eine kurze Pause, »dann ebnet er einem Geist, der nicht von dieser Welt lassen will, den Weg zurück.«

Oz' Lippen zuckten, als formten sie eine stumme Frage. Oder tausendundeine, so verwirrt wie er aussah.

»Was passiert mit den Geistern, deren Todesfunke du stiehlst?«, fragte Jack. Er ahnte, dass ihm die Antwort nicht gefallen würde.

»Ich?« Der Ifrit gab sich ganz und gar unschuldig. »Ich stehle nichts. Aber ein anderer.«

»Wer?«, fragte Jack scharf.

»Woher soll ich das wissen?«, entgegnete der Geist. »Ich fühle nur, dass einigen der Todesfunke gestohlen wurde. Hier.«

»Im Archiv? Der andere Ifrit?«, wollte Jack wissen.

»Was?«, entfuhr es Oz aufgebracht. »Er war hier?«

»Wer weiß?«, raunte der Geist.

Jack seufzte. Gestohlene Seelen. Noch ein Rätsel. »Was passiert mit den Geistern?«, beharrte Jack. Die Vorstellung, dass womöglich der Schatten, der ihn angegriffen hatte, einen Weg ins Archiv gefunden hatte, gefiel ihm ganz und gar nicht.

Der Ifrit schwieg einen Moment lang. Das Schweigen aber kam Jack nicht verschämt vor, sondern genussvoll. Als kostete er die Worte zum eigenen Vergnügen, ehe er sie aussprach. »Alles hat seinen Preis. Ein Tod für ein Leben.« Der Mund des Ifriten verzog sich ein weiteres Mal zu einem kalten Lächeln. »Das gilt selbst für meine Art, die doch durch ein Schattentor in diese Welt gelangen kann.«

»Von den Schattentoren habe ich eben schon einmal gesprochen«, sagte Oz, doch keiner achtete auf ihn.

»Denn die Zeit, die ein Ifrit in dieser Welt verweilen kann, ist begrenzt. Will er länger hier sein, so muss er einem Geist seinen Todesfunken stehlen.«

»Du meinst diesen anderen Ifriten?«, fragte Jack scharf. Das alles gefiel ihm mit jedem Wort weniger. »Hat er die Seelen getötet, um mehr Zeit auf dieser Seite zu verbringen?«

»Vielleicht ja, vielleicht nein«, erwiderte der Rachegeist süffisant.

»Was passiert mit denen, die diesen Funken hergeben müssen?«, beharrte Jack.

»Der Todesfunke. Die Geister, die ihn gegeben haben«, der Ifrit leckte sich über die Lippen, als wollte er die Worte schmecken, »können nie eintreten in das große Ganze, das alle Vorstellungskraft übersteigt. Sie werden verweht und vergessen. Bis sie nicht einmal selbst mehr wissen, dass es sie gibt. Es ist nicht der Tod. Denn der Tod ist nur die Fortführung des Lebens, und beides reimt sich aufeinander. Dieses Ende aber ist endgültig. Und das ist das Schrecklichste, was einem Geschöpf geschehen kann.«

Jack hätte dem Ifriten das Grinsen nur allzu gerne aus dem verschwommenen Gesicht gewischt. Die Vorstellung, dass so etwas möglich war, erschütterte ihn.

»Ihr seht, es ist für einen meiner Art möglich, auf diese Weise dauerhaft zurückzukehren, wenn er nur immer und immer wieder eine Seele opfert. Mehr noch. Er kann, wenn er den mächtigsten unserer Zauber wagt, einen besonderen Platz unter euresgleichen finden. Nicht als Geist, nicht als Mensch. Sondern als etwas Einzigartiges. Ein Mensch mit der Macht eines Ifriten.« Der Rachegeist lächelte verschlagen.

»Als ein Zauberer.« Oz' Augen hatten sich vor Aufregung geweitet. Er sah aus wie ein Kind, das seine Geburtstagsgeschenke vor sich erblickt. Entschuldigend lächelte er in die Stille. »Ich habe mir immer gewünscht, ein Zauberer zu sein.«

Jack konnte nicht glauben, was er da hörte. Kinderwünsche? »Können wir bitte wieder weitermachen, ja?« Er schüttelte den Kopf. »Und du denkst, unser Ifrit will das?«, fragte er den Rachegeist. »Wieder als Mensch zurückkehren?«

»Vielleicht ja, vielleicht nein.« Der Geist grinste böse. »Das Schicksal derjenigen, die ihren Todesfunken dabei geben müssen, ist anders als das derjenigen, die vergehen. Noch grausamer vielleicht. Und nicht jeder Todesfunken eignet sich für dieses besondere … Ritual. Ein Schattentor aber, das mit diesem Zauber aus der Madinat almutaa geöffnet wird, kann nicht nur einen Ifriten lebend in Menschengestalt zurückbringen. Es kann auch anderen Geistern als Pforte ins Diesseits dienen. Gewagt hat diesen Zauber aber noch kein Ifrit.«

Gewagt? Jack schüttelte stumm den Kopf. Vermutlich hatten die anderen Ifriten einfach nicht die Gelegenheit dazu bekommen. Er bezweifelte, dass er einem Geist seinen Todesfunken stehlen musste, um die Prinzessin zurückzuholen. Immerhin lebte sie. Also würde eine Pforte reichen. Aber er musste sie finden. »Du hast gesagt, dass du jemanden auf der anderen Seite finden kannst. Ich will, dass du es für mich tust«, sagte Jack.

»Vielleicht doch keine Frau? Vielleicht den anderen Ifriten?«, raunte der Geist und senkte seine Stimme. »Es wäre ein Leichtes für mich, ihn zu finden. Damit ihr beide ihn fangen könnt, Herr.«

Das letzte Wort klang so falsch, dass sich Jack schütteln musste. *Er lügt*, dachte Jack bei sich, während der Geist ihm eindringlich in die Augen sah.

»Ihr müsst mich nur befreien, damit ich auf die Suche gehen kann. Ich weiß etwas von ihm«, fügte der Ifrit hinzu, noch ehe Jack etwas sagen konnte. »Etwas, das auch ihr unbedingt wissen solltet. Er …« Der Geist stockte mit einem Mal.

»Was hast du?«, fragte Jack und musterte den Ifriten. War das irgendein Trick?

»Holt mich hier raus!«, kreischte der Geist plötzlich so schrill, dass sich Jack und Oz die Hände auf die Ohren pressen mussten. Der Ifrit stieß hart gegen die Barriere, doch die Grenze hielt.

Es war sicher ein Trick, dachte Jack bei sich. »Was du uns bislang erzählt hast, reicht nicht, um …«

»Schnell!« Der Geist hieb verzweifelt gegen die Barriere.

Was sollte das? Jack blickte fragend zu Oz, der indes nur ratlos mit den Schultern zuckte.

»Oh Geist«, setzte der Archivar an, doch als er Jacks genervten Blick bemerkte, räusperte er sich. »Was ist los?«

»Der andere!« Die Worte waren kaum noch zu verstehen. Wie von Sinnen wuchs der Ifrit in dem Bannkreis, bis er ihn fast völlig ausfüllte. Dann wurde er so klein, dass er kaum ein Kind überragte. Doch gleich, welche Größe er annahm, der Ausdruck der Todesangst in seiner nebelhaften Fratze blieb stets derselbe.

»Welcher andere?«, fragte Oz und blickte von dem Ifriten zu Jack. Doch er wurde abgelenkt. Ramses fauchte so wütend, als wäre ein rivalisierender Kater vor ihm erschienen.

Mit einem Mal wurde es bitterkalt in dem Kellerraum. Jacks Atem bekam ein weißes Kleid. Seine Haut prickelte, als wäre sie mit Eiskristallen überzogen.

Und hinter der Barriere schien der nebelhafte Leib des Ifriten einen Schatten zu werfen. Einen Schatten mit silberleuchtenden Augen.

»Der andere Geist«, rief Jack. Und in den Schrei des Ifriten, der so in Hass und Schmerzen getränkt war, dass Jacks Herz einen Schlag übersprang, zog er Oz fort von dem Kreis. »Lauf!«

DIE WAHRE WELT VON OZ

Sie waren schon fast an der Tür angelangt, als sich der Archivar losriss. Ehe Jack reagieren konnte, war Oz zum nächsten Regal gestürzt und zog mit zitternden Fingern eines der Bücher hervor.

Hinter ihm drückte sich der gebannte Ifrit kreischend gegen die Barriere, während sein Schatten nun einen Leib gebar. Für einen Moment musste Jack hinsehen, und es fiel ihm schwer, den Blick wieder loszureißen. Doch dann herrschte er Oz an, der hektisch in dem Buch blätterte. »Bist du wahnsinnig geworden? Das ist nicht der richtige Moment für ein wenig Lektüre.«

Der Archivar sah nicht einmal auf. »Ich muss ihn retten«, rief er.

»Dieses Ding?«

Hinter der Barriere stoben Blitze, als wäre dort ein Gewitter aufgezogen. Sie durchfuhren den Ifriten, der sich schreiend vor seinem Schatten zu schützen suchte. Er wehrte sich verzweifelt. Auch den Angreifer trafen einige Blitze, doch sie störten ihn offenbar nicht. Wie von Sinnen schien der Schatten. Ein Raubtier im Blutrausch.

»Er kann uns die Geheimnisse des Todes erklären.« Nun sah Oz auf. Noch nie hatte Jack in ein Gesicht geblickt, das mehr Entschlossenheit ausstrahlte. »Und der andere muss uns erklären, wie er hier ins Archiv gelangt ist. Es gibt so viele Fragen.«

»Du willst Antworten?«, rief Jack und unternahm einen

neuen Versuch, Oz zu packen. Jack wollte selbst einige hören. Aber das hier war lebensmüde. »Ich habe eine. Die beiden kämpfen. Und wir fliehen. Dafür brauchst du nicht mal eine Frage zu stellen.« Doch als er seine Finger um Oz' Arm schloss, lief ihm Ramses zwischen die Beine, und Oz entwand sich so geschickt seinem Griff wie ein gefangener Aal, der zurück ins Meer wollte.

Und dann begann Oz zu lesen.

Es waren Worte, die klangen, als würden sie in die Luft gemalt. Sie hörten sich an wie die, die aus Oz' Mund während der Beschwörung gekommen waren. War das auch Persisch? Arabisch? Oder vielleicht eine andere Sprache? Die Worte klangen so unpassend schön für diesen dunklen Ort. Und die Stimme so beruhigend, während nur wenige Schritte entfernt das Chaos tobte. Sie war wie ein Fluss, der sich seinen Weg durch ein steiniges Land sucht. Und sie hatte Macht. Die Ifriten hinter dem Bannkreis wurden schwächer. Noch ein Blitz durchzuckte den Geist, den Oz beschworen hatte. Hell leuchtete seine dunkle, nebelhafte Gestalt auf. Zerrissen schien er. Und seine Bewegungen erschlafften. Auch der Angreifer im Blutrausch schien müde zu werden. Geister schliefen nie, doch diese beiden schienen vor Erschöpfung in sich zusammenzufallen.

Jack konnte nicht anders, als mit offenem Mund neben Oz zu treten. Er zähmte die beiden Geister, schoss es ihm durch den Kopf. Der Gedanke war angesichts dessen, was er gesehen hatte, undenkbar. Was wäre wohl mit dem gefangenen Ifriten geschehen, wenn Oz ihn nicht vor dem Schatten gerettet hätte? Die Schreie hatten genauso angsterfüllt wie die eines Menschen geklungen, der um sein Leben fürchtete. Da es keinen Weg ins Jenseits für Ifriten gab, wäre er vielleicht einfach vergangen. Wie die gestohlenen Geister im Archiv.

»Was … hast … du … gemacht?« Es bereitete Jack lächerlich viel Mühe, die vier Worte auszusprechen. Die Luft war noch kälter geworden und schmerzte so sehr beim Atmen, als säßen Jack Splitter in der Lunge.

»Ibn Sinas Buch des Sterbens besitzt noch einen Anhang.« Oz schien jedes Wort mit Gewalt aus seinem Mund pressen zu müssen. »Wie jedes gute Buch. Eine Sammlung eher … experimenteller Formeln. Bannsprüche, die die da hinten für Zauberei halten würden.« Der ungeschickte Oz erschien Jack in diesem Moment wie ein anderer. Geradezu verwegen. Die beiden Ifriten sanken langsam zu Boden.

»Und was geschieht nun mit denen da?«, fragte Jack und deutete zu dem Bannkreis.

»Solange ich lese, nichts. Du kannst in Ruhe eine deiner Phiolen holen und sie einsperren.«

»Aber du … du liest doch gar nicht.« Jack traute sich kaum, die Worte laut auszusprechen.

Für einen Moment sahen sich Oz und er wortlos an.

Dann riss der Archivar das Buch vor die Augen und fing an, einige Worte in der fremden Sprache zu stammeln. Doch sie erklangen hastig und voller Angst und besaßen nicht mehr die Macht wie zuvor.

Ein harter Windstoß fegte durch den Keller. Er löschte zu Jacks Entsetzen die Kerzen. Nur die Gaslampe, die Oz aus dem Archiv mitgebracht hatte, leuchtete noch. Und hinter dem Bannkreis verschwand der zerrissen am Boden liegende Ifrit, und auch der Angreifer verging. Doch im selben Moment regte sich Oz' Schatten, der von dem Kerzenschein an die steinerne Wand hinter ihm geworfen wurde. Der Schatten bekam silberleuchtende Augen. Und griff nach dem Archivar.

Der Strom der Worte aus Oz' Mund versiegte abrupt und wich einem Schrei. Sein Körper bäumte sich auf, und das Buch flog durch den Raum. Unwillkürlich griff Jack nach dem Mann, doch er wurde fortgeschleudert, und als er hart gegen die Tür prallte, waren die Finger, die Oz berührt hatten, taub.

Der Archivar sank leblos in sich zusammen. Jack schrie Oz' Namen.

Und dann gebar sein eigener Schatten einen Leib. Jack dachte nicht nach. Er kam irgendwie auf die Beine und riss die Tür auf. Er wandte sich zu Oz um. Der Mann lag bewegungslos am Boden. Noch einmal schrie er seinen Namen. Vergeblich. Für einen Moment zögerte er, fortzurennen. Doch dann richtete sich sein eigener Schatten auf. Und Jack griff sich die Gaslampe und floh aus dem Raum. *Du kannst deinem eigenen Schatten nicht davonlaufen, Jack*, dachte er bei sich. Aber er musste es versuchen.

Der Gang draußen war in wortloser Dunkelheit ertränkt. Jacks Schritte und sein hektisch ausgestoßener Atem zerrissen die Stille. Auf den ersten Metern dachte er nicht nach. Er wollte einfach nur so weit weg wie möglich von diesem Keller. Der Gedanke, den Archivar zurückzulassen, schmerzte ihn mehr, als er es für möglich gehalten hätte. Immerhin kannte er ihn kaum. Und doch kam er sich vor, als ließe er ihn ihm Stich. *Du konntest nichts für ihn tun, Jack*, sagte er sich, während er an eine Ecke kam. *Du bist unbewaffnet.* Ja, welche Waffe sollte auch gegen einen Geist wirken? Noch während er sich umwandte und zu seinem Schrecken seinen Schatten im Licht der Lampe an den Wänden erkannte, fiel ihm die Antwort schlagartig ein. Es gab nur eines, das er gegen einen Geist einsetzen konnte. Oz hatte doch sogar davon gesprochen. Verdammt, warum hatte er nicht sofort daran gedacht? Ein Luftzug zerschnitt seinen Gedanken. Fassungslos sah Jack, wie sich sein Schatten für einen Moment von der Wand löste und plötzlich auf eigenen Beinen auf ihn zulief. Silberleuchtende Augen in einem diffusen und zerrissenen Gesicht. Eine Hand fuhr durch die Luft. Der Arm, an dem sie saß, streckte sich immer länger und überbrückte mühelos die meterlange Distanz zu Jacks Kopf. Im letzten Moment tauchte er unter dem Schlag hinweg und bog um die Ecke.

Ein Blick zurück. Der Schatten rannte auch in dem nächsten Gang wieder über die Wand. Jacks Lunge brannte, und sein Herz schlug so schnell wie ein wildes Tier in seiner Brust. Er hatte kaum Platz für Gedanken in seinem Kopf. Nur eines wusste er. Dass er eine Phiole brauchte. Die vermutlich einzige Waffe, die gegen einen Geist wirkte.

Nie hatte Jack ein mächtigeres Wesen als dieses gesehen. Es war ein Wunder, dass er überhaupt noch lebte. *Du lebst, weil er müde ist, Jack. Und verletzt. Sonst säße längst kein Kopf mehr auf deinem Hals.*

In dem verfluchten Keller sah alles gleich aus, und es war trotz seiner Lampe so dunkel, dass sich Jack vermutlich sogar in seinem eigenen Zimmer nicht zurechtgefunden hätte.

Ein Brüllen hinter ihm legte sich so unvermittelt über seine lärmenden Schritte, dass er für einen Moment strauchelte. Hörte irgendwer im Ministerium, was hier geschah? Es war kaum jemand da. Und selbst wenn, wäre niemand in diesem Augenblick eine Hilfe. Jack brauchte eine verfluchte Phiole. Und es gab nur einen Ort, an dem er eine finden würde. In dem Archiv waren nicht nur die Geister untergebracht, die darauf warteten, auf die andere Seite gebracht zu werden. Dort lagerten auch die leeren Glasfläschchen, jede Einzelne von Terry persönlich nummeriert und in zahllose Schubladen einsortiert.

Noch ein Blick zurück.

Der Schatten sprang erneut von der Wand. Noch während seine Füße den Boden berührten, bog Jack um eine Ecke. Und sah vor sich den Schein der Phiolen silbern und schwach wie fernes Sternenlicht durch die Finsternis sickern. Verdammt, dort war das Archiv. Jack brauchte nur noch einige Meter zu rennen. Die erste Schublade aufreißen. Den Stopfen aus einer der Phiolen ziehen. Und hoffen, dass der Geist hinter ihm, so mächtig er auch sein mochte, denselben Gesetzen wie alle anderen Seelen gehorchte und sich in die Phiole würde ziehen lassen. Oder er warf sie ihm entgegen. Er … fiel, als ihn der unnatürlich lange Arm des Ifriten erreichte und ihm dessen schattenhafte Hand einen Schlag in den Nacken versetzte. Hart prallte Jack auf dem Boden auf. Die Lampe rutschte ihm aus den Fingern und blieb neben ihm liegen. Und in ihrem Schein erhob sich der Ifrit. Seine Gestalt wirkte wie mit hastigen Strichen auf die Kellerwand gemalt. Jack sah nichts anderes mehr als seinen eigenen Schatten mit den silbernen Augen, die hell vor Hass leuchteten.

Jack konnte vor Aufregung und Angst kaum denken. Doch einen Moment später lachte er auf. Das Geräusch klang seltsam unpassend an diesem Ort im Angesicht des eigenen Todes. Und es nahm Jack einen beträchtlichen Teil seiner mit Panik gefütterten Furcht. Was brauchte ein Schatten, um sich zu zeigen? Jack rollte sich zur Seite und griff die Lampe.

Licht.

Mit einem wuchtigen Hieb schlug er sie gegen die Wand neben sich. Das Glas zerbrach, und das Licht erlosch. Augenblicklich ertränkte Dunkelheit den Gang.

Für einen Moment lauschte Jack in die finstere Stille. Jeden Moment fürchtete er die schattenhaften Finger des Ifriten zu spüren. Doch nichts geschah.

Er wusste nicht, wie lange er schon dagelegen hatte. Minuten? Oder Stunden? Irgendwann, als er sicher war, dass ihn sein verzweifelter Einfall gerettet hatte, drückte sich Jack hoch. Er wollte am liebsten zu Oz laufen. Stattdessen zwang er seine Beine, ihn ins Archiv zu tragen. Er wagte kaum einen Schritt hinein aus Furcht, sein Schatten könnte im kalten Licht der Phiolen erneut zum Leben erwachen. Doch auch jetzt geschah nichts. Vielleicht war der Schein zu schwach, um die eigenen Konturen scharf genug auf Boden und Wände zu zeichnen. Mit zitternden Fingern zog Jack eine Schublade auf und griff sich eine der Phiolen. Kaum hatten sich seine Finger um das Glas geschlossen, fühlte er sich auf eine beinahe lächerliche Weise sicher. Als hielte er eine Pistole in Händen. Für einen Moment zögerte er und überlegte, ob er zuerst Hilfe holen sollte. Vielleicht war der Schatten in Oz' Raum zurückgekehrt. Nein, so sehr ihn die Aussicht, diesem Geschöpf erneut entgegenzutreten, auch ängstigte, Jack musste zu dem Archivar. Sofort. Er atmete tief durch und lief los.

Der Rückweg im Dunkeln schien kein Ende zu nehmen. Jack hatte zwar eine der Gaslampen aus dem Archiv mitgenommen, doch er wagte es nur, ihr Licht so hell werden zu lassen, dass er schemenhaft den Weg vor sich erkennen konnte. Und dass es nicht stark genug war, um seinen Schatten auf die Wände zu malen. Irgendwann erreichte er den Flur, der zu Oz' Raum führte. Kein Angreifer. Kein Ifrit. Es schien, als hätte es die schrecklichen Augenblicke nie gegeben. Als wäre der Angriff nur ein furchtbarer Albtraum gewesen. Doch Jacks Herz schlug noch immer hart und hastig, und die Angst davor, dass die Finsternis den Leib des Ifriten gebar, ließ ihn schneller atmen.

Während Jack noch überlegte, ob es ihn gerettet hatte, dass er seinen Schatten im rechten Moment verloren hatte, berührte ihn etwas. Jack keuchte auf. Und erkannte eine Gestalt etwa in Höhe seiner Knöchel.

»Was machst du denn hier?«, fragte Jack erleichtert, als er Ramses erkannte. Die Frage war völlig unnötig, doch die eigene Stimme zu hören nahm Jack einiges von seiner Anspannung. Er hielt die Phiole wie ein Messer vor sich und betrat dann den Raum.

Ein Chaos offenbarte sich Jacks Augen. Die Regale waren umgestürzt. Bücher lagen zerrissen auf dem Boden. Die Wände waren rußgeschwärzt, als hätte ein Feuer zwischen ihnen gewütet. Der Bannkreis war verwischt, und in all dem Durcheinander stand Oz über einige lose Seiten gebeugt und sah verwirrt auf sie herab.

Oh nein, dachte Jack bei sich. *Bitte nicht.*

»Das … das ist ein Einzelstück«, sagte der Archivar und riss seinen Blick von den Seiten los. Vorwurfsvoll sah er ihn an. »Handgeschrieben. Verstehst du? Das Buch des Sterbens … ist tot.«

Jack legte den Kopf schief. Wie sollte er Oz die Nachricht beibringen?

»Und wie soll ich dem Archivleiter das alles hier erklären?« Es schien fast, dass Oz mehr Angst vor seinem Vorgesetzten hatte als vor dem Ifriten. Unnötig, wie Jack fand. Er räusperte sich. »Das Buch … nun, es ist nicht das Einzige, das tot ist.« Etwas Passenderes fiel ihm nicht ein. Auf Oz' verständnislosen Blick hin deutete er auf den leblosen Körper neben ihm. Auf Oz' Leichnam.

Der Geist brauchte einige Augenblicke, ehe er verstand. »Verdammt«, entfuhr es ihm, als er an seinem farblosen Äußeren hinabblickte. »Das kommt ziemlich ungelegen.«

Jedes Mal war Jack wieder überrascht darüber, mit welcher Gelassenheit die Geister den Tod ihres Körpers hinnahmen. Unter einigen Soulmen hieß es, mit dem Ableben würden die Geister eine höhere Form des Bewusstseins erlangen. So frei denken, dass sie selbst die verborgensten Geheimnisse der Welt erkennen konnten. Andere hingegen behaupteten, die Geister seien meist ziemlich irre und sollten so schnell wie möglich fortgebracht werden, ehe sie noch etwas anstellten, das für die Lebenden unangenehm werden konnte. Wenn Jack an Agatha dachte, war er geneigt, der zweiten Theorie zuzustimmen.

»Der Ifrit ist fort?« Es war offensichtlich, aber Jack wollte lieber auf Nummer sicher gehen. Er fühlte sich beobachtet. Als gäbe es Augen, die er nicht erkennen konnte. Augen, die jede seiner Bewegungen genau verfolgten.

Oz blickte sich um. »Hier ist er jedenfalls nicht«, bemerkte er bissig. »Und der andere auch nicht. Aber du bist ja noch da«, fügte er erfreut hinzu.

Ramses kam schnurrend auf ihn zu, schnupperte an ihm und rieb sich dann an seinen körperlosen Beinen. Natürlich waren die Leiber von Geistern nicht fest, doch sie waren berührbar, und Katzen brachten das Kunststück fertig, ihre verblichenen Besitzer so zu behandeln, als lebten diese noch.

Oz ging in die Knie und strich mit grauen Fingern über das rabenschwarze Katzenfell. Dann richtete er sich auf und blickte sich um. Zum letzten Mal. »Es ist Zeit.«

Ein Geist, der in die Zwischenwelt wollte. Oz hatte alle Bindung an diese Welt verloren.

Die Phiole steckte Jack wieder ein. Oz wusste, was nun kam. Und Jack fand es einigermaßen unwürdig, ihn in ein Glasfläschchen zu stecken. Das sanfte Leuchten der Kellertür war Jack zuvor gar nicht aufgefallen. Kein Wunder im Angesicht der Angst, die er noch immer wie Gift in sich fühlte. »Ich … ich komme mit«, sagte er an den geisterhaften Oz gewandt.

Der Geist des Archivars sah ihn mit hochgezogenen Augenbrauen an. »Ich denke, ich kenne den Weg.«

»Weißt du …«, entgegnete Jack und blickte sich suchend um. Er glaubte die verborgenen Blicke wie Finger auf der Haut zu spüren. »Es ist immer gut, jemanden an seiner Seite zu haben.« Und zwar dich an meiner Seite, fügte er in Gedanken hinzu.

Das Lächeln, das ihm Oz schenkte, erschien ihm eine Spur zu wissend, als er auf die Kellertür zuging. »Es hätte auch eine etwas angemessenere Pforte sein können«, bemerkte er mit missbilligendem Tonfall. Dann straffte er sich. »Auf Wiedersehen, Ministerium. Nun betrete ich die wahre Welt von Oz.« Und damit ging er, begleitet von Ramses, durch die Pforte.

Jack vergewisserte sich, dass er seine Uhr und den Kompass eingesteckt hatte. *Auf Wiedersehen?*, dachte er bei sich, während er den Knopf drückte und den beiden folgte. Wohl kaum.

Der Moment, in dem sich zeigte, wie die Zwischenwelt für einen Verstorbenen aussah, war für Jack immer wieder ein besonderer. Sogar jetzt, da er selbst dem Tod nur knapp entkommen war und sich eine Mitschuld am Ableben des Archivars gab, fragte er sich, welchen Ort Oz wohl wählen würde. Jack trat über die Schwelle ... und staunte.

Vor ihm erstreckte sich die größte Bibliothek, die er je gesehen hatte. Stockwerke voller Bücher erhoben sich um ihn herum. Aufgereiht in Regalen, die wie die hölzernen Rippen eines Tiers an den Wänden entlangwuchsen. Es mussten Tausende und Abertausende sein. Jack wagte nicht einmal, ihre Zahl abzuschätzen. »Was um alles in der Welt ist das für ein Ort?«, wisperte er. Seine Stimme wurde von den Büchern verschluckt, als wollten sie den Klang seiner Worte in ihrem Inneren in Tinte verwandeln.

»Das ist doch völlig klar«, hörte er Oz hinter sich sagen.

Jack fuhr herum und sah den jungen Mann an einem der Regale entlangstreichen. »Ach, und warum sollte das so klar sein?«, fragte Jack.

»Nun«, entgegnete Oz, während er aufgeregt einen dicken Wälzer herauszog und so verzückt betrachtete, als hielte er zum ersten Mal seinen eigenen Sohn in den Armen, »dies ist natürlich die British Library. Wo auch sonst hätte ich hingehen sollen?« Er schlug das Buch auf und keuchte. »Tatsächlich Isaac Newtons Opticks. Es gibt kaum ein selteneres Buch auf Erden. Oh, wie oft war ich schon hier und habe gehofft, es einmal in Händen halten zu können.« Er klang so sehnsüchtig wie ein Matrose, der nach einer Weltumsegelung wieder zu seiner Frau nach Hause kam.

Bücher. Jack hatte es stets vermieden, allzu viel Zeit mit ihnen zu verbringen. Eine Bibliothek hatte er daher auch nie von innen gesehen. Oz hingegen schien an diese hier sein Herz verloren zu haben. Jack beschloss, Oz nicht darauf hinzuweisen, dass seine Ausgabe von Isaac Newtons Opticks nur eine geisterhafte Kopie war und sich Oz im Grunde nicht einmal sicher sein konnte, ob sie in allen Worten dem Original entsprach. Stattdessen wandte er sich ab und versuchte, die Pforte zwischen den Buchrücken ausfindig zu machen. Er entdeckte die schimmernde Eisentür inmitten der Bücher. Sie war wie zu erwarten geöffnet. Hinter ihr war nichts weiter als Dunkelheit zu erkennen. Jack könnte nun gehen und Oz zurücklassen. Doch er war nicht sicher, ob der Schatten sich vielleicht noch auf der anderen Seite herumdrückte. Vermutlich war es besser, wenn er noch ein wenig hierblieb, bis der Ifrit seine Spur verloren hatte. *Und wenn er gleich durch die Pforte tritt, Jack?* Er beschloss, ein wenig Abstand von ihr zu nehmen.

Der Kater, der zusammen mit Oz dessen wahre Welt betreten hatte, strich dem Geist weiter um die Beine, während dieser verzückt an den Buchrücken entlangging.

Die Bedrohung durch den Ifriten glaubte Jack wie Finger auf der Haut zu spüren. Es war nie eine gute Idee, sich zu weit von der Pforte zu entfernen. Doch Jack hatte das Gefühl, er würde paranoid, wenn er weiter auf die Tür starrte wie ein Kaninchen, das eine Schlange vor seinem Bau wähnte. Er machte ein paar Schritte über den glattpolierten Steinboden und sah sich ein wenig um. Zwischen den Büchern erkannte er eine weitere Tür. Sie war indes keine Pforte, sondern schien ein regulärer Teil dieses Gebäudes zu sein. Oz beachtete ihn nicht einmal, als er auf die Tür zuging und versuchsweise die Klinke drückte. Jack erkannte sofort, dass dies hier ein Übergang in einen anderen Teil der Zwischenwelt war. Man wusste nie genau, was einen hinter den Durchgängen erwartete, wenn man sie nicht lenkte, so wie es Jack getan hatte, um zu dem stummen Diener zu gelangen. Es war schon vorgekommen, dass ein Soulman in einem englischen Haus der Zwischenwelt durch eine Tür getreten war und sich im Tipi eines verstorbenen amerikanischen Indianers wiedergefunden hatte. Wer durch die Zwischenwelt wanderte, musste mit allem rechnen. Gerade wollte er einen Blick hinter die Tür werfen, als er einen Schrei hörte. Jack wirbelte herum und erwartete, den Ifriten durch die Pforte kommen zu sehen. Doch er erblickte nur Oz, der fassungslos ein Buch in Händen hielt.

»Das … das …«, der tote Archivar verschluckte sich fast an den Worten, die ihm nicht über die Lippen kommen wollten, »das …«

Mit einigen schnellen Schritten war Jack bei ihm und zog ihm das Buch aus den Fingern. Die Seiten waren so brüchig, dass sie zerbröselten. Für einen Moment war er sprachlos, während Oz noch immer versuchte, seinen Satz zu beenden. »… ist der Verfall«, sagte er schließlich.

Verwirrt blickte Oz von dem Buch zu Jack. »Was für ein Verfall?«

»Ach«, sagte Jack und drückte Oz das Buch wieder in die Hände, worauf gleich mehrere Seiten wie welkes Laub zu Boden fielen. »Es ist so eine Sache, die wir beobachtet haben.«

Oz starrte ihn an, als würde er sich gleich in einen Ifriten verwandeln. »Was für eine Sache?«, fragte er misstrauisch.

»Die Zwischenwelt verfällt«, erwiderte Jack so ungerührt er konnte. Wieso nur hatte er das Gefühl, sich deswegen schuldig fühlen zu müssen? *Weil du Schuld daran hast, Jack*, sagte er sich.

»Wunderbar«, entfuhr es Oz aufgebracht. »Da sterbe ich mal, und dann ist auf der anderen Seite alles … in einem skandalös schlechten Zustand. Wenigstens habe ich meinen treuen Ramses …« Er stockte, als er an sich hinabsah. Die Katze war fort. Statt um Oz' Beine herumzustreichen, tigerte sie nun vor der Tür, die aus der Bibliothek hinausführte, auf und ab. Ganz so, als wollte sie hinaus, um auf die Jagd nach einer Maus zu gehen. Vielleicht spürte sie aber auch den Ifriten und wollte fort. Oder … sie spürte jemanden, zu dem sie hinwollte? Wem hatte die Katze einmal gehört? Jack schlug sich gegen die Stirn. Ihm war plötzlich bewusst geworden, dass er die beste Spur zu der Prinzessin die ganze Zeit vor sich gehabt hatte.

Ohne zu zögern ging er auf die Tür zu und schloss die Augen. So sehr es ihm möglich war, konzentrierte sich Jack auf die Prinzessin. Rief sich ihr Bild vor Augen. Auch das hatte er zuvor schon erfolglos versucht, um einen Übergang zu ihr zu finden. Doch diesmal war er nicht alleine. Er hatte Ramses an seiner Seite. Vielleicht gelang es ihm mit dem Kater, der seine Herrin irgendwo in der Zwischenwelt zu spüren schien. Jack stieß die Luft aus, die er vor Anspannung angehalten hatte, drückte die Klinke herunter … und Ramses schlüpfte hinaus.

Gerade wollte Jack ihm folgen, da hörte er Oz hinter sich rufen.

»Hey, wo geht ihr hin?« Der tote Archivar klang empört. »Ich will …«

»Es tut mir leid«, erwiderte Jack. »Ich muss mich kurz umschauen.« Er trat hinaus und fand sich auf einem angelegten Weg in einem Park wieder. Zumindest vermutete er, dass dies ein Park war, auch wenn es keine der Pflanzen und Bäume hier in London gab. Die Palmen, die sich um ihn herum in die Höhe streckten, hatte er einmal auf einer der modernen Fotografien gesehen. Doch kein noch so faszinierendes Foto konnte es mit der Wirklichkeit aufnehmen. Die Palmwedel wiegten sich im Wind, als bewegten sie sich zu einer Musik, die Jack nicht hören konnte. Die in Form geschnittenen Büsche trugen wunderschöne Blüten, und über allem lag ein Frieden, den Jack im hektischen London noch nie gefühlt hatte. Indes war alles leicht verschwommen, so wie überall in der Zwischenwelt.

»Also bitte«, hörte er Oz hinter sich sagen.

Jack wandte sich um und blickte dem Archivar ins Gesicht.

»Wer ist hierfür verantwortlich?« Er hielt Jack etwas unter die Nase, das sich bei näherer Betrachtung als die Reste einer zerfallenen Buchseite entpuppte. »Und wo ist Ramses?«

Wie lange würde es dauern, dem Geist alles zu erklären? Jack zog seine Uhr hervor und blickte auf das Ziffernblatt. Vermutlich zu lange. Ihm blieben nur noch 45 Minuten. Wieder einmal wunderte er sich darüber, wie sehr sein Zeitgefühl durcheinandergeriet, wenn er in der Zwischenwelt war. Für ihn waren höchstens ein paar Minuten vergangen. »Ramses?« Jack hatte sich von den Palmen so sehr ablenken lassen, dass er den Kater aus den Augen verloren hatte. *Verdammt, Jack, warum bist du nicht aufmerksamer?*, schalt er sich. Er kannte sich nicht besonders gut mit Katzen aus. Aber wenn Ramses jemanden bemerkt hatte, den er kannte, war er wohl auf dem einfachsten Weg zu ihm. Oder zu ihr. Jack machte ein paar Schritte auf dem angelegten Pfad. »Hier entlang«, sagte er so sicher, dass er sich fast selbst überzeugt hätte. »Aber du musst nicht mitkommen. Ich …«

»Das hier ist meine Welt«, sagte Oz und blickte sich skeptisch um. »Mehr oder weniger. Also komme ich natürlich mit.« Er straffte sich und trat an Jack vorbei. »Das ist übrigens ein orientalischer Garten«, behauptete Oz. »Zumindest sehen sie in den Erzählungen aus Tausendundeiner Nacht so aus. Lesen bildet, musst du wissen.«

Jack überhörte die letzte Bemerkung. In seinem Kopf war nur Platz für zwei Worte. Orientalischer Garten. Die Prinzessin? Im ersten Moment hatte er Oz zurückrufen wollen, doch nun biss er sich auf die Lippen und ging hinter ihm her. Vielleicht war er ganz nützlich. Außerdem war es für Geister nicht schlimm, wenn sie ihre Zwischenwelt verließen. Soweit Jack wusste, fanden sie immer irgendwie zurück. Wie Katzen immer einen Weg zurück ins Diesseits fanden. Vielleicht war es sogar ganz gut, Oz dabei zu haben. Er stellte womöglich eine noch bessere Hilfe als der Kompass dar, um wieder zur Pforte zu gelangen.

Während sie dem Weg folgten, überkam Jack ein … ungutes Gefühl. Er wusste selbst nicht, was genau ihn störte. Dies war im Grunde nur ein weiterer Besuch in der Zwischenwelt. Indes hatte er noch nie so empfunden. Lag es daran, dass er gerade nur um Haaresbreite dem Tod entkommen war? Oder daran, dass er sich eine Mitschuld gab, weil er Oz auf diese Seite hatte begleiten müssen? Vielleicht beides. Oder auch keines davon. Er spürte das schlechte Gefühl wie Frost auf der Haut. Immer mehr Spuren des Verfalls erkannte Jack um sich herum. Womöglich war dies der Grund für sein schlechtes Gefühl. Die Folgen seines Regelbruchs waren nicht zu übersehen. *Bringe nie einen Lebenden auf die andere Seite.* Aber Jack hatte es tun müssen. Vielleicht war es noch nicht zu spät, um alles in Ordnung zu bringen. Womöglich heilte die Zwischenwelt, wenn die Prinzessin wieder im Diesseits war. *Und wenn das Gift, das sie in sich trägt, dann wieder wirkt, Jack?* Der Gedanke hatte ganz plötzlich in seinem Kopf Gestalt angenommen. Er hatte sie auf die andere Seite gebracht, um sie vor dem Schatten zu bewahren. Und sie damit vermutlich vor einem ganz anderen Tod bewahrt. Es hieß, die Zeit habe auf Menschen an diesem Ort so gut wie keine Wirkung. Demnach würde man, wenn man hierblieb, kaum altern. Man wäre beinahe so unveränderlich wie die Personen auf Fotografien. Ein langes und langweiliges Leben. Woher diese Wirkung kam, konnte er nicht sagen. Jack wusste nur eines: Wenn er sie fand und wieder in die echte Welt brachte, musste er sich eilen. Die Zeit würde sie wie ein Raubtier anfallen und ihr das letzte bisschen Leben stehlen, das noch in ihr war. Er würde einen Arzt brauchen, um sie zu retten. *Eines nach dem anderen, Jack*, sagte er sich, während sie weiter den Weg entlanggingen. *Du musst sie finden, ehe du sie retten kannst.* Sie würde sicher zu Tode erschrocken sein. Eine unfassbare Angst erdulden. Wenn sie überhaupt wach war. *Keine Angst, Prinzessin,* dachte er bei sich. *Ich rette dich.*

KÄMPFE, PRINZESSIN

Die Rufe in ihrem Kopf klangen sorgenvoll, doch Naima achtete nicht auf sie. Sie wollte fort. Diesen Ort verlassen, egal wie vertraut er ihr auch erschien. Sie hatte das Gefühl, in einem Bild zu stecken. Oder in einem Traum, aus dem sie nicht erwachen konnte. Und ganz gleich, wo sie sich hier tatsächlich befand, an diesem Ort war der Tod zu Hause.

Abdal lief ihr hinterher, doch Naima hielt nicht an. Sie rannte den Weg zwischen den Jasminsträuchern entlang, der sie zu dem See führen würde, an dessen Ufer sie so oft gesessen und den Wolken dabei zugesehen hatte, wie sie über den Himmel trieben. Sich vorgestellt hatte, wie es wäre, selbst so ungebunden zu sein. Sie war eine Prinzessin. Hatte nie in ihrem Leben etwas entbehren müssen. Außer ihrer Freiheit. Gleich wie oft sie sich gewünscht hatte, den Palastmauern zu entfliehen, war sie sich nie so gefangen wie hier in der Zwischenwelt vorgekommen. Abdals Worte kamen ihr unvermittelt in den Sinn, während sie unter einigen tiefhängenden Palmwedeln hingwegtauchte. *Damit Ihr dem Schatten nicht in die Hände fallt. Denn das wäre schlimmer als der Tod.* Wollte sie wirklich wieder zurück an den Ort, an dem sie den Schatten gesehen hatte? Bilder der Nacht erschienen in ihrem Kopf. Bilder, die ihr das Herz erfroren. Die Erinnerungen kamen nach und nach zurück. Beinahe zögerlich. Was ganz genau geschehen war, konnte sie nicht sagen. Die Erinnerung an die Ereignisse in London erschien ihr unscharf und dunkel. Aber sie wusste, dass ihre Familie … getötet worden war. Der Gedanke raubte ihr noch immer fast den Atem. Sie konnte vor Furcht einen Moment lang keinen Schritt machen. Und doch musste sie fort von hier. In diesem Garten gab es nur ein langes, einsames Warten auf den Tod für sie. Einen Tod, gegen den sie nichts ausrichten konnte. Dort, wo sie hergekommen war, würde sie gegen den Tod, der ihr drohte, kämpfen können. Hoffentlich. Und vielleicht würde sie den Mann finden, von dem Abdal gesprochen hatte. Den Mann, der sie ohne zu fragen hergebracht hatte. Warum hatte er das getan? Sie würde ihn zur Rede stellen. Wenn sie ihn fand. Heiße Wut stieg in ihr auf. Ihr Vater hatte sie stets gelehrt, den Frieden zu wahren. Vor allem den Frieden in ihrem Herzen. Doch ihr Vater war tot, und Naima begrüßte die Wut, denn sie verbrannte die Furcht und die Trauer darin.

Unvermittelt hielt Naima inne. Sie hatte etwas … gespürt. Dieser Ort verwirrte sie. Es schien, als würde sie alles hier mit ihrem Herzen wahrnehmen können. Und nun spürte ihr Herz eine Gegenwart, die ebenso vertraut war wie die von Abdal. Indes war sie anders. Voller Leben.

Abdal hatte beinahe aufgeholt. Naima schenkte ihm ein kurzes Lächeln, und ehe sie weiterrannte, brach sie einen Ast von einem Akazienbaum, der anders als die Büsche, an denen sie vorbeigekommen war, keine Anzeichen des Verfalls zeigte. Sie brauchte eine Waffe. *Du musst kämpfen, Prinzessin*, sagte sie sich. Sie konnte ihren Titel nicht leiden. Prinzessinnen waren in ihren Augen meist hochnäsige und einfältige Wesen, die sich von anderen sogar das Denken abnehmen ließen. Immer, wenn Naima sich anspornen wollte, nannte sie sich in Gedanken *Prinzessin*. Als bräuchte sie einen ordentlichen Tritt, um sich mehr anzustrengen.

Die Rufe hinter ihr wurden flehender. Abdal hatte Angst um sie. Er hatte sich sein Leben lang um sie gesorgt. Und offenbar tat er dies auch im Tod.

Wie selbstverständlich der Gedanke in ihrem Kopf Gestalt annahm. Dies hier war der Ort, an dem der Tod zu Hause war. An den die Toten gingen. Sie verstand nicht, wie sie hierhergelangt war. Sie wusste nur, dass sie fortmusste. Um jeden Preis.

Der Weg machte eine Biegung und führte sie vorbei an drei Bananenbäumen, deren Früchte so gelb strahlten, als wollten sie Naima auffordern, sie zu kosten.

Der See war nicht mehr weit.

Und die Präsenz, die sie fühlte, ebenfalls nicht.

Naima schloss ihre Finger fester um den Ast. Eine Prinzessin, davon war sie überzeugt, musste kämpfen, wenn es darauf ankam.

Naima blickte zurück zu Abdal.

Und sie hatte den besten Lehrer gehabt. Einen treuen Diener, der stets darauf geachtet hatte, dass Naima nicht nur die Etikette, sondern auch das Schwert beherrschte.

Dann richtete sie den Blick wieder nach vorne. Und ihr Herz setzte vor Freude einen Schlag aus. Da war der, den sie gespürt hatte. Und im Gegensatz zu Abdal war er in der Tat lebendig.

NICHT DER PLAN

Jack blieb so unvermittelt stehen, dass Oz gegen ihn stieß und ihn beinahe umriss. In der echten Welt mochten die Seelen erst im Lauf der Jahrhunderte an Substanz gewinnen. Doch dies war die Welt der Geister, und hier besaßen sie schon vom ersten Moment an einen festen Leib. Jack rieb sich die schmerzende Schulter und lauschte. Oz wollte zu einer Beschwerde ansetzen, aber Jack hob die Hand und bedeutete ihm, still zu sein.

»Was ist?«, fragte der tote Archivar missmutig.

Jack lauschte noch immer. Das schlechte Gefühl, das ihn beschlichen hatte, kaum dass er die Bibliothek verlassen hatte, wurde unvermittelt stärker. »Ich habe etwas gehört«, murmelte er. »Jemanden. Und ich habe das Gefühl, dass er nicht hierhergehört.«

»Nicht hierhergehört?« Oz klang belustigt. »Dies hier ist die Zwischenwelt. Hier gibt es niemanden außer uns und vielleicht den ein oder anderen Toten.«

»Ich weiß«, zischte Jack knapp. Himmel, so still Oz in der echten Welt immer gewesen war, so viel plapperte er hier. »Ich war schon mal auf dieser Seite, weißt du?«

»Dafür scheinst du dich aber nicht besonders gut auszukennen.«

Jack erwiderte nichts darauf. Er lauschte angestrengt, doch er hörte nichts mehr außer dem eigenen Atem. Er hatte jemanden gehört! Nur wen? Ramses? Nun, in dem Fall würde sich der Kater irgendwo hinter ihnen in Richtung der Bibliothek befinden. Nicht sehr wahrscheinlich. Der Kater war den Weg entlanggegangen, den auch Jack und Oz nahmen. Und er war ihnen nicht wieder entgegengekommen. Seufzend schritt Jack weiter und sah sich misstrauisch um. »Wie ist es eigentlich, zu sterben?« Die Frage lag ihm auf der Zunge, seit er im Ministerium arbeitete. Aber sie war ihm immer ein wenig … zu persönlich erschienen. Bei Oz indes erschien es ihm passend, sie zu stellen. Vielleicht, weil er bei dessen Tod Zeuge gewesen war.

Falls Oz die Frage unangenehm war, so zeigte er es nicht. Während er Jack folgte, ging sein Blick in die Ferne, und er hob eine Hand, als wollte er auf die Wolken am Himmel deuten. »Da … da war ein Licht. Es war hell und wunderschön. Ich bin darauf zugeschwebt. Und dann hörte ich die Stimmen. Da waren Engel. Auf einer Wolke. Sie riefen Oz. Oz. Oz!« Er blickte zu Jack und begann dann zu lachen, als er dessen offenen Mund sah. »Das hast du jetzt nicht wirklich geglaubt, oder?« Er kicherte wie ein Kind, dem es gelungen war, seine Eltern hereinzulegen. Dann wurde er ernst. »Es hat wehgetan. Alles wurde dunkel. Als ich die Augen wieder aufgemacht habe, war ich alleine. Und dann bist irgendwann du gekommen.«

Jack stieß erleichtert die Luft aus. Für einen Moment hatte er ernsthaft befürchtet, die Kirche hätte doch irgendwie recht. »Es tut mir leid.« Wann hatte er das zum letzten Mal zu jemandem gesagt? Jack wusste es nicht. In seinem bisherigen Leben war Schwächen zu zeigen gleichbedeutend mit Verlieren gewesen. Und Reue war für ihn immer eine Schwäche gewesen.

»Du hast mich nicht getötet, nicht wahr?«

»Nein«, erwiderte Jack. »Aber …« Diesmal war er es, der gegen Oz stieß. Der Archivar war stehen geblieben und sah den Weg entlang, der an einem weiten Busch voll schneeweißer Blüten vorbei auf drei Bananenbäume zulief, deren Früchte so auf Jack wiesen, als wollten sie ihn auffordern, sie zu kosten. »Was ist?«, zischte er.

»Da ist Ramses«, sagte Oz hörbar erfreut und lief auf den Kater zu.

Jack blieb stehen und sah sich misstrauisch um. Er konnte das schlechte Gefühl einfach nicht loswerden. Wie eine Krankheit hatte es ihn befallen. Dann aber folgte er Oz und holte ihn unter den drei Bananenbäumen ein. Vor dem toten Archivar hockte Ramses und sah ihn so erhaben an, als wäre er der König der Zwischenwelt. Und hinter dem Kater kniete …

»Prinzessin«, rief Jack. Für einen Moment war er wie erstarrt. Er konnte nicht beschreiben, was er fühlte. Überraschung. Freude. Erleichterung. Von allem etwas. Und noch mehr, das er nicht benennen konnte. »Erschreckt nicht. Ich habe Euch hergebracht.«

Die junge Frau richtete den Blick auf ihn. Sie sah ihn aus Augen an, die ebenso dunkel waren wie ihre langen Haare. So dunkel, als wären sie aus der Nacht selbst herausgeschnitten worden. Endlich konnte Jack in diese Augen sehen. Und sie waren genauso schön, wie er sie sich vorgestellt hatte. Dann begriff er, wie töricht er war. Wieso glaubte er, dass sie seine Sprache verstand? Sie kam aus einem so weit entfernten Winkel der Welt, dass sie …

»Du?«, unterbrach sie seine Gedanken.

Gut, dachte Jack. Offenbar verstand sie ihn. Und sprach vielleicht ein paar Brocken Englisch.

Sie sah ihn noch einen Moment an, dann erhob sie sich und griff mit der Hand, mit der sie eben noch Ramses gestreichelt hatte, einen Ast im Gras.

»Ihr braucht Euch nicht zu fürchten«, sagte Jack und untermalte seine Worte zur Sicherheit mit einer beruhigenden Geste. »Ich erkläre Euch alles.« Er sprach so langsam und deutlich, als würde er mit jemandem reden, der ebenso schwachsinnig wie schwerhörig war. »Ihr müsst völlig verängstigt sein. Dies hier …«

»Du!«, zischte sie wütend.

Und dann schlug sie mit dem Ast zu.

Noch nie war Jack in dieser Welt angegriffen worden. Die Schmerzen waren, wie er nun feststellte, die gleichen, die er auch im Diesseits empfunden hätte. Der Ast traf. Und er holte Jack von den Beinen.

Ehe er auch nur begriff, was da eigentlich los war, stand die Prinzessin über ihm. Einen Fuß drückte sie ihm gegen die Kehle, den Ast hatte sie zu einem weiteren Schlag erhoben.

»Halt«, rief er, wobei ihm etwas Blut in den Mund lief. Es fühlte sich an, als wäre seine Nase gebrochen.

»Warum hast du mich hergebracht?« Die Stimme der Prinzessin zitterte vor Wut. Was hatte er eben noch gedacht? *Keine Angst, Prinzessin. Ich rette dich?* Er brauchte jemanden, der *ihn* rettete. Und zwar vor ihr.

»Verdammt, du sprichst unsere Sprache aber sehr gut«, brachte Jack mühsam hervor.

»Meinst du, wir wären Wilde, Engländer? Ich spreche fünf Sprachen. Und von wenigstens dreien hast du vermutlich noch nie gehört.« Ihre Augen blitzten auf vor Stolz.

»Du … du bist eine lebende Frau?« Oz starrte Prinzessin Naima an wie ein Wissenschaftler einen seltenen Käfer.

»Sehr aufmerksam«, erwiderte sie bissig. »Und es heißt *Eure königliche Hoheit*.«

»Und du hast sie hergebracht?« Oz beachtete ihre Maßregelung gar nicht, sondern baute sich nun ebenfalls verärgert über Jack auf. Es fehlte gerade noch, dass er ihm ebenfalls einen Fuß auf den Hals setzte.

»Darf … ich … erklären?« Jack bekam kaum genug Luft, um zu sprechen. Und die Worte, die seinen Mund verließen, klangen seltsam quakend angesichts seiner geschundenen Nase.

Der Druck an seinem Hals ließ ein klein wenig nach.

»Die Nacht im Buckingham Palace. Ihr wärt gestorben. Da war ein Schatten. Ein …«

»… Ifrit, um genau zu sein.« Oz setzte eine besserwisserische Miene auf. »Von dieser Art war der Geist, den ich beschworen habe. Und ich musste gegen einen weiteren kämpfen, der mich dann knapp besiegte. Was meine derzeitige Situation erklärt.«

Jack starrte Oz wortlos an. Der Archivar war gerade gestorben. Und nun versuchte er, einer orientalischen Prinzessin zu imponieren? Außerdem bekam er doch sonst kaum ein Wort heraus. Nun, ihm schien der Tod einigermaßen gutzutun.

»Was ich allerdings nicht wusste, war, dass unser lieber Jack hier bei seinem Auftrag nicht nur auf einen Ifriten, sondern auch auf dich getroffen ist.« Oz versuchte sich an einem charmanten Lächeln, das ihm nicht recht gelingen wollte.

»Es heißt *Euch*«, erwiderte Naima.

»Uns?« Oz blickte sie verwirrt an. Nun, das klang schon eher nach dem Archivar, den Jack kannte.

Naima ignorierte ihn. Und der Druck ihres Fußes ließ noch ein wenig mehr nach. »Ein Ifrit?« Der Klang ihrer Stimme verriet, dass sie wusste, wovon Oz gesprochen hatte.

»Es gibt sie wirklich.« Diese Worte quittierte Jack mit einem Hustenanfall, als ihm Blut aus der Nase in den Rachen lief.

»Natürlich gibt es sie wirklich.« Naima sah ihn an, als habe er ihr gerade erklären wollen, dass morgens die Sonne aufging. »Nur Narren würden nicht an sie glauben. Auch wenn sie schon seit langer Zeit ausgerottet sind und nur noch in Geschichten existieren. Doch wenn tatsächlich noch welche existieren, wieso habt ihr beiden Dummköpfe einen nach London gebracht?« Der Druck verstärkte sich wieder.

»Er war schon da.« Die Worte bekam Jack kaum aus dem Hals.

»Und den anderen haben wir gerade eben erst beschworen«, warf Oz stolz ein. »War ein ziemlicher Erfolg. Wenn das die anderen im Archiv erfahren, dann …«

»Mein Hals.« Jack versuchte vergeblich, den Fuß der Prinzessin wegzudrücken. Es war mehr als entwürdigend. Jack lag da wie ein auf den Rücken gedrehter Käfer, der fürchtete, zertreten zu werden. Himmel, sollten die Töchter von Königen und Emiren nicht hilflos und einfach nur wunderschön sein? Die hier war so wehrhaft wie ein Bandenschläger aus Whitechapel. Auch wenn sie in der Tat wunderschön war. *Reiß dich zusammen, Jack. Du kannst sie später bewundern.*

Naima zögerte einen Moment, dann nahm sie endgültig den Fuß von Jacks Kehle. »Erzähle«, forderte sie ihn auf und ließ den Ast fallen. Ramses strich ihr erfreut um die Beine und ließ sich von ihr auf den Arm nehmen.

Erleichtert atmete Jack tief durch und stand auf. Dann versuchte er sich an einer knappen Zusammenfassung der Ereignisse, die dazu geführt hatten, dass er gerade von einer orientalischen Prinzessin bedroht und von einem toten Archivar belehrt worden war. Von dem Kater, der ihn die ganze Zeit über herablassend musterte, einmal ganz zu schweigen. Er erzählte ihr, dass dies hier die Zwischenwelt war. Dass er sie hergebracht hatte, um sie zu schützen. Dass ihr Kater von Oz aufgenommen worden war und nun Ramses hieß. Sie sah ihn nur verständnislos an. Doch er erkannte auch das Entsetzen in Naimas Augen, während er von dem Schatten und den Toten erzählte. Und der Anblick machte seine Zunge so schwer, als würde jedes einzelne Wort Tonnen wiegen. »Und dann hat mich dieser verfluchte Ifrit angegriffen«, schloss er. »Ich war eine Zeit bewusstlos. Als ich wieder aufgewacht bin, war die Pforte geschlossen. Und Ihr unerreichbar.« Er blickte ihr in die nachtdunklen Augen, und für einen Moment war alle Wut und Feindseligkeit daraus verschwunden. Zurück blieb nur eine Traurigkeit, die ihn mehr schmerzte als der Schlag auf seine Nase. Ihr Blick ging ins Leere, und für einen Moment konnte er sie nur ansehen. Ganz stumm. Sie war so verletzlich, dass er sie in den Arm nehmen wollte, um sie zu schützen. Vor dem Tod, der in ihr nistete. Vor dem Ifriten, der sie hatte umbringen wollen. Einfach vor allem.

Und dann sah sie ihn wieder an. Ebenso stumm. Und er glaubte in ihrem Blick zu erkennen, dass sie verstand, was er dachte. Sie waren sich nur ein einziges Mal begegnet. Unter furchtbaren Umständen. Und dennoch hatte er das Gefühl, dass er sie schon sein Leben lang kannte. Da war etwas in ihr, das ihm vertraut war. Das er in sich selbst erkannte. Er vermochte nur nicht zu sagen, was es war.

»Ministerium«, wisperte sie. »Seelen. Ifrit.« Es schien, dass sie die Worte einmal aussprechen musste, um an sie zu glauben. »Und ihr nennt den Kater Ramses?« Der Name zauberte ein flüchtiges Lächeln auf ihre Lippen. »Er passt zu ihm.«

»Den habe ich mir ausgedacht«, hörte Jack Oz hastig sagen. Er wollte sich wohl auch noch schnell in die Geschichte einweben. »Dieser Soulman hier hat mich übrigens um Hilfe gebeten. Ich habe ihm also erklärt, was es mit den Ifriten auf sich hat, und den eigentlich letzten von ihnen beschworen. Allerdings scheint das Euren Angreifer angelockt zu haben, der ja auch ein Ifrit ist. Und so sind wir nun hier.«

»Beschworen?« Die Prinzessin musterte Oz erstaunt. »Dazu bist du in der Lage?« Sie trat auf ihn zu und legte ihre Hand auf seine. »Und du hast dein Leben geopfert, um mich zu finden? Ich …« Ihre Stimme brach, als säße ihr ein Splitter in der Kehle. »Du bist ein Held.«

Der Archivar blickte sie ebenso stolz wie gerührt an.

Oz wusste doch gar nichts von Euch, wollte Jack sagen. Dann aber schluckte er die Worte hinunter, ehe sie ihm zwischen den

Lippen hindurchschlüpften. Warum sollte sich Oz nicht ein wenig wie ein Held fühlen? Er hatte sich dieses Lob weiß Gott teuer genug erkauft.

»Woran erinnert Ihr Euch?«, wollte er von der Prinzessin wissen.

»An ein paar verschwommene Bilder, mehr nicht. Wir waren im Palast der Königin. Dann war ich auf dem Hof. Ich weiß nicht, wie ich dorthin gekommen bin. Und dann«, sie schauderte, »tot. Dunkelheit. Kälte. Ich bin hier zu mir gekommen.«

»Es tut mir leid, dass Ihr das durchmachen musstet«, sagte Jack. Er versuchte sich an einem aufmunternden Lächeln und zog seine Uhr und den Kompass hervor. Noch dreißig Minuten. Zeit genug, um zur Pforte in Oz' Zwischenwelt zurückzukehren und … dann? Sie würden nun einmal einen Arzt brauchen. Und zwar einen, der die Prinzessin heilen konnte. *Und wer sollte das sein?*, fragte er sich. Ärzte waren teuer, und die, deren Behandlungen sich Jack bislang hatte leisten können, hatten sicher nie eine Universität von innen gesehen. Es gab zahlreiche Quacksalber in Londons Straßen. Den ersten richtigen Arzt hatte er vor wenigen Wochen in Anspruch genommen, als er genug Geld zusammengespart hatte, um sich einen neuen Zahn einsetzen zu lassen. Dass dieser vermutlich von einem der Ressurection Men, einem der Leichenräuber Londons, beschafft worden war, durfte man dabei nicht so eng sehen. Es waren fortschrittliche Zeiten, doch ein entzündeter Zahn gehörte zum Schlimmsten, was man selbst im Herzen der modernen Welt zu erdulden hatte. Die Schmerzen, die Jack für seinen neuen Zahn hatte erleiden müssen, hatte er mit ausreichend Hochprozentigem betäubt. Wenigstens hatte der Arzt sein Handwerk beherrscht. Für die Prinzessin aber kam nur ein Meister seines Fachs in Frage. Der Leibarzt der Königin. Er war sicher der Beste. Jack würde ihn im Palast ausfindig machen müssen, wenn er sie retten wollte.

»Wir gehen«, sagte er entschieden zu Naima. »Es sei denn, Eure Hoheit will noch länger an diesem verdammten Ort bleiben.« Sie war es sicher nicht gewohnt, dass man ihr sagte, was sie zu tun hatte. Und er redete zu schroff mit ihr. Aber Jack war wütend, dass seine Nase schmerzte. Er war wütend, dass Oz tot war. Und er war wütend, weil sich alles hier irgendwie falsch anfühlte. Er glaubte sich noch immer beobachtet. Und das gefiel ihm nicht. Außerdem wollte er Nai… die Prinzessin zurückbringen. Sie retten. Er konnte sie nicht hierlassen und damit das Risiko eingehen, dass er sie nie wiederfinden würde. Mal ganz abgesehen davon, dass sie durch ihre Anwesenheit die Zwischenwelt am Ende noch zerstören würde.

»Ich fürchte, dieser völlig amateurhafte Soulman hat recht«, sagte Oz.

Völlig amateurhaft? Jack wollte zu einer Erwiderung ansetzen, doch Oz redete schon weiter. »Ich denke, ich verstehe den Grund für den Verfall um uns herum. Eure Anwesenheit, so erbaulich sie für diese Welt auch ist, vernichtet sie. Ihr bringt, wenn ich mir diesen Scherz erlauben darf, den Tod in die Welt der Toten.«

Jacks Mund klappte auf. Erbaulich? Und hatte sich Oz gerade an einer humorvollen Bemerkung versucht? Himmel, das war ja kaum zu ertragen.

Für einen Moment funkelte Naima Jack wütend an, dann aber nickte sie ihm wie einem Laufburschen zu, dem sie einen Auftrag erteilt hatte. »Bring mich nach Hause. Und dann will ich dich nie wieder…«

»Ich fürchte«, fiel Jack ihr ins Wort, und erntete für seine Unhöflichkeit einen entsetzten Blick von Oz, »das wird nicht sofort möglich sein.«

Der Ärger darüber, dass er ihr die Worte von den Lippen geschnitten hatte, war ihr noch deutlich anzusehen, als er erklärte, dass sie auch ohne Schatten im Diesseits sterben würde.

»Gift.« Sie sprach das Wort aus, als kaute sie auf einem verdorbenen Stück Obst. »Die Waffe der Feiglinge. Sind wir alle auf diese Weise gestorben?«

»Ja«, sagte Jack. In diesem Moment bedauerte er sie so sehr, dass er ihr wenigstens weiteres Leid ersparen wollte und ihr nicht berichtete, wie grausam ihr Vater gestorben war. »Aber ich weiß nicht, wer es war. Hattet Ihr, hatte der Emir Feinde?«

»Mein Vater wollte eine Möglichkeit des Zusammenlebens mit unseren Besatzern finden«, wisperte die Prinzessin. Ihre Stimme zitterte, ob vor Wut oder Trauer, vermochte Jack nicht zu sagen. »Er war ein Mann des Friedens. Und damit hatte er viele Feinde. Jeder, der auf der Seite des Kriegs und der Tyrannei steht, war sein Feind. Es gibt Menschen in meinem Land, die gegen die Briten kämpfen wollen.«

»Er mag tot sein. Aber seine Ideen leben weiter. Durch Euch.« Hatte er das gerade wirklich gesagt? Jack hatte das Gefühl, ein anderer hätte sich seiner Stimme bedient. Die Prinzessin blickte ihn ernst an … und nickte. Diesmal mit einem leisen Lächeln auf den wunderschönen Lippen. »Danke«, sagte sie. »Für meine Rettung.« Sie atmete tief durch. »Wie heißt du?«

»Ich? Jack, ich heiße Jack.« *Meine Güte*, dachte er bei sich. *Was stammelst du hier so herum?*

»Und ich bin Oz«, warf der Archivar ein.

»Du hast gesagt, dass es nicht so einfach sei, mich nach Hause zu bringen. Warum?«, fragte sie Jack, ohne ihn auch nur einen Moment aus ihrem Blick zu entlassen.

Die Frauen, die er bislang in seinem Leben kennengelernt hatte, waren nicht so wie sie. Diese Frauen hatten ihn … bewundernd angesehen. Oder in bestimmten Momenten zu Boden geschaut. Er hatte sich ihnen stets überlegen gefühlt. Aber Naima sah ihm so fest in die Augen, dass er sich selbst anstrengen musste, nicht zu Boden zu schauen wie ein Junge. »Also, wir gehen durch seine Pforte.« Jack nickte zu Oz. »Dann werdet

Ihr in Ohnmacht fallen, fürchte ich. Aber ich rette Euch, hört Ihr?« Er legte alle Zuversicht in seine Stimme, und das zaghafte Lächeln, das sie ihm daraufhin schenkte, gefiel ihm so sehr, dass er sich zwingen musste, es nicht zu erwidern. Schließlich ging es hier um ihr Leben. »Also muss ich Euch sofort zu einem Arzt bringen. Wir nehmen den im Palast der Königin.«

»Und er kann mich retten?«

Jack wusste es nicht. Er hoffte es nur. Dennoch nickte er so zuversichtlich er konnte. Es gab keine andere Möglichkeit. Wenn er sie fortbrachte, wartete vielleicht der Tod auf sie. Doch wenn sie hierblieb, würde dieser sie in jedem Fall finden. Und alles um sie herum mit sich nehmen. Wie würde das Sterben aussehen, wenn diese Welt vergangen war? Würden die Seelen direkt und unvorbereitet ins Jenseits gezogen? Vielleicht für alle Zeit auf der Erde wandeln? Oder würden sie einfach vergehen? Wenn Jack ehrlich war, dann interessierte ihn das im Grunde nicht. Er wollte nur sie retten. Nichts anderes.

Den Kompass brauchte er nicht, um den richtigen Weg zu finden. Er steckte ihn ein. Sie würden nur dem Pfad folgen müssen, den sie hergegangen waren. Jack wandte sich um und lief los, doch schon nach ein paar Schritten blieb er wieder stehen. Niemand folgte ihm. »Ihr könnt nicht hierbleiben«, sagte er an Naima gewandt. Sie sah ihn nicht an, sondern schien jemanden zu suchen, den sie irgendwo zwischen den Bäumen wähnte. *Wen soll sie hier schon erwarten, Jack?*, fragte er sich. *Sie wird wohl kaum Freunde in der Zwischenwelt haben.*

Dennoch glaubte er, sie leise etwas sagen zu hören, das wie *Ich werde dich vermissen, mein Freund* klang. Dann drehte sie sich zu ihm um und nickte. »Ich bin bereit«, sagte sie und nahm Ramses auf den Arm. »Gehen wir nach Hause.«

Oz folgte ihnen. Wozu auch sollte er in diesem Teil der Zwischenwelt bleiben? Es war ein stummer Spaziergang durch die Welt der Geister, und Jack überkam wieder das Gefühl, dass ihn aus den exotischen Büschen heraus verstohlen ein Augenpaar betrachtete. Dass jemand jeden seiner Schritte verfolgte. Doch immer, wenn er sich umsah, war dort niemand außer Oz, der Prinzessin und Ramses. Das Gefühl, beobachtet zu werden, aber blieb. Und bald schon mischte sich ein zweites hinein: Wehmut. Noch nie hatte er so gefühlt, seit er ein Soulman war. Mit jedem Schritt wurde es schlimmer, und als sich schließlich die Bibliothek hinter den Palmen in den Himmel erhob, begriff Jack, was ihn so bedrückte. Er musste Abschied nehmen. Eine Übung, die er in seinem Leben bislang immer hatte vermeiden können. Ein Junge von der Straße lernte schnell, keine engen Bindungen aufzubauen. Doch nun spürte er ein Band, das er nicht hatte knüpfen wollen. Ein Band, das ihn mit der unmöglichsten Person verknüpfte, die er sich nur vorstellen konnte. »Du … du wirst schon klarkommen«, sagte er an Oz gewandt.

»Klar«, erwiderte der Geist des Archivars bissig. Seine anfängliche Freude über den Bücherschatz, der so unerwartet für ihn erschienen war, hatte sich merklich abgeschwächt. »Ich lese einfach alles, was ich in der Bibliothek finde, sofern es nicht unter meinen Händen zu Staub zerfällt, und sterbe dann, wie es sich gehört. Geht ruhig, ich bin hier glücklich.« Er senkte den Kopf, doch es entging Jack nicht, dass er Naima und ihn dabei verstohlen musterte.

Sterben?, dachte Jack. *Du bist schon tot.*

»Können wir ihn nicht mitnehmen?«, fragte die Prinzessin. Sie sah Oz an wie einen streunenden Kater. Und selbst in Ramses' erhabenen Blick mischte sich Zuneigung zu Oz.

»Mitnehmen?«, fragte Jack. »Das hier ist kein Ausflug, Prinzessin«, fügte er unfreundlicher hinzu als gewollt. »Hier gehen die hin, für die es keinen Weg zurück gibt.« Er drückte die Tür zu der gewaltigen Bibliothek auf. Und erkannte auf Naimas Gesicht dieselbe Verzückung, die er auch auf Oz' Antlitz gesehen hatte. Offenbar war sie ebenso eine Büchernärrin wie er. Staunend trat sie an ihm vorbei und ließ Ramses dabei von ihrem Arm springen. Geschmeidig kam der Kater auf den Pfoten auf und spazierte auf die Pforte zu, die noch immer offen stand. Die schimmernde Eisentür in den Kellerraum im Ministry of Souls wirkte wie ein Fremdkörper zwischen all den Büchern.

»Wie wunderschön«, hauchte Naima und strich mit den Fingern über die Einbände.

»Ich würde Euch gerne ein paar der schönsten Bücher zeigen«, sagte Oz und strahlte. »Auch wenn einige nicht in bestem Zustand sind.« Bei diesen Worten sah er Jack missbilligend an, als würde dieser alle Schuld daran tragen. Er schien sich dennoch wie ein König zu fühlen, der seinen Staatsgast beeindrucken konnte. Alle Melancholie war von ihm abgefallen.

Jack blickte auf seine Taschenuhr. Noch zwanzig Minuten. Zeit genug wäre da. Aber das Gefühl, dass ihn jemand musterte, spürte er nun so deutlich wie Finger auf der Haut. *Mach dich nicht lächerlich, Jack*, sagte er sich. Das Gefühl wurde er dennoch nicht los. »Wir sollten verdammt noch mal gehen«, drängte er Naima. »Dies ist kein Ort für Euch.«

»Ich wünschte, er wäre es«, erwiderte sie. »Ich wünschte, ich könnte entscheiden, wohin ich gehen will.«

»Ihr seid eine verfluchte Prinzessin, ich meine, eine wunderschö… eben eine Prinzessin.« *Himmel*, dachte Jack, *was soll das Gestammel?* »Ihr könnt doch einfach befehlen, was Ihr wollt. Ihr habt die Macht.«

Sie sah ihn an und schüttelte den Kopf. »Ich? Befehlen? Ich diene. Dem Palast. Dem Titel. Der Aufgabe. Ich habe kaum Macht. Keine Freiheit. Viele dienen mir, ja. Aber keiner ist ehrlich. Das Leben einer Prinzessin ist das einer Gefangenen. Recht einsam.«

Jack starrte sie verblüfft an. Das hatte er nicht erwartet. Und in diesem Moment begriff er, was er von sich in ihr erkannt hatte. »Ihr steht außen vor, nicht wahr?« Er wartete ihre Antwort nicht ab. Er konnte an ihrem Blick erkennen, dass er richtig lag. »Gehört nicht dazu. In Eurer Familie vielleicht. Aber die Welt außerhalb ist Euch fremd.«

»Woher weißt du das?«, fragte sie erstaunt.

»Das Leben einer Prinzessin ist dem eines Soulman ziemlich ähnlich. Ohne Diener, versteht sich. Und mit Zylindern.« Er tippte sich gegen seinen Hut, und Naima lachte so befreit, dass sein Herz einen Satz machte. Dann wandte er sich an Oz und fügte hinzu: »Wir kommen später …« Er biss sich auf die Lippen, doch die Worte waren ihm bereits entschlüpft.

»Oh ja, natürlich. Später.« Der Geist klang hörbar eingeschnappt. »Vielleicht bringt ihr mir dann etwas mit?« Offenbar hatte Oz im Tod einen Hang zum Sarkasmus entwickelt.

»Es tut mir leid«, versuchte Jack ihn zu beruhigen, während Oz ihm den Rücken zudrehte und die Arme vor der Brust verschränkte.

»Geht ruhig«, sagte der Geist geknickt. »Ich bleibe.«

Jack warf der Prinzessin einen gequälten Blick zu. »Kommt.« Er wies auf die Pforte.

Die Angst davor, in der echten Welt nur den eigenen Tod zu finden, stand Naima ins Gesicht geschrieben.

»Ihr werdet nicht sterben«, sagte Jack. Diesmal klang er so sicher, dass er sich beinahe selbst überzeugt hätte. Doch er wusste, dass es ein Wettlauf gegen die Zeit sein würde. Wie viele Stunden blieben Naima, wenn sie wieder in London war? Oder hatte sie nur Minuten? Jack würde sie in den Palast tragen und nach dem Arzt verlangen. Sein Ausweis würde alle Fragen der Bediensteten und der königlichen Wachen hoffentlich ersticken. Außerdem würde er einen leblosen Staatsgast im Arm halten. Jack wollte sich nicht ausmalen, wie all das auf die königliche Dienerschaft wirken musste. Es war ein verzweifelter Plan. Aber der einzige, den er hatte.

»Bitte«, drängte er. Das Gefühl beobachtet zu werden, wuchs mit jedem Augenblick. *Du wirst langsam verrückt, Jack*, sagte er sich. Wenn alles in Ordnung gebracht war, würde er um einen Urlaub bitten. Ein paar Tage ohne Tod und Geister würden ihm guttun.

Zögernd machte die Prinzessin einen Schritt auf Jack zu, während Oz ihnen noch immer den Rücken zuwandte. Sie wollte Ramses greifen, doch der Kater sprang zur Seite und fauchte wütend. »Was …?«, begann Naima eine Frage, aber ein gewaltiger Krach erstickte all ihre Worte.

Ein Teil der Bibliothek wurde einfach fortgerissen. Jack stolperte zurück und sah wie erstarrt hinauf. Dort, wo eben noch meterhohe Regale die Wand entlanggewachsen waren, klaffte nun ein riesiges Loch. Buchseiten flogen durch die Luft wie die Federn eines Huhns, das von einem Fuchs gerissen worden war.

Fassungslos blickte Jack auf die Öffnung in der Wand. Und auf das Geschöpf, das mit einem Brüllen in die Bibliothek sprang.

Ein Körper wie aus schwarzem Nebel gemacht.

Sternensilberne Augen, in denen Jack das Versprechen auf den eigenen Tod las.

»Der Schatten«, rief er. Er brauchte einen Moment, ehe ihm seine Beine wieder gehorchten. Er lief los, griff Naimas Hand und zog sie mit sich auf die Pforte zu. *Verdammt, Jack, du lässt Oz schon wieder im Stich.* Ja, aber es gab nichts, das er gegen dieses Ding hier tun konnte. Und Oz war bereits tot. Naima und er selbst aber lebten.

Nur widerwillig ließ sich die Prinzessin auf die Pforte zuziehen. Offenbar waren ihre Skrupel, den Archivar alleine mit diesem Ding zu lassen, größer als seine.

»Wir können nichts tun«, schrie er über das Brüllen des Ifriten hinweg.

Der Schatten war gigantisch. Bei jedem seiner Schritte erzitterten Boden und Wände. Teile des Dachs stürzten ein.

»Aber er ist hilflos«, entgegnete sie. »Und was ist mit meinem Kater?«

Jack konnte sie nur fassungslos anstarren, während der Ifrit einen Finger ausstreckte. Was hatte er vor?

Mit aller Kraft zog Jack die sich wehrende Prinzessin weiter auf die Pforte zu, als mit einem Mal Spannung die Luft erfüllte. Ein Sommergewitter schien aufgekommen zu sein und kurz davor zu stehen, sich heftig zu entladen. Einen Augenblick später kippten die gewaltigen Regale links und rechts des Durchgangs wie von Geisterhand bewegt zur Seite und blockierten den Durchgang.

Noch nie hatte Jack etwas Derartiges erlebt. Das war …

»Magie.« Oz war ihnen unbemerkt gefolgt. Er klang ebenso ängstlich wie sehnsüchtig.

»Was ist das?« Naima wich vor dem Ifriten zurück, der sie anblickte. »Und wie hat es das gemacht?«

»Das ist der Ifrit, von dem ich erzählt habe«, stieß Jack atemlos hervor. »Er hat Eure Familie getötet. Und er hat Oz auf dem Gewissen. Und er kann zaubern.« Nun, ob der Ifrit für die Toten im Buckingham Palace verantwortlich war, konnte er nicht mit Sicherheit sagen. Doch es war kaum zu erwarten, dass dessen Auftauchen in der Nacht nicht mit dem Tod von Naimas Familie in Zusammenhang stand.

»Und jetzt?« Naima sah ihn an, als hätte er damit rechnen können, dass ihnen der Ifrit den Weg abschnitt. »Wo ist die nächste Tür aus dieser Welt?«

»Woher soll ich das wissen?«, entgegnete Jack knapp. Das hier war nicht der Plan, den er gehabt hatte. *Denk nach, Jack*, herrschte er sich an. Im Buckingham Palace hatte die Wirkung einer Handvoll zerbrochener Phiolen den Ifriten zumindest eine Weile vertrieben. Aber hier hatte Jack nur eine einzige dabei. Sie würde ihren Angreifer nur kurz außer Gefecht setzen können. Sie mussten flüchten und ihn abschütteln. Das war ihre einzige Chance.

»Ich halte ihn auf.« Oz trat vor und straffte sich entschlossen.

»Und wie?«, fragte Jack, während der Schatten einen weiteren Schritt auf Naima zumachte.

Oz blickte ihn an, als wäre er gerade auf ein unerwartetes Problem gestoßen. »Das … nun, ich … also«, stammelte er. Und wurde abgelenkt. Ramses war mit einem Mal losgelaufen. Der Kater hielt genau auf die Tür zu, die hinaus in den Garten der Prinzessin führte. Auf halbem Weg hielt er an, wandte sich um und sah Naima auffordernd an.

»Der Kater hat mehr Verstand als du«, meinte Jack. »Raus hier.« Er zog Naima mit sich, diesmal hinter Ramses her.

»Ich bin noch verwirrt. Ist mein erstes Mal als Geist«, rief Oz ihm hinterher, während er sich ihnen anschloss.

Der Ifrit schien zu begreifen, dass seine sicher geglaubte Beute dabei war, zu entkommen. Ein Brüllen erfüllte die Bücherhalle. Eine Horde Riesen hätte nicht lauter sein können. Mit einem Mal war die Luft wieder von Spannung erfüllt wie vor einem Gewitter. Jack wandte sich für einen kurzen Moment um. Der Schatten hatte die Hände gehoben. »Er zaubert irgendetwas«, rief er. Vermutlich wollte er auch diesen Ausgang versperren. Ramses saß bereits vor der Tür. Doch Naima und er waren noch einige Schritte entfernt. Sie würden es nicht schaffen. *Schneller, Jack!*, trieb er sich an. *Denk nicht über den Tod nach. Verteidige eure Leben.* Er gab Naima einen Stoß, der sie taumeln ließ. Und näher zur Tür brachte. Dann wandte er sich um. »Ich halte ihn auf.« Oz' Worte. Sie klangen auch aus Jacks Mund nicht sonderlich klüger.

»Und wie?«, hörte er seine eigene Erwiderung von dem Geist.

Zur Antwort hob Jack die Fäuste. Eine lächerliche Geste. Doch ihm fiel nichts ein, und in seinem Inneren fand er nur einen Gedanken. *Rette die Prinzessin.* Er wunderte sich über sich selbst. *Bist du ein verdammter Ritter, Jack?*, fragte er sich. Sein Leben lang hatte er einzig auf sich selbst aufpassen müssen. Vielleicht tat es gut, auch einmal für jemand anderen da zu sein. Zumal er immer noch die Schuld an Oz' Tod wie einen Splitter im Herzen trug.

In diesem Moment entlud sich die Magie des Ifriten. Bücherregale, sicher Hunderte Kilo schwer, wurden zur Seite gekippt, als besäßen sie kein Gewicht.

Naima stolperte zurück, um nicht unter den Regalen begraben zu werden. Und Ramses entwischte nur knapp einem herabfallenden Bücherhaufen.

Jack hörte sich verzweifelt ihren Namen rufen, als die Regale auch diese Tür blockierten.

Ein Schrei erfüllte die Luft. Er stammte indes weder von der Prinzessin noch von dem Ifriten. Oz hatte ihn ausgestoßen. Und wieder hatte Jack das Gefühl, ein Gewitter würde in der Luft liegen.

Aus dem Augenwinkel sah er, wie Oz die Arme nach vorne bewegte. Es schien, dass er sich etwas von der Brust schieben wollte.

Und die Regale, die sich vor dem rettenden Ausgang ineinander verkeilt hatten, wurden wie von Geisterhand in die Höhe gerissen, um dann polternd neben der Tür wieder zu Boden zu fallen.

»Was …?«, setzte Jack an, doch Naima griff nach seinem Arm und schnitt ihm damit die Worte von den Lippen.

»Ist egal«, keuchte sie. Diesmal war sie es, die ihn mitriss. »Nur weg von hier.« Naima stieß die Tür auf und rannte hinaus.

Jack folgte ihr einen Augenblick später, während Ramses geschickt zwischen seinen Beinen hindurchschlüpfte.

»Das … das war unglaublich«, rief Oz hinter ihnen. Er klang so glücklich, als wäre dies der schönste Tag seines Lebens. »Ich habe gar nicht nachgedacht. Aber wie …?«

»Das solltest du doch wissen. Geist. Zwischenwelt. Du kannst sie verändern. Und zwar ziemlich gut, wie ich finde.« Jack stieß die Worte hastig aus. Er brauchte alle Luft zum Rennen. Sie waren wieder in den Garten gelangt und liefen den Weg zurück zu dem Platz, an dem sie die Prinzessin gefunden hatten. Neben ihnen schloss Ramses zu ihnen auf. *Wohin Jack?*, fragte er sich. Der Kompass, den er mit zitternden Fingern aus der Tasche seiner Jacke zog, fiel ihm fast aus der Hand. Die Nadel drehte sich einen Moment unschlüssig, dann deutete sie in die Richtung, aus der sie kamen. Natürlich. Die Pforte in der Bibliothek. Im Lauf schüttelte Jack den Kompass so heftig, dass er schon fürchtete, er würde ihn damit beschädigen. Die Nadel rotierte einige Male umher und fand dann die nächste Pforte. »Dort entlang«, rief er und deutete auf einen Hain meterhoher Palmen.

Sie hatten gerade einen Fuß zwischen die geriffelten Stämme gesetzt, als ein gewaltiger Lärm den Garten erfüllte. Nur kurz blickte Jack zurück. Das Dach der Bibliothek war endgültig eingestürzt.

»Meine Welt«, hörte er Oz hinter sich jammern.

»Wir beschweren uns später«, entgegnete er. »Jetzt geht es um Leben und Tod.«

»Ich bin schon tot«, sagte der verstorbene Archivar. »Und dafür wird dieser Schatten büßen.«

Wohin, Jack? Es schien fast, als würde er sich selbst beobachten, wie er verzweifelt mit der Prinzessin und Oz zwischen den Palmen und Büschen entlangrannte und fieberhaft überlegte, wie sie dem Ifriten entkommen konnten. In den wenigen Augenblicken, die er ihn in der echten Welt erlebt hatte, war ihm dieses Wesen schon sehr mächtig vorgekommen. Doch hier in der Zwischenwelt schien er fast eine Art Gott zu sein.

Im letzten Augenblick wich Jack einem Ast aus, der sich ihm wie ein krummer Arm entgegenstreckte. Das Laufen abseits des Weges war beschwerlich und ließ sie langsamer werden. *Wohin, Jack? Wohin? Weiter zur nächsten Pforte*, gab er sich einen Moment später die Antwort. *Und dann in die echte Welt.* Und der Arzt? Jack würde nicht wissen, in welchen Teil des Diesseits die nächste Pforte sie führen würde. Nun, da Oz in London gestorben war, würde die nächste Pforte, die sie erreichen konnten, sich mit genügend Glück ebenfalls in die Millionenmetropole öffnen. Und wenn nicht? Er wagte nicht, daran zu denken. Jack warf einen Blick auf den Kompass, den er eisern umklammert hielt. Die Richtung stimmte.

Das Geräusch von unmenschlich schweren Schritten ließ ihn sich kurz umschauen. Hinter ihnen wurden die Palmen zur Seite gebogen, als würde ein Orkan wüten. Oder ein Ifrit. Dort, wo sich Jack und die anderen zwischen den Stämmen hatten hindurchzwängen müssen, schaffte sich der Schatten mit Gewalt einen Weg.

»Schneller«, trieb er Naima und Oz an. Und während sie weiter vorwärtsstolperten, nahm eine Frage in seinem Kopf Gestalt an. Was wollte der Ifrit? Warum verfolgte er sie? Warum hatte er den beschworenen Geist angegriffen? *Gute Fragen, Jack*, sagte er sich. *Doch ein schlechter Moment, um die Antworten zu finden.* Er zwang sich, nur an eines zu denken: London.

Dass sie das Ende von Naimas Welt erreichten, merkte Jack, als der Boden unter ihm so weich wurde, dass er ein wenig einsank. Die Stämme der Palmen wichen schon nach wenigen Schritten zurück und gaben den Blick auf eine andere Art von Bäumen frei. Diese hier schwankten im Wind, und Seile waren um die hölzernen Leiber gewunden. Das Bild erschien leicht verschwommen, als würde Jack sie durch angelaufenes Fensterglas betrachten. Ein Übergang.

»Wo sind wir hier?«, fragte Naima schwer atmend.

»Ein Hafen«, brachte Jack knapp hervor und blickte auf Dutzende Schiffe. Seine Lunge brannte. Er hatte es üblicherweise nicht nötig zu rennen und merkte nun, dass der Dienst im Ministerium ihn hatte schlapp werden lassen.

Der Fluss schmiegte sich an der Grenze zu Naimas Welt sanft an den Rand des Palmenhains. Vor ihnen aber gab es nur das Wasser und die Schiffe. Ein wenig entfernt von ihnen zog sich eine Kaimauer entlang, und zahllose Lagerhäuser drängten sich eng aneinander. Die West India Docks. London. Jacks Herz setzte vor Freude einen Schlag aus.

Er warf erneut einen Blick auf den Kompass. Seine Nadel wies nicht an Land, sondern auf die Schiffe. War die Pforte etwa … Jack glaubte, seinen Augen nicht zu trauen, als er eines der Schiffe erkannte. Ganz am Ende der Schiffsreihen. Ein prächtiges Schiff, wenngleich es die Spuren des Verfalls nun deutlich auf der hölzernen Haut trug. Das Schiff, das sich auf den Weg zu den Westindischen Inseln hatte machen wollen. Offenbar war es noch nicht losgesegelt. Nun, die Pforte des Kapitäns, den Jack persönlich in die Zwischenwelt gebracht hatte, war bereits seit einiger Zeit verschlossen. Doch offenbar berührten sich an diesem Hafen die Welten vieler toter Seeleute. Ein Knotenpunkt. Das machte die Sache um einiges schwieriger. Gelegentlich liefen die verschiedenen Teile der Zwischenwelten ineinander. Und zwar ohne sich um die Zeit zu scheren. Jack sah neben dem Schiff aus dem modernen London einen Segler, der so einfach und betagt aussah, dass Jack vermutete, er müsse wenigstens zweihundert Jahre alt sein. Er machte sogar ein paar einfache Ruderschiffe aus, die sicher in ein Museum, aber nicht mehr aufs Wasser gehörten. Verdammt, sie waren ihm nicht aufgefallen, als er das letzte Mal auf dem Schiff gewesen war. Vielleicht waren die Zwischenwelten da auch noch nicht ineinandergelaufen. Nun konnte Jack nur hoffen, dass ihm die Zwischenwelt keinen Streich spielte und sie am Ende eine Pforte nahmen, die sie zwar in die richtige Stadt, aber nicht ins passende Jahrhundert brachte. Knotenpunkte galten als sehr selten. Und äußerst gefährlich. Ein in der Zeit verschollener Soulman war im Grunde nicht mehr zu retten. Eine Wahl hatten sie dennoch nicht. Sie würden es wagen müssen.

Entschlossen deutete er zwischen die Schiffe. »Dorthin«, rief Jack und zog Naima mit sich. Keine Sekunde zu spät. Hinter ihnen brach sich der Ifrit einen Weg durch den Hain.

»Sicher?«, wollte Oz wissen.

»Wir können es gerne ausdiskutieren«, gab Jack bissig zurück und zog Naima weiter. »Komm.«

Sie machte ein paar unsichere Schritte auf das Wasser zu. »Schwimmen?«

Jack schüttelte den Kopf. »Laufen.« Er konnte ihr die Verblüffung vom Gesicht ablesen, als er einen Schritt auf das Wasser machte und es ihn trug wie eine feste Straße. Dann bedeutete er ihr, sich auf seinen Rücken zu hängen. »Es ist nicht komfortabel. Aber es bringt Euch über das Wasser.«

Die Prinzessin machte versuchsweise selbst einen Schritt auf dem Fluss, doch sie fand auf dem Wasser keinen Halt. »Naima«, sagte sie gepresst. Und schlang ihre Arme um Jacks Hals. Wie warm sie war. So voll Leben. *Konzentriere dich auf die Flucht, Jack*, sagte er sich. Dann ging er eilig los, um zwischen die schützenden Schiffe zu kommen.

Als sich Jack kurz umwandte, sah er Oz den störrischen Kater greifen, der sich offenbar partout weigerte, auch nur eine Pfote auf das Wasser zu setzen.

Sie hatten kaum die ersten beiden Schiffe hinter sich gelassen, als der Ifrit auf das Wasser trat. Jack drückte sich mit der Prinzessin gegen den Bug des nächsten Schiffs und lugte verstohlen zu der Grenze von Naimas Welt. Vielleicht entdeckte der Ifrit sie nicht. Glaubte womöglich, dass er ihre Spur verloren hatte. Und tatsächlich, er wandte sich ab und trat wieder auf die Palmen zu. Jack bedeutete der Prinzessin und Oz, still zu sein. Für einen Moment stand der Ifrit nur da, offenbar um zu lauschen. Sein Leib war zwar auch in dieser Welt aus schwarzem Nebel gemacht, doch er schien hier echter zu sein. Nicht wie im Diesseits, wo er aussah, als wäre er mit feuchter Farbe in die Welt gemalt worden.

Jack wagte nicht zu atmen. Wenn der Ifrit ging, konnten sie die Pforte, die sich auf einem der Schiffe befinden musste, suchen. Oder nach einer weiteren Ausschau halten, die ihm sicher erschien.

Der Ifrit verharrte noch immer, und Jacks Herz schlug so laut in seiner Brust, dass er fürchtete, der Geist könnte es hören. Vorsichtig bedeutete er Naima, noch ein wenig zu warten.

Der Ifrit fuhr so abrupt herum, dass Jack für einen Moment zu atmen vergaß.

»Dies ist eine Welt der Toten«, drang ein heiseres Wispern über das Meer.

Die Worte waren wie Gift. Sie drangen durch Jacks Haut und ließen ihn frösteln. Die Stimme malte ihm dunkle Bilder in den Kopf, die auch dann noch blieben, als er kurz die Augen schloss.

»Herzen schlagen nicht in ihr.« Der Ifrit trat ganz nah an das Ufer des Meeres.

Verflucht, dachte Jack bei sich. *Er hört dein Herz tatsächlich schlagen.*

Der Schatten hob die Arme wie ein Dirigent, der seine Musiker um Aufmerksamkeit bat. Dann drehte er die Hände.

Und die Schiffe um Jack und Naima begannen sich zu bewegen. Die Masten wankten, als wären sie Tänzer, die sich im Takt einer Musik wiegten, die er nicht zu hören vermochte.

»Verdammt«, entfuhr es Jack. »Er weiß, dass wir hier sind. Wir müssen weg.«

»Dann sieht er uns«, erwiderte Naima auf Jacks Rücken.

»Wenn wir bleiben, zerquetschen uns die Schiffe«, sagte er knapp. »Auch in dieser Welt können wir sterben, Prinzessin. Alles klar?«

Ihre Erwiderung wurde ihr von den Lippen geschnitten, als sich die Schiffe mit einem Mal in die Luft erhoben. Es schien, dass unsichtbare Finger sie gegriffen hätten. Gischt tropfte auf Jack und Naima herab.

Und der Ifrit richtete seinen sternensilbernen Blick auf sie.

Jack überlegte nicht lange. Er fuhr herum und lief los. Weg. Einfach nur weg.

»Warte«, rief Naima.

War sie verrückt geworden? Er wusste, dass es das Klügste war, weiterzulaufen.

Doch Jack blieb stehen.

Und konnte seinen Augen nicht trauen.

Einige der Schiffe senkten sich wieder herab. Mehr noch, sie prallten auf das Wasser und schlitterten auf den Ifriten zu.

»Was zum …?«, entfuhr es Jack.

»Es ist Oz.« Naima klang ungläubig. Aber sie hatte recht. Oz stand unbewegt auf dem Meer, hielt Ramses mit einem Arm an sich gepresst und bewegte den anderen, als wollte er den Schiffen einen neuen Takt vorgeben.

Ein weiteres Schiff mit drei Masten fiel wie ein Stein vom Himmel, drehte sich auf die Seite und schoss auf den Schatten zu. Der Ifrit musste ausweichen, und sein Zauber verging. Alle

Schiffe, die noch über Jacks Kopf schwebten, fielen hinab. Gerade noch rechtzeitig wichen sie einem von ihnen aus, und Jack musste alle Kraft aufbieten, um nicht von den Füßen geholt zu werden, als sich das Meer einen Augenblick lang aufbäumte.

»Wo ist der Ausgang?« Naimas Worte lenkten Jack von dem mit Magie geführten Kampf zwischen dem Ifriten und Oz ab. Noch nie hatte Jack einen Geist so etwas tun sehen.

Stumm nickte er. Mit Mühe gelang es Jack, den Kompass so ruhig zu halten, dass die Nadel ihm die Richtung zeigte. Sie wies auf ein modernes Dampfschiff, das mit rauchenden Schornsteinen wie ein erlegtes Tier auf der Seite lag. Es schien definitiv aus Jacks und Naimas Zeit zu stammen. Wenigstens ungefähr.

Während er mit der Prinzessin auf dem Rücken zu ihm rannte, fingen die anderen Schiffe um sie herum wieder an, in die Höhe zu steigen. Der Kampf ging weiter. Aber wenn sie nur ein wenig Glück hatten, würden sie ihm entkommen. Nach Hause gelangen. Einen Arzt suchen. Es war fast der ursprüngliche Plan.

Zu Jacks Erleichterung war das Dampfschiff eines von denen, die noch nicht von der Ifriten-Magie wieder in die Höhe gehoben worden waren. Niemand war zu sehen. Falls die Seele, für die sich die Pforte auf dem Schiff geöffnet hatte, vielleicht erst vor wenigen Minuten hindurchgegangen war, so ließ sie sich nicht blicken. Und Jack erkannte auch keinen Soulman auf dem Schiff. Alles deutete darauf hin, dass der Geist dieses Schiffs noch im Diesseits war. Die Pforte würde also noch lang genug offen stehen, bis Jack mit Naima einen Weg in das auf die Seite gekippte Schiff gefunden hatte.

»Dort.« Er zeigte auf eine Luke im Rumpf, die offen stand. Durch die Drehung des Schiffs mussten sie über die Reling und dann ein Stück nach oben klettern. Aber sie würden einen Weg ins Innere finden und dann nach der Pforte suchen können.

Jack lehnte sich gegen den Rumpf, damit Naima von seinem

Rücken auf das Schiff klettern konnte. Noch immer stand Oz auf dem Wasser und hielt einen Arm in die Luft. Doch etwas war anders. Im ersten Moment erkannte Jack nicht, was es war. Dann aber begriff er. Der Schatten war fort. Sein Herz setzte vor plötzlicher Freude einen Schlag aus. Hatte Oz' unerwartete Macht ihn vertrieben?

»Wir sind gerettet«, sagte er, während er sich zu Naima umwandte.

Dann erstarrte er.

Auf dem Deck des gekippten Dampfschiffs stand der Ifrit, der Schwerkraft trotzend um etwa neunzig Grad gedreht. Er war etwas geschrumpft und blickte Jack mit einem höhnischen Grinsen auf den nebelhaften Lippen an. Im Griff seiner Arme wand sich Naima verzweifelt. Sie versuchte, etwas zu sagen, doch dunkle Fäden verschlossen ihr den Mund. »Das denke ich nicht«, wisperte der Schatten.

Dann stieg er mit der Prinzessin in die Höhe, als wäre er ein Vogel, der keine Flügel brauchte. Und Jack blieb zurück.

Noch nie hatte er sich so hilflos gefühlt.

DIE PFORTE

Für einen Moment vergaß Jack seine Ausbildung und ging fast im Meer unter. Er war schon halb eingesunken, als es ihm gelang, sich wieder zusammenzureißen und auf die Wasseroberfläche zu ziehen. Dann rannte er einige Schritte hinter dem Ifriten her, der mit der Prinzessin in den Himmel stieg. *Was hast du vor, Jack?*, fragte er sich und blieb keuchend stehen. *Lässt du dir Flügel wachsen und fliegst ihnen hinterher?* Er kam sich töricht vor. Töricht und verzweifelt und voller Angst. »Tu etwas!« Er machte kehrt und rannte so hastig auf Oz zu, dass er beinahe stolperte.

»Hast du das gesehen?« Der tote Archivar blickte dem fliegenden Ifriten fassungslos hinterher. »Er ist so … unglaublich.«

»Ja«, erwiderte Jack knapp. »Unglaublich gefährlich. Und er hat Naima.« Wie leicht ihm ihr Name über die Lippen kam. Als hätte er ihn schon sein Leben lang gekostet. »Wir … du musst ihn aufhalten.« Er sah Oz eindringlich an.

In den Augen des Geists zeigte sich Unglaube. »Ich? Aber ich bin nur ein Scharlatan. Eine kleine Seele, die ein wenig die Zwischenwelt verändert.«

Verdammt, dachte Jack. Für Selbstzweifel hatten sie jetzt keine Zeit. »Du«, sagte er so bestimmt er konnte, »du bist in dieser Welt ein Magier.«

Der Unglaube in den Augen des Geists war noch immer da, doch eine neue Regung mischte sich in sie hinein. Stolz. »Wenn jemand hier die Prinzessin retten kann, dann du.« Jack musste sich nicht mal verstellen. Er glaubte ganz fest, was er sagte. Es war ja auch sonst niemand da.

Geschmeichelt winkte Oz ab. »Meinst du wirklich …?«

»Und zwar jetzt«, unterbrach ihn Jack barsch. »Sofort.«

Oz warf ihm einen missbilligenden Blick zu und sah sich schließlich um, als müsste er sich einen Plan zurechtlegen. Für einen Augenblick schien er unschlüssig, ehe ein seltsames Lächeln seine Lippen umspielte. »Dann halte dich fest, Soulman. Es wird gefährlich.«

»Hättest du uns nicht ein paar verfluchte Flügel wachsen lassen können?« Mit aller Kraft hielt sich Jack fest, während ihm der Wind um die Ohren pfiff.

»Ich bin noch ein Anfänger in diesen Dingen«, entgegnete Oz ruhig. Er stand am Bug des Seglers. Und blickte vor sich in den Himmel.

Sie flogen. Auf einem Schiff. Jack konnte es nicht glauben. Er versuchte nicht das Gleichgewicht auf ihrem wackligen Gefährt zu verlieren und starrte dem Ifriten nach, der in einiger Entfernung durch die Luft flog.

»Das ist kein ungewöhnliches Verhalten für einen Rachegeist«, fing Oz auf einmal an zu dozieren. Offenbar sah er die Gelegenheit, mit seinem Wissen zu prahlen. »Sie sind allesamt Luftgeister. Dschinnen, Ifriten und was noch so alles aus der Wüste kommt.« Er rückte sich neunmalklug seine Brille zurecht. »Manche glauben, Gott habe sie als Bindeglied zwischen den Menschen und den Engeln erschaffen. Ibn Sina aber hat die Ansicht vertreten …«

»Es wäre schöner, wenn wir ein wenig schneller fliegen könnten.« Jack drückte sich an Oz vorbei und sah dem Ifriten nach. Er schien regelrecht im Himmel zu schwimmen. Und in seinen Armen erkannte Jack Naima.

»Schneller?« Der tote Archivar klang so aufgeregt wie ein Kind am Weihnachtsmorgen. Zumindest ein Kind, das nicht wie Jack im Heim großgeworden war. »Kein Problem!« Oz fuchtelte mit den Fingern herum, als wollte er die Luft fortdrücken. Und ehe sich Jack fragen konnte, was Oz da um alles in der Welt tat, beschleunigte das Schiff, als ein noch stärkerer Wind aufkam. Nur mit Mühe konnte sich Jack auf den Beinen halten, während ihr Segler wie eine Kanonenkugel durch die Luft schoss.

»Es ist so einfach«, rief Oz übermütig. »In dieser Welt bin ich ein Zauberer.«

Jack glaubte, ein wenig Wahnsinn in den vor Aufregung geweiteten Augen hinter den Brillengläsern zu erkennen. Er konnte im Grunde kaum glauben, was Oz hier vollbrachte. Doch es war ihm gleich, wie unvorstellbar es war. Nur eines zählte: Sie mussten Naima retten.

Und tatsächlich holten sie auf. In wenigen Sekunden kamen sie dem Ifriten und seiner Beute so nahe, dass Jack die Fäden erkannte, die Naimas Lippen zusammenbanden. Daher gab sie keinen Laut von sich. Für einen winzigen Moment trafen sich ihre Blicke. Und er sah nichts als Mut in ihren nachtdunklen Augen. Er wollte ihr etwas zurufen. Ihr sagen, dass er sie retten würde. Ehe aber auch nur ein Wort über seine Lippen gekommen war, drehte sich der Ifrit in der Luft und blickte sie heimtückisch an.

»Glaubt ihr, mit diesen kleinen Tricks wärt ihr der Macht eines Ifriten gewachsen?« Jedes Wort war so von Boshaftigkeit erfüllt, dass sie zusammen Jacks Herz beinahe aus dem Takt brachten. »Niemand nimmt mir meine Beute.« Er warf den Kopf in den Nacken, während das Schiff weiter auf ihn zuraste.

Der Ifrit schien in der Luft zu stehen. Gleich würden sie ihn rammen. Ihn und Naima. Doch ehe Jack etwas sagen konnte, verdichtete sich die Luft binnen eines Lidschlags, und aus dem Wind, der sie angetrieben hatte, wurde ein Sturm. Ein Sturm, der nur sie zu packen schien, während der Ifrit mit Naima weiter ruhig auf der Stelle schwebte. Und nun erkannte Jack in ihren Augen neben dem Mut auch Angst. Angst um ihn. Das Schiff wurde umhergewirbelt wie ein Blatt im Herbstwind. Die Segel rissen, ein Mast brach. Und mit einem Schrei auf den Lippen stürzte Jack über die Reling. Einen Augenblick lang hielt sich Oz mit Ramses im Arm an einem Tau fest, während er mit den Füßen in der Luft baumelte. Dann verlor auch er den Halt. Und fiel ebenso wie Jack dem Boden entgegen.

Du wirst sterben, Jack. Der Gedanke erfüllte seinen Kopf, während sie wie flügellahme Vögel vom Himmel stürzten. Er hatte immer geglaubt, im Augenblick des eigenen Todes gelassen zu sein, nach einem, wie er hoffte, sehr langen Leben, das ihn dann zahllose Male in die Zwischenwelt geführt hätte. Genau zu wissen, was auf ihn zukam. Doch nun glaubte er sich so unvorbereitet wie ein tiefgläubiger Christ, der die letzte Ölung verpasst hatte.

»Keine Angst«, glaubte er Oz von irgendwoher rufen zu hören. Aber vielleicht spielten ihm seine Ohren auch nur einen Streich.

Er wirbelte weiter durch die Luft. Unter sich sah er Häuser. Eine Straße. Einen Park. London. Er würde also in einem Teil der Zwischenwelt sterben, der seine Heimatstadt widerspiegelte. *Und Jack*, fragte er sich, *tröstet dich das?*

»Keine Angst«, hörte er Oz wieder schreien. Diesmal war er sicher, sich nicht geirrt zu haben. Hatte der tote Archivar den Verstand verloren? Nein, vermutlich machte er sich einfach keine Sorgen. Immerhin war er ja schon tot.

Der Boden kam nun so schnell näher, dass Jack schon die

Steine voneinander unterscheiden konnte, aus denen die Straße gemacht war.

Er schloss die Augen.

Das war es, Jack.

Und dann … stoppte sein Fall.

Jack öffnete vorsichtig ein Auge. Vor sich sah er den Boden, kaum eine Handbreit entfernt. Er lag in der Luft, als würde er auf Wasser treiben, den Kopf nach unten gerichtet. »Was um alles …«

»Ich hab doch gesagt, dass du keine Angst haben sollst.« Zwei Füße schoben sich in sein Blickfeld. Und vier Pfoten.

»Warst du das etwa?« Wie rau sich Jacks Stimme anhörte. Als gehörte sie einem anderen.

»Jawohl«, erwiderte Oz übermütig. »Gut, der Angriff des Ifriten kam ein wenig überraschend. War auch ziemlich hinterhältig. Mit einem Sturm hatte ich nicht gerechnet. Aber ich glaube, es ist trotzdem ganz gut gelaufen.«

»Würdest du mich dann bitte herunterlassen?« Jack klang vorwurfsvoller, als er wollte. Kein Wunder, die Angst vor dem eigenen Tod klebte ihm wie kalter Schweiß auf der Haut.

»Oh, natürlich«, sagte Oz entschuldigend und schnippte mit dem Finger.

Pass auf, wollte Jack ihm zurufen, doch er fiel schon und schlug mit dem Kopf auf dem Boden auf. »Au«, entfuhr es ihm, während er sich zur Seite rollte und dann auf die Beine drückte. Er rieb sich die schmerzende Stirn und starrte in den grauen Himmel, der sich über dem unwirklichen Straßenzug erstreckte. Die Frage, wer hier wohl Abschied vom Diesseits nahm, verkniff er sich. Nur eine einzige war wichtig. »Wo ist dieses Ding mit ihr hin?«, wollte er wissen. »Wir müssen ihnen folgen.« Jack riss den Blick vom Himmel los und sah sich um. »Ist das Schiff hier auch runtergekommen? Sonst nehmen wir etwas anderes. Du kannst bestimmt auch eine Kutsche …«

»Schau auf die Uhr«, sagte Oz wie ein Lehrer, der einen übermütigen Schüler zurechtweisen musste.

»Wir haben keine Zeit für so etwas«, erwiderte Jack aufgebracht. Er hatte Angst um die Prinzessin. Er wusste insgeheim, woran Oz dachte. Die Regel der Soulmen. *Bleibe nie länger als eine Stunde.* Jack hatte in einer Welt, in der die Zeit nach Belieben verstrich, jedes Zeitgefühl verloren. Kein Wunder, angesichts der zurückliegenden Ereignisse. Die Beschwörung des Ifriten. Der Tod von Oz. Die Entdeckung der Prinzessin. Und ihre Entführung.

»Du bist schon lange in der Zwischenwelt. Zu lange, vielleicht. Du musst gehen, ehe dir die Zeit davonläuft. Jetzt.«

»Das wäre ihr Todesurteil«, erwiderte Jack müde. Auf einmal forderte die ständige Aufregung ihren Preis. Noch nie hatte er sich so schwach gefühlt.

»Das kannst du nicht wissen«, erwiderte Oz. »Wer weiß, was er mit ihr vorhat.«

Eine plötzliche Wut stieg in Jack auf und trieb sein müdes Herz noch einmal an. »Er will sie sicher nicht zum Tee einladen, du Narr. Der Ifrit hat vermutlich ihre Familie getötet und es auch bei ihr versucht. Und nun wird er sicher fertigstellen, was er noch nicht hat beenden können.«

»Sie töten?« Oz sah Jack eindringlich an. »Denk nach. Wenn er sie sofort hätte töten wollen, hätte er es längst schon getan. Aber er hat sie entführt. Vielleicht braucht er Zeit, für was auch immer er mit ihr anstellen will. Und das gibt uns Zeit.«

Verdammt, Jack war noch immer so wütend, dass er Oz am liebsten geschlagen hätte. Aber der tote Archivar hatte recht. Und er war nicht schuld an dem, was geschehen war.

Oz griff in Jacks Jacke, zog die Uhr hervor und drückte sie Jack in die Hand. »Sieh endlich nach!«

Der Blick auf das Ziffernblatt ließ Jacks Herz einen Schlag aussetzen. Beide Zeiger standen auf der Zwölf. Die Stunde war abgelaufen. Für einen Moment verloren seine Beine alle Kraft. Er war gestrandet. Ein Lebender in der Welt der Toten. Und niemand im Ministry of Souls wusste, dass er hier war. Niemand würde ihn suchen. Er war ohne Auftrag hinübergegangen. Einzig, um den toten Oz zu begleiten und um dem Schatten zu entgehen.

Auch Oz hatte erkannt, was die Uhr zeigte. Jack konnte es an seinem ernsten Gesichtsausdruck erkennen. »Du … du hast noch immer den Kompass«, sagte Oz aufmunternd und klopfte ihm gegen die Jacke, in der er steckte.

Ja, der Kompass. Er würde Jack den Weg zur nächsten Pforte weisen. Doch wie weit diese Pforte entfernt war, erfuhr Jack bei dem Blick auf die Nadel nicht. Es konnte sein, dass ihn schon die erste Pforte zurück in die Welt der Lebenden brachte. Oder dass er immer zu spät kommen und jede Pforte geschlossen vorfinden würde. Verflucht, wenn sie nur die Pforte in dem Dampfschiff erreicht hätten. Und nun würde er auf ewig in der Zwischenwelt herumirren. *Nein*, korrigierte er sich. Er würde sie wohl eher zum Untergang verurteilen. Zusammen mit Naima befanden sich nun zwei Sterbliche in dieser Welt. Der Gedanke an sie ließ Jacks Herz schwer werden.

»Wir retten die Prinzessin«, sagte Oz, als hätte er Jack die Gedanken von der Stirn gelesen. »Aber erst müssen wir dich retten. Anschließend kannst du durch eine neue Pforte kommen, und wir machen uns auf die Suche nach ihr. Dann haben wir erneut eine ganze Stunde!« Oz schien wirklich an seine Worte zu glauben.

Ganz im Gegensatz zu Jack. Geschlagen nickte er. Er fragte Oz besser nicht, wie er weiter helfen wollte, Naima zu retten. Wenn Jack es tatsächlich in die echte Welt schaffte und dann wiederkam, würde es schon schwer genug werden, Naima zu finden. Er konnte sich nicht erst noch aufmachen und Oz ausfindig machen. »Gut«, erwiderte er ohne echte Überzeugung und sah hinauf. »Ich komme zurück«, wisperte er ein Versprechen in den Himmel.

»Du musst erst einmal nach Hause kommen«, meinte Oz düster.

In der Welt um ihn herum gab es keinen Wechsel von Tag und Nacht. Weder sah er die Sonne aufgehen, noch spannte sich langsam ein Nachthimmel mit Sternen über ihm auf. Die Tageszeit änderte sich schlagartig mit jeder neuen Welt, die sie betraten. Der Kompass wies nirgendwo hin. Offenbar starb gerade keiner.

Wunderbar, dachte Jack. *Wochen, in denen es die Leute offenbar nicht eilig genug mit dem Tod hatten. Und nun klammern sie sich scheinbar alle ans Leben.* Sein eigenes dagegen war in größter Gefahr.

Oz hatte vorgeschlagen, dass sie einfach umherlaufen sollten. Auch ohne Kompass wusste er, wo seine eigene Zwischenwelt lag. Nicht, dass dies ihnen irgendwie geholfen hätte, nun da Oz' Pforte verschlossen war. Doch Jack tröstete es, dass er an diesem Ort, der sich so beharrlich wandelte, einen Fixpunkt hatte. Einen Platz, an den er zurückkehren konnte, wenn er die Hoffnung auf einen Weg zurück verlor. Auch wenn er dort nichts anderes tun würde als warten. Warten auf … das Ende.

Sie gingen gerade an der Themse entlang. Der Geist dieser Welt war ein Flussschiffer, der am Bug eines heruntergekommenen Lastkahns stand und ihnen überrascht nachsah. Auf der einen Seite lag der Fluss so ruhig da, als wollte er Jack ein wenig Frieden ins aufgewühlte Herz tragen. Auf der anderen Seite erhoben sich die schmalen Häuser, die hier das Ufer säumten. Sie drängten sich so eng aneinander, als stritten sie sich um den besten Platz am Wasser.

»Da vorne geht es weiter.« Oz klang bemüht zuversichtlich, während er einen Arm ausstreckte und auf die nächste Ecke deutete.

Jack konnte erkennen, dass die Straße dort unscharf war. Es schien, er würde sie durch ein angelaufenes Fenster betrachten. Der Übergang in die nächste Welt. »Die wievielte ist es?«, fragte er resigniert. Sie streiften nun schon eine Ewigkeit durch die Zwischenwelt. Stunden? Nein, sicher schon Tage. Ohne Müdigkeit, ohne Hunger, ohne Durst. Jack hatte es aufgegeben, sich selbst Hoffnung zu machen. Er hatte alles riskiert. Und alles verloren. Naima. Das eigene Leben. *Hör auf, Jack*, wies er sich zurecht. *Solange du lebst, kannst du hoffen*. Ja, zumindest so lange, bis seine Anwesenheit die Zwischenwelt vernichtete. Er musste nur zurückblicken. Während die Welt vor ihm noch so aussah, wie er es erwartete, zeigte sie hinter ihm bereits deutliche Spuren ihres Endes. Der Putz bröckelte plötzlich von der Fassade eines der Häuser, kaum dass sie es passiert hatten. Bäume verloren ihre Blätter wie im Herbst, als Jack unter ihnen durchschritt. Eine Stunde in der echten Welt war längst vorüber. Und offenbar wirkte seine Anwesenheit sehr schnell sehr schädlich. Kein Wunder, Naimas Gegenwart hatte ihr schon vorher zugesetzt. Dies war die Welt der Toten. Und er hielt sich schon viel zu lange in ihr auf. *Die Zeit wird knapp, Jack*, sagte er sich.

Hinter der Ecke, die das Ende dieses Teils der Zwischenwelt markierte, blieben sie einen Moment lang stehen. Mehr aus Verzweiflung als aus echter Hoffnung heraus zog Jack seinen Kompass hervor. Die Nadel hatte sich bei den zurückliegenden Übergängen beharrlich geweigert, sich zu rühren. Und auch diesmal ... Jack stockte. Plötzlich rotierte sie, als würde jemand mit einem Magneten um sie herumlaufen. Sie konnte sich gar nicht entscheiden, wohin sie deuten sollte.

Dann blieb sie abrupt stehen.

Und deutete auf einen Punkt jenseits des Übergangs.

»Du bist gerettet!«, entfuhr es Oz. Der Freude in seiner Stimme nach hätte Jack beinahe glauben können, der Archivar hätte für sich selbst einen Weg in die Welt der Lebenden zurückgefunden. Doch auch wenn ihn der Ausbruch rührte, verbot Jack sich alle Hoffnung und zwang sein aufgeregt schlagendes Herz zur Ruhe. Die Pforte, auf die der Kompass wies, konnte einen oder auch einhundert Übergänge entfernt sein. Und konnte sich jeden Moment schließen. Und … es war dennoch eine Hoffnung auf Rettung.

Jack sah von Oz zu Ramses. Der Kater war ihnen gefolgt und sah Jack nun mit einem unergründlichen Blick an. »Meinst du, dort geht es nach Hause?«, fragte er den Kater. *Himmel Jack*, dachte er bei sich. *Du redest mit einem Kater. Langsam wirst du zu Agatha*. Er schüttelte den Kopf. Die ganze Zeit über hatte er an Naima denken müssen. Er bekam ihr Bild gar nicht mehr aus dem Kopf. Ihr Blick. Die dunklen Augen. Er wisperte unwillkürlich ihren Namen, als er den nächsten Schritt machte.

Und in die nächste Welt ging.

Vieles hatte er erwartet. Vielleicht einen weiteren Ausschnitt von London. Irgendeinen Teil der Riesenstadt, durch den er auf der anderen Seite womöglich sogar schon einmal gegangen war. Das Umland der Metropole. Oder die Docks. Doch dies hier kam ganz und gar unerwartet. Und von etwas Vergleichbarem hatte er noch nie gehört. Geschweige denn etwas in der Art gesehen.

»Was ist das?«, fragte Oz, der neben Jack auf den staubigen Boden trat.

Es gab keine Antwort, die Jack dem Toten geben konnte. Um sie war … nichts. Ein Land, das so leer war wie … es gab keinen Vergleich, der Jack einfiel. Nur dunkle Erde, die bis an den Horizont reichte, der nahezu übergangslos mit dem Himmel verschwamm. Das Nichts. War dies das Ende der Zwischenwelt? Hatten sie sie ganz und gar durchwandert? Der Gedanke erschreckte Jack, und er fuhr herum, um die scheinbar endlose Eintönigkeit nicht sehen zu müssen. Was hatte ihm sein Kompass nur gezeigt? Die Luft direkt vor ihm war verschwommen. Der Übergang zurück in den Teil der Zwischenwelt, aus dem sie gekommen waren. Doch daneben erhob sich zu Jacks Erstaunen ein … Palast. Solch ein Gebäude hatte Jack noch nie gesehen. Zumindest nicht von außen. Es war wenigstens ebenso prächtig wie der Buckingham Palace, wenngleich es von einer ganz und gar anderen Art zu sein schien. Vier gewaltige Türme, jeder so breit wie ein halber Häuserblock und so hoch wie die Residenz der Königin erhoben sich vor Jack. Sie trugen jeder ein rundes, in den Himmel gewölbtes Dach und wurden von einer Reihe niedrigerer Gebäude gesäumt. Eingerahmt wurden sie alle von einer hohen Mauer. Der Stein, aus dem der Palast gebaut war, schimmerte in dieser in Dunkelheit getränkten Welt in einem so reinen Weiß, als hätten die Wolken ihn gefärbt. Der ganze Palast war unnatürlich hell und schien an diesem seltsamen Ort völlig fehl am Platz.

»So etwas habe ich schon mal gesehen«, wisperte Oz aufgeregt.

»Lass mich raten«, erwiderte Jack. »Das Märchenbuch, in dem du auch das Bild eines Gartens gesehen hast?«

»Ein verrückter Zufall, oder?«

Jack runzelte die Stirn. Er glaubte nicht an Zufälle. Er hatte den stummen Diener in das Innere eines orientalischen Herrschaftssitzes begleitet und ihn dort auch wiedergetroffen. In Naimas Garten hatte es keinen Palast gegeben. Und hier wiederum fehlte der Garten. Aber es würde ihn nicht wundern, wenn beide in der echten Welt zusammengehörten.

»Das kann nur eines bedeuten«, meinte Jack.

»Und was?« Oz rückte sich die geisterhafte Brille zurecht.

»Ich habe nicht die geringste Ahnung. Aber ich denke, wir sollten es herausfinden.« *Was auch sonst können wir tun?*, fragte sich Jack. Er blickte noch einmal auf seinen Kompass. Die Nadel deutete genau auf den Palast. Dann ging er mit Oz und dem Kater zusammen los.

Dieser Ort war noch seltsamer als die übrige Zwischenwelt. Keine Geräusche außer ihren gesprochenen Worten schienen die dunkle Einöde füllen zu wollen. Jack und Oz gingen lautlos wie der Kater, der ihnen folgte und sie anstarrte, als würde er sie für all das hier verantwortlich machen. *Deine Chancen stehen eigentlich gar nicht so schlecht, Jack*, sagte er sich. *Du hast den Kompass und einen Kater*. Für den Fall, dass sie im Inneren des seltsamen Gebäudes doch keine Pforte finden würden, sollte er vielleicht dem Tier die Führung überlassen. Eigentlich hätte ihm die Idee schon früher kommen sollen. Vermutlich blieben Katzen nie lange in der Zwischenwelt, andernfalls hätte Jack sicher schon früher Zeichen des Verfalls mitbekommen. Oder nur Menschen lösten ihn aus.

Die Torflügel in der Mauer und die gewaltigen Türme dahinter erhoben sich so majestätisch über ihren Köpfen, dass Jack einen Augenblick nicht anders konnte, als sie staunend zu betrachten. Für wen war dies die Zwischenwelt? Oder war dieser Ort anders? Von einer Art, die vielleicht nicht einmal der alte Terry kannte?

Die beiden Torflügel standen weit offen. Vorsichtig traten Jack und Oz über die Schwelle. Ramses hingegen stolzierte so selbstbewusst in den Innenhof, als wäre er der Herrscher in diesem Palast. Oz wollte ihn zurückrufen, doch Jack legte ihm eine Hand auf den Arm. »Vielleicht sollten wir dem Kater die Führung überlassen«, meinte er auf Oz' fragenden Gesichtsausdruck hin.

Dieser Ort schien verlassen. Nun, wenn die grundlegenden Gesetze der Zwischenwelt auch in ihm galten, so befand sich dennoch wenigstens eine weitere Menschenseele in ihm. Oder würde bald kommen.

Sie durchquerten den Innenhof, dessen steinerner Boden ein Muster zierte, das Jack an die Ranken einer Pflanze erinnerte. In seiner Mitte stand ein Brunnen, in den sich Wasser ergoss.

Als wäre er hier zu Hause, schlenderte Ramses über den Platz und schlüpfte durch den Spalt zwischen zwei Torflügeln, die in eines der gewaltigen turmartigen Gebäude führte. Die Nadel des Kompasses zitterte heftiger. Ein Zeichen, dass eine Pforte in der Nähe war. Unwillkürlich begann Jack schneller zu atmen. Er würde vielleicht doch rascher nach Hause gelangen, als er gedacht hatte. Er könnte sich freuen. Warum nur fühlte er sich dann wie ein Verräter? *Weil du die Prinzessin zurücklässt, Jack*, gab er sich selbst die Antwort, während er dem Kater durch den Torspalt folgte.

Jack brauchte einige Momente, ehe seine Augen die tiefen Schatten, die hinter dem Tor nisteten, durchdringen konnten. Die Nadel wies auf eine breite Treppe, die nach oben führte. Sie folgten den Stufen und fanden sich in einem Thronsaal wieder. Jack glaubte sich in einem Spiegelbild des Raums, in dem er auf den Diener getroffen war. *Nein*, dachte er bei sich, als er den verfallenen Raum betrachtete. Dies war derselbe Thronsaal.

»Wieso ist der denn hier?«, fragte Oz beinahe tonlos vor Überraschung.

»Das ist die Pforte, durch die ich den Diener in die Zwischenwelt gebracht habe«, sagte Jack.

»Das ist der Marble Arch. Aber warum?«, entfuhr es Oz, und er sah Jack an, als könnte er ihm erklären, was hier los war.

Jack aber konnte es ihm nicht sagen. Er wusste nur eines: Sie waren ganz und gar unverhofft doch noch wieder auf die Spur der Prinzessin gelangt.

Jack ging so vorsichtig auf den Marble Arch zu, als könnte er sich in Luft auflösen, wenn er sich zu sehr beeilte. Das gewaltige Tor, durch das er den toten Diener gebracht hatte, aber blieb.

»Ich war schon einmal hier«, murmelte Jack.

»Unglaublich«, wisperte Oz, der Jack offenbar gar nicht zugehört hatte. Der Archivar trat neben Jack und berührte mit den Fingern den Stein des Tores. Jack tat es ihm gleich. Ein Schnurren von Ramses ließ ihn den Kopf senken.

Der Kater hockte vor den Torflügeln. Sie waren auch hier aus Schmiedeeisen. Hinter ihnen ballten sich so tiefe Schatten, dass Jack nicht sagen konnte, was sich dort befand. Die Torflügel waren einen Spalt breit geöffnet, und nur von diesem Spalt ging ein schwacher Schimmer aus.

»Es ist eine Pforte«, entfuhr es Oz.

Als würde er dessen Worte in Frage stellen, sah Jack auf den Kompass. Die Nadel war genau auf das Tor gerichtet.

»Das verstehe ich nicht«, wisperte Oz.

Ich auch nicht, dachte Jack bei sich.

»Los, du musst hinüber.« Oz deutete auf den Torspalt.

Im ersten Moment wollte Jack losgehen. Er spürte die Erleichterung darüber, dass ihm das Schicksal einer ungewissen Suche nach einem Weg zurück durch die Zwischenwelt erspart bleiben würde. Doch dann schüttelte er den Kopf. »Ich kann nicht«, sagte er und ignorierte Oz' Blick, der ihn ansah, als habe er den Verstand verloren. *Und das hast du vermutlich auch, Jack*, sagte er sich. »Das hier ist kein Zufall«, sagte er. »Dieser Palast. Das Tor. All das hat mit Naima zu tun.«

»Mit Naima?« Oz schien erst nicht zu begreifen, von wem Jack sprach. Dann weiteten sich seine Augen hinter der Brille, als er verstand. »Die Prinzessin? Ich glaube nicht, dass du sie so nennen solltest. Ich meine, sie ist … eben eine Prinzessin.«

»Ich habe an sie gedacht, während wir hierhergegangen sind. Und ihren Namen gesagt. Vielleicht sind wir alleine deshalb hierhergelangt. Vielleicht ist sie hier.« Es war eine verzweifelte Hoffnung. Aber sie war nicht ganz und gar unbegründet. Er musste bleiben und sie suchen. *Und wenn sich diese Pforte gleich schließt, Jack?*, fragte er sich im nächsten Moment. Es war allerdings nicht sehr wahrscheinlich. Wenn dieser Übergang hier etwas mit den Toten im Buckingham Palace zu tun hatte, dann war er schon seit Wochen geöffnet. Vielleicht war da doch noch ein Geist im Diesseits, der nicht den Weg auf die andere Seite gegangen war. Allerdings war die Pforte von der echten Welt aus geschlossen gewesen. Der Marble Arch hatte sich in jener Nacht nicht mehr für Jack geöffnet. Hatte er aufgrund seiner Verwirrtheit nach dem Angriff etwa nicht richtig hingesehen und sich getäuscht? Er konnte sich keine Erklärung für all das ausdenken. Aber eines war ihm völlig klar. Wenn Naima tatsächlich hier war, musste er sie finden. »Wir werden sie suchen«, sagte er entschieden. »Und dann erst gehe ich mit ihr …«

Eine Bewegung schnitt ihm alle weiteren Worte von der Zunge. Links von ihm zog sich eine breite Treppe die Wand entlang in die Tiefe. Und als hätten sich die Schatten im Thronsaal Körper geben wollen, erschienen dort mit einem Mal Gestalten. Es waren fünf, die die Treppen … hinaufschwebten. Sie schienen nicht den Boden zu berühren, auch wenn sie sich bewegten, als wollten sie zumindest versuchen, mit den Füßen die Stufen zu treffen. Waren das Geister? Wenn ja, dann gehörten sie zu einer Art, die Jack nicht kannte. Sie waren nur gestaltgewordene Umrisse. Vage Silhouetten. Eine Dunkelheit ging von ihnen aus, die Jack das Herz beinahe anhielt.

»Wir sind Freunde«, rief Oz und hob die Hände in die Höhe.

»Aber nicht von denen«, meinte Jack trocken. »Mir erscheinen sie ziemlich unfreundlich.«

»Sterben«, hörte er ein heiseres Zischen. Es kam über keine Lippen. Das Wort füllte den ganzen Raum wie dunkles, brackiges Wasser. Stieg in ihm empor und füllte Jacks Herz.

»Aber ich bin schon gest…«, begann Oz, doch Jack legte ihm eine Hand auf den geisterhaften Arm. »Ich aber nicht, fürchte ich.« Er hatte keinen Zweifel, dass diese Wesen dort seinen Tod wollten. Dass sie an diesem Ort keinen Lebenden duldeten.

Oz blickte ihn einen Moment lang verblüfft an, als wäre die Nachricht, dass Jacks Herz noch schlug, eine Überraschung für ihn. »Dann solltest du besser gehen«, sagte der Archivar rau.

»Das kannst du ver…«

»Verdammt«, fuhr ihn Oz an. »Du musst *jetzt* gehen.«

Jack erwiderte nichts darauf. Die ersten beiden Geister hatten den Thronsaal erreicht. Ihre Umrisse waren unscharf. Als wären sie mit einem groben Stift in die Luft gezeichnet worden. Die Wesen besaßen zwar Beine, doch sie bewegten sie nicht passend zum Rhythmus ihrer Schritte. Selbst Jack konnte nicht begreifen, was er da sah. Ein weiterer Schatten sprang in hohem Bogen von der Treppe auf eine der mit feinen Mustern verzierten Wände und blieb an ihr einen Augenblick lang wie eine Fliege hängen. Dann ging er dort einfach weiter, als würde er wie die anderen auf ebenem Boden laufen.

Neben Jack trat Oz einen Schritt auf die Geister – oder was auch immer sie waren – zu. »Ich verwickle sie in ein Gespräch und du flüchtest.«

»Lass das«, wisperte Jack.

»Wieso?«, wollte der Archivar wissen. »Ich bin hier unsterblich.«

Nun, das Argument hatte etwas für sich. Dennoch sorgte sich Jack um … seinen Freund. Das Wort erschien so plötzlich in seinem Kopf, als hätte es dort die ganze Zeit nur darauf gewartet, Gestalt annehmen zu können. Noch nie hatte Jack ernsthaft jemanden einen Freund genannt. Freunde bedeuteten Abhängigkeit und machten schwach. Und doch wollte er nicht, dass Oz hierblieb. Alleine mit diesen Dingern. Mitnehmen konnte er ihn allerdings auch nicht auf die andere Seite.

Und außerdem war da noch Naima. Eine Freundin? Nein, das war etwas anderes. *Keine Zeit, deine Bekanntschaften zu sortieren, Jack*, sagte er sich. *Sondern Zeit zu kämpfen.* »In dieser Welt bist du ein Zauberer, oder?« Jack konnte erkennen, dass dieses Wort wirkte wie ein Glas Schnaps auf den alten Travis.

Oz straffte sich, und ein geradezu verwegener Ausdruck erschien auf seinem Gesicht. »Ja«, erwiderte er in einem Tonfall, als misstraute er seiner Macht in der Zwischenwelt noch. Dennoch trat er entschlossen einen weiteren Schritt vor und rief: »Stehen bleiben.«

Die Wesen reagierten nicht. Auch die übrigen zwei hatten nun den Thronsaal betreten. Eines hatte sich zu dem Wandläufer gesellt. Die anderen drei gingen oder vielmehr schwebten über den Boden auf sie zu. Sie machten keine Anstalten, stehen zu bleiben. Selbst als Oz die Arme hob und die Augen schloss, verharrten sie nicht. Dann erhob sich ein Wind mitten im Thronsaal, und die Umrisse der Gestalten wurden auseinandergeweht. Sie schienen nicht gegen den Wind anzukommen.

Jack fühlte die Kraft, die sich mit einem Mal um ihn herum aufbaute. Eine Spannung, als würde ein Gewitter in der Luft liegen. Er hatte keinen Zweifel daran, dass Oz der Ursprung dieses Windes war. Sie beide und natürlich Ramses, der mit unergründlichen Blicken alles beobachtete, standen im Auge des kleinen Orkans, der um sie herum zu toben begann. Immer stärker wurde er, während die Wesen vor ihnen erkennbare Mühe hatten, nicht wie Blätter fortgeweht zu werden.

Unwillkürlich ballte Jack die Faust. Nun, kämpfen würde wohl nur Oz. Vermutlich würde ein Schlag in die nebelhaften Gesichter nichts ausrichten.

»Verschwindet«, rief der Zauberer beinahe übermütig.

Zur Antwort entfuhr den Wesen ein Kreischen, das so schrill war, dass sich Jack beide Hände auf die Ohren pressen musste.

Und zu seinem Entsetzen auch Oz. Seine Magie erstarb. Der Sturm ebbte so plötzlich ab, wie er gekommen war.

Und dann griffen die Geschöpfe an.

Die beiden an der Wand sprangen ab und flogen schnell wie Raubvögel auf Oz zu. Der Zauberer versuchte noch auszuweichen, doch sie rissen ihn mit sich zu Boden. Dabei streifte einer von ihnen Jack. Die Berührung brachte Angst und wühlte dunkle Erinnerungen in ihm auf. Er fühlte sich einen Moment lang wieder wie im Kinderheim. So alleine. So kalt. *Reiß dich zusammen, Jack*, sagte er sich. Die nebelhaften Körper waren fester, als er geglaubt hatte. Einer der Angreifer kam nun auf ihn zu.

Und Jack trat zu.

Er hatte nie verstanden, weshalb in den höhergestellten Kreisen die Ansicht vertreten wurde, ein Kampf müsse nach ehrenhaften Regeln und nur mit den Fäusten geführt werden. Es ging darum, zu gewinnen. Und zu überleben. Einem Mann hätte der Tritt unglaubliche Qualen beschert. Das Wesen vor ihm holte es wenigstens von den Beinen. Gut. Offenbar mussten sie zumindest ein wenig den Gesetzen der modernen Physik gehorchen. Auch wenn das Geschöpf mehr fortschwebte als fiel.

Aus dem Augenwinkel sah Jack, wie Oz sich aus dem Griff seiner Angreifer wand. Doch kaum war er wieder auf den Beinen, stürzten sich die übrigen auf ihn. Alle bis auf einen. Das Geschöpf, das Jack niedergestreckt hatte, erhob sich. Es sprang ganz einfach wieder auf die Füße. Und packte Jack so schnell, dass dieser nicht reagieren konnte.

Tod.

Elend.

Hoffnungslosigkeit.

Die Berührung wühlte ein Grauen in Jack auf, das ihm die Luft zum Atmen nahm. Er war wie gelähmt, während er stumm litt. Mit dem Rücken stand er gegen die Pforte gelehnt. Aber er hatte keine Kraft für die rettenden vier, fünf Schritte nach hinten durch den Spalt. Oder für einen Schlag. Wortlos blickte er in ein Gesicht ohne Augen und Mund.

»Sterben.«

Er hörte das heisere Wort mehr mit dem Herzen als mit den Ohren.

Du bist tot, Jack, sagte er sich. *Hilflos. Waffenlos. Es … Nein*, dachte er im nächsten Moment. Er war nicht waffenlos. Mit zitternden Fingern zog er die Phiole hervor, die er im Archiv eingesteckt hatte. Den Rachegeist hätte sie nicht aufhalten können. Waren das hier auch Ifriten? Sie sahen nicht so aus. Aber sie waren auch keine echten Geister. Vielleicht wirkte die Macht der Phiole auf sie.

Jack warf das Fläschchen auf das Wesen vor ihm.

Das Glas zersprang, kaum dass es den Boden vor dem Geist traf. Und das Geschöpf wurde auseinandergerissen.

Die übrigen Angreifer ließen von Oz ab und flohen. Doch schon nach wenigen Sekunden sammelten sie sich wieder, als das Wesen, das Jack vernichtet zu haben glaubte, erneut in der Luft erschien.

»Wieso stirbst du nicht?«, schrie Jack verzweifelt.

»Verschwinde!«, rief Oz.

Aber Jack konnte nicht. Er wollte seinen Freund nicht … Oz warf sich gegen Jack. Die Attacke kam völlig unerwartet. Und ließ ihn gegen den Marble Arch prallen. Die Flügel schoben sich ein wenig auseinander.

Und mit einem Schrei auf den Lippen fiel Jack durch die Pforte.

Er landete auf einem steinernen Boden.

London.

Der Innenhof des Buckingham Palace.

Der Marble Arch.

Er war zu Hause.

Einen Moment darauf sprang Ramses durch die Pforte.

Jack sah kurz das Bild dieses zweiten Tores. Dann verschwand es. Jack kam wacklig wieder auf die Füße und hieb mit aller Macht gegen das schmiedeeiserne Tor. Doch es blieb verschlossen. Ließ es sich etwa nur von der Zwischenwelt aus öffnen?

Jack begriff nicht, wie das möglich war. Es war gleich. Er hatte Oz und Naima verloren.

DER MINISTER

Jack starrte das Tor wortlos an. Vielleicht irrte er sich. Vielleicht ließ es sich öffnen. Er zerrte noch einmal mit aller Kraft an den gewaltigen Flügeln. Doch sie bewegten sich nicht, und irgendwann gab Jack es auf. Schwer atmend stand er vor dem Marble Arch und lehnte sich gegen das Eisen. »Verdammt, Oz«, keuchte er. Der Zauberer war auf der anderen Seite. Alleine mit diesen Wesen. Er …

»Ja?«

Jack fuhr herum. Die Stimme. Sie gehörte dem Archivar. Jack starrte über den Innenhof. Nur Ramses hockte vor ihm und sah ihn aus seinen unergründlichen Augen an. »Oh, ich werde wahnsinnig«, sagte er zu dem Kater. Was war wohl schlimmer? Wahnvorstellungen zu haben oder mit einer Katze zu sprechen?

»Das liegt vermutlich an den vielen Übergängen. Oder an der Zeit in der Zwischenwelt. Das menschliche Gehirn ist nicht darauf ausgelegt.«

Jacks Beine gaben nach. Er verlor ganz einfach die Kontrolle über sie und sackte in sich zusammen wie eine Marionette, der man die Fäden zerschnitten hatte. »Oz?« Er sah Ramses an.

Und der Kater nickte.

»Das … das …«, stammelte Jack. Er fühlte eine Mitschuld an Oz' Tod. Und nun überkam ihn eine ungeheure Erleichterung. Irgendwie lebte er doch noch.

»… ist eine interessante Erfahrung«, beendete der Kater den Satz.

»Aber wieso bist du hier? Und wieso bist du in dieser Katze?« Jack konnte nicht anders. Er musste Ramses, nein Oz, verbesserte er sich, streicheln.

»Hey«, rief der Kater empört und wich unsicher einen Schritt vor Jack zurück. »Es wäre in Ordnung, wenn du eine hübsche Frau wärst.«

»Aber wieso?«

»Das kann ich selbst nicht genau sagen«, erwiderte Oz in der Gestalt des Katers. Er drehte sich einmal recht wacklig um die eigene Achse. »Ich weiß nur, dass ich vor dem Tor stand, als mich diese Dinger angegriffen haben. Und dann ist Ramses durch mich hindurchgesprungen. Und er hat mich irgendwie … mitgenommen.«

»Mitgenommen?« Jack schüttelte den Kopf. »Das kann nicht sein.«

»Na, ich bin doch hier, oder?« Oz sprach mit ihm, als müsste er einem sehr begriffsstutzigen Kind eine äußerst schwere Lektion erteilen. »Und der Kater ist es auch. Er hält sich nur etwas zurück. Er scheint ein wenig zu dösen.«

»Für Geister gibt es keine Rückkehr.« Es war einer der Leitsätze der Soulmen und wurde jedem Neuling an dessen erstem Tag eingebläut. Nur für den Fall, dass man einmal in die Verlegenheit kam, in der Zwischenwelt auf einen geliebten Menschen zu treffen und sich zu dem Versuch hinreißen ließ, ihn heimlich wieder ins Diesseits zu bringen.

»Es gibt etwas Dringenderes, um das wir uns kümmern müssen.«

»Worum?«, fragte Jack atemlos. Er dachte sofort an Naima.

»Ich kann kaum laufen. Diese vielen Beine machen mich ganz verrückt. Wie kommt der Kater nur damit klar?«

Jack konnte nicht anders. Er musste lachen. Sie waren um Haaresbreite mit dem Leben davongekommen. In Oz' Fall hatten sie sogar an Leben dazugewonnen. Die ganze Anspannung der vergangenen Zeit löste sich. Sie hatten eine Spur zu Naima gefunden. Jack fühlte die Angst um die Prinzessin in sich. Und die Zuversicht, dass er sie noch einmal finden würde. Irgendwie. Er wusste selbst nicht, woher die Überzeugung kam. Vielleicht lag es an Oz. Wenn es möglich war, dass ein toter Archivar des Ministry of Souls als Kater zurück ins Diesseits kam, war es doch auch möglich, eine entführte Prinzessin in der Zwischenwelt zu finden. Oder?

»Sir?«

Jack fuhr herum. Und blickte dem Diener, der ihn in der verhängnisvollen Nacht durch den Innenhof geführt hatte, ins blasierte Gesicht.

»Wo kommen Sie so plötzlich her, wenn ich fragen darf?« Dem Diener war das Missfallen und das Misstrauen über Jacks so unerwartetes und nur schwer erklärbares Erscheinen deutlich anzusehen.

Stromert der Kerl eigentlich ständig hier draußen herum?, dachte Jack bei sich. Er stand hastig auf, straffte sich und versuchte einigermaßen würdevoll auszusehen. »Ich befinde mich in einer Ermittlung«, erwiderte Jack sofort. Spontane Unwahrheiten brachten den Lügner meist in Schwierigkeiten. Die Wahrheit indes war in diesem Fall keine Alternative. Als müsste er sich rückversichern, blickte Jack zu Oz. »Und ich musste mir noch einmal den Tatort ansehen. Aus der Nähe.«

»Es sah fast so aus, als hätten Sie sich mit der Katze unterhalten, Constabler.«

»Unsinn«, entfuhr es Jack ein wenig zu schrill.

»Miau«, machte Oz und sah dem Diener genau in die Augen.

Der Bedienstete versuchte dem Blick standzuhalten, dann aber wandte er den Kopf ab und rieb sich seine plötzlich tränenden Augen.

»Wir … ich muss gehen«, sagte Jack. »Meine Ermittlungen

sind … abgeschlossen. Vorerst. Lassen Sie mich bitte wieder raus.«

»Sir?« Selbst mit dem einen Wort machte der Diener klar, dass er Jack auf eine sehr höfliche Art für einen Idioten hielt. Doch wenigstens schien er ihm zu glauben und begleitete sie zum Seiteneingang.

»Miau«, machte Oz noch einmal, als der Diener aufschloss. Dann folgte der Kater Jack, der den Innenhof mit schnellen Schritten verließ, ehe dem Diener noch einfiel zu fragen, wer ihn denn wohl eigentlich hereingelassen hatte.

Kaum dass sie außer Sichtweite waren, drückte sich Jack in eine Gasse und ging vor Oz auf die Knie. »Ich kann es nicht glauben«, wisperte er.

»Das merkt man«, erwiderte der Kater.

»War dies der Weg, von dem der Ifrit gesprochen hatte?«

»Der Ifrit?« Oz legte den Kopf schief.

»Im Bann…«, *-ei* wollte er sagen, doch er schluckte das Wort herunter, »*-kreis*«, schloss er. »Er sagte, jeder könne aus der Zwischenwelt zurückkehren, wenn ein besonderes Schattentor geöffnet würde.«

»Ob der Marble Arch ein Schattentor ist? Ich weiß nicht«, erwiderte Oz. »Und selbst wenn, ich glaube kaum, dass der Ifrit dabei eine Rückkehr als Katze meinte.«

Nein, sicher nicht, dachte Jack. Er fuhr sich mit der Hand über die Augen. In seinem Kopf herrschte ein derart großes Durcheinander, dass ihm einen Moment lang schwindlig wurde. Was sollte er als Nächstes tun? Er hatte die Prinzessin gefunden und wieder verloren. Im Buckingham Palace befand sich ein Tor, das es eigentlich nicht geben sollte. Und er war nun mit einem Kater unterwegs, in dem der Geist eines toten Archivars steckte. *Nun, die Dinge könnten besser stehen*, dachte er. *Aber auch sehr viel schlechter.* Jack seufzte. Im Grunde war es klar, was er nun tun musste.

»Du willst zum Minister?«, fragte Oz, nachdem Jack ihm den nächsten Schritt erklärt hatte. Der Kater folgte ihm, während Jack eiligen Schrittes zum Ministerium lief.

Er verfluchte die vollen Straßen, in denen die Droschken wie üblich mehr standen als fuhren. Mit einem Mal hatte er das Gefühl, die Zeit würde ihm davoneilen. »Ich brauche die anderen«, erwiderte Jack schwer atmend, während er sich zwischen zwei Fuhrwerken hindurchschob. »Wir müssen zurück in diesen Palast. Naima finden. Und wenn wir die ganze Zwischenwelt dafür durchkämmen müssen.«

»Nicht einmal alle Soulmen zusammen könnten das schaffen«, schnurrte Oz.

»Ich habe keine bessere Idee.« Jack bedauerte den scharfen Tonfall sofort. Oz traf keinerlei Schuld. Im Gegenteil. Ohne den Ka… Archivar wäre er selbst vermutlich längst tot.

Ein Blick auf das Datum einer der Tageszeitungen, die auf der Straße vor dem Ministerium verkauft wurden, zeigte Jack, dass er nur einen Tag fort gewesen war. Ihm war es so vorgekommen, als hätte er eine Woche in der Zwischenwelt zugebracht. Im Ministry of Souls nahm niemand Notiz von Jack und seinem Kater. Lediglich eine Katze, die neugierig durch die Gänge streifte, schien verwirrt, als sie an Oz schnupperte. Vermutlich roch sie den Menschen unter dem Fell. Oz' Aufforderung an die Katze, sich zu verdrücken, ließ einen Soulman, der neben Jack mit einem Berg Akten unter dem Arm entlangging, überrascht den Kopf drehen. Oz erwiderte den ungläubigen Blick ungerührt. »Miau«, machte er und klang dabei so unecht wie ein Mensch, der eine Katze imitierte.

»Du musst damit aufhören«, raunte Jack ihm zu, als sie ins Treppenhaus abbogen und den immer noch verwirrt dreinblickenden Soulman zurückließen.

»Aber es macht Spaß«, erwiderte Oz.

Jack warf ihm einen prüfenden Blick zu. Nun, viel Spaß

hatte der Archivar wohl nicht gehabt. »Vielleicht lebst du dieses Vergnügen ein wenig später aus. Wenn …« Weiter wusste Jack nicht. Was sollte mit Oz geschehen? Konnte er ewig hierbleiben? Wenigstens solange noch Leben in Ramses' Körper steckte? *Eines nach dem anderen*, sagte sich Jack. Erst mussten sie das Ministerium informieren. Eine großangelegte Suche nach der Prinzessin beginnen. Und den Schatten besiegen. Irgendwie. Während sie ins oberste Stockwerk des Ministeriums stiegen, reifte in Jack die Erkenntnis, dass dies alles hier zu groß für ihn war. Viel zu groß.

Die Sekretärin des Ministers bedachte Jack mit einem Blick, mit dem sie einem Ifriten Konkurrenz hätte machen können. »Wo möchten Sie hin?« Es gelang ihr tatsächlich, mit jedem Wort ihre Geringschätzung zum Ausdruck zu bringen. Für einen Moment überlegte Jack, ihr eine Lüge aufzutischen. Irgendeine Geschichte, die es nötig machte, dass er sofort und ohne Umschweife zum Minister musste. Doch in seinem verwirrten Kopf fand er keinen passenden Gedanken. Ohne auf ihre Frage zu antworten, stürmte er auf die Tür zu.

»Warten Sie«, rief ihm die Sekretärin hinterher, als er die Tür aufstieß und mit schnellen Schritten über den Holzboden lief. Der Minister hob nicht einmal den Kopf, während Jack lärmend auf ihn zumarschierte. Er glaubte, Oz hinter sich *Miau* rufen zu hören.

Und dann stand er vor dem Schreibtisch. Aber was sollte er sagen? *Ein wunderbarer Plan, Jack*, tadelte er sich.

»Sir«, hörte er die aufgebrachte Sekretärin hinter sich rufen.

Jetzt, Jack!

Der Minister hob den Blick und sah Jack wortlos an. In seinen Augen las Jack die Überraschung über sein Auftreten. Und noch etwas. Der Minister schien … neugierig. Jack war sich ganz sicher, richtigzuliegen. Die Vorzimmerdame war sicher nur noch ein paar Schritte entfernt.

Jetzt, Jack!

»Es tut mir leid, Sir, aber er ist einfach …«

»Es waren nur sieben Tote, nicht acht.« Jack presste die Worte so hastig aus seinem Mund, als würde er sich sonst an ihnen verschlucken.

Und tatsächlich hob der Minister die Hand. Jack hörte die Schritte der Sekretärin hinter sich ersterben.

Mehr wagte Jack in ihrer Anwesenheit nicht zu sagen. Verstand der Minister den Hinweis? Oder würde er ihn hochkant aus seinem Büro werfen lassen?

Der Minister runzelte die Stirn … und machte eine weitere Handbewegung, die der Frau signalisierte, dass sie nicht länger gebraucht wurde.

Erleichtert entließ Jack die Luft, die er vor Aufregung angehalten hatte. Der Minister erinnerte sich. Oder war zumindest neugierig genug auf Jacks Erklärung für diesen Auftritt, dass er ihn wohl würde reden lassen. Hoffentlich.

Langsam lehnte er sich zurück, als die Tür ins Schloss fiel, und entließ Jack aus seinem Blick. Stattdessen fanden seine Augen Oz. »Sie haben eine Katze mitgebracht?«, fragte er, als hätten Jacks Worte keine Bedeutung.

»Sir, das ist keine Katze«, erwiderte Jack. Und verfluchte sich sofort dafür. Selbst wenn er dem Minister diesmal die Wahrheit erzählen wollte, musste er sich geschickt dabei anstellen. Denn diese Wahrheit war weit schwerer zu schlucken als die Lügen, die er ihm bei seinem ersten Besuch aufgetischt hatte. »Bitte, ich habe Ihnen etwas Wichtiges zu sagen.«

»Sie haben gerade von sieben Toten gesprochen. Sie meinen damit wohl die Staatsgäste«, sagte der Minister ruhig. »Vielleicht werde ich ja vergesslich, aber wenn ich mich recht erinnere, haben Sie bei Ihrem Bericht etwas von acht Toten erzählt.«

Oh, er erinnerte sich in der Tat an ihr Gespräch. Über die

Toten war offiziell nie etwas berichtet worden. In keiner der Zeitungen Londons hatte Jack auch nur einen Satz über das Unglück gelesen. Nicht einen Satz, der seine Lüge offenbar gemacht hätte. Wenig verwunderlich. Es war davon auszugehen, dass der Buckingham Palace die Angelegenheit mit allen Mitteln vertuschte. Zumindest nach außen hin. Im Hintergrund wurde sicher bereits daran gearbeitet, sich auf die unausweichlichen Folgen einzustellen. Das Gefolge des toten Emirs nach Hause zu schicken. Vermutlich mit einer Lüge über die genaue Todesursache im Gepäck. Die eigenen Soldaten in der arabischen Kolonie darüber zu informieren, dass ihnen unangenehme Zeiten bevorstanden. Die falsche Zahl war daher niemandem aufgefallen.

Wortlos deutete der Minister auf einen der beiden Ledersessel, die vor seinem Schreibtisch für Besucher standen.

Oz sprang geschmeidig auf den freien Sessel neben ihm. Unwillkürlich wollte Jack nach ihm greifen und ihn sich auf den Schoß setzen, so wie er es bei einer normalen Katze getan hätte. Oz' Blick und die Krallen, die er ausfuhr, machten indes klar, dass dies keine gute Idee wäre.

»Ich bin gespannt auf eine Erklärung für … all das hier.« Der Minister klang, als würde er nur nach einem Grund suchen, um Jack zu maßregeln. Doch unter der Strenge in seiner Stimme schwang aufgeregte Neugierde mit. Er wollte hören, was Jack zu sagen hatte.

Jack zögerte einen Moment. Sollte er wirklich die ganze Wahrheit offenbaren? Was würde dann aus ihm werden? Vermutlich würde der Minister nicht anders können, als ihn zu entlassen. Jack hatte gegen die wichtigste aller Regeln verstoßen. Die Zwischenwelt damit gefährdet. Und gelogen. Und … er würde dennoch alles berichten. Weil er sich nicht mehr anders zu helfen wusste, um Naima zu retten. Er warf Oz einen letzten Blick zu, um sich von ihm bestätigen zu lassen, dass dies hier richtig war. Er wusste, dass es so war. Und doch hatte er ein schlechtes Gefühl. Er spürte einen Widerwillen in sich aufsteigen, dem Minister nun alles zu offenbaren. *Denk an Naima, Jack*, sagte er sich. Und begann endlich zu erzählen. Die Worte kamen anfangs zögerlich. Die Nacht im Buckingham Palace. Die Toten. Der Schatten. Die Rettung der Prinzessin. Während er berichtete, was sich tatsächlich vor dem Marble Arch ereignet hatte, versuchte Jack, im Gesicht des Ministers zu lesen. Einen Hinweis darauf zu finden, was er über das Gesagte dachte. Doch er blickte nur in die wässrigen Augen eines Mannes, der so wortlos schien wie der stumme Diener, den Jack in die Zwischenwelt begleitet hatte. Er hielt kurz inne, um seine Gedanken zu sortieren, und fuhr dann fort. Der Verfall der Zwischenwelt. Nicht einmal jetzt zuckte das Gesicht des Ministers. Die Suche nach dem stummen Diener. Wieder der Schatten. Oz und die Beschwörung eines Geistes. Der Kampf. Der Tod. Die Prinzessin. Jack schloss mit der Beschreibung der dunklen Kopie des Marble Arch inmitten eines orientalischen Palastes. Und schwieg dann. Er fühlte sich wie vor einem Richter. Tatsächlich hatte er einmal vor einem gesessen und war zu einigen Monaten Haft verurteilt worden für den Straßenbetrug mit einer Kugel unter drei Hütchen. Ein Urteil, das ihm kurz vor seiner Rekrutierung durch die Soulmen einen Winter hinter Gittern eingebracht hatte. Eigentlich keine schlechte Sache. Er hatte für die unangenehmste Zeit des Jahres zumindest ein Dach über dem Kopf und jeden Tag etwas zu essen gehabt. Nun, das Urteil, das jetzt über ihn gefällt würde, dürfte weitaus unangenehmer ausfallen.

»Und Sie haben also die Prinzessin, von der Sie erzählt haben, vor diesem Ifriten gerettet, Jack? Sie ist also nicht tot, sondern lebt?«

Er nickte. Atemlos. Wortlos nach so vielen Worten.

»Dann war ich nicht schnell genug in dieser Nacht.« Er

sprach offenbar mehr zu sich selbst als zu Jack. »Nur ein paar Minuten hätten alles verändert.« Seine Lippen bildeten einen Strich. Der Mund, aus dem diese Worte kamen, war hart. Es war Jack schon früh aufgefallen, dass er mit einem Blick auf die Lippen sagen konnte, zu was für einem Menschen sie gehörten. Als würde das Gesagte sie formen und zeichnen. »Und doch ist alles anders gekommen.«

Was redete er denn da? »Sie müssen die Prinzessin suchen lassen, Sir«, sagte Jack eindringlich. »Alle Soulmen müssen …«

»Das alles ist schwer zu glauben«, unterbrach er Jack und fixierte ihn. »Ich brauche einen Beweis dafür, dass Ihr Bericht nicht die Ausgeburt eines wahnsinnigen Geistes ist. Ich muss wissen, ob sich alles genau so zugetragen hat.« Er klang beinahe versöhnlich. Keine Spur von Tadel oder gar Wut über den Regelbruch. Über die Lügen und den Alleingang.

Was sollte Jack ihm anbieten? Vielleicht sollte er ihn auf die andere Seite bringen und ihm zeigen, was die Anwesenheit der Prinzessin dort angerichtet hatte. Oder vielleicht … Jack wandte den Kopf zu dem Sessel neben sich. Und blickte in zwei unergründliche Katzenaugen. Er hatte einiges weggelassen in seinem Bericht. Die Herkunft und Natur des Schattens war ihm für diesen Zweck ebenso vernachlässigbar erschienen wie die Tatsache, dass Oz zurückgekehrt war. Auch wenn dies das Bild der Soulmen von den Gesetzen der Zwischenwelt in ihren Grundfesten erschüttern würde. Er hatte befürchtet, der Minister könnte ihn für verrückt halten und den Rest des im Grunde unglaublichen Berichts nicht glauben. »Oz.« Er deutete auf den Kater. Und zum ersten Mal seit er in das Büro gestürmt war, konnte er Verwirrung in den wässrigen Augen erkennen. Alles andere schien dem Minister so selbstverständlich vorgekommen zu sein, als hätte er es bereits gewusst. Doch nun war er ernsthaft überrascht. »Der Archivar, der bei der Beschwörung gestorben ist, befindet sich hier bei uns.«

Der Minister blickte Jack verständnislos an und sah dann zu der Katze.

»Er ist in diesem Kater zurückgekehrt.« *Himmel*, dachte Jack, *ausgesprochen klingt das noch verrückter als in meinem Kopf.* »Und er kann reden.«

Die Stirn des Ministers gebar zahllose Runzeln. Offenbar glaubte er, dass Jack ihn zum Narren halten wollte. Oder dass er verrückt war. »Er wird mit Ihnen reden. Dann wissen Sie, dass alles stimmt und ich nicht wahnsinnig bin.« Er sah zu Oz. »Los«, forderte Jack den Kater auf. »Sag etwas.« Nun lehnte sich auch Jack zurück. Er war müde. Die zurückliegenden Stunden und Tage und Wochen forderten mit einem Mal einen hohen Preis. Doch noch durfte er sich nicht ausruhen. Erst mussten sie Naima finden. Aber wenn Oz gleich ein paar Worte an den Minister gerichtet hatte, würden die Soulmen mit Sicherheit nach der Prinzessin suchen. Und dann …

»Miau?«

Für einen Moment glaubte Jack, er habe den falschen Kater mit ins Büro genommen. Vielleicht hatte er nicht aufgepasst, und Oz lief draußen auf der Straße … Nein, das war der Archivar. »Oz«, zischte Jack. »Das ist nicht lustig.« Er blickte den Minister entschuldigend an. »Das ist ein Scherz.« Er las in den kalten Augen mehr als deutlich, dass dies nicht der Humor seines Vorgesetzten war. Schnell wandte er sich wieder Oz zu. »Los«, drängt er. »Sag nur ein einziges Wort.«

Der Kater sah ihm direkt in die Augen. »Miau.«

»Das … das …« Jack begriff nicht, was hier los war. Was das sollte. Er sah zum Minister. »Bitte, Sir. Ich habe nicht gelogen. Ich …«

»Sie waren offenbar zu oft und zu lange auf der anderen Seite.« Der Minister klang zumindest nicht wütend. Eher wie ein Mensch, dessen Hund ihn enttäuscht hatte. »Eine Belastungsstörung.« Er stieß verärgert die Luft zwischen den Zähnen hindurch. »Nun kann ich nicht wissen, was stimmt und was zusammenfantasiert ist.« Er fixierte Jack abermals. »Sie bleiben im Ministerium. Ich werde einen Arzt holen lassen, der Sie untersucht. Ich muss wissen, was Realität und was Wahnvorstellung ist. Gehen Sie in den Aufenthaltsraum. Ich werde nach Ihnen rufen lassen, sobald der Arzt da ist.«

Jack erhob sich kraftlos aus seinem Stuhl. Es kümmerte ihn kaum, dass sein Vorgesetzter ihn für halb wahnsinnig hielt. Ihn beschäftigte nur eines, als er wortlos, mutlos und in Gedanken hinausging. Er würde Naima nicht mehr retten können.

Den eisigen Blick der Sekretärin ignorierte Jack, als er wortlos das Vorzimmer verließ. Sein Kopf wurde von einer einzigen Frage erfüllt: *Was wird aus Naima, Jack?* Und dann gesellte sich eine zweite hinzu. *Bist du verrückt?* Vielleicht hatte er sich das alles nur eingebildet. Litt unter einer Belastungsstörung, wie der Minister fürchtete. Hatte Wahnvorstellungen in der Zwischenwelt entwickelt, weil er tatsächlich zu oft und zu lange dort gewesen war. Der Gedanke hatte etwas für sich.

Im Flur drängten sich einige Ministeriumsmitarbeiter aneinander vorbei. Es war schon spät, doch in den oberen Stockwerken wurde oft lange gearbeitet. Vor allem, wenn der Minister da war und sehen konnte, wer Überstunden leistete. Sie bedachten Jack und seinen Kater mit abschätzigen Blicken, und jeder einzelne schien sich mindestens so wichtig zu nehmen, als wäre er selbst der oberste Leiter dieser Geheimbehörde.

Jack schenkte den Wichtigtuern um sich herum nur wenig Aufmerksamkeit. Er stolperte die Stufen hinab, ignorierte die Fragen eines Soulman, der wissen wollte, warum Jack aus dem Stockwerk der Ministeriumsleitung kam, und folgte Oz, der zielstrebig ins Archiv lief. Kein schlechter Ort, um nachzudenken. Zumal es fast ausgestorben war so wie in der Nacht, in der Oz das Leben verloren hatte. In dem es ihm aus dem Leib gerissen worden war. Nur ein, zwei Archivare waren noch hier. Und vermutlich ein Geist. Sicher war der alte Terry irgendwo auf der Suche nach einer falsch einsortierten Seele, auch wenn Jack ihn gerade nirgendwo sah. Jack brauchte die Ruhe der Toten, um sein vor Enttäuschung wild schlagendes Herz zu befrieden. In den Aufenthaltsraum gehen und auf einen Arzt warten, wie der Minister verlangt hatte, würde er ganz sicher nicht.

Das silberne Licht der Phiolen ließ den gewaltigen Raum wirken, als gehörte er nicht in diese Welt. Jack suchte eine verlassene Ecke und lehnte sich gegen ein Regal. Eine weiße Katze, die fast wie ein Geist aussah, stromerte zwischen den Regalen herum und musterte Jack aus scheinbar leuchtenden Augen.

»Verschwinde«, zischte jemand. Die Stimme war in Höhe von Jacks Knöcheln erklungen.

»Hast du deine Stimme wiedergefunden?« Jack gab sich keine Mühe, seine Wut auf Oz zu verbergen. Die weiße Katze wirkte einen Moment lang verwirrt, dann tigerte sie davon. Jack sah sich einen Moment lang um, und als er sicher war, dass tatsächlich niemand in ihrer Nähe war, bückte er sich zu Oz hinab. »Was sollte das gerade?«, zischte er wütend. Er hoffte, dass er gerade keine erneute Wahnvorstellung hatte, sondern dass er Oz wirklich reden hörte. »Der Minister denkt, ich sei übergeschnappt. Er wird nun niemals nach der Prinzessin suchen lassen. Naima ist verloren. Und was ist mit der Zwischenwelt? Sie wird zerfallen und alles nur, weil du keine Lust gehabt hast zu …«

»Du bist nicht verrückt«, unterbrach ihn der Kater. »Mach dir keine Sorgen deswegen. Aber etwas anderes sollte dir Sorgen bereiten. Er wusste von dem Ifriten.«

»Und?«, fragte Jack. »Der Schatten ist doch auch ein Ifrit.«

»Ja«, erwiderte Oz. »Aber du hast nur vom Schatten gesprochen.«

Für einen Moment wusste Jack nicht, was er sagen sollte. »Du irrst dich. Ich habe bestimmt erwähnt, dass wir einen Ifriten beschworen haben. Ganz sicher.«

Oz schüttelte den Kopf. »Ich habe genau zugehört. Außerdem kann ich«, er zögerte, »kann Ramses mehr wahrnehmen als ein Mensch. Der Minister war falsch. Voller Unwahrheit.« Oz' Augen blitzen auf. »Er hat gelogen.«

»Der Minister?« Jack war noch immer nicht ganz überzeugt. »Wann?«

»Die ganze Zeit.« Oz klang ungeduldig. »Er hat nur so getan, als würde er dir nicht glauben. Aber er hat jedes deiner Worte aufgesogen.«

»Du meinst …«

»Ich meine gar nichts. Aber hier stimmt etwas nicht.«

Nun, angesichts eines Ifriten in London und einer zerfallenden Zwischenwelt war es im Grunde ziemlich offensichtlich, dass hier einiges nicht stimmte. Aber Jack ahnte, worauf Oz hinauswollte. Der Minister hatte nicht überrascht gewirkt, als Jack mit seinem verrückten Bericht angefangen hatte. Mit einem Mal musste er an eine Bemerkung zurückdenken, die der Minister am Abend des Unglücks beiläufig hatte fallen lassen. Eine Bemerkung, die Jack in all der Aufregung zwar gehört, aber nicht richtig einsortiert hatte. Der Minister hatte sich darüber geärgert, dass Jack und nicht er zu den Toten im Buckingham Palace gegangen war. Das Unglück in King's Cross hatte ihn aufgehalten. Sonst wäre er, wie er gesagt hatte, *rechtzeitig* gekommen. Und hatte er eben nicht gesagt, alles wäre anders gekommen, wenn er schneller gewesen wäre?

»Er steckt mit dem Ifriten unter einer Decke«, entfuhr es Oz, als Jack ihm von dem Gespräch erzählte.

»Wie sollte das möglich sein?«, fragte Jack und blickte die Regalschlucht entlang. Er hatte Schritte gehört. Vermutlich war ein Soulman oder ein Archivar in der Nähe.

»Woher soll ich das wissen?«, raunte Oz. »Ich bin schlau, aber nicht allwissend.«

Vor allem bist du vorlaut, dachte Jack bei sich. Der Tod hatte Oz die Unsicherheit genommen. Oder er hatte das plötzliche Selbstbewusstsein als Eigenschaft des Katers angenommen. Ramses hatte sich vermutlich nie mit Zweifeln an den eigenen Fähigkeiten beschäftigt.

»Wir müssen ihn beobachten«, wisperte Oz entschlossen. »Wenn er etwas mit dem Ifriten zu tun hat, kann er uns vielleicht wieder auf die Spur dieses Geistes bringen. Wir folgen ihm. Entlarven alle seine Schwächen. Bis wir ihn da haben, wo wir …«

»Er ist keine Maus, die du fressen kannst«, fiel ihm Jack ins Wort. Aber er nickte. Den Minister verfolgen. Es war das Einzige, was sie tun konnten. Die Alternative hätte darin bestanden, planlos durch die Zwischenwelt zu irren und zu hoffen, durch Zufall wieder zu dem Palast zu gelangen, in dem Jack die Prinzessin vermutete. Im Grunde war der Verrat des Ministers ein Segen für Jack.

Die Schritte wurden lauter. Und am Ende der Regalschlucht erkannte Jack eine Gestalt, die den markanten Hut der Soulmen auf dem Kopf trug. Sie mussten los. »Komm«, sagte er an Oz gewandt. »Wir gehen auf die Jagd. Und unsere Beute ist ein Minister.« Dann verstummte Jack. Der andere Soulman war zu nahe, um noch heimliche Worte miteinander zu tauschen. Jack nickte ihm zu und hoffte, dass Oz auf ein gesagtes *Miau* verzichten würde. Den anderen hatte Jack schon einige Male gesehen, aber nie etwas mit ihm zu tun gehabt. Er gehörte zu den Hochrangigen, die direkt dem Minister und seinen Staatssekretären unterstellt waren. Jack machte Anstalten, sich an dem Soulman vorbeizudrücken, als dieser eine Hand auf Jacks Schulter legte.

»Jack Smith.« Es war keine Frage, sondern eine Feststellung.

In Jack stieg ein ungutes Gefühl auf. Er erkannte einen Polizisten, selbst wenn er die Kleidung eines Soulman trug. »Der Minister schickt mich. Du wirst uns …«, der Mann sah bei diesen Worten an das Ende der Regalschlucht. Drei weitere Hutträger waren dort erschienen. »… begleiten«, schloss er.

Nun, offenbar hatte der Minister entschieden, dass es besser war, Jack nicht alleine herumlaufen zu lassen, und da er sich nicht von selbst zum Aufenthaltsraum begeben hatte, durfte er sich nun über einige Begleiter freuen. Anstelle seines Vorgesetzten hätte Jack sicher genauso entschieden. Seine Chancen, sich gegen den Mann zur Wehr zu setzen, standen nicht schlecht. Auch wenn der Kerl breiter und wohl auch kräftiger war, hatte er anders als Jack sicher nie zu einer der Banden Londons gehört und daher nie einen der schmutzigen Tricks gelernt, die … Jack bei verschiedenen Auseinandersetzungen schon sehr geholfen hatten. Doch selbst wenn er diesen Soulman hier überwand, würde er wohl nicht an den drei anderen vorbeikommen. »Ich vermute, es ist zu meinem eigenen Besten?«

Der Agent grinste ihn herablassend an. Selbst unter den Soulmen gab es einige, die Jack mit Inbrunst zur Hölle gewünscht hätte.

Er seufzte und ging vor dem Soulman auf das Ende der Regalschlucht zu. Hinter sich hörte er Oz so unecht Schnurren, als würde ein Mensch eine Katze imitieren.

»Willst du etwa mitkommen?«, fragte der Soulman, der Jack festgenommen hatte.

»Miau.«

Offenbar wollte der Minister ganz sichergehen, dass Jack in sicherem Gewahrsam war. Statt hinauf zum Aufenthaltsraum führten die Soulmen Jack weiter in den Keller hinein zu einer

Art Zelle, die ganz in der Nähe des Zimmers lag, das Oz bis vor kurzem bewohnt hatte. Jack glaubte die Augen des Katers aufblitzen zu sehen, als sie die Eisentür öffneten, auf der der Rost Blüten trieb. »Und wie lange soll ich hier warten?«, fragte Jack, während er sich auf einer alten Holzkiste, dem einzigen Möbelstück in dem Raum, niederließ. Es gab abgesehen von der Tür keinen Ausgang. Sein Gefängnis besaß zwar ein Fenster, doch es war gerade einmal groß genug für Oz in seiner Katzengestalt. Jack würde sich nicht hindurchzwängen können. Jacks beste Chance, aus dieser Lage herauszukommen, bestand vermutlich darin, das Spiel mitzumachen. Auch wenn es ihm nicht besonders gefiel.

»Bis der Arzt kommt«, erwiderte der Mann, der ihn festgenommen hatte. Offenbar war er der Anführer der kleinen Gruppe. Die anderen hatten stoisch geschwiegen. Und wie Jack bemerkt hatte, vermieden, ihn zu berühren. Sie hatten scheinbar Angst, dass der Wahnsinn, den sie in ihm wähnten, bei einem direkten Kontakt auf sie übersprang. Soulmen waren die vermutlich abergläubischsten Menschen der Welt. Es war wohl eine Berufskrankheit. Und wenig verwunderlich bei Leuten, die einen erheblichen Teil ihrer Arbeitszeit unter Geistern verbrachten.

»Wir lassen dir deinen Freund«, sagte der Soulman und ging rückwärts aus dem Raum. Dann stieß er von außen die Tür zu, und Jack hörte einen Schlüssel, der im Schloss gedreht wurde.

»Hättest du nicht kämpfen können?«, brummte der Kater ärgerlich. »In was für eine furchtbare Lage hast du uns nur gebracht?«

»Ich?« Jack wollte etwas erwidern, aber dann schluckte er die Worte hinunter. Wenn er mit einem toten Archivar im Körper eines Katers stritt, war er vermutlich doch wahnsinnig. Ganz so wie die Soulmen glaubten.

»Ja, du«, sagte Oz und fing an, majestätisch in dem kleinen

Raum auf und ab zu tigern. »Menschen sind so kurzsichtig. Wir hätten nie ins Archiv gehen sollen.«

»Du bist hineingelaufen«, meinte Jack.

»Und du hast mich nicht abgehalten. Ich bin ein Kater. Ich habe Instinkte. Das Archiv war mein Zuhause. Was hätte ich gegen meine Natur machen sollen? Eines kann ich dir sagen. Wir müssen hier heraus.« Es gelang der Katze tatsächlich, ihn vorwurfsvoll anzusehen.

Jack wusste im ersten Moment nicht, was er darauf sagen sollte. »Gute Idee«, meinte er schließlich. »Und wie willst du das anstellen?« Er nickte zu der Eisentür. »Da geht es nicht raus. Und dort«, er sah zu dem Fenster, »passe ich nicht durch. Und ich denke, deine Zaubershow, die du in der Zwischenwelt abgezogen hast, wirst du hier wohl kaum …«

»Meine Zaubershow?«, fiel Oz ihm verärgert ins Wort.

Oh, dachte Jack, der Archivar besaß Temperament. Oder war es der Kater, dessen Herz vor Wut schneller schlug?

»Meine kleine Zaubershow hat dir das Leben gerettet«, redete sich Oz in Rage. »Als wäre ich ein Gaukler, der auf dem Jahrmarkt aus einem alten Zylinder ein Kaninchen zieht.« Der kleine Kater blickte ihn verärgert an. Jack sah es in den Augen des Tieres gefährlich blitzen.

»Kein Wort gegen Zylinder«, sagte Jack und strich über seinen Hut, als müsste er ihn von Staub befreien.

»Hey, was ist denn los da drin?« Eine tiefe Stimme, die Jack nicht kannte. Sie hatten wohl eine Wache zurückgelassen. Vermutlich hatte einer der abergläubischen Narren den Kürzeren gezogen und durfte nun die Zeit vor der Eisentür totschlagen.

»Halt den Mund.« Der Kater bewegte sich nicht nur wie ein Tiger, er brüllte auch so. Mit einem Mal leuchteten Oz' Augen so hell, als hätte jemand ein Licht in ihnen entzündet.

»Ich komme gleich rein«, drohte der Wächter. »Und dann …«

Seine nächsten Worte gingen in einem gewaltigen Krach unter, als die Tür aus den Angeln gerissen wurde.

»Das … das war ich nicht«, wisperte Oz erschrocken, während sich der Staub um sie legte.

Jack sah ihn mit hochgezogenen Augenbrauen an. Aus dem Tiger war eine Maus geworden. »Ich denke doch«, erwiderte er. »Sehr interessant. Du kannst noch immer zaubern.« Er kniete sich vor den Kater und strich ihm über das Fell. Oz war zu fassungslos, um sich dagegen zu wehren.

Die Tür lag einige Meter entfernt im Korridor. Jack trat durch die zerborstene Türöffnung und entdeckte den Wächter reglos neben der Tür liegen. Er wusste nicht, ob der Mann von ihr oder einem herumfliegenden Stein aus der Wand getroffen worden war. Was es auch gewesen war, hatte ihn nicht getötet. Jack sah ihm das Leben noch an. Kein Grund also, sich um ihn zu kümmern.

»Ob das jemand gehört hat?« Oz klang noch immer ein wenig erschüttert, doch sein Gang demonstrierte ein Höchstmaß an Selbstzufriedenheit. Kein Wunder. Er war dem Tod entkommen und als eine Art Magier zurückgekehrt. Dass dieser Magier vier Beine und schwarzes Fell besaß, fiel da sicher kaum ins Gewicht.

»Wer denn?« Mittlerweile war sicher niemand mehr im Archiv. Niemand außer Terry, der, wenn er den Krach überhaupt gehört hatte, höchstens eine Beschwerdenotiz über die Störung seiner Arbeit verfassen würde. »Wenn wir uns beeilen, sind wir weg, ehe die anderen mit dem Arzt zurückkommen.«

»Und wohin sollen wir gehen?«, wollte Oz wissen, während er sich in dem Halbdunkel, das in dem Keller des Ministeriums nistete, umblickte.

Eine gute Frage. Und Jack hatte keine gute Antwort. Sie waren auf der Flucht. Es würde schwer werden, zu flüchten und gleichzeitig den Minister zu beschatten. »Zuerst weg von hier. Und dann … sehen wir weiter.«

»Ein hervorragender Plan«, meinte Oz.

»Du bist als Kater verdammt vorlaut, weißt du das?«

Der Archivar blickte Jack mit einer unergründlichen Miene an. »Miau.«

MADINAT ALMUTAA

Der Ort, an den der Ifrit Naima gebracht hatte, sah ihrem Zuhause so ähnlich, dass sie sich zwingen musste, die Lüge vor ihren Augen zu erkennen. Das Trugbild. Sie war in der … wie hatten Jack und Oz dies hier genannt? Zwischenwelt. In ihrer Heimat gab es Märchen über einen Platz, an den die Verstorbenen gingen, doch er trug einen anderen Namen. Madinat almutaa. Die Stadt der Toten. Nie hätte sie geglaubt, jemals hierherzugelangen. Der Ifrit hatte sie weit fortgebracht von dem Garten, in dem sie erwacht war. In dem Abdal auf sie aufgepasst hatte.

Sie war in ihrem eigenen Gemach. Alles war hier so vertraut. Und doch so fremd. Das Bett aus Ebenholz. Die Schränke mit den Mustern, die sie immer an die Ranken einer verwunschenen Pflanze erinnert hatten. Der Spiegel, der so hoch war, dass er beinahe die Decke berührte. Alles schien so seltsam verwittert, als wäre dieser Raum Hunderte Jahre alt. Sie strich sich über das Gesicht und trat auf das angelaufene Glas zu. Sah sie immer noch so aus wie zuvor? Oder nahm ihr diese Welt das Leben? Ließ sie altern und grau werden wie eine Frau, die zu viele Jahre erlebt hatte? Der Blick in den Spiegel ließ sie aufschreien. Das Gesicht, in das sie blickte, glich einer Toten. Die Haut so dünn wie Pergament. Die Augenhöhlen leer. Die Lippen von der Zeit aufgefressen.

Das ist nicht echt, sagte sich Naima, um ihr wild schlagendes Herz zu beruhigen. Nein, sie fühlte ihre warme Haut. Strich sich über die vollen Lippen. Die Fäden, mit denen der Ifrit sie zusammengebunden hatte, waren fort. Und das vor ihr war nur ein Trugbild. Vielleicht aus der Angst heraus geboren, was aus ihr werden könnte, wenn sie für alle Zeit hierblieb. Aber sie würde nicht zulassen, dass dies geschah. Jack und Oz waren fort. Vielleicht suchten sie nach ihr. Sie hoffte es nicht. Die beiden durften sich nicht ihretwegen in Gefahr begeben. Oz war bereits für sie gestorben. Und Jack … Sie gestattete sich nicht, diesen Gedanken zu beenden. *Warum nicht, Naima? Es gefällt dir, an ihn zu denken.* Ja, wenn sie ehrlich zu sich war, dann musste sie zugeben, dass er irgendwie anders war. Naima hatte sich immer wie eine Außenstehende gefühlt. Als würde sie nirgends dazugehören können. Jeder, auf den sie außerhalb ihrer engsten Familie getroffen war, hatte sich bemüht, ihr alle Wünsche von den Augen abzulesen. Sie zufriedenzustellen. Ihr zu dienen. Aber Jack war in der Tat anders. Er hatte ihr Leben gerettet. Aber nicht, weil sie die Prinzessin war. Sie war sicher, dass er es auch getan hätte, wenn sie die Kleidung einer Dienerin auf dem Leib tragen würde. Und er hatte mit ihr gesprochen, wie noch nicht einmal ihr Vater es je getan hatte. Und es hatte gutgetan, jemanden zu hören, der sich für sie nicht verstellte. Der sich ehrlich um sie sorgte. Nicht weil es ihm befohlen worden war. Und der ebenso ein Außenstehender war wie sie. Naima konnte es ihm vom Gesicht ablesen. Es an seiner Stimme hören. Es in seinen Augen sehen. Und er gefiel ihr. Er … *Reiß dich zusammen, Prinzessin*, rief sie sich zur Ordnung. *Du kannst später von ihm träumen. Wenn es ein* Später *für dich gibt.*

Naima wandte sich ab von dem Spiegel und sah zu der Tür, die hinaus zu der Treppe führte. Ihr Gemach lag im ersten Stock des Palastes. Durch den Gang draußen liefen üblicherweise eine Handvoll Wachen und gaben Acht, dass sich niemand den Räumen des Emirs und seiner Familie näherte. Doch an diesem Ort, in dieser Welt, gab es sicher nur sie und den Ifriten.

Naima ging zu der Tür und legte die Finger auf den Knauf, um sie aufzuziehen. Kaum hatte sie das Messing berührt, schreckte sie zurück. Da war jemand. Sie konnte ihn nicht sehen. Und doch fühlte sie ihn auf eine Weise, die sie in der echten Welt nie erlebt hatte. Der Ifrit? Nein, er war so voller Finsternis wie die tiefste Nacht. Derjenige, der hinter der Tür stand, war anders. Da war nicht nur eine tiefe, undurchdringliche Schwärze. Sie spürte jemanden, der ihr vertraut war. Und der … abgrundtief traurig war. Noch nie hatte Naima dieses Maß an Verzweiflung gefühlt. Es machte ihr das Herz so schwer, dass es beinahe keinen Schlag mehr zustande brachte.

Es war also noch jemand hier. Nicht Abdal. Er war nur voll Sorge um sie. Dieses … Wesen dort aber war anders. Und es war keines, auf das Naima treffen wollte. Sie musste diesen Ort verlassen. Und dann? Selbst wenn es ihr gelang, zu fliehen, würde sie kaum in der Lage sein, alleine diese Welt wieder zu verlassen. Ohne Oz. Ohne Jack. Für einen Moment überkam sie eine tiefe Niedergeschlagenheit. Dann straffte sie sich innerlich. Verdammt, sie war eine Prinzessin. Und sie würde sich verflucht noch mal nicht aufgeben, sondern kämpfen. Naima lächelte. Solche Worte hatten früher nie den Weg in ihre Gedanken gefunden. Es schien, als habe Jack sie nachhaltig beeindruckt.

Für einen Fremden mochte das Gemach der Prinzessin nur diesen einen Ausgang besitzen. Doch Abdal hatte darauf geachtet, dass Naima nicht nur darauf vorbereitet wurde, sich im Ernstfall zu verteidigen. Sondern auch wusste, wie sie einem Kampf entgehen konnte. Auch wenn er wohl nie daran gedacht hatte, dass sie einmal in der Madinat almutaa vor geisterhaften Geschöpfen würde fliehen müssen. Die Fenster des Gemachs wiesen nach Osten, sodass die aufgehende Sonne ein Muster auf die alabasterfarbenen Wände malte. Die Außenfassade war glatt wie ein polierter Spiegel. Niemand konnte an ihr hinaufklettern. Wer sich jedoch bereits in dem Zimmer befand, konnte bei sehr genauem Hinsehen winzige Vorsprünge entdecken, die es einem geübten Kletterer erlaubten, die Wand vom Fenster aus zu erklimmen und einen höhergelegenen Balkon und dann das Dach zu erreichen, von dem aus an der gegenüberliegenden Seite des Palastes ein nur für scharfe Augen sichtbarer Weg wieder hinab zum Boden führte. Naimas Vater hatte sich immer so sehr um sie gesorgt, dass sie manchmal das Gefühl gehabt hatte, seine Liebe würde ihr die Luft zum Atmen nehmen. Wäre er nun stolz auf sie, wenn er hätte sehen können, wie geschickt sie aus dem Fenster stieg und furchtlos den ersten Vorsprung griff? Sie hoffte es sehr. Bei dem Gedanken an ihren getöteten Vater stiegen Naima Tränen in die Augen, doch sie biss sich so hart auf die Lippen, dass sie die aufkommende Trauer um ihn mit Schmerzen erstickte. Sie würde später um ihn weinen. Wenn es ein *Später* für sie gab.

Der Weg an der Wand entlang war wie ein Tanz. Jeder Schritt war so genauestens eingeübt, dass Naima ihn auch mit geschlossenen Augen hätte machen können. Die Mauer war ein exaktes Abbild der echten. Sie glich ihr in allen Einzelheiten. Nur die Welt um sie herum war anders. So leer, als würde sie kein Leben dulden. Sie war grau gefärbt und floss an der Nahtstelle zwischen Firmament und Erde kaum wahrnehmbar in einen beinahe ebenso grauen und sternenlosen Himmel. Madinat almutaa. Eine Stadt ohne Leben.

Naima konnte den Anblick der grauen Leere kaum ertragen. Sie fühlte sich so klein im Angesicht der grenzenlosen Weite, dass sie Angst bekam, einfach verloren zu gehen. Sie riss den Blick vom Horizont los und konzentrierte sich auf die Mauer. Und während sie kletterte, glaubte sie Abdals Anweisungen zu hören.

Nicht zu schnell, Prinzessin. Hier den Fuß weiter nach links. Vorsicht beim Übergreifen.

Wie gut es tat, wenigstens in Gedanken eine vertraute

Stimme zu vernehmen. Oder waren es keine Gedanken? Die Stimme klang so echt. Auch wenn sie nur in ihrem Kopf ertönte. So wie in dem Garten. Naima hielt einen Moment inne, als ihr ein Gedanke kam.

Weiter, Prinzessin. Worauf wartet Ihr?

Er war hier, begriff Naima. Hier bei ihr. Sie sah sich um, doch sie konnte ihn nicht erkennen. Warum zeigte er sich nicht? Lag es an der Präsenz, die sie vor der Tür gespürt hatte? Sie würde nach ihm rufen, sobald sie den Palast verlassen hatte. Als sie weiterkletterte, fühlte sie sich nicht mehr allein. Neuer Mut stieg in ihr auf.

Auf dem Balkon war niemand. Er führte in einen Nebenraum des Thronsaals. Ihr Vater hatte hier oft gestanden, um allein zu sein, wenn er eine Pause von seinen Regierungsgeschäften gebraucht hatte. *Denk nicht an ihn, Naima. Rette dich. Dann kannst du trauern.*

Sie wollte gerade weiterlaufen und vom Balkon das Dach erklimmen, das sie weiter auf ihrem Weg in eine ungewisse Freiheit bringen würde, als sie etwas bemerkte, das sie innehalten ließ. Da war eine Stimme. Eine Stimme, die ihr seltsam vertraut vorkam. Nicht Abdals. Sie drang durch eine offen stehende Tür, die in den Nebenraum führte, und sie war zu leise, um die Worte zu verstehen. Oder ihren Klang deutlich genug zu hören, um sagen zu können, zu wem sie gehörte. Das Gefühl ähnelte dem, das sie eben an der Tür in ihrem Gemach gehabt hatte. So unerwartet vertraut. Wem gehörte die Stimme?

Naima wollte weiterlaufen. Den Weg fortsetzen. Sie hörte Abdal, der ihr flehend zurief, nicht stehen zu bleiben. Doch Naima konnte nicht gehen, ohne zu wissen, wer da sprach. Die Stimme besaß eine Magie, gegen die Naima nicht ankam. Sie setzte einen Schritt über die Schwelle. Dann einen in den Palast hinein. *Flieh, Naima,* rief sie sich in Gedanken zu. Ja, sie musste verschwinden. Und machte dennoch den nächsten Schritt zu einer weiteren Tür, die vom Nebenraum in den Thronsaal führte. Lautlos öffnete Naima sie einen Spalt. Der Thronsaal war in Schatten getränkt. Naima mochte ihn schon in der echten Welt nicht. Alle Macht des Emirs schien sich in ihm zu verdichten. Jedes gesprochene Wort an diesem Ort konnte über das Schicksal Tausender entscheiden. Zumindest war dies in ihren Kindheitserinnerungen, die bis in die Tage vor der Invasion der Briten in ihr wunderschönes Land zurückreichten, so gewesen. Die Macht war vergangen, doch Naima schmeckte sie noch immer in der Luft und konnte den Thronsaal daher nicht leiden. Selbst wenn ihr Land heute im Grunde aus dem Palast der britischen Königin regiert wurde. Der Raum war beinahe leer. Zwischen den Säulen nisteten die tiefen Schatten wie schlafende Vögel. Trieben über die mit Mustern verzierten Wände. Reichten hinauf zur gläsernen Decke, durch die nichts als der dunkle Himmel zu sehen war. Und dennoch schien ein Licht an diesen Ort. Es sickerte aus den Wänden heraus wie Wasser und floss zerlaufener Milch gleich über den Boden.

Wie im Traum stand Naima dort und betrachtete den Thronsaal, in dem ihr Vater Tag für Tag so viele Stunden verbracht hatte. Stunden, in denen sie ihn entbehrt hatte. Stunden, die ihn in den vergangenen Jahren, seit der Invasion, zunehmend hatten verzweifeln lassen. Manche der Besatzer hatten behauptet, sie wären gekommen, um die Zivilisation in alle Teile der Welt zu bringen. Einige aber waren sehr ehrlich gewesen. Es ging ihnen nur um Macht. Handelswege. Kontrolle über die Meere. Über das Land. Über die Welt. Als wollten die Briten die Erde in ein gewaltiges Imperium hineinzwingen. Ra's al-Chaima war sicher nur ein unbedeutender Punkt in diesem Weltreich, das die Königin und ihre Politiker im Sinn hatten. Doch für die Menschen, die dort lebten, war es die Welt selbst. Und sie hatte sich dank der Invasoren in eine Hölle verwandelt. Die Briten hatten ihnen das Wichtigste genommen. Die Freiheit. »Wir müssen glücklich sein mit dem, was uns bleibt. Das Leben.« Ihr Vater hatte immer so milde gesprochen, wenn Naima sich über Gott und seine Ungerechtigkeit beklagt hatte.

Ihre Gedanken wurden abgelenkt, als die Schatten in dem Thronsaal mit einem Mal ineinanderliefen. Sich verdichteten wie die Wolken, die sie während ihres Besuchs in England am Himmel gesehen hatte, kurz bevor einer der häufigen Regenschauer über London gezogen war. Naima sah in ihnen immer noch ein Wunder. Die Invasoren mussten das Wasser dem Boden nicht mit tiefen Brunnen entreißen wie Naimas Leute. Bei ihnen fiel es einfach vom Himmel. Die Schatten gebaren einen Leib, der genau auf dem Thron aus Zedernholz erschien, auf dem seit Generationen die Männer ihrer Familie saßen. Die Schatten formten einen Oberkörper, aus dem nacheinander zwei Arme wuchsen. Beine. Ein Hals. Ein Kopf. Und Augen, die Naima zu hassen gelernt hatte. Silberne Augen.

Naima wäre am liebsten wutentbrannt durch die Tür gelaufen und hätte den Ifriten von dem Thron ihres Vaters heruntergezerrt. Ihn dafür bestraft, dass er ihre Familie getötet hatte und sie nun auch noch im Tod verhöhnte. *Es ist nur ein Stuhl, Naima*, versuchte sie sich selbst zu beruhigen. Ja, aber er war das Symbol für das Haus ihres Vaters. Und nur er durfte dort sitzen. Vor Wut bebend stand sie im Türrahmen. Sie wusste, dass es besser wäre, zu gehen. Ihren Plan in die Tat umzusetzen und zu fliehen. Egal ob sie es schaffte, wieder nach Hause zu kommen, oder für alle Zeit durch die Madinat almutaa irren musste, bis sie ihretwegen vernichtet würde, falls Oz und Jack recht hatten. Doch Naima konnte nicht gehen. Sie wollte das Geschöpf sehen, das ihr Leben vernichtet hatte. Es verstehen. Und es töten. Sie hatte viele Märchen über Ifriten gehört. Es gab nur einen

Weg, sie zu besiegen. Man musste ihre Eitelkeit ausnutzen und sie fangen. *Aber dies hier ist kein Märchen, Naima*, rief sie sich ins Gedächtnis. Und blieb dennoch stehen, anstatt fortzulaufen.

Für einen Moment saß die Gestalt reglos auf dem Thron. Es schien fast, als wäre sie eine Statue aus Stein. So wie die Figuren, die sie in London auf einigen Plätzen gesehen hatte und die wie gestaltgewordene Vergangenheit an eine frühere Zeit erinnerten. Dann regte sich der Ifrit, und die silbernen Augen leuchteten im Zwielicht des Thronsaals. »Was ist?« Die Stimme klang seltsam unmenschlich. Wie ein Wispern, das so gar nicht zu dem gigantischen Leib passen wollte, den der Ifrit bei ihrer Verfolgung durch die Madinat almutaa angenommen hatte. Nun hatte er die Maße eines normalen Mannes. Seine Stimme hatte sie gerade schon gehört. Körperlos und seltsam vertraut.

Zu wem hatte er gesprochen? Naima versuchte, in den Schatten jemanden zu erkennen. Und glaubte ihren Augen kaum, als sich weitere Wesen aus ihnen herausschälten. Sie schienen über den Boden zu gleiten. Durch die Luft zu fließen. Waren das auch Ifriten? Vielleicht. Allerdings sahen sie anders aus. Der Ifrit war kahl. Er schien, auch wenn sein Leib dem eines Mannes sehr ähnlich war, die Wildheit eines Tieres zu besitzen. Seine Augen leuchteten wie zwei Sterne. Die Geschöpfe allerdings, die nun mit einer beinahe demütigen Haltung vor dem Thron erschienen, glichen mehr einem Menschen. Allerdings konnte Naima weder Augen noch Mund erkennen. Sie waren wie die Schatten von Menschen. Schatten, die sich vom Boden oder einer Wand gelöst hatten und sich nun frei bewegen konnten.

Einer der Schatten glitt, scheinbar ohne seine Beine dabei zu bewegen, auf den Ifriten zu. Wenn er etwas zu dem Rachegeist sagte, so verstand es Naima nicht. Der Ifrit hob den Kopf, und seine silbernen Augen blitzten auf. »Der Mensch?«

Der Mensch? Meinte er etwa sie? Naimas Herz schlug mit einem Mal so hart und schnell, dass sie fürchtete, der Ifrit könnte es hören. Verflucht, er hatte doch am Ende ihrer Flucht durch die Madinat almutaa tatsächlich ihre Herzen schlagen hören. *Lauf weg, Naima.* Abdals Stimme war nicht mehr zu hören. Vielleicht traute er sich nicht in den Palast. Aber sie selbst schrie sich die Worte entgegen. Es wäre das Klügste. Und dennoch blieb sie. Etwas fesselte sie an den Boden. Als würden Ranken aus ihm herauswachsen und sich ihr um die Knöchel legen. Sie musste mehr hören. Dies war ihr Zuhause. Irgendwie zumindest. Und der Ifrit durfte es ihr nicht einfach nehmen. *Du bist töricht, Naima*, sagte sie sich. Und lauschte gespannt.

Die Schatten flossen fort von dem Thron und aus dem Saal. Der Ifrit aber erhob sich und klatschte in die Hände. Und siehe da! Das Licht wurde heller, bis es ein Tor in einer der Wände des Thronsaals offenbarte. Es gehörte in der echten Welt nicht dorthin. Wie fehl am Platz es hier wirkte. Hohe Bögen aus Stein. Eiserne Gitter. Das Tor des britischen Palastes, vor dem Naima und ihre Familie angegriffen worden waren und vor dem sie das Bewusstsein verloren hatte, ehe sie sich in dem Abbild ihres Lieblingsgartens wiedergefunden hatte. Sie war sprachlos vor Erstaunen.

Der Ifrit trat vor das Tor. Er senkte den Kopf und schien in Gedanken versunken. Wie von selbst öffneten sich die Flügel und gaben einen Durchgang frei. Für einen Moment war nicht zu erkennen, wohin er führte. Auf der anderen Seite war nur Nebel. Doch dann klarte sich das Bild auf. Und Naima blickte in einen Raum, der es, was die Größe betraf, ohne Mühe mit dem Thronsaal aufnehmen konnte. Sie sah zahllose Regale, in denen Sterne in gläserne Fläschchen eingefangen zu sein schienen. Dutzende. Hunderte. Tausende. Was war das für ein Ort? Und dann erkannte sie einen Mann. Der vornehmen Kleidung nach ein reicher Engländer. Er stand dort inmitten der Sterne, und ihr Licht zeichnete ihm einen zerlaufenen Schatten auf den Boden. Mit einem Mal wurde er dunkler. Fester. Und im selben Moment verlor der Ifrit seinen Leib. *Er wird zum Schatten des Engländers*, dachte Naima bei sich, als sie begriff. Gebannt starrte sie durch das Tor.

Der Mann schien nicht im Mindesten erschrocken. Als sein Schatten ihn mit den Silberaugen des Ifriten ansah, beugte er den Kopf.

Lauf durch das Tor, Naima, sagte sie sich. *Es führt dich vielleicht in deine Welt. Und der Ifrit? Und der Engländer? Und das Gift?* Die Gedanken wirbelten in ihrem Kopf durcheinander. Doch ehe sie auch nur einen Schritt machen konnte, begannen sich die Flügel des Tores zu schließen. Nur noch ein paar Worte drangen zu ihr durch den nun verwaisten Thronsaal.

»Was ist, mein Diener?«, fragte der Rachegeist.

»Ich …« Der Engländer stockte und schien sich sammeln zu müssen, während sich die Flügel des Tores endgültig schlossen, »… ich muss Euch etwas berichten.«

DER HERR UND SEIN DIENER

Jack und Oz hatten gerade die Tür, die aus dem Keller in den Archivsaal führte, erreicht, als sie Stimmen hörten. Die eine klang totentrocken und gehörte Terry. Die andere Stimme indes hatte Jack noch nie hier unten gehört. Und das war nicht der einzige Grund, weshalb sein Herz mit einem Mal so schnell in seiner Brust schlug, dass er fürchtete, man könnte es hören.

»Der Minister«, schnurrte Oz leise. »Was will er hier unten? Uns besuchen?«

Zur Antwort legte Jack einen Finger auf die Lippen. Rasch drückte er sich zwischen die ersten Regale neben dem Eingang ins Archiv und suchte eine Stelle, von der aus er die beiden sehen konnte.

Terry saß hinter seinem Schreibtisch, vor ihm lagen gleich vier der dicken Register. Der Minister hatte Jack den Rücken zugewandt. Das Licht der Phiolen malte ihm ein silbernes Muster auf die Kleidung und ließ ihn ebenso geisterhaft erscheinen wie Terry.

»Jetzt?«, hörte Jack den Archivar fragen. Der Chefarchivar gab sich wenig Mühe, seinen Widerwillen zu verbergen. »Es ist mitten in der Nacht.«

»Und?«, fragte der Minister leicht gereizt. »Was stört Sie die Uhrzeit, Terry? Diese Dinge müssen erledigt werden.«

Jack konnte erkennen, wie Terry etwas entgegnen wollte, doch der Minister sprach einfach weiter. »Die Ordnung muss gewahrt bleiben.«

Ordnung. Es war ein Zauberwort, das auf Terry wirkte wie eine Phiole. Er konnte sich ihm nicht entziehen. »Und wo sind die Unterlagen?«, seufzte er.

»In meinem Büro«, antwortete der Minister. »Am besten, Sie fangen sofort an. Dann sind Sie vermutlich fertig, ehe die Frühschicht beginnt.«

Terrys Erwiderung konnte Jack nicht verstehen. Er brummte etwas und erhob sich widerwillig. Dann schlurfte er mit wippendem Hut aus dem Archiv.

Jack bemerkte Oz' fragenden Blick. Was sollte so wichtig sein, dass Terry sich unbedingt mitten in der Nacht darum kümmern musste? Er kam nicht dazu, sich weiter mit der Frage zu beschäftigen. Der Minister ging mit schnellen Schritten in eine der Regalschluchten. Es dauerte nur wenige Sekunden, ehe er wiederkam. In seinen Händen hielt er etwas Leuchtendes. Wie ein Stern sah es aus. Eine Phiole. Was um alles in der Welt wollte er mit ihr? Schlagartig kam Jack das Verhör des beschworenen Ifriten in den Sinn. Jack hatte danach angenommen, der Schatten, der ihm Naima genommen hatte, wäre der Dieb der Phiolen. Doch vielleicht steckte dahinter eher ein Minister. Jacks Vorgesetzter wisperte etwas. Jack konnte es ebenso wenig verstehen wie zuvor Terrys missmutiges Brummen. Diese Worte ließen die Luft frostig werden, als hätte ein Wintersturm seinen Weg in das Archiv gefunden. Und tatsächlich erfüllte im nächsten Moment ein lautes Rauschen den riesigen Raum.

»Eine Beschwörung«, zischte Oz in den plötzlichen Lärm.

Eine Beschwörung? Jack blickte den Kater an und begriff nicht. Einen Augenblick später war der Wind abgeebbt, und der Minister blickte erwartungsvoll auf den eigenen Schatten, den der Schein der Phiolen auf den Boden malte. Der eigene Schatten, der sich erhob, als wäre er mit Leben erfüllt.

Unwillkürlich taumelte Jack einen Schritt zurück. Der Minister indes blieb ungerührt stehen. Dann beugte er den Kopf.

»Was ist, mein Diener?«, fragte der Ifrit.

»Ich …«, der Minister stockte, »ich muss Euch etwas berichten.«

Mein Diener? Jack verstand noch immer nicht alles. Aber eines war nun klar. Der Minister hatte von dem Ifriten gewusst, weil er ihm diente. Wie konnte das nur sein?

Der Ifrit nahm das Glasfläschchen aus den Fingern des Ministers. Für einen Moment flammte das Licht darin hell auf. Und verging. Der Ifrit aber schien nun dunkler als zuvor. Lebendiger.

Der beschworene Ifrit hatte recht gehabt. Ein Rachegeist konnte länger im Diesseits bleiben, wenn er den Todesfunken einer Seele stahl. Nun also war zumindest dieses Rätsel gelöst. Jack blickte kurz zu Oz.

»Der Minister ist ein Verräter«, knurrte der Kater leise.

Offensichtlich, dachte Jack.

»Rede«, forderte der Ifrit.

Der Minister begann hastig von dem Gespräch zwischen ihm und Jack zu erzählen.

»Und es ist der Mann, der beinahe alles zunichtegemacht hätte?«, fragte der Ifrit.

Jack lauschte stirnrunzelnd. Was um alles in der Welt hatte er beinahe zunichtegemacht? Das nächste Rätsel. Er sah den Minister nicken.

»Er befindet sich in meinem Gewahrsam. Vielleicht brauchen wir ihn noch. Aber wenn er nicht mehr nützlich für uns sein kann, sollten wir ihn töten. Allein für die Lüge mit der Zahl der Toten hat er ein qualvolles Ende verdient.«

»Er wäre um ein Haar umgekommen in jener Nacht. Aber ich war noch zu schwach, um gegen die Kraft der Phiolen anzukommen«, wisperte der Ifrit heiser.

»Seid froh, dass er überlebt hat, Herr. Denn sonst hätten wir vielleicht nie mehr die Spur der Prinzessin gefunden.«

»Ich hätte sie direkt aufspüren können, wenn du dich nicht hättest täuschen lassen«, entfuhr es dem Ifriten.

Der Minister duckte sich, als wollte er einem Schlag ausweichen. »Der Mann hat uns mit seinen Lügen und der falschen Zahl wertvolle Zeit gestohlen. Ich wusste nicht, dass Ihr die Seelen bereits auf die andere Seite gebracht hattet. Und wie konnte ich ahnen, dass sich die Prinzessin in der Zwischenwelt versteckt hatte?«

»Sie wurde fortgebracht in jener Nacht«, grollte der Rachegeist. »Von diesem Menschen. Und von ihrem toten Diener wurde sie vor mir verborgen. Doch nun gehört sie mir.«

»Wie Ihr seht, Herr, ist mein Plan trotz allem aufgegangen«, sagte der Minister so eilfertig, als sehnte er sich nach einem Lob des Ifriten. »Ich habe den Mann so oft es ging in die Zwischenwelt entsandt, bis er uns zu ihr geführt hat. Ich war immer sicher, dass er sie unweigerlich suchen und irgendwann in der Lage sein würde, sie zu finden. Vermutlich hat er die ganze Zeit über geglaubt, niemand würde ahnen, was er getan hat. Und sicher hat er nie bemerkt, dass ihr ihm wie ein Schatten folgt. Aber wir haben ihn vom ersten Moment an durchschaut, Herr.«

Nur mit Mühe konnte Jack ein verblüfftes Keuchen unterdrücken. Der Minister und der Ifrit hatten mit ihm gespielt? Darauf gewartet, dass er Naima fand? *Und du hast tatsächlich nichts gemerkt, Jack*, tadelte er sich. Nun, er hatte sich beobachtet gefühlt. Doch nie hatte er ernsthaft gedacht, dass er verfolgt würde. Bis sich der Ifrit gezeigt und ihm Naima genommen hatte. Wie hätte er auch darauf kommen können, dass sich der Ifrit an seine Fersen geheftet hatte? Und warum nur war der Minister der Diener dieses Wesens?

»Doch nun kann die Saat aufgehen, Herr«, fuhr der Minister fort. »Es wird schon bald geschehen. Ihr kehrt in unsere Welt zurück. Endgültig. Ist die Prinzessin schon tot?«

Die Worte schnitten Jack tiefer ins Herz, als es jede Klinge gekonnt hätte. Atemlos wartete er auf die Antwort des Ifriten. *Nein*, dachte er bei sich. Sie durfte nicht tot sein. Sie durfte einfach nicht tot sein.

Der Ifrit zögerte einen winzigen Moment, ehe er dem Minister antwortete. Ganz so, als würde er die Worte scheuen, die ihm im nächsten Augenblick heiser über die geisterhaften Lippen kamen. »Noch nicht. Sie wird sterben und wie die anderen zu meinem Geschöpf werden. Wenn ich die siebte Seele genommen habe und endlich durch das Schattentor gehen kann. Hast du alles vorbereitet?«

Zur Antwort trat der Minister zurück und verschwand in einer der Regalschluchten. Als er wiederkam, trug er mehrere Phiolen in den Händen. »Und meine Belohnung, Herr?« Der Minister erschien Jack einen Moment lang wie einer der Laufburschen des Ministry of Souls, der um eine Münze für seine Dienste bat.

Das Lachen des Ifriten erfüllte das ganze Archiv und ließ das Licht der Phiolen flackern. »Die Angst vor dem Tod. Allzu menschlich. Es ist eine Pointe in dieser Geschichte, dass ausgerechnet du, mein verräterischer Diener, sie so tief im Herzen trägst. Ausgerechnet du, der du so bewandert bist in den Geheimnissen der anderen Seite.«

Der Minister ließ den Spott reglos über sich ergehen wie einen kalten Regenschauer. »Ich habe Euch nie verraten, Herr«, sagte er, und die Furcht in seiner Stimme passte so gar nicht zu dem Obersten der Soulmen.

»Mich nicht. Aber deine Königin. Was würde sie wohl sagen, wenn sie wüsste, dass du einem Todfeind die Tür in ihr Reich geöffnet hast?«

»Eure Sache ist gerecht«, beeilte sich der Minister zu sagen. »Und ich folge ihr aus voller Überzeugung.«

Der Ifrit sah ihn kalt an. »Du folgst nur deiner eigenen Sache. Du bist ein Werkzeug. Eines, das seinen Zweck erfüllt. Nun, dein Land rühmt sich der Ehre seiner Männer, auch wenn sie keine Ehre besitzen. Du wirst erkennen, dass ich hingegen zu meinem Wort stehe. Der Tod hat keine Macht, wo ich bin. Du wirst leben, solange du an meiner Seite bleibst, und in meinem Namen herrschen. Komm hinüber und bring mir, was du gestohlen hast. Einer meiner Diener wird dich erwarten und dir den Weg weisen.« Dann sprach er einige unverständliche Worte, und etwas Dunkles legte sich um die Phiolen. Sie schienen in schwarze Fäden eingesponnen zu werden. Einen Augenblick später fiel der Schatten des Ministers in sich zusammen. Die Audienz war augenscheinlich beendet.

Jack stand unschlüssig da. Er hatte nicht mal die Hälfte von dem verstanden, was der Minister und der Ifrit gesagt hatten. Doch das Wort Schattentor war ihm nicht neu. Die Pforte eines Ifriten. Und Naima sollte die siebte Seele geben? Wofür? Um den Weg zu beschreiten, von dem der beschworene Ifrit gefaselt hatte? Nun, es war ihm im Grunde egal. Nur eines zählte. Sie lebte. Noch. Er konnte sie retten. Auch wenn er keine Ahnung hatte, wie er das anstellen sollte.

Jacks Vorgesetzter war nun alleine. Und arglos. Es wäre eine gute Gelegenheit, ihn niederzuschlagen und so den Plan des Ifriten zu vereiteln. Er könnte die anderen Soulmen zu Hilfe rufen. *Und, Jack, wem würde man eher glauben?*, fragte er sich. *Dem Minister oder dir?* Jack war ein Gefangener auf der Flucht. Gut, er hatte den sprechenden Kater an seiner Seite. Vielleicht würde er die Soulmen überzeugen können. Doch selbst wenn sie ihm glaubten, würde es Naima kaum retten. Der Ifrit würde erfahren, dass sein Diener aufgeflogen war, und sie dennoch töten.

Der Moment verstrich, ohne dass Jack sich rührte. Der Minister straffte sich und verließ das Archiv.

»Wir sollten ihm folgen und die Prinzessin retten«, meinte

der Kater schnurrend. »Interessant übrigens war die Erwähnung des Schattentors. Ich hatte ja bereits davon erzählt, als ich noch …«

»Natürlich folgen wir ihm«, schnitt Jack dem Kater das Wort ab. Er zog einige Phiolen aus der Schublade eines Schränkchens. Unbewaffnet würde er dem Ifriten nicht gegenübertreten. Dann ging er los.

Oz schwieg beleidigt und schlich so leise voran, dass Jack nicht einmal dann seine Schritte hören konnte, wenn er angestrengt lauschte. Die eigenen indes klangen in dem nächtlichen Ministerium, als gehörten sie einem Riesen. Sie ließen dem Minister vorsichtshalber einigen Vorsprung, ehe er noch bemerkte, dass er verfolgt wurde. Er führte sie aus dem Gebäude heraus. Dem Rothaarigen am Eingang nickte Jack nur stumm zu, und kaum waren sie außer Hörweite, forderte Jack den Kater auf, die Fährte des Verräters aufzunehmen.

»Ich bin doch kein Jagdhund«, beschwerte sich der tote Archivar. Dennoch reckte er den Kopf nach links und rechts und setzte sich dann zielstrebig in Bewegung. Die Gasse, in die Oz sie bald führte, war so dunkel, dass Jack kaum die eigene Hand vor Augen erkennen konnte. Nur ein schwaches Silberlicht war zu erkennen, als wären ein paar Sterne vom Himmel gefallen. Phiolen. Sie lagen auf dem Boden. Mehr konnte er nicht sehen. Dafür malte ihm der unterdrückte Schrei, den er einen Augenblick später hörte, ein hässliches Bild in den Kopf. Es dauerte nicht lange, und ein Geist zeigte sich am Ende der Gasse. Soweit Jack erkennen konnte, gehörte er zu einem der Tausenden von Obdachlosen, auf deren Armenviertel Ruhm und Pracht der modernsten Stadt der Welt nicht abstrahlten.

»Es scheint, als würde sich der Minister eine eigene Tür auf die andere Seite öffnen«, zischte Oz. Mit seinen Katzenaugen konnte er offenbar bestens in der Dunkelheit sehen. »Dem Bettler steckt ein Messer in der Brust.«

Ein schmaler Eingang in eines der dunklen Häuser wurde für den Obdachlosen zur schimmernden Pforte. Der Geist schien Angst zu haben. Nicht verwunderlich, wenn der eigene Mörder direkt neben ihm stand. Es brauchte oft einige Zeit, bis sich die Toten ihres Ablebens ganz und gar bewusst wurden. Jack konnte erkennen, wie der Geist in eine Phiole gezogen wurde. Jemand hob die übrigen Glasfläschchen vom Boden auf. Und trat durch die Pforte.

Jack war froh, dass sich die Nacht wie ein schwarzes Tuch gnädig über den Toten legte, als sie an die Pforte traten. Sie würde noch eine Stunde offen stehen. Eigentlich gab es keinen Grund zur Eile. Doch auf der anderen Seite hatte sich der Minister vermutlich bereits auf den Weg zu seinem finsteren Herrn gemacht. Wie lange sollten sie noch warten, ehe sie ihm …

»Hey!«, hörte Jack jemanden vom Ende der Gasse her rufen. Verdammt, der Mord war schnell entdeckt worden. Sehr schnell. *Und du stehst direkt neben der Leiche, Jack. Kein guter Platz.*

»Es sind Polizisten«, zischte Oz leise. »Zeit zu gehen.«

Auch das noch. Eine zweite Stimme forderte Jack auf, stehen zu bleiben. Dann zerriss das schrille Trillern einer Pfeife endgültig die schläfrige Ruhe. Jack stolperte durch die Pforte. Was würden die Polizisten wohl glauben? Dass sie ein Gespenst gesehen hatten? Vielleicht. Neben ihm sprang ein Schatten durch die Luft. Oz. Und die Welt um Jack herum verschwand.

Jack schlug so hart auf steinernem Boden auf, dass er einen Moment lang fürchtete, er hätte das Tor verfehlt und läge zu Füßen eines übellaunigen Bobbys. Vorsichtig hob er den Kopf und sah … tatsächlich die Gasse. Verdammt! Rasch blickte er sich um. Kein Polizist. Den Geist fand er nur wenige Meter entfernt. Er stolperte so verloren zwischen den Häusern entlang, als wüsste er nicht, wo er hingehörte. Und angesichts der Ereignisse der vergangenen Minuten war es vermutlich auch genauso.

Die Gasse war verschwommen. Als wären die Häuser mit feuchter Farbe in die Dunkelheit gemalt worden. Also war das hier die Zwischenwelt, begriff Jack. Er hatte die Pforte nicht verfehlt. Was für ein Leben hatte der Obdachlose nur geführt, dass dies hier der schönste Ort darin war?

»Wo ist er hin?« Jack hielt sich nicht lange mit Höflichkeiten auf. Sie durften die Spur des Ministers nicht verlieren. Vermutlich war es selbst für Oz nur schwer … Der Gedanke an seinen Freund ließ Jack entsetzt aufkeuchen. Oz. Er war ebenfalls durch die Pforte gekommen. Ein Schnurren ließ Jack herumfahren. »Oz«, rief er. »Warum hast du das getan?« Er kniete sich hin und streichelte dem Kater über das Fell. Diesmal ließ er es anstandslos zu. »Du kannst vielleicht nie mehr zurück.«

»Vielleicht. Aber warum sprichst du mit einem Kater?« Oz' Stimme. Doch sie kam nicht aus dem Maul des Tieres. Jack drückte sich auf die Füße. Und blickte in zwei von einer Brille vergrößerte Augen. »Oz!«, rief er erneut.

»Das hatten wir schon«, erwiderte der tote Archivar. »Und sei um Himmels willen leiser. Sonst entdeckt der Minister uns noch.«

»Aber …«, begann Jack, doch dann verstummte er. Oz und Ramses hatten sich bei dem Sprung in die Zwischenwelt offensichtlich wieder voneinander getrennt. Die Frage, ob der Kater Oz noch einmal mit in die Welt der Lebenden nehmen würde, musste warten. Es war ja nicht mal sicher, ob sie überhaupt noch einmal hinüberkamen. Jetzt zählte nur eines.

»Die Prinzessin«, wisperte Oz, als habe er Jack die Gedanken von der Stirn gelesen.

»Wir suchen sie. Wir befreien sie. Und wir bringen sie fort von hier. Also«, fragte Jack den toten Obdachlosen noch einmal.

»Wo ist dein Mörder hin? Ich verspreche dir, dass er für all das hier bezahlen wird.«

Das Versprechen malte ein grimmiges Lächeln auf das zernarbte Gesicht des Mannes. »Seid vorsichtig, er ist nicht alleine. Eine Art Schatten hat ihn abgeholt.« Er deutete auf eines der Häuser.

Ein Übergang, dachte Jack, zog seine Uhr hervor und drückte den Knopf.

Oz hielt den Kopf so, als hätte er eine Fährte aufgenommen. »Ja, ich denke, ich kenne seinen Weg.« Zielstrebig stolzierte er los. »Ein Kater und zwei Männer gegen einen Ifriten und seine Schattendiener. Klingt nicht ganz ausgewogen«, meinte Oz.

Ein schmales Lächeln zog Jacks Lippen in die Breite, während er Ramses auf den Arm nahm und seinem Freund die Gasse entlang folgte. »Oh, deine Aufzählung stimmt nicht ganz. Ein Kater. Ein Mann. Und ein Zauberer.«

Oz erwiderte Jacks Lächeln. »Klingt nach einer guten Geschichte.«

Der Archivar blieb vor einer unscheinbaren Tür stehen, die in ein heruntergekommenes Haus führte. In dieser Straße jedoch konnte sie genauso gut in einen anderen Teil der Zwischenwelt reichen. Vielleicht sogar in einen fernen orientalischen Palast. »Ja«, erwiderte er. »Und zwar eine mit einem guten Ende.«

FÜNF GEISTER

Alles war Naima so vertraut erschienen. Der Thronsaal. Die Gänge. Und doch fühlte sich alles so entsetzlich falsch an. Sie war fortgelaufen, kaum dass sich das seltsame Tor geschlossen hatte, durch das der Ifrit gegangen war. Hatte versucht zu flüchten, aber weiter als bis an den Rand des Innenhofs war sie nicht gekommen. Sie hatte die Wesen bereits gespürt, noch bevor sie auch nur eines von ihnen zu Gesicht bekommen hatte. Die Hände, die sie gepackt hatten und noch immer eisern hielten, schienen nicht ganz und gar fest zu sein. Und doch steckte zu viel Kraft in ihnen, um sich gegen den Griff zu wehren. Die Berührung nahm ihr ohnehin allen Mut. Eine tiefe Verzweiflung war in ihr emporgestiegen, als sich die geisterhaften Finger um ihre Arme geschlossen hatten. Eine Verzweiflung, die sie auch jetzt noch in sich spürte. *Nein*, dachte sie. Die Verzweiflung kam nicht aus ihrem Herzen. Sie war wie ein kalter Schauer auf ihrer Haut. Ein Gefühl, das von dem Schattenwesen rührte. Und doch waren es dunkle Erinnerungen von ihr selbst, die in ihrem Kopf Gestalt annahmen. Ein bestimmtes Bild, das sie so geflissentlich all die Jahre aus ihren Gedanken verbannt hatte. Ihre Mutter. Das wunderschöne Gesicht so weiß wie das Laken, mit dem sie trotz der Hitze des Tages zugedeckt war, weil die Krankheit sie frösteln ließ. Eine Krankheit, die sie aus einem der Armenviertel der Stadt unfreiwillig mitgebracht hatte, als sie mit ihrer Dienerin dorthin gegangen war, um den Kranken zu helfen. Verkleidet, damit keiner der Besatzer des Emirats sie erkannte. Törichte Närrin. So hatte ihr Vater sie genannt und seine verzweifelte Trauer über ihr Schicksal unter Vorwürfen verborgen. Oder mutige Heldin? So hatte Naima sie genannt und ihre eigene verzweifelte Trauer versucht mit ihren Tränen aus dem Herzen zu spülen. Vergebens. Sie … *Reiß dich zusammen, Prinzessin*, tadelte sie sich. Sie war eine erwachsene Frau und weinte wie ein kleines Mädchen. Mit aller Kraft straffte sie sich und erstickte Bitterkeit und Trauer. Es gelang Naima nicht ganz, aber sie würde weiterkämpfen. Bis zum Schluss.

Widerstandslos ließ sie sich von den Wesen führen. Vielleicht würde es eine Möglichkeit geben, zu entkommen. Und dann musste sie bereit sein. All die Jahre hatte Abdal sie immer wieder mit seinem Training gequält. *Eine Prinzessin muss sich wehren können.* Er hatte diesen Satz so oft gesagt, bis Naimas Vater ihm endlich die Erlaubnis erteilt hatte, neben dem Sohn auch der Tochter beizubringen, wie man kämpfte.

Die Schatten, die Naima gefangen hatten, führten sie über den Innenhof, in dessen Mitte der hohe Brunnen stand, dessen Alabasterhaut mit einem feinen Muster verziert war.

Es waren vier Geschöpfe, die sie dorthin zwangen. Aus einem Grund, den Naima selbst nicht verstand, hatte sie das Gefühl, dass sie ihr vertraut waren. Auch wenn ihre schattenhaften Köpfe keine erkennbaren Gesichter besaßen. Es schien, als würden sie keine Persönlichkeit besitzen. Nur Körper sein.

Der Himmel, der sich über den Palast spannte, war so grau, als hätte er alle Farbe verloren. Zu ihrem Erstaunen erkannte sie den Engländer, der eben noch mit dem Ifriten gesprochen hatte. Wie war er hergekommen? Vielleicht hatte ihn einer der Schatten geführt. Ein weiterer von ihnen stand direkt neben ihm. Im Gesicht des Engländers mischten sich Unbehagen und Angst und … Erleichterung. Der Anblick von Naima erfüllte ihn mit Glück. Ein vergiftetes Glück. Sie war sich sofort klar darüber, dass er ihr nicht helfen würde, falls sie versuchte zu fliehen.

Der Rachegeist erschien mitten auf dem Platz, als hätte die Luft ihn geboren. Naima spürte, wie ihr Herz bei seinem Anblick anfing, vor Hass schneller zu schlagen. Sein Leib war in diesem Moment nur so groß wie der des Engländers. Was verband den Menschen mit dem Ifriten? Der Mann aus dem Westen hatte etwas bei sich. Er schien leuchtende Sterne in den Händen zu halten.

»Prinzessin.« Der Ifrit wandte sich nicht um, während er Naima ansprach.

»Ifrit«, gab sie zurück und versuchte all ihre Abscheu in das eine Wort zu legen. Hatte er gerade gezuckt? Fast schien es so.

»Ihr seid schlau«, sagte er noch immer ohne sich umzuwenden. »Und Ihr verbergt Eure Angst tief in Euch.«

»Was willst du, Ifrit?«

»Euer Leben, Prinzessin.« Die Antwort hatte der Engländer gegeben.

Naima sah ihm fest in die wässrigen Augen. Und er hielt ihrem Blick stand. Es sagte viel aus, ob jemand einem in die Augen sehen konnte oder nicht. Abdal hatte Naima auch dies gelehrt. Mut und Kraft waren in den Augen zu erkennen. Denn diese waren der Spiegel des Herzens. Der Engländer hatte gelernt, selbstsicher zu sein. Vielleicht von Kindesbeinen an. So wie sie. Indes mischte sich eine gehörige Portion Überheblichkeit und Arroganz in seinen Blick. Die Augen kamen ihr seltsam bekannt vor. »Ich habe Euch schon einmal gesehen«, sagte Naima, noch immer ohne den Blick zu lösen. Wo nur war sie ihm schon einmal begegnet? Es konnte nur während der wenigen Tage in London gewesen sein. »Der Empfang der Königin«, entfuhr es ihr.

Nun senkte der Engländer doch den Kopf, als wäre er ein Kind, das bei etwas Verbotenem ertappt worden war.

»Ihr wart einer der Gäste.« Naima war sicher, dass sie recht hatte. An das Gesicht konnte sie sich nicht erinnern. Die Gesichter der Engländer waren fast alle gleich. Helle Haut. Helle Augen. Helle Haare. Zumindest für den Blick einer Frau aus der Wüste. Jacks Antlitz hingegen hatte sich in ihrem Gedächtnis eingebrannt. Sie vermochte sich so gut an sein Gesicht zu erinnern, als hätte sie es ein Leben lang vor Augen gehabt.

Das Antlitz des Engländers vor ihr hingegen verschwamm in ihren Erinnerungen. Doch die kalten, wässrigen Augen hatte sie nicht vergessen. Sie waren der Spiegel des Herzens. In der Tat. Das Herz dieses Mannes musste voll von Feigheit, Hinterlist und Skrupellosigkeit sein.

»Gestatten? Lord William Stuart. Minister und Leiter des Ministry of Souls.«

Jack. Hatte er nicht auch von diesem Ministerium erzählt? »Was ist das für ein Spiel, Minister?« Sie spuckte das Wort aus wie ein Stück verdorbenes Obst. Wenn es etwas gab, das sie fast ebenso sehr verabscheute wie den Krieg und die Not durch die Besatzung, so war es Falschheit. Sie war der Anfang des Krieges, der in jedem Palast, an jedem Ort der Macht tobte. Ein Krieg, der meist geräuschlos und hinter dem Rücken geführt wurde. Mit einem Lächeln auf den Lippen und einer Grausamkeit im Herzen, die man sonst nur auf echten Schlachtfeldern fand. Und der Minister schien in dieser Kunst sehr geübt zu sein.

»Wieso seid Ihr hier?«, wollte Naima wissen.

»Genug«, donnerte der Rachegeist, und seine Stimme ließ die Erde beben.

Der Minister zuckte zusammen und trat einen Schritt auf ihn zu, als wollte er seinen Herrn besänftigen.

»Ihr habt eine lange Reise hinter Euch gebracht, Prinzessin«, sagte der Ifrit. »Und nun endet sie.«

»Was willst du?« Naima wunderte sich selbst über den Klang ihrer Stimme. So fest. Als wäre da gar keine Angst in ihrem Herzen, obwohl es beinahe in Furcht ertrank. Aber sie würde keine

Schwäche zeigen. *Kämpfe, Prinzessin*, sagte sie sich. »Wirst du mich für deine Herrin töten? Du dienst doch Königin Victoria, nicht? Der Minister hat dich in der Zwischenwelt aufgespürt und ihr als Jagdhund präsentiert. Und sie hat dir befohlen, uns zu ermorden, damit sie unser ganzes Land endgültig für sich nehmen kann. Ohne meinen Vater wird unser Volk hoffnungslos sein und die Besatzung durch die Engländer ...«

»Ich bin nicht der Hund einer feigen Königin auf ihrem aus Lügen erbauten Thron«, schnitt ihr der Ifrit voller Wut die Worte von der Zunge.

Nein, nicht nur Wut, dachte Naima. Da war Hass. Ein tiefer, unbändiger Hass.

Flammen züngelten auf dem Leib des Geistes, als hätte dieser Hass ein Feuer entfacht, das unter seiner Haut nistete. »Was bist du dann, Ifrit?«, fragte sie. Das aus Angst geborene Zittern in ihrer Stimme konnte sie diesmal nicht ganz unterdrücken.

»Ich bin der Racheengel, der die Königin und alle, die ihr dienen, ja alle, über die sie herrscht, töten wird.« Die Flammen loderten heiß auf und griffen in das Halbdunkel, als suchten sie etwas, das sie verbrennen könnten.

»Rache?« Naima runzelte die Stirn. Die Rache lag in der Natur eines Ifriten. Mehr noch. Sie war der Funke seines unnatürlichen Lebens. Ohne den Wunsch nach ihr würde er vergehen. Zumindest hieß es so in ihrer Heimat. Doch wieso wollte er dieses Verlangen an der englischen Königin und den Einwohnern dieses Landes befrieden? »Für wen sollst du dich an ihr rächen?«, verlangte sie zu wissen. »Hat dich ein anderer Herrscher in seinen Dienst genommen oder ...«

»Ich will sie für mich töten, Prinzessin.« Der Ifrit war so plötzlich herumgefahren, dass Naima die Worte in der Kehle stecken blieben. Er stand einen Moment lang völlig in Flammen. Die silbernen Augen leuchteten so hell wie der Mond, wenn er in voller Größe am Himmel steht. Und in diesen Augen las Naima den Wunsch, zu töten. Ein Wunsch, der in so viel Grausamkeit gekleidet war, dass sie für einen Moment alle Hoffnung verlor. *Du bist eine Prinzessin, Naima*, tadelte sie sich. *Du darfst keine Schwäche zeigen*. Innerlich straffte sie sich. Obwohl sie sich nie verletzlicher als in diesem Augenblick gefühlt hatte. Sie wünschte sich Oz und Jack an ihre Seite. *Wofür? Damit du gerettet werden kannst wie in einem verdammten Märchen? Rette dich selbst!* Sie musste aller Angst zum Trotz lächeln, als sie bemerkte, dass Jacks Fluchen erneut den Weg in ihre Gedanken gefunden hatte. Sie wusste selbst nicht, weshalb sie so fühlte, doch Naima kam sich mit einem Mal nicht mehr alleine vor. Als wäre Jack tatsächlich hier und würde ihr beistehen. Und Oz natürlich auch, schob sie rasch in Gedanken hinterher. Sie hoffte, dass ihr der Ifrit die Hoffnung, den der Gedanke an ihre Freunde in Naima entfacht hatte, nicht ansah.

»Für dich töten?« Naima gelang es, ihre Stimme nun wieder völlig gelassen klingen zu lassen. Sie musste an ihren Vater denken. Er hatte sie gelehrt, ruhig zu bleiben. »Das Herz«, hatte er immer gesagt, »ist ein gefährliches Ding. Es füllt sich allzu schnell mit Licht oder Dunkelheit. Und du musst aufpassen, was du hineingibst, denn es macht alles stärker. Ist es Liebe, dann wirst du von Güte erfüllt. Ist es Hass, dann wirst du von ihm verzehrt.«

Hasse den Ifriten nicht, ermahnte sie sich. *Und fürchte ihn nicht*. »Du bist ein Geist der Wüste. Was kann dir die Königin angetan haben, dass du sie töten willst? Oder willst du ihre Reichtümer, Monster?«

Die Frage schien den Ifriten noch mehr in Wut zu versetzen. Für einen Augenblick umhüllten die Flammen ihn ganz und gar. Er wuchs dabei, bis er sie um einige Köpfe überragte.

Aus dem Augenwinkel sah Naima, wie der Minister zurücktrat. Nun, er vermochte seine Angst offenbar nicht zu beherrschen. Vermutlich lief sein feiges Herz schon über vor ihr.

Auf dem Leib des Ifriten züngelten Flammen hoch in die Luft. »Monster? Reichtümer? Glaubst du …«, er stockte, als hätte er bemerkt, dass er in seiner Wut die Kontrolle verloren hatte. »Glaubt Ihr«, fuhr er ein wenig beherrschter fort, und die Flammen wurden wieder schwächer, »ich will das Gold der Königin? Haltet Ihr mich für einen Dieb?« Sein Brüllen erfüllte die ganze unwirkliche Welt und ließ den Boden beben. »Diese Schlange hat mir meine Heimat genommen. Hat ihre Schiffe in das Land geschickt, in dem ich einst als Mensch geboren wurde. Ihre Soldaten mit Gewehren auf die mutigen Männer schießen lassen, die nur das Land verteidigen wollten, in dem ihre Kinder aufwachsen sollten. Und wofür? Handelswege. Bodenschätze. Macht. Die Herzen der Engländer sind erfüllt von Gier, Prinzessin. Sie sind die wahren Monster. Ich aber bringe lediglich den Krieg, den sie auf ihre Schiffe geladen und über das Meer gefahren haben, zurück in ihre eigene Heimat. Ich habe Feuer gelegt, Wasser vergiftet. Den Tod auf so viele Weisen gebracht. Ich lege ihn der Königin zu Füßen, damit sie ihn selbst genießen kann, bis sie sich an ihm verschluckt. Denkt an die Menschen, die Euch vertrauen, Prinzessin. Wollen sie kämpfen oder geknechtet werden?«

Für einen Augenblick wusste Naima nicht, was sie sagen sollte. Sie … verstand den Wunsch nach Rache, den der Ifrit in seinem nachtschwarzen Herzen trug. Es gab viele Länder wie ihres, in das die Briten oder auch andere Nationen einmarschiert waren. Viele Männer, die getötet worden waren. Viel Leid, das Unschuldige erlitten hatten. Und noch heute erdulden mussten. Aus welchem Land stammte er wohl? War das wichtig? *Nein*, gab sie sich selbst die Antwort. Nur eines war wichtig. Dass sie nicht so fühlte wie er.

»Und was hat meine Familie mit all dem zu tun?« Der Hass auf dieses Wesen überkam Naima so plötzlich wie eine Welle, die sie nicht bemerkt hatte. Oh, sie hasste auch. Nur dass sich ihr Hass auf ihn richtete und nicht auf die Engländer. Oder? *Sei ehrlich, Naima*, sagte sie sich. *Tief in deinem Herzen findest du auch die Wut auf diejenigen, die Krieg und Leid in dein Land gebracht haben*. Wie hatte ihr Vater nur immer so friedfertig bleiben können? »Wenn wir kämpfen, verlieren wir«, hatte er jedes Mal zu ihr gesagt, wenn sie gefragt hatte, weshalb er nicht die eigenen Soldaten gegen die Bewaffneten in den roten Uniformjacken geschickt hatte. »Doch wenn wir reden, können wir gewinnen.« Oh, er hatte geredet. Verhandelt. Abkommen geschlossen. Verträge unterschrieben, die aus den Invasoren was gemacht hatten? Verbündete? Freunde? Es war nur ein Trugbild, das ihr Vater gezeichnet hatte. Wie eine der Täuschungen, die Wanderer in der Wüste vom Weg abbrachten. Eine Täuschung, die vermutlich Leben gerettet hatte. Hatte er also recht gehabt? Sie wusste es nicht.

»Eure Familie?« Auf einen Wink seiner Hand hin traten die Wesen, die Naima hergebracht hatten, vor. Gesichtslose Gestalten. Was waren sie?

»Die Schwachen brauchen einen Kämpfer«, sagte der Ifrit. »Einen, der sie verteidigt, wenn sie selbst nicht die Kraft dazu haben.«

Naima fand keine Worte, die sie dem Ifriten entgegnen konnte, während sich die schattenhaften Gestalten im Halbkreis um ihn aufstellten. Alles, was er sagte, klang so richtig. Hatte sie sich nicht auch immer jemanden gewünscht, der kam und die vertrieb, die ihr Land ausbeuteten und sich nahmen, was sie wollten? Die Naimas Volk als Wilde bezeichneten und sich selbst zivilisiert nannten, während sie ihre Gräueltaten an diesen vermeintlich Wilden begangen?

Auf einen zweiten Wink des Rachegeistes hin stolperte der Minister vor. In seinen Händen hielt er die leuchtenden Glasfläschchen. Das Silberlicht, das von ihnen ausging, färbte ihm das Gesicht, sodass es schien, er selbst wäre tot.

»Fünf Kämpfer.« Der Ifrit blickte die Gestalten eine nach der anderen an. »Fünf Opfer. Fünf, die ihr Leben gegeben haben, um der gerechten Sache zu dienen.« Er deutete auf die leuchtenden Glasfläschchen, die daraufhin wie von Geisterhand bewegt auf ihn zuschwebten. »In diesen Phiolen stecken die Geister von Toten, die darauf warten, hier in der Madinat almutaa Abschied nehmen zu können.«

»Ich kenne die Schriften von Ibn Sina«, sagte Naima, die dem Ifriten zeigen wollte, dass sie kein Kind war, das er belehren musste. »Ich kann nicht einmal erraten, welcher Mörder du einmal gewesen bist, bevor du als Ifrit wiedergeboren wurdest. Doch von mir oder meiner Familie, die du getötet hast, weißt du nichts. Seit Generationen herrschen wir über unser Land. Wir dienen dem Volk. So hat mein Vater immer gesagt. Er war ein weiser Mann.«

»Weise?« Der Ifrit sprach das Wort aus, als läge es ihm wie eine faule Frucht auf der Zunge. »Torheit wird allzu oft mit Weisheit verwechselt.« Die Phiolen schwebten vor ihm in der Luft. »Fünf tote Feinde. Mein Diener hier hat in seinem bemerkenswerten Archiv die Geister von Soldaten gesucht, die in Eurem Land gekämpft haben. Wusstet Ihr, dass zusammen mit den Soldaten der Königin auch einer der Männer dort ist, die im Auftrag des doppelzüngigen Ministers die Seelen der Toten suchen, Prinzessin? Er sammelt die Geister der Gefallenen ein. Natürlich beschränkt sich dies nur auf die britischen Geister. Die Seelen der getöteten Einheimischen lässt er frei herumlaufen. Ihm ist es egal, ob sie den Weg in die Madinat almutaa finden oder nicht. Nun, sein Dienst am Vaterland hat schließlich doch etwas Gutes. Etwas Gutes für die gerechte Sache.«

»Ein Verbrechen wiegt nicht ein anderes Verbrechen auf.« Der Satz ihres Vaters war Naima wie von selbst auf die Zunge gesprungen. Er hatte ihn stets gesagt, wenn Naima Vergeltung für die Toten gefordert hatte. Der Emir hatte sie dann immer sanft und traurig angesehen. »Nur Vergebung kann das schaffen«, zitierte sie ihn weiter.

»Worte. Nichts weiter.« Die Flammen züngelten wild über den Leib des Ifriten, als würde seine Wut das Feuer in ihm wieder entfachen. »Vergebung erwächst immer aus Stärke. Nur wer wählen kann zwischen der Möglichkeit, seinem Gegner die Seele zu nehmen oder sie von seinen Sünden zu befreien, kann wahrlich vergeben. Doch wer schwach ist und dem Feind seine Liebe verzweifelt wie einen Schild entgegenhält, ist ein Narr.«

»Ihr versteht nichts von Liebe«, rief Naima, deren Wut sicher ebenso heiß brannte wie die des Ifriten. Sie dachte an ihren Vater, der so voll Liebe für sein Volk gewesen war. Sie würde nie einen Narren in ihm erkennen können. »Sie ist der Schlüssel zu wahrem Glück«, zitierte sie noch einen der Lieblingssätze ihres Vaters.

Für einen Moment schien es, als hätten ihre Worte den Ifriten getroffen. Sein Leib wurde ein wenig kleiner, und in seiner Fratze zeigte sich plötzlich Traurigkeit. Wie seltsam der Ausdruck auf dem bösartigen Gesicht schien. »Oh, ich kann lieben. Und ich kann Euch sagen, sie ist der Schlüssel zu wahrem Unglück.« Er wandte sich ab und deutete auf die Phiolen. »Diese Geister hier werden einen hohen Preis für ihre Verbrechen zahlen. Einen Preis, den auch die Königin zu entrichten hat. Die Phiolen der Engländer vergehen, sobald sie in die Madinat almutaa gebracht werden. Es sei denn, sie werden eingewoben. In einen dunklen Zauber.«

Naima biss sich vor Wut auf die Lippen. Die Männer, deren Geister in den Phiolen steckten, hatten gekämpft. Gegen die Menschen, die in Naimas Heimat lebten. Doch der Tod war Strafe genug. Was immer auch der Ifrit vorhatte, konnte selbst den dunkelsten Hass in Naimas Herzen nicht befriedigen. Sie sah auf die Phiolen. Und erkannte ein dünnes schwarzes Muster, das sich über das Glas zog. Es schien wie die Fäden einer Spinne.

»Fünf Kämpfer für fünf Kämpfer.« Die Stimme des Ifriten schien die ganze Welt zu erfüllen.

»Fünf Opfer für fünf Opfer.« Die Phiolen zerbrachen. Splitter fielen zu Boden. Und fünf hell leuchtende Gestalten wanden sich in der Luft, als fühlten sie unerträgliche Schmerzen.

»Fünf verlorene Seelen für fünf verlorene Seelen.« Die leuchtenden Gestalten liefen auseinander, als ein plötzlicher Wind gegen sie stieß. Es war kein Laut zu hören. In Naimas Innerem aber erklangen die Schreie der Seelen. Sie presste sich die Hände gegen die Schläfen, doch die Schreie endeten nicht. Tränen füllten ihre Augen, und sie erkannte die verschwommene Gestalt des Ministers, der sich krümmte wie sie selbst. Der ebenfalls auf die Knie sank. Die Verzweiflung, die sie fühlte, legte sich ihr wie Frost auf die Haut. Die Schreie waren nicht zu ertragen. Naima glaubte, ihr Herz würde jeden Moment stehen bleiben.

Und dann war es ganz still.

Nur langsam kam sie wieder auf die zitternden Beine. Naima wischte sich die Tränen aus den Augen. Ihr ganzer Leib war so kalt, als steckte kein Leben mehr in ihr. Und dann sah sie die Schatten. Fünf Gestalten, die nun Gesichter trugen. Gesichter, die Naima so vertraut waren wie ihr eigenes. Und sie erkannte mit einem Mal, wer sie waren. Wer sie noch vor kurzem gewesen waren. »Nein«, schrie sie. Und sank erneut auf die Knie.

FREUNDE UND KATZEN

Verdammt, sie hatten dank Oz' feiner Nase tatsächlich den Weg in den verfluchten, zerfallenen Palast gefunden. Ihn durchsucht. Waren in jedes der zahllosen unwirklichen Zimmer gegangen. Hatten sich selbst in die dunklen Keller getraut. Den Marble Arch im Thronsaal gesehen. Und wo fanden sie die Prinzessin? Draußen im Innenhof. Jacks Herz war nie so leicht wie in diesem Moment gewesen. Trotz der im Nachhinein so sinnlosen Suche. Und trotz der unglaublichen Gefahr, in die er sich freiwillig begab. Mit nichts als einer Handvoll Phiolen. Und einem Magier mit seinem Kater. Aber er hatte sie gefunden. Wiedergefunden. Und verdammt, er würde sie nicht noch einmal hergeben.

»Und nun?«, fragte Oz leise. Er schob sich ein wenig an Jack vorbei, um besser durch den Spalt zwischen den beiden Torflügeln lugen zu können, hinter denen der Innenhof lag.

Eine gute Frage. Leider hatte Jack nicht einmal eine schlechte Antwort. Er erkannte den Ifriten, der sich mit Naima zu unterhalten schien. Die fünf schattenhaften Wesen, gegen die sie bereits einmal hatten kämpfen müssen, waren vorgetreten und bildeten einen Halbkreis um den Rachegeist. Der Minister hingegen blieb am Rand. Ganz so, als fürchtete er die Nähe des Ifriten.

Jack hörte nur mit einem Ohr die Worte, die der Ifrit und Naima wechselten. Sie sprachen irgendetwas über Freiheit und den Kampf gegen Besatzer. Wie es schien, wollte sich der Ifrit dafür rächen, dass die Königin Truppen in das Land geschickt hatte, in dem er einst geboren worden war. Wie schwer es sich vorzustellen war, dass die Gestalt aus Rauch und Feuer einmal ein Mensch gewesen war. Eines aber hatte Jack mehr als deutlich verstanden. Dass es der Ifrit war, der den Tod nach London gebracht hatte.

»Nun, es scheint, dass wir hier das Motiv für die Anschläge in der Stadt haben. Sehr interessant.« Oz rückte sich die geisterhafte Brille zurecht. Vermutlich hatte er es als Kater regelrecht vermisst, sie sich immer wieder auf die Nase zu schieben.

»Es ist doch gleich, weshalb er es getan hat. Wichtig ist nur, dass wir ihn aufhalten«, erwiderte Jack. Er dachte an die Phiolen, die er mitgenommen hatte. Es waren nicht allzu viele. Aber vielleicht konnten sie den Ifriten oder diese gesichtslosen Wesen aufhalten. Wenigstens für ein paar Augenblicke.

»Im Gegenteil«, beharrte Oz und sah Jack missbilligend an. »Wenn du weißt, was dein Gegner will, kannst du ihm einen Schritt voraus sein.«

Himmel, er sprach wie ein Stratege, der seine Truppen in Position brachte. Nun, Jack war ihm noch eine Antwort schuldig.

Und nun?

»Wir warten auf den richtigen Moment«, sagte er. »Dann werfe ich die Phiolen. Du machst irgendeinen Hokuspokus, und dann schnappen wir uns Naima und rennen durch den Marble Arch. Im Buckingham Palace suchen wir den Leibarzt der Königin. Und alles wird gut.«

»Das ist der dümmste Plan, den ich je gehört habe«, erwiderte Oz. Oh, offenbar hatte er in der Tat einiges von Ramses' Selbstbewusstsein übernommen. Jack sah ihn kurz beleidigt an, dann wurde seine Aufmerksamkeit auf den Minister gezogen. Sein verräterischer Vorgesetzter gab dem Ifriten gerade die gestohlenen Phiolen. Und in ihnen waren die Seelen noch immer gefangen. Hier in der Zwischenwelt. Unmöglich. »Siehst du das? Wieso …« *vergehen die Phiolen nicht?*, hatte Jack sagen wollen, doch er kam nicht dazu, seinen Satz zu beenden.

Die Phiolen brachen auseinander. Und die Geister schwebten dort an Ort und Stelle, als würde etwas sie dort festhalten. Jack konnte kein Wort mehr herausbringen. Er verstand nicht, was dort geschah.

»Fünf verlorene Seelen für fünf verlorene Seelen«, rief der Ifrit. Die Seelen verloren ihre durchscheinenden Körper, während sie von einem Windstoß auseinandergerissen wurden. Und Naima presste sich die Hände gegen den Kopf, als versuchte sie, sich vor etwas zu schützen.

Jack wollte loslaufen.

Und spürte Oz' Hand auf dem Arm, der ihn zurückhielt. »Nicht zu früh«, raunte er.

Jack riss sich los. Aber er blieb stehen. Verdammt, Oz hatte recht. Der Ifrit stand dort wie ein unüberwindliches Monument und … lächelte. Es war tatsächlich zu früh. Nicht der richtige Moment. Wenn es überhaupt einen richtigen Moment gab. Auch der Minister krümmte sich wie unter Schmerzen.

Dann umhüllten die in der Luft schwebenden Seelen die gesichtslosen Gestalten.

Und einen Moment später regten sich Naima und der Minister wieder. Jack indes konnte den Blick nicht von den fünf Schatten abwenden. Sie besaßen mit einem Mal wieder Gesichter. Menschliche Züge. Sie waren keine Ifriten. Jack wusste nicht, was genau sie eigentlich waren. Und doch begriff Jack, wer sie einmal gewesen waren. »Das ist Naimas Familie«, wisperte er.

»Du bist ihrer Familie vorgestellt worden?«, fragte Oz entgeistert.

»Natürlich nicht. Ich habe sie in die Zwischenwelt gebracht«, entgegnete Jack. »Nein«, verbesserte er sich sofort. »Sie waren schon nicht mehr da. Ich habe nur einen stummen Diener und Naima hinübergebracht. Jetzt verstehe ich.«

»Was verstehst du?«, fragte Oz, während sich Naima erhob und ihre toten Verwandten ansah, als könnte sie nicht glauben, was ihre Augen ihr da zeigten. Drei Frauen und zwei Männer.

»Wo die anderen fünf waren.«

»Also, wenn du fünf Seelen einfach verlierst, ist es ja kein Wunder, dass so etwas hier passiert«, meinte Oz tadelnd. »Nun, dann muss ich wohl die Angelegenheit, die du vermasselt hast, wieder in Ordnung bringen.«

»Ach«, sagte Jack, »und wie?«

»Das ...«, Oz stockte und sah hinab zu Ramses, der seinen Blick ungerührt erwiderte, »das werden wir sehen.«

»Du weißt es also nicht«, erwiderte Jack und sah die fünf Geister nachdenklich an. Der Ifrit in Oz' Bannkreis hatte von einem besonderen Weg gesprochen, auf dem ein Ifrit als lebender Mensch zurückkehren konnte. Jack war sicher, dass dieses Schauspiel hier damit zusammenhing. Eine Seele für eine Seele. Über das Schicksal der Geister in den Phiolen, die gerade geopfert worden waren, wollte Jack nicht nachdenken. Und auch nicht über das von denen, die in den vergangenen Wochen vermutlich durch den Minister gestohlen worden waren.

»Wollt Ihr Eure Familie nicht begrüßen, Prinzessin? Sie sind nicht mehr tot. Ich habe ihnen ein neues Leben geschenkt. Sie können nun zurück. Sie werden die Ersten sein. Die ersten Soldaten meiner Schattenarmee. Aber sie sind noch mehr. Sie sind, ebenso wie Ihr, der Schlüssel.« Die Stimme des Ifriten war voller Bosheit und Heimtücke und riss Jack aus seinen Gedanken.

Naima sagte kein Wort. Sie stand dort stumm und geschlagen und verloren. Und Jack hätte nichts lieber auf der Welt getan, als loszulaufen und sie in den Arm zu nehmen. Doch er konnte nicht. Er musste noch warten, bis der richtige Moment kam. *Und wenn er nicht kommt, Jack?*, fragte er sich. Dann würde er, sollte der Ifrit Naimas Leben nehmen wollen, alles auf eine Karte setzen.

»Wusstet Ihr, dass Magie viel mit Musik zu tun hat?« Der Ifrit trat an Naima vorbei, und für einen Moment streiften seine Finger ihre Schulter. »Und Musik viel mit Zahlen?«

»Das ist ein interessanter Aspekt«, bemerkte Oz und rückte sich abermals seine Brille zurecht.

»Da drüben steht ein wahnsinniger Rachegeist, und du findest, dass er einen interessanten Aspekt anspricht?«, fragte Jack fassungslos.

»Nun, die Frage nach den Ähnlichkeiten zwischen Musik, Mathematik und Magie wird in der Fachwelt in der Tat sehr intensiv diskutiert. Nicht wenige meinen, dass alle drei verschiedene Seiten der immergleichen Sache sind. Musiker schaffen Dinge, die ebenso fantastisch sind wie Zauberei. Und Zahlen …«

Jack legte dem plappernden Oz eine Hand auf die Lippen, als der Ifrit weitersprach.

»Es braucht insgesamt sieben Seelen, damit der Zauber wirkt, der es mir ermöglicht, für die gerechte Sache zu kämpfen.«

Jack sah Oz die Finger heben und zählen. »Er meint Naima«, zischte er und nahm seine Hand von Oz' Mund. »Die Fünf hier hat er schon. Die Seele ihres Vaters aber hat er wohl nicht in die Finger bekommen. Es würde mich nicht wundern, wenn er nach dieser Seele sucht.«

»Aber wozu braucht er die Seelen?«

»Ich schätze, damit er wieder leben kann«, zischte Jack scharf. »Der andere Ifrit hat doch so etwas erzählt.«

Der Magier starrte Jack entsetzt an.

»Gleich müsste unser Moment kommen. Sonst …«, Jack

fühlte nach den Phiolen in seiner Tasche, »rennen wir einfach los.«

»Ich muss also sterben? Und wie wirst du mich töten?« Naima hatte sich wieder gestrafft. Sie zeigte keine Angst. Nicht einmal ein Zittern in ihrer Stimme war zu hören. Der Ifrit mochte mächtiger sein als sie. Aber sie war die wahre Herrin in diesem Palast.

»Oh, Ihr müsst im Diesseits das Leben verlieren. Das ist entscheidend für meine Sache. Aber keine Angst, Prinzessin, ich werde nicht viel tun müssen. Ihr tragt bereits das Gift in Euch. Sobald Ihr wieder in der echten Welt seid, werdet Ihr von selbst sterben. Und mein Diener«, der Ifrit deutete auf den Minister, »wird dort bereits auf Euch warten. Er wird Euch in eine dieser kleinen Phiolen stecken und wieder in die Madinat almutaa zu mir bringen. Und dann wird dieser lange Weg, an dessen Ende meine Rückkehr steht, endlich ein Ende haben. Ich habe ein Schattentor geöffnet. Es führt direkt ins Herz meines Feindes. Ein Tor, durch das ich meine Armee schicken kann. Es ist eine interessante Note in dieser besonderen Melodie, dass ausgerechnet im Herzen meiner Feinde eine so große Zahl an Seelen wartet. Sie werden meiner Schattenarmee den Weg ebnen. Und diese Narren haben sie im Herzen dieses Reichs zusammengetragen, als hätten sie mir meine Aufgabe leichter machen wollen. Diese Seelen und Ihr, Prinzessin, seid der Garant für meine Rache. Die Königin wird geschlagen wie eine Figur im Spiel der Könige. Fällt die Königin, fällt auch Großbritannien.«

Der Minister beugte den Kopf und reichte dem Ifriten etwas Glänzendes. Seine letzte Phiole. »Und wer London kontrolliert, regiert die Welt. Nicht wahr, Meister? Ihr werdet herrschen. Und ich Euch dienen.«

»Du wirst deine Belohnung erhalten. Das endlose Leben und die Macht. Aber vorher gibt es noch viel zu tun. Ich muss unsere Armee zusammenrufen. Und du wirst achtgeben, dass die Prinzessin den Weg zurück findet, wenn das Leben, an das sie sich so verzweifelt klammert, aus ihr gewichen ist.« Der Ifrit nahm das Glasfläschchen und betrachtete es nachdenklich. »Wenn ihre Seele in Glas eingeschlossen wurde und du sie mir gebracht hast, kann alles endlich enden.« Er schnippte, ohne die Prinzessin noch einmal anzusehen, mit den Fingern seiner linken Hand. Einen Moment später lösten er und der Minister sich auf, als wären sie aus Nebel gemacht.

Zurück blieb Naima mit den Wesen, die einmal ihre Familie gewesen waren. Zwei der Frauen packten sie und schoben sie auf das Tor zu, das in den Palast führte.

»Die Prinzessin soll zu so etwas werden«, wisperte Oz angewidert. »Aber wofür?«

»Für die Rückkehr des Ifriten. Durch das Schattentor. Reim dir den Rest selbst zusammen. Du bist hier der Schlaue. Ich weiß nur eines.« Er sah Oz entschlossen an. »Der Moment ist gekommen. Wir greifen an. Jetzt.«

Jack wusste nicht, ob die Schatten seine Schritte hören würden. Es hätte ohnehin nichts geändert. Dies war ihre Gelegenheit, Naima zu retten. Keine gute, aber die einzige.

Sie waren nicht halb über den Platz gelaufen, als die Schatten sie bemerkten. Drei von ihnen schossen auf sie zu, ohne dass ihre Füße den Steinboden berührten.

»Du nimmst die drei, ich rette Naima.« Die Aufteilung war sicher nicht sonderlich gerecht, doch Jack war nicht einmal sicher, ob er sich gegen zwei der seltsamen Geschöpfe zur Wehr setzen konnte, geschweige denn gegen drei. Er wartete die Erwiderung des Archivars nicht ab, sondern zog zwei der Phiolen hervor. Aus dem Augenwinkel sah er die Luft vibrieren, als Oz einen Zauber wirkte. Brocken stoben aus dem Boden und flogen auf die Angreifer zu. Doch seine Gegner wichen schnell und geschickt aus. Und dann war Jack auch schon an ihnen vorbei. »Naima.« Er schrie so laut er konnte.

Sie wandte den Kopf und starrte ihn verblüfft an. Er hatte gerufen, damit sie wusste, dass er hier war. Dass es Hoffnung gab, auch wenn sie noch so klein sein mochte. Vor allem aber hatte er gerufen, um die Aufmerksamkeit der beiden Frauen auf sich zu ziehen. Und wie erhofft blieben sie stehen.

Jack holte aus.

Und warf die Phiolen.

Die linke der beiden Frauen stieß ein hässliches Zischen aus, als sie die Glasfläschchen auf sich zufliegen sah. Wusste sie, was da auf sie zukam? Es war gleich. Eine der Phiolen zerschellte wirkungslos auf dem Boden, die andere aber streifte die Frau. Und für einen kurzen Moment flackerte ihre Gestalt.

Der Moment währte nur kurz, doch er reichte. Die Frauen waren verwirrt. Zeit genug für Jack, im Laufen eine weitere Phiole aus der Tasche zu ziehen. In hohem Bogen flog sie auf die rechte der beiden Frauen zu. Und traf sie an der Schulter. Dieser Treffer ließ die Gestalt nicht nur flackern wie eine Kerze im Wind. Es riss sie auseinander und entlockte dem Geschöpf einen Schrei, der Jack für einen Moment die Hände auf die Ohren pressen ließ. Er wollte gerade wieder nach einer der Phiolen greifen, als ihn jemand von hinten packte und umriss. Einen Lidschlag später schob sich das graue Gesicht eines Mannes vor seine Augen. Einer der drei, die Oz übernommen hatte. Sein Kampf gegen die anderen zwei war noch deutlich zu hören. Die Berührung erfüllte Jack mit einem solchen Schrecken, dass er sich kaum noch bewegen konnte. Sie raubte ihm alle Zuversicht und ließ ihm das Herz so schwer werden, als würde seine Niederlage bereits feststehen.

Wo war Oz? Er würde verlieren. Und Naima? Würde sterben. *So wie du, Jack.* Er schloss die Augen. Alles vergebens. Eine tiefe Dunkelheit schien sich in ihm auszubreiten. Doch dann hörte er Naimas Stimme. Sie rief seinen Namen. Ihre Stimme war wie ein einzelner Lichtstrahl in einer mondlosen Nacht.

Reiß dich zusammen, rief er sich zu und wehrte sich gegen die Finger, die nach seiner Kehle tasteten. Das Geschöpf wollte ihn offenbar erwürgen. Mit einer Hand versuchte er, sie wegzudrücken, und mit der anderen eine der Phiolen hervorzuziehen. Sein Gegner aber war zu stark. Zu übermächtig.

Jack bäumte sich auf.

Vergebens.

Und dann kam Ramses.

Als würde er sich beiläufig nach einem kleinen Imbiss umsehen, schlenderte er auf Jack und seinen Gegner zu.

»Verschwinde«, zischte Jack ihm zu. Irgendwie mochte er den Kater. Vielleicht würde wenigstens er das alles hier überleben. Wenn ihn das Wesen, das Jack töten wollte, nicht bemerkte. Doch in diesem Moment hob es den Kopf und sah Ramses an.

Der Kater machte einen Buckel und fauchte über den ohrenbetäubenden Lärm des Kampfs zwischen Oz und den anderen Schatten so wütend, als wollte er sich jeden Moment auf das Geschöpf vor ihm stürzen.

Und das Wesen löste sich mit einem Schrei auf den geisterhaften Lippen für einen Augenblick auf.

Jack verstand nicht, was da geschah. Er begriff nur eines: Er war frei. Hastig kam er wieder auf die Beine. Sein Gegner war nicht verschwunden. Wie Nebel schien er, der für einen Moment auseinandergeweht worden war. Der Leib setzte sich bereits wieder zusammen. Arme und Beine fanden den Rumpf. Hände ballten sich zu Fäusten. Jack zog eine der Phiolen hervor.

Das Wesen riss den Mund auf zu einem wütenden Schrei.

Und Jack warf ihm die Phiole genau zwischen die Augen. Diesmal zerfaserte der Körper nicht. Er wurde regelrecht auseinandergerissen.

War das Wesen besiegt? Oder vielleicht nur verschwunden? Es war gleich. Ein Hochgefühl stieg in Jack auf, als wollte ein unerschütterlicher Mut sein Herz von all der eben gefühlten

Mutlosigkeit reinigen. *Keine Zeit, sich zu freuen, Jack*, rief er sich zu. *Du musst Naima retten.* Im ersten Moment wollte er die nächste Phiole aus der Tasche ziehen. Doch dann hielt er inne. Er hatte eine bessere Waffe, wie es schien. Eine Waffe auf vier Pfoten.

Ramses versuchte noch, Jack mit seinen Krallen zu erwischen, als dieser ihn unsanft vom Boden pflückte. Der Kater mochte es offenbar nicht, von ihm herumgetragen zu werden. Doch Jack war schneller. Mit dem Kater im Arm rannte er auf Naima und die verbliebene Frau zu. Dann warf er das Tier. Es hieß, Katzen würden immer auf den Pfoten aufkommen. In diesem Fall konnte Jack nicht genau sagen, wo das schwarze und äußerst wütende Fellknäuel begann und die schattenhafte Frau endete. Nur eines konnte Jack mit Bestimmtheit sagen. Die Krallen, die sich eigentlich in seine Haut hatten bohren wollen, fanden ein neues Ziel. Und der Frau entwich ein Kreischen, das klang, als würde sie sich einem wilden Tiger und nicht dem ehemaligen Palastkater gegenübersehen. Sie verlor ihren Körper, lief auseinander wie Tinte, die in Wasser geschüttet wurde. Und Naima war frei. Wenigstens für einen Moment hielten sie keine Hände fest.

Ramses fauchte noch einmal. Dann trottete er zufrieden mit sich auf Naima zu, die schwer atmend dastand und Jack ansah, als wäre sie nicht ganz sicher, ob er ein Geist oder ein Mensch war. »Was war das gerade?«

»Ich freue mich auch, dich zu sehen«, erwiderte Jack. »Immerhin war es ziemlich unwahrscheinlich, dass wir dich finden. Und ich habe keine Ahnung, was da gerade passiert ist. Vielleicht mögen sie keine Katzen. Oder die Phiolen haben sie nervös gemacht. Oder …«

»Oz«, rief Naima unvermittelt.

Jack wirbelte herum. Verdammt, er hatte bei all der Aufregung seinen Freund vergessen. Der Anblick ließ Jack den Atem anhalten. Die Geister oder was auch immer sie waren, hatten Oz eingekreist. Wenigstens lebte er noch. Oder war zumindest nicht noch lebloser als ohnehin.

»Er braucht unsere Hilfe«, rief Naima.

Jack nickte schwer atmend. Ja, sie hatte recht. Obwohl es Irrsinn war, einem Geist zur Seite zu springen. Naima und er hätten aus der Zwischenwelt fliehen sollen und dann eine Möglichkeit finden müssen, sie vor dem Tod zu retten. Dennoch packte er den sich sträubenden Ramses und rannte. Diese Welt war nicht echt. Und er konnte in ihr Dinge vollbringen, die im Diesseits nicht möglich waren. Zwar nicht die Art von Magie, zu der Oz fähig war. Allenfalls nahmen sie sich wie Taschenspielertricks gegen das aus, zu was der tote Archivar fähig war. Doch als sich Jack mit aller Macht konzentrierte, vermochte er so schnell zu laufen, dass er die vielen Meter bis zu Oz und seinen Gegnern in nur einem Lidschlag überbrückte. Fast wäre er an ihnen vorbeigelaufen. Er stoppte gerade noch rechtzeitig, wobei seine Füße Steinbrocken aus dem Boden rissen, und warf den bedauernswerten Ramses.

Die Stimmung des Katers war schon zuvor gereizt gewesen. Doch nun schien etwas in ihm zu erwachen, das Jack wie eine Erinnerung an den Tiger unter dem schwarzen Fell erschien.

Ramses war überall. Zur gleichen Zeit. Krallen fuhren in geisterhafte Haut. Sein Fauchen mischte sich in entsetztes Kreischen. Und die schattenhaften Körper verschwammen.

Zurück blieb ein äußerst ungehaltener Kater. Und ein toter Archivar, der ihn aufhob und streichelte, als müsste er getröstet werden.

»Sie werden wiederkommen«, meinte Jack keuchend und sah zu Naima, die auf sie zugelaufen kam. »Ich glaube kaum, dass die Phiole oder Ramses' Anblick sie umgebracht hat.« Er war so glücklich, Naima wiederzusehen, dass er sie in die Arme schloss.

Und sie erwiderte seine Geste. Zumindest für einen Moment. Als hätte sie erkannt, dass sie sich hatte gehen lassen, löste sie die Verbindung einen Moment später. Den Blick aber hielt sie weiter auf ihn gerichtet. »Ich hätte nicht gedacht, dass ihr kommt«, sagte sie.

Ich hätte mein Leben gegeben, um dich zu finden, dachte Jack bei sich. *Himmel, wie kitschig. Und ehrlich, Jack.* »Ich bin auch froh«, sagte er. Und ärgerte sich sofort, dass er die anderen Worte nur gedacht und nicht ausgesprochen hatte. *Du bist ein Feigling, Jack!*

»Geht es Ramses gut?«, fragte Naima und wandte sich von ihm ab.

»Natürlich«, murmelte Oz sanft und streichelte den Kater, der sich schnurrend im Arm seines toten Herrchens halten ließ. »Er hat gewonnen. Der Kleine hat sie zutiefst erschreckt.« Auf Jacks fragenden Blick hin rollte Oz mit den Augen, als wäre der Grund dafür doch völlig klar. »Ich vermute, es liegt am alten Ägypten.«

»Natürlich.« Jack sah fragend zu Naima, die den Kater aus Oz' Arm zog und ihn weiterstreichelte.

»Natürlich«, sagte sie in einem Tonfall, der zeigte, dass sie tatsächlich verstand. »Es liegt vermutlich an Bastet.«

Jack kam sich vor, als würde er Terry mit einem seiner Archivare über ein neues System zur Katalogisierung der Seelen reden hören. Er verstand kein Wort.

»Bastet ist die Göttin der Liebe«, erklärte Oz wichtigtuerisch. »Der Fruchtbarkeit. Des Lebens. Und wird als Katze symbolisiert. Diese … Wesen aber stehen für das Gegenteil des Lebens.«

»Du bist auch tot«, erwiderte Jack.

»Nicht der Tod ist das Gegenteil des Lebens«, verbesserte ihn Oz. »Er ist dessen Fortführung. Die Wiederkehr dieser Geschöpfe ist ein Verbrechen.«

»Aber du bist auch …«, begann Jack, doch Oz unterbrach ihn.

»Das hat etwas mit Stil zu tun.« Er sah lächelnd zu Ramses. »Nur die kleinen Geister scheuen den Anblick einer Katze.«

»Die Wiedergekehrten sind meine Familie«, wisperte Naima. Das Grauen darüber, dass ihre Verwandten zu Dienern des Ifriten geworden waren, konnte Jack ihr mühelos vom Gesicht ablesen.

»Ich verstehe nicht, was hier gerade geschehen ist«, meinte Oz. »Was hat dieser Ifrit vor? Von welcher Armee hat er gesprochen? Und warum ist Eure Familie der Schlüssel, Prinzessin?«

Naima schien die Trauer und die Wut über das, was geschehen war, herunterzuwürgen wie verdorbenes Fleisch. »Ich weiß es nicht. Er will Rache. Aber alles andere liegt für mich im Dunkeln. Nur das hier weiß ich: Ich muss zurück in die echte Welt und leben, damit er nicht gewinnt. Und noch eines weiß ich ganz sicher.« Sie lächelte. »Dass meine Freunde mich nicht *Prinzessin* nennen müssen. Ich hasse diesen Titel.«

EINE VERBÜNDETE UND IHR HEER

Sie waren alleine. Kein Ifrit. Keine Schatten. Niemand. Jack strich mit den Fingern über den Marble Arch in der Wand des Thronsaals. Es war das Gegenstück zum echten Tor. Die Pforte, die diese Welt mit dem Diesseits verband. Es hatte sieben Tote in jener Nacht gegeben. Den Emir. Seine fünf Verwandten. Und den Diener. Er war bereits auf die andere Seite gegangen. Zu wem aber gehörte diese Pforte? Zu einem der Verfluchten, die Ramses mit seinem Fauchen und seinen Krallen in die Flucht geschlagen hatte? Oder zu dem verbrannten Emir? Falls es seine Pforte war, so geisterte er womöglich noch irgendwo im Buckingham Palace herum. Jack beschloss, sich auf die Suche nach ihm zu machen, sobald all das hier durchgestanden war. Er würde es für Naima tun. Damit sie sicher sein konnte, dass ihr Vater seinen Frieden fand. Doch erst … Er zog an dem Gitter. Es war verschlossen.

»Lass mich mal«, sagte Oz und legte eine Hand auf das Metall. Er schloss die Augen, als müsste er sich besonders stark konzentrieren. Und einen Augenblick später öffnete sich das Tor.

»Als der Ifrit hindurchgegangen ist, führte es in einen Raum voller Sterne«, wisperte Naima. »Der Minister war dort.«

»Das Archiv«, mutmaßte Jack. »In dem Fall sollten wir schnell sein. Er wird dort warten.

»Das hier ist keine normale Pforte«, warf Oz ein. »Dies ist sein Schattentor. Ich denke, dass der Ifrit bestimmen kann, wohin es führt. Und er sorgt dafür, dass es sich nicht schließt. Für uns kann es sich vielleicht nur an einen Ort öffnen. In den Buckingham Palace. Dorthin, wo sein Gegenstück steht. In diesem Fall sollten wir ebenfalls schnell sein«, beendete Oz den Satz. »Das Gift wird seine Wirkung entfalten, sobald wir wieder zurück sind.«

»Wir?« Naima blickte ihn verwirrt an. »Du bist tot.«

»Ach? Danke für die Erinnerung«, erwiderte Oz bissig. »Aber ich habe da einen Weg gefunden.« Er sah zu Ramses, der wieder auf eigenen Pfoten unterwegs war und an dem Tor entlangstrich, als hätte er die Fährte einer arglosen Maus aufgenommen.

»Dann los«, sagte Jack. »Bevor …«, er stockte, als er etwas spürte. Es wurde so kalt, dass er fröstelte. Mit einem Ruck stieß er das Tor auf. »… die Familie kommt«, beendete er den Satz, nahm Naima an der Hand und sprang mit ihr über die Schwelle.

Er machte sich bereit, zuzuschlagen, für den Fall, dass er als Erstes in das Gesicht des Ministers blicken würde. Doch zu seiner Erleichterung fand er sich nicht wie befürchtet im Archiv des Ministry of Souls wieder, sondern tatsächlich im Innenhof des Buckingham Palace. Über ihnen trieben ein paar graue Wolken den tiefblauen Abendhimmel entlang. Tief sog Jack die Luft ein. Er war zu Hause. Dies war seine Arena. »Schnell«, sagte er zu Naima. »Im Palast gibt es den Leibarzt …« Er fühlte, wie ihm Naimas Hand aus den Fingern rutschte. Sah sie zu Boden fallen. Und fand sich einen Moment später neben ihr auf den Knien mit ihrem Namen auf den Lippen. Er fuhr ihr über das Gesicht. Es war so kalt, als hätte die Sonne Naimas Haut seit einer Ewigkeit nicht beschienen. Das Gift wirkte so schnell.

Ein Schnurren, das reichlich gekünstelt wirkte, ließ Jack sich umblicken. »Oz?«

»Ja. Erkennst du mich nicht?« Der Kater sprang auf Naimas Brustkorb.

Jack hatte keine Zeit, sich darüber zu freuen, dass sein Freund in der Tat ein weiteres Mal den Weg aus der Zwischenwelt gefunden hatte. Die Sorge um Naima erstickte ihn beinahe. »Sie stirbt.« Erst jetzt wurde ihm bewusst, dass er wertvolle Zeit verlor. Er kam wankend auf die Füße. »Ich muss Hilfe holen. Ich …« Er lief los.

»Warte«, hörte er Oz sagen. »Die Zeit reicht nicht.«

Ein Blick genügte Jack, um zu erkennen, dass kaum noch Leben in ihr war. »Kannst du sie retten?« Der Gedanke hatte ganz plötzlich in Jacks Kopf Gestalt angenommen. Magie konnte doch alles. Fast alles. Warum nicht auch den Tod besiegen? »Ich … ich würde mein Leben geben, wenn du es ihr schenken kannst.«

Oz blickte nicht auf. Er hatte seinen Kopf gegen den der sterbenden Naima gedrückt. »Wie kitschig«, murmelte er. »Aber unsinnig. Magie kann nur das Leben verändern, aber nicht den Tod. Ich denke …« Er keuchte plötzlich auf, als bekäme er keine Luft mehr.

»Oz«, rief Jack in Sorge.

»Kein Problem«, krächzte dieser. »Ramses hat nur ein Fellbüschel im Hals stecken.« Er räusperte sich, fing an, etwas Unverständliches zu murmeln, und dann … veränderte sich Naima. Für einen normalen Menschen wäre es nicht zu bemerken gewesen. Doch Jack sah deutlich, wie das Leben in ihr stärker wurde. Heller. Wie ein Licht, das fast erloschen war und nun wieder zu strahlen begann.

Mit offenem Mund stand Jack da und sah, wie Naima die Augen aufschlug. Und etwas Dunkles aushustete. Sie bäumte sich auf, als würde ihr ein Messer in den Rücken getrieben. Jack stolperte auf sie zu und zog sie hoch in der Hoffnung, er könnte das Leben, das so unverhofft zurück in ihren Körper gefahren war, auf diese Weise daran hindern, wieder zu verschwinden.

Dann war der Anfall vorbei. Das Leben war in Naima geblieben. Er sah in ihre dunklen Augen und erkannte zum ersten Mal das Licht der wirklichen Welt in ihnen. Auch wenn es nur das wachsweiße Licht der Gaslaternen war, die von der Straße her den Innenhof beleuchteten.

»Du lebst«, wisperte er.

»Das ist ziemlich offensichtlich«, hörte er Oz sagen. Vor seinem inneren Auge rückte sich gerade ein Kater eine Brille zurecht. »Es war nicht leicht. Das Gift …«

Jack hörte die nächsten Worte nicht mehr. Er hörte nur das eigene Herz laut und schnell schlagen. Doch diesmal wurde es nicht von der Angst vor dem Tod angetrieben. Diesmal erhöhte etwas anderes seinen Takt. Wieso fühlte er sich mit einem Mal wieder wie der Junge, der im Waisenhaus heimlich eines der Mädchen aus dem für Jungs verbotenen Trakt geküsst hatte? Über das Vordach hatte er balancieren müssen. Einen todbringenden Sturz oder zumindest die Schläge der Aufseherin hatte er zu befürchten gehabt. Doch er hatte beides in Kauf genommen für die aufregenden Lippen und die wunderschönen Sommersprossen von Polly Winter. Nun, diesmal hatte er ebenfalls viel riskiert. Tod und Kampf in Kauf genommen. Und das war es wert gewesen. Er hatte zu viel Tod gesehen. Zu viel von der anderen Seite. Und ausgerechnet dort hatte er jemanden getroffen, an den er sein Herz verloren hatte. Einfach so. *Nein, Jack*, korrigierte er sich. *Nicht jemanden. Sondern sie. Nur sie.* »Polly.« Er wusste nicht, weshalb ihm der Name zwischen den Lippen hindurchgeschlüpft war. Vermutlich war alles ein wenig zu viel für ihn gewesen.

»Ich heiße Naima«, erwiderte sie mit einem leisen Lachen. Dann zog sie ihn an sich. Und küsste ihn.

Er wusste nicht, wie lange er seine Lippen auf ihre presste. Eine Sekunde? Oder ein Jahr? Irgendwann hörte er erneut ein Krächzen neben sich. Und beendete den Kuss widerwillig. »Fellbüschel?«, fragte er heiser.

»Nein«, kam die etwas hochmütige Antwort. »Wachen. Du weißt schon. Rote Uniformjacken. Schwarze Hosen. Bärenfellmützen. Fünf Männer, wenn du es genau wissen willst.«

Verdammt, Jack, ihr hättet sofort fliehen müssen. Aber es war noch nicht zu spät. Der Ausweis des Ministeriums würde in diesem Fall wohl nicht mehr weiterhelfen. Aber sie hatten einen magischen Kater bei sich. »Du schaffst die Typen doch, oder?«, fragte Jack.

»Kein Problem«, schnurrte Oz und schlenderte auf die Wachen zu.

»Das Tor«, sagte Naima rau. Sie kam wankend auf die Beine und deutete auf den Marble Arch. »Können die Geister hindurchkommen?«

»Keine Ahnung«, erwiderte Oz. »Unser guter Jack hier hat es aber sicher zugeschlagen, als wir angekommen sind. Nicht wahr?«

»Ich dachte, das hättest du erledigt«, erwiderte Jack angespannt.

»Mit welchen Händen denn?«

Jack kam nicht mehr dazu, eine Antwort zu geben. Das Gaslicht malte neben den fünf Wachen, die mit ihren Gewehren in den Händen auf sie zugerannt kamen, zerlaufene Schatten auf den Steinboden. Die Schatten folgten ihren Herren eilfertig, doch dann bewegten sie sich mit einem Mal auf eine Weise, die nicht mehr zu den Schritten der Männer passte. Und schließlich erhoben sie sich.

Verflucht, dachte Jack. Die Schatten waren ihnen schnell auf die Spur gekommen.

»Oh, oh«, kommentierte Oz.

»Oh, oh? Das trifft es wohl nicht ganz. Tu irgendwas.«

Der Kater warf Jack einen ärgerlichen Blick zu. »Typisch. Vergisst, die Tür abzuschließen, und wer darf dann alles in Ordnung bringen? Der Kater.«

Während Jack Naima mit sich zog, machte Oz einen Buckel und knurrte so dunkel und bedrohlich, dass Jack glaubte, ein Jagdhund würde dort sitzen.

Die Männer beachteten ihn nicht, doch einer der Schatten taumelte vor Schreck und stieß dabei eine der Wachen zur Seite. Für einen Augenblick starrte der Soldat fassungslos das Wesen an, das ihn aus der Bahn gebracht hatte. Auch die anderen wurden auf die Schatten aufmerksam. Und dann brach Chaos aus.

Der erste Schuss war scharf wie zersplitterndes Holz. Eine der Wachen hatte auf den eigenen Schatten geschossen. Und dabei einem seiner Kameraden die Brust aufgerissen. Der Schatten des Toten indes bewegte sich weiter auf Naima zu. Die nächsten Schüsse waren besser gezielt. Doch die Geschöpfe, in deren Leiber die Kugeln eindrangen, besaßen kein echtes Leben.

Die lebendigen Schatten waren unmenschlich schnell, und als der erste Naima erreichte, griff sich Jack in seiner Not den neben ihm laufenden und protestierenden Oz und hielt ihn wie einen Schutzschild vor die Prinzessin.

Jack wusste nicht, ob das Fauchen, das der Kater ausstieß, ihm oder dem Schatten galt. Doch die weiblichen Gesichtszüge des Geschöpfs zeigten eine Mischung aus Abscheu und Furcht. Einen Moment später löste sich der Schatten kurz auf, um dann wiederzukehren. »Los, weg von hier«, rief er Naima zu und ließ Oz zu Boden fallen.

»Vielen Dank«, zischte der Kater wütend, der reichlich unelegant auf der Seite aufgekommen war.

»Ich dachte, Kater landen immer auf den Pfoten«, rief ihm Jack zu, als sie losliefen. Die Wachen hatten es längst aufgegeben, sich um die Menschen zu kümmern. Sie schossen mit ihren Gewehren verzweifelt auf die eigenen Schatten, und Jack warf einen Blick zurück, um sicherzustellen, dass sie nicht versehentlich von den Schüssen getroffen wurden.

»Und ich dachte, du hättest einen Plan«, hörte Jack den Kater bissig erwidern.

»Ja«, sagte er, »wir versuchen, nicht getötet zu werden.«

Sie liefen an dem hohen Gitter entlang, das sich an den Marble Arch anschloss, während die Schatten hinter ihnen zurückblieben.

»Sie sind an die Wachen gebunden«, sagte Naima, die nicht mit Jack Schritt halten konnte. Sie keuchte, als hätten ihre Lungen seit einer Ewigkeit keine frische Luft mehr gekostet. Nun, im Grunde war es auch so.

Vier der fünf Verfolger vermochten in der Tat nicht näher an sie heranzukommen. Die Soldaten, die ohne Wirkung auf sie schossen, hatten beim Marble Arch Deckung gesucht. Der fünfte Schatten aber überholte die übrigen und lief weiter auf Jack und die anderen zu.

»Verflucht«, zischte Jack. »Was ist denn bei dem anders?«

»Der Mann, zu dem er gehört, ist tot«, antwortete Oz bitter.

Als hätten die Wesen seine Worte gehört, wandten sie sich zu den Soldaten um.

»Mach was«, sagte Jack bemüht, sich seine Angst nicht anmerken zu lassen. Er griff Naimas Hand und wollte sie weiterzerren, ohne zu wissen, wo sie hinlaufen sollten. Sie waren wie Tiere in einem Käfig. Ein Käfig, in den man ein Rudel hungriger Löwen gesetzt hatte.

»Und was?«, fragte Oz gereizt.

»Das Gitter.« Naima deutete auf die Eisenstäbe, hinter denen es in die Freiheit ging. Die Prachtstraße The Mall lag im Halbdunkel des Abends nur wenige Meter von ihnen entfernt. Londons bevorzugte Flaniermeile war auch zu der fortgeschrittenen Stunde noch gut besucht. Nicht nur vornehm gekleidete Wichtigtuer schlenderten unter dem Schein der Gaslampen umher. Auch der deutlich ärmere Teil der Bevölkerung fand den Weg vor die Tore des Palastes. Neugierde und vermutlich der Wunsch, dass ein wenig vom Glanz der Monarchin auf sie abstrahlte, machten den Buckingham Palace zu einem beliebten Ziel für den Abendspaziergang. Nun aber starrten die Menschen verwirrt zum Herrschaftssitz ihrer Königin. Die Schatten hatten sie sicher nicht bemerkt. Aber alleine die Schüsse reichten wohl aus, die Leute in Angst zu versetzen.

Oz stolperte fast über eines seiner vier Beine, als er offenbar einen beträchtlichen Teil seiner Konzentration darauf verwendete, irgendeinen Zauber zu wirken. Jack wollte ihn gerade hochnehmen, als zwei der Stäbe zu seiner Verblüffung verschwanden. Sie schienen sich im Licht der Laternen aufzulösen.

»Kommt«, rief Naima und kletterte leichtfüßig durch den Spalt im Gitter.

»Gerne geschehen«, rief Oz, der zusammen mit Jack in die Freiheit sprang.

Jack warf einen kurzen Blick zurück in den Innenhof. Und erstarrte. Die Schüsse waren verklungen. Er zählte nun fünf reglose Soldaten. Ihre Schatten jedoch bewegten sich weiter. Und eines der Geschöpfe hatte den Spalt im Gitter fast erreicht.

In diesem Moment bewegte sich Oz' Mund lautlos. Und einen Augenblick später waren die Stäbe wieder da, als wären sie nie fort gewesen. »Die sind wir los«, sagte der Archivar in Katzengestalt in einem Tonfall selbstverliebter Überheblichkeit.

Tatsächlich hielt der Schatten kurz inne, während die anderen zu ihm aufschlossen. Unwillkürlich blieben Jack und Naima stehen. Er konnte ihr ansehen, dass der Anblick ihrer verfluchten Verwandten ihr Herz brach.

Unschlüssig standen die Geister vor dem Eisen. Einer von ihnen schloss die Finger um zwei der Stäbe. Er schien leicht an ihnen zu rütteln.

»Sie kommen nicht raus«, sagte Oz mit einer Mischung aus Stolz und Schadenfreude.

Als wollte er Oz' Worte Lügen strafen, schlüpfte der erste Schatten einen Moment später einfach durch den engen Spalt zwischen den Stäben hindurch.

»Das … das ist nicht fair«, stammelte Oz, während die übrigen Wesen es ihm gleichtaten.

»Du kannst dich später beschweren«, entgegnete Jack und rannte los. »Wenn wir dann noch leben.«

Sie liefen auf die Mall zu. Die Menschen starrten Jack und Naima an, als wären sie nicht sicher, ob sie sich zwei Attentätern gegenübersahen und womöglich gerade Zeuge eines weiteren Anschlags auf ihre Stadt geworden waren. Dann erhoben sich Schreie. Die Menschen hatten nun wohl auch die Schatten registriert.

»Und jetzt?« Oz war von Naima gegriffen worden und drückte sich so eng an sie, als könnte sie ihn vor den Geistern schützen. »Wohin?«

Jack antwortete nicht. Er hatte vorgehabt, Naima zu retten, sobald sie wieder im Diesseits sein würden. Das immerhin hatte gut funktioniert. Aber was danach passieren sollte, wusste er nicht. Jack sah den Menschen in die vor Angst erstarrten Gesichter. Wie vielen von ihnen würden sie unterwegs begegnen? Hundert? Oder mehr? Und wie viele von ihnen würden den Tod finden, weil sie den Geschöpfen des Ifriten zufällig im Weg standen? Es gab schon fünf Tote. Und sie hatten kaum ein paar Meter zurückgelegt.

Hinter den Bäumen, die Londons Prachtstraße auf der linken Seite säumten, lagen zahllose Häuser. Doch ihnen gegenüber erstreckte sich der James's Park mit seinem großen See. Wenn es gut lief, würden sie dort auf weit weniger Menschen treffen und den Schatten allenfalls ein paar bedauernswerte Enten zum Opfer fallen. »Dorthin«, rief Jack und deutete auf den Park, dessen weite Rasenfläche sich zwischen den Birken- und Kastanienbaumstämmen in der Dämmerung abzeichnete.

»Aber halt dich mit Zaubertricks zurück. Hier gibt es unschuldige Menschen.«

»Und einen unschuldigen Kater«, hörte er eine Erwiderung aus Naimas Armen.

Jacks Lunge brannte schon bald. Es war eine Sache, durch die Zwischenwelt zu rennen, aber eine ganz andere, echten Boden unter den Füßen zu haben.

Der Park selbst war in der Tat zu dieser Stunde nicht mehr sehr gut besucht, und die wenigen Menschen, die vereinzelt auf den angelegten Wegen unterwegs waren, hielten Abstand zu dem seltsamen Mann und der Frau an seiner Seite, die vorbeihetzten, als müssten sie dem Tod persönlich entkommen. Die lauten Schreie, die sich nur wenige Sekunden später erhoben, zeigten Jack, dass ihre Verfolger näher kamen. Zeit zu handeln.

»Jetzt darfst du«, keuchte er, während er in seiner Tasche nach einer Phiole suchte. Verflucht. Nur eine war übrig. Er warf einen hastigen Blick zurück. Und wünschte sich, er hätte es nicht getan. Die Geister waren ihnen so nahe gekommen, dass er jedes der grauen Gesichter genau erkennen konnte. Fünfmal erkannte er das Versprechen auf den eigenen Tod. Und auf den Naimas. Der Ifrit brauchte ihre Seele. Damit das Schattentor für ihn seine ganze Macht entfalten würde.

»Und was hättest du gerne?«, fragte Oz bissig, offenbar ohne eine Antwort zu erwarten. Er wandte sich an Naima. »Würdest du mich bitte herunterlassen? Ich muss uns kurz retten.«

Jack verkniff sich jeden Kommentar. Er blieb stehen und wirbelte herum. Es wäre nur eine Frage von Sekunden, bis die Geister sie eingeholt und zu Fall gebracht hätten. So aber konnten sie wenigstens kämpfen. Neben ihm landete Oz auf dem Boden. Elegant sah das noch immer nicht aus, aber immerhin fiel er nicht wieder auf die Seite. »Halt«, rief Jack.

Und die Schatten blieben tatsächlich stehen. Vielleicht waren sie auf den letzten Metern vorsichtiger, weil sie nun um Oz' Macht wussten. Oder sie verabscheuten die Gegenwart des Katers ganz einfach. In jedem Fall konnte Jack noch ein paar schnelle Atemzüge mehr machen. »Was wollt ihr?« Eine unsinnige Frage, aber sie brachte weitere Augenblicke, in denen sich Oz hoffentlich einen schlauen Zauber überlegen würde.

»Unsere kleine Nichte.«

»Unsere geliebte Kusine.«

»Unser Fleisch und Blut.«

Das Zischen der Geister war so kalt, dass jedes Wort Jacks Herz einen Schlag überspringen ließ.

»Das mit dem Fleisch und Blut würde ich in Frage stellen«, murmelte Oz. Er sah sich neugierig um, als wollte er den James's Park genau inspizieren. »Keine Laternen«, murmelte der Kater.

Verdammt, dachte Jack, was machte Oz da? Er stellte sich vor Naima und zog die Phiole aus der Tasche. »Das lasse ich nicht zu. Geht zurück in die Zwischenwelt.« Er fühlte sich nicht halb so selbstsicher, wie er klang. Das Glasfläschchen hielt er hoch in die Luft und fühlte dabei alle Aufmerksamkeit auf sich ruhen. Oz starrte ihn ebenso an wie Naima. Vielleicht fragten sie sich, wie er mit nur einer Phiole fünf Geister vertreiben wollte. Die Antwort kannte er selbst nicht. Ihre Verfolger musterten ihn, als müssten sie abwägen, ob Jack verzweifelt, mutig oder wahnsinnig war. Vermutlich kamen sie zu dem Schluss, dass von allem etwas dabei war. »Kommt nicht näher!«, rief er laut. »Oder einer von euch wird … sich auflösen.«

»Aber vier von uns bleiben übrig, Narr«, zischte eine der drei Frauen.

»Tante Alima«, wisperte Naima ihm zu. »Die älteste Schwester meines Vaters. Die anderen Frauen sind meine Tanten Zohra und Nesrin. Und das dort sind meine Onkel Abbas und Mustafa.«

»Angenehm«, murmelte Jack angespannt.

Naima trat an ihm vorbei. »Lass uns gehen, Tante. Du musst das hier nicht tun.«

»Du weißt nichts von der Macht eines Ifriten.« Tante Alimas Stimme klang, als käme sie aus einem Grab. »Wir dienen ihm in jeder Welt. Befolgen jeden seiner Befehle. Und bringen dich um, damit er leben kann.«

»Netter Versuch«, kommentierte Jack angespannt. Der Schweiß rann ihm unter dem Zylinder hervor und biss ihn in die Augen. Tante Alima war offenkundig nicht gewillt, Naima zu verschonen. Also würde sie die Phiole abkriegen. Wie lange die Macht des Glasfläschchens sie zurück in die Zwischenwelt befördern würde, war im Grunde gleichgültig. Sie würden unbewaffnet sein und …

Jack keuchte vor Überraschung auf, als die Phiole mit einem Mal anfing zu leuchten. Beinahe hätte Jack sie fallen gelassen. Für einen Moment war Naimas grausame Tante und ihr ebenso finsterer Anhang unwichtig für Jack. Er starrte wie verzaubert in das Glas. Da war kein Geist. Natürlich nicht. Wenn man genau hinsah, konnte man sie in den Phiolen erkennen. Wie eine Art tanzendes Muster. Zumindest, wenn sie noch recht frisch waren. Das Licht hinter dem Glas aber war wie eine kleine Sonne. Das musste Oz' Werk sein. Die Phiole strahlte so hell, dass Jack die Augen schließen musste. Doch selbst durch seine geschlossenen Lider drang das Licht hindurch.

»Lass nicht los.« Oz' Stimme klang vor Aufregung so rau, als steckte ihm noch ein Fellbüschel im Rachen.

Wenigstens wurde das Glas nicht auch noch heiß. Jack riss seinen freien Arm vor die Augen, und selbst jetzt noch schmerzte das grelle Licht. Er hörte Schreie, so schrill, dass er sich am liebsten die Hände auf die Ohren gepresst hätte. Doch er hielt weiter die Phiole fest und versuchte, seine Augen zu schützen. Die Geister schienen das Licht nicht ertragen zu können. Verflucht, ihm ging es da nicht anders. Er musste das Glasfläschchen fallen lassen.

»Nicht«, hörte er Oz rufen, als hätte ihm der Kater den Gedanken von der Stirn abgelesen.

Und als Jack glaubte, das Augenlicht zu verlieren, erstarb mit einem Mal das Geschrei der Geister. Er fühlte, wie die Phiole verschwand. Es wurde schlagartig dunkel. Jack riss die Augen auf und erkannte nur noch Schlieren und Punkte, die wie Fliegen durch den Abend schwebten. Dann aber klarte sich sein Blick langsam auf. Und er sah … nichts. Die Phiole war wieder ganz normal, und niemand war da. Niemand außer Naima und Oz. »Wo sind sie hin?«, fragte Jack verblüfft und steckte die Phiole wieder ein.

»Wo Licht ist, sind auch Schatten«, erwiderte der Kater vielsagend. »Aber wo viel Licht ist, sind keine Schatten mehr.« Er kicherte heiser über seine kleine Weisheit.

»Gut gemacht«, erwiderte Jack und streichelte dem Kater über den Kopf, der ihn daraufhin verärgert ansah.

»Hey, wir hatten das Thema doch schon«, sagte er und schmiegte sich an Naima.

»Sind sie tot?«, fragte sie.

Jack konnte ihr ansehen, dass sich in ihrem Herzen die Erleichterung über das Verschwinden ihrer Familie mit der Trauer über ihr Schicksal und die Worte ihrer Tante mischte.

»Denke nicht«, antwortete Oz. »Aber sie sind erst mal verschwunden, schätze ich. Keine Ahnung, wohin. Werden aber bald wieder hier sein. Und wir müssen uns vor ihnen verbergen. Also, wohin gehen wir?«

Und wieder fühlte Jack alle Aufmerksamkeit auf sich. Er erwiderte Oz' fragenden Blick. Sie waren unbewaffnet. Und ohne Verbündete. Und … Ein Gedanke nahm in seinem Kopf Gestalt an. Ein Gedanke, der verrückt war. Und gerade deshalb erschien er Jack auch so genial. Er lächelte. »Wir besuchen eine

Art Bekannte von mir«, sagte er, griff Naimas Hand und zog sie mit sich den Weg entlang.

»Eine Bekannte?« Naima klang nicht sehr überzeugt, während sie ihm folgte.

»Vertrau mir«, meinte Jack.

»Vertrau mir«, äffte Oz ihn nach. »Es wäre schön, wenn deine Verbündete mächtige Kämpfer an ihrer Seite hat, die gegen die Geister kämpfen können, wenn sie uns doch finden sollten.«

Jack lächelte ihn überlegen an. »Sehr mächtige sogar.«

Der Weg, den sie zurücklegen mussten, war weit. Für Jacks Geschmack eigentlich zu weit. Er fühlte sich so verfolgt und verwundbar wie noch nie in seinem Leben. Doch ohne Hilfe konnten sie nicht einfach ins Ministerium gehen und sich dem Minister und seinem rachsüchtigen Herrn stellen. Der Droschkenfahrer, den Jack anhielt, wollte gleich wieder weiter, als er hörte, wohin er Jack mit Naima und Oz bringen sollte. Whitechapel. Kein Ort, an dem das Geld zu Hause war. Das Viertel lag auf halbem Weg zu den West India Docks und gehörte zu den schlimmsten Ecken Londons. Das Licht der Stadt schien in den hell erleuchteten Straßen um den Buckingham Palace herum. Die Schatten aber ballten sich unweit des Tower of London zusammen.

Jack musste dem Fahrer die doppelte Zahl an Münzen in die schwielige Hand drücken, ehe er sie, begleitet von einem süffisanten Kommentar über den vermutlichen Grund ihrer kleinen Ausfahrt in Londons Sündenviertel, einsteigen ließ. Die Häfen der Stadt schmiegten sich an das Viertel, in dem die Matrosen, die teils monatelang unterwegs gewesen waren, eine angenehme Begleitung für die Nacht suchten. Offenbar hielt der Fahrer Naima für eine exotische … Amüsierdame.

Die Müdigkeit und Erschöpfung, die sich in den vergangenen Tagen und Wochen in Jack angesammelt hatten, versuchten ihn wie Gewichte an den Füßen in den Schlaf zu ziehen. Doch er zwang sich, die Augen aufzuhalten, und starrte misstrauisch aus dem Fenster jeden Schatten an, der sich irgendwo im Licht einer Gaslaterne abzeichnete. Als sie aber mitten in der Nacht endlich an ihrem Ziel ankamen, hatten sich Naimas Verwandte nicht ein einziges Mal gezeigt. Vielleicht hatten sie ihre Spur verloren. Womöglich würden sie nun ins Ministerium ... schweben und sich mit dem Diener ihres Herrn beratschlagen. Jacks verräterischem Vorgesetzen.

»Unwahrscheinlich«, meinte Naima beim Aussteigen, als Jack ihr die beiden Möglichkeiten genannt hatte. »Ich bin nicht gestorben. Der Minister konnte meine Seele nicht einfangen. Sicher suchen der Ifrit und seine Diener mich nun. Also ...«, sie lächelte ihn auf eine Weise an, die ihm überhaupt nicht gefiel, »sollten wir ins Ministerium gehen. Der Minister wird dort sein. Und wir können ihn überwältigen. Dann stellen wir dem Ifriten eine Falle.«

»Eine Falle? Wir?« Jack starrte sie entgeistert an. »Das ist irre. Außerdem lasse ich dich doch nicht da reingehen! Das ...«

»Ich bin eine Prinzessin«, erwiderte sie lächelnd. Sie sah gezeichnet aus. Das Grauen, das sie erlebt hatte, trug sie deutlich im Gesicht, auch wenn sie versuchte, sich mit ihrem Lächeln eine Maske aus Leichtigkeit aufzusetzen. »Und noch immer ein Staatsgast deiner Königin. Du musst doch sicher alles tun, um meinen Aufenthalt so schön wie möglich zu gestalten.« Sie sah sich um. Die Frage, was sie hier suchten, konnte Jack ihr mühelos von den Augen ablesen.

»Noch schöner?« Oz reckte sich, als hätte er stundenlang geschlafen. »Was ist das hier für ein Ort?«

»Du kennst ihn wohl nicht. Nun, kein Wunder. Leute kommen her, um Spaß zu haben«, erwiderte Jack trocken.

Ein Fauchen ertönte neben ihm. Oz war in eine der zahlreichen Pfützen getreten, mit denen die in diesem Teil der Stadt aus Lehm gemachten Straßen durchzogen waren. »Was soll daran Spaß machen?«, fauchte er und sah missmutig auf seine dreckigen Pfoten.

Einen Moment später wurde sein Fauchen erwidert. Dutzendfach. Jack sah zufrieden an der heruntergekommenen Fassade des Hauses empor, vor dem die Droschke gehalten hatte.

»Was genau suchen wir hier?«, fragte ihn Naima.

»Die Frage ist nicht *was*, sondern *wen*. Und die Antwort ist ganz einfach. Eine Verbündete«, sagte Jack und drückte die beschädigte Tür des Hauses auf.

Agathas Lieblinge begrüßten Jack gewohnt abweisend. Die erste der zahlreichen Katzen, ein auffallend wohlgenährtes Exemplar mit rotbraunem Fell, taxierte ihn, als überlegte sie, wo sie ihn ihre Krallen spüren lassen sollte. Dann aber fiel der Blick des Tieres auf Oz. Und wurde … interessiert.

»Himmel«, ächzte der Archivar in Katergestalt. »Was ist das denn?«

Jack lächelte stumm und ging in das Haus. Die beiden Menschen ignorierten die Katzen, als wären sie etwa so interessant wie zwei Stühle. Oz hingegen wurde sofort von mehreren der Tiere in Augenschein genommen und schnurrend begrüßt. Sie erkannten vermutlich den Kater und den Menschen in ihm und beschlossen, ihn willkommen zu heißen. Anderenfalls hätten sie ihn wohl augenblicklich herausgefordert.

»Hilfe«, wisperte er. »Was wollen die?«

»Gibt es schließlich eine bessere Form, mit dem Leben fertigzuwerden, als mit Liebe und Humor?«, fragte Naima.

Jack sah sie verwirrt an.

»Einer eurer Dichter«, erwiderte sie, »hat diese Zeilen niedergeschrieben. Ein gewisser Charles Dickens. Ich glaube, er lebt hier in London. Du liest doch die Bücher eurer klugen Köpfe?«

»Natürlich«, meinte Jack. »Alle.« Er sah sich suchend um. »Agatha?«

»Jack!« Die tote Katzenliebhaberin erschien wie aus dem Nichts vor ihnen. Sie schlang ihre geisterhaften Arme um Jack, dann fiel ihr Blick auf Naima. »Ich hatte mir schon Sorgen gemacht, weil du dich so lange nicht hast blicken lassen. Und ich sehe hier wohl den Grund für deine Abwesenheit. Du hast offenbar eine andere gefunden«, sagte sie in gespielter Entrüstung. »Ich hoffe, ich darf du sagen?«

»Ja, und sie ist nicht wie du«, erwiderte Jack diplomatisch.

»Mit wem redest du?«, fragte Naima verwirrt und starrte dorthin, wo Agathas Stimme erklang.

»Unsere Verbündete ist ein Geist«, erklärte Oz.

Kein Wunder, dass er sie sehen kann, dachte Jack. Er war selbst ein Geist. Und ein Kater.

»Dies ist Agatha«, stellte Jack den Geist vor. »Und das ist Prinzessin Naima.«

»Angenehm«, sagte die tote Katzennärrin und deutete einen Knicks an. »Aber du machst ja alles wieder gut, indem du mir einen neuen Liebling schenkst.« Sie lächelte Oz selig an. »Was für ein besonderer Kater. Kann ich auch als Katze wiederkommen?«

Jack sah den Kater schon zu einer Erwiderung ansetzen und unterbrach ihn vorsorglich. Auch wenn der Weg hinaus nach Whitechapel einige Zeit in Anspruch genommen hatte, wollte er nicht noch mehr kostbare Minuten vergeuden, indem er eine Unterhaltung zwischen zwei Geistern zuließ. »Wir brauchen deine Hilfe, Agatha.«

»So, so«, meinte der Geist und wandte den Blick von Oz ab. »Und worum geht es?«

»Wir retten die Welt, denke ich«, antwortete Jack. »Und das geht natürlich nicht ohne Katzen.« Dann erzählte er von dem Ifriten und Naima. Von ihren schattenhaften Verwandten und einem Archivar, der als Kater ins Diesseits gelangen konnte. Vermutlich klang das alles sehr durcheinander und schwer verständlich. Er stolperte ungelenk durch seinen Bericht, der dadurch, dass Oz' sich berufen fühlte, ihn immer wieder zu korrigieren, nicht unbedingt verständlicher wurde. »Wir … sollten dem Ifriten eine Falle stellen.« Er vermied es, Naima anzusehen. Die Einsicht, dass sie recht hatte, war ihm gekommen, als er alles erzählt hatte. Im Grunde gab es keine andere Möglichkeit. Naima würde auf dieser Welt bis an ihr Lebensende nicht sicher vor dem Rachegeist sein. Und selbst wenn sie es schaffte, sich vor ihm zu verbergen und eines Tages grau und alt und von der Last des Alters gebeugt einschlief, so würde ihre Seele in der Zwischenwelt ebenfalls in Gefahr sein. Der Ifrit brauchte sie, um seinen Zauber zu wirken. Und er brauchte die Geister im Ministerium. Sie mussten ihn angreifen. Und ihn besiegen. Das hatte Jack bei seinen Worten zu Naima begriffen. Und die eigene Entschlossenheit in ihren Augen erkannt.

»Bist du wahnsinnig geworden?«, hörte er Oz zischen.

»Sei brav, dann bekommst du einen schönen Fisch«, erwiderte Jack trocken.

»Das … das«, schnappte der Kater empört, »… aber bitte eine Makrele, die sind so schön fettig. Himmel, was rede ich da? Das ist der Kater in mir. Er hat überhaupt keinen Geschmack.«

Jack ignorierte Oz' Bemerkung. »Ich habe eine Belohnung für dich, falls du uns hilfst«, sagte er stattdessen an Agatha gewandt und sagte ihr, was sie tun und dafür bekommen sollte. Die Idee dazu war ihm schon vorher gekommen, auch wenn er sie da noch dafür hatte belohnen wollen, dass sie Naima einen sicheren Unterschlupf gewährte. Jack fürchtete, Agatha nur mit größter Mühe überreden zu können, ihnen zu helfen. Doch ihre Augen leuchteten, als wäre sie ein Kind, das am Weihnachtsmorgen ihren größten Wunsch erfüllt sah. Mehr noch, sie schien es kaum abwarten zu können, mit ihren Lieblingen in die Schlacht zu ziehen. Oder zumindest ins Ministerium für endgültige Angelegenheiten. »Es ist reichlich langweilig, nur herumzugehen und den Leuten bei … ihren Dingen zuzusehen«, erklärte sie auf Oz' Frage, warum sie sich so bereitwillig darauf einließ, ausgerechnet an den Ort zu gehen, der für einen Geist wie kein anderer die Gefahr bot, in die Zwischenwelt gebracht zu werden.

»Was für … Dinge?«, wollte Naima wissen.

»Frag besser nicht«, erwiderte Jack. Dieses ganze Abenteuer war ohnehin zu viel für seinen Kopf. Er wollte nicht auch noch von Agathas Spannereien berichten. Wer wusste schon, was sie zwischen den zahllosen Prostituierten und Kriminellen Whitechapels alles zu Gesicht bekommen hatte?

»Und es bleibt dabei?«, wollte Agatha wissen.

»Ja«, sagte Jack. »Ich werde deinen Namen ins Register eintragen. Damit wirst du offiziell als *erledigter Auftrag* geführt. Und wenn du es hier mit der Spukerei nicht übertreibst, wird das Ministerium dir nie wieder einen Soulman auf den Hals schicken.«

»Das ist Betrug«, grollte Oz.

»Für dich lasse ich mir auch etwas einfallen. Vielleicht den schönen Fisch oder eine saftige Maus?«

Der Kater funkelte ihn missbilligend an. »Das ist eine Unverschämtheit«, zischte er, während seine Zunge verräterisch um seine Lippen strich, als führte sie ein eigenes Leben.

Jack erwiderte nichts darauf. Er sah aus dem Fenster. Die Sonne würde bald schmutziges Grau in die dunkle Nacht mischen. Der Tag, der dann begann, schoss es Jack durch den Kopf, konnte sein letzter auf Erden sein. Vielleicht war nun, da Oz und er Naima aus der Zwischenwelt gerettet hatten, etwas, das ihn die vergangenen Tage und Wochen angetrieben hatte, erloschen. Ein Funke, der ihn immer wieder hatte weiterrennen lassen. Er war so müde. Und zufrieden. *Aber du musst noch ein-*

mal loslaufen, Jack, sagte er sich. *Naima wird erst sicher sein, wenn der Ifrit gefangen ist.*

»Wie willst du diesen Ifriten besiegen, Jack?«, fragte Agatha.

Zur Antwort zog er die letzte Phiole aus der Tasche. Jacks Plan war es, den Rachegeist hierhinein zu sperren. Er hatte Oz auf der Fahrt hinaus nach Whitechapel dazu befragt. Und der tote Archivar war der Ansicht, dass es durchaus gelingen konnte. Immerhin hatte ein Fischer den von Oz beschworenen Ifriten ebenfalls in ein Gefäß sperren können.

»Damit? Nun, wenn du meinst. Aber du solltest etwas schlafen.« Agatha trat neben ihn. »Du siehst schlecht aus, Jack«, sagte sie mitleidig. »Ich habe hier mein Bett. Seit ich tot bin, ist noch niemand gekommen, um in meine Wohnung zu ziehen.«

Jack wunderte sich nicht darüber. Selbst für Whitechapel war dies hier ein karger Ort. Und erst recht wurde er gemieden, wenn ein Geist hier herumspukte. Wenigstens war er sogar nach Agathas Tod sauber geblieben. Offenbar besaß sie auch als Geist einen Ordnungssinn und sorgte dafür, dass ihre Lieblinge nichts durcheinanderbrachten. Sie entfernte wohl auch die toten Mäuse. Ihre Körperlichkeit sollte dazu gerade ausreichen. Allerdings gefiel ihm der Gedanke, sich in Agathas Bett zu legen, nicht sonderlich. »Ich kann das nicht, Agatha. Ich …« Eine Berührung unterbrach ihn. Er fühlte eine Hand auf seiner. Naima hatte sie gegriffen.

»Ein Bett? Wo steht es?«, fragte sie. »Dort?«

Sie deutete auf einen Durchgang, dessen Tür verschlossen war.

»Genau dort«, sagte Agatha. Naima konnte sie nicht sehen, aber hören. Sie zog Jack mit sich. Er war zu müde, um sich zu wehren. Er hörte noch Oz, der sich über Agathas aufdringliche Katzen beklagte, doch die Worte zerfielen in seinen Ohren, noch ehe er ihren Sinn ganz erfassen konnte. Er fand sich auf dem Bett wieder. Ein so intensiver Duft nach trockenem

Lavendel umfing ihn, dass er husten musste. Dann fühlte er, wie sich Naima in seinen Arm legte. Und einen Moment später wurde alles dunkel. Und alles war gut.

»Es waren Stunden«, beklagte sich Oz nun schon das fünfte Mal. Sie standen an dem kleinen Bahnhof in der Minories Street nördlich der Themse und warteten zwischen Dutzenden Menschen auf den Zug, der sie in Richtung Westen bringen würde. Durch das Glasdach schien die Sonne so fröhlich herab, als wollte sie all die Schatten aus Jacks Herz vertreiben. Die Sorge um Naima aber blieb dort wie ein Stück Nacht, das nicht vergehen wollte. »Du solltest nicht mitkommen«, raunte er ihr zu, während der Zug langsam in den Bahnhof rollte und dabei schmutzigen Rauch unter das Dach spuckte. London war die modernste Stadt der Welt. Und nirgendwo konnte man den Fortschritt besser riechen als in einem der Bahnhöfe.

»Ich muss«, erwiderte sie entschlossen. »Es ist meine Familie, die der Ifrit getötet hat. Und die er versklavt hat. Ich muss sie retten.«

»Es wäre schön, wenn mich mal jemand retten würde«, hörten sie Oz leise stöhnen. Der Kater versuchte vergeblich, sich den Annäherungsversuchen von Agathas aufdringlichen Katzen zu erwehren.

Jack musste nicht fürchten, dass jemand auf den sprechenden Kater aufmerksam wurde. Angesichts der Katzenflut hielten die anderen Wartenden gebührenden Abstand zu Naima und ihm.

Der Zug hielt schnaufend und ächzend an, und mit seinem Dienstausweis gelang es Jack, ein ganzes Abteil nur für sich und die anderen freizumachen. Kaum hatten sie sich hingesetzt und sichergestellt, dass alle Katzen da waren, setzte sich der Zug auch schon wieder in Bewegung.

»Oh, es geht los«, rief Agatha erfreut. Sie hatte sich neben Naima gesetzt, die einen Platz am Fenster gefunden hatte. Oz musste sich noch immer der Annäherungsversuche der Katzen erwehren und sprang Naima kurzerhand auf den Schoß. Unwillkürlich fing sie an, ihn zu kraulen, was ihm ein genießerisches Schnurren entlockte.

»Ja«, erwiderte Jack angespannt und ließ sich auf die Bank gegenüber nieder. »Wir fahren in die Höhle der Löwen.«

Naima konnte den Blick während der Fahrt nicht von der Fensterscheibe lösen. Es schien, als wollte sie jede Einzelheit, die sie draußen zu sehen bekam, wie in einer Fotografie in ihrem Gedächtnis ablegen. Oder als wollte sie sich selbst für die Zeit entschädigen, die sie von dieser Welt getrennt gewesen war. Auch wenn das, was sie zu Gesicht bekam, nicht unbedingt dem Auge der Betrachterin schmeichelte. Die Häuser in Whitechapel waren heruntergekommen. Den Menschen sah man an, dass nur selten genug Essen auf dem Tisch stand. Und wenn sie die Scheibe geöffnet hätten, wäre einiges von dem Gestank in den Zug gelangt, der allgegenwärtig durch die Gassen zog. Selbst London besaß kein Abwassersystem. »Ich dachte immer, jeder Mensch in dieser Stadt würde wie ein König leben«, sagte Naima nachdenklich. »Aber wie es scheint, behandelt die Königin nicht nur die Leute schlecht, deren Länder sie stiehlt. Auch das eigene Volk liebt sie nicht.«

»Nein, das tut sie wohl nicht«, sagte Jack, während die Reihen der Häuser langsam dichter wurden. Nicht mehr lange, und sie würden das Herz der Stadt erreichen. Ein leuchtendes Herz, auf das ein Schatten gefallen war. »Und nur Könige leben wie Könige. In jedem Land, in dem sie an der Macht sind.« Er seufzte. »Agatha?«

Der Geist im Nachthemd lächelte ihn aufgeregt an. Hätte sie noch einen Leib besessen, durch den Blut floss, so hätten sich ihre Wangen wohl längst rot gefärbt.

»Wir müssen jetzt mal über den Plan sprechen.«

Oz, der auf Naimas Schoss beinahe in den Schlaf gekrault wurde, öffnete müde ein Auge. »Also hast du tatsächlich einen? Ich war davon ausgegangen, dass du mich mit diesen Katzen nur quälen willst.«

Jack verzog den Mund zu einem schiefen Grinsen. »Das ist nur eine angenehme Begleiterscheinung.«

»Wird es gefährlich?«, fragte Agatha aufgekratzt. »Ich meine, lebensgefährlich?«

»In jedem Fall«, erwiderte Jack. »Und zwar für jeden von uns.«

GESUCHT UND GEFUNDEN

Für den Weg vom Bahnhof zum Ministerium musste Jack sein ganzes restliches Geld investieren. Der Droschkenfahrer rümpfte angesichts des Dutzend Katzen empört die Nase, und die Münzen, die Jack ihm in die Hand zählte, vermochten ihn erst dann umzustimmen, als er ihre Wirkung mit seinem Ausweis verstärkte. Die plötzliche Unterwürfigkeit, die der Mann daraufhin an den Tag legte, war fast noch weniger zu ertragen als die arrogante Ablehnung, die er einen Moment zuvor noch gezeigt hatte. Auf der Fahrt schaffte es Oz wenigstens, still zu sein, auch wenn er mehrfach zu einem Kommentar ansetzte und Jack ihn jedes Mal mit einem ärgerlichen Blick daran erinnern musste, dass sich der Fahrer wohl sehr über eine zusätzliche Männerstimme hinter sich wundern würde. Agatha hingegen hatte für den Mann nicht erkennbar direkt neben ihm Platz genommen und genoss den kleinen Ausflug.

London zeigte sich längst von seiner geschäftigen Seite. In der Stadt lebten über zwei Millionen Menschen. Und sie alle schienen zur gleichen Zeit auf den Beinen zu sein. Auf den Straßen quälten sich die Fuhrwerke aneinander vorbei, Kutscher beschimpften einander und gaben sich gegenseitig die Schuld für ihr langsames Vorankommen, während die Menschen, die zu Fuß auf den Gehsteigen unterwegs waren, bald schneller vom Fleck kamen als die Droschken und Pferdeomnibusse.

Jack wurde immer unruhiger. Er glaubte im Schatten jedes Mannes und jeder Frau, an denen sie vorbeifuhren, einen Diener des Ifriten zu erkennen.

»Wie genau gelangen wir eigentlich ins Ministerium?« Naima trug noch immer die Sachen, in denen Jack sie in jener Nacht im Buckingham Palace gefunden hatte. Das türkise Kleid mit den opulenten Goldfäden. Auch wenn sie den Schleier, der dazu gehörte, während des Mordversuchs durch den Ifriten verloren haben musste, stand ihr die Fremdartigkeit so deutlich auf den Leib geschrieben, dass sie selbst in der modernsten Stadt ihrer Zeit, in der sich scheinbar alle Völker der Erde mischten, auffiel wie ein Papagei unter Krähen.

»Verflucht!« Oz' Schrei ließ Jack zusammenfahren. Er drückte unwillkürlich den Kopf aus dem Fenster der Droschke. Nur das Erscheinen eines Schattens konnte den Kater dazu gebracht haben, so unvorsichtig und laut zu werden. Oder?

»Ist alles in Ordnung?«, fragte der Kutscher.

Jack warf Oz einen ärgerlichen Blick zu. Er hatte nichts Ungewöhnliches bemerkt. Niemand warf einen Schatten auf das Kopfsteinpflaster, der Anstalten machte, sich zu erheben.

»Die Wand«, zischte der Kater, und es klang beinahe wie ein echtes Miauen.

Jack kniff die Augen zusammen und suchte die Wände der Häuser ab, von denen der Putz abbröckelte.

»Da!«, keuchte Naima und deutete auf einen Lebensmittelladen. Neben dem Eingang unter der grünen Markise waren einige Fahndungsplakate angeschlagen. Und eines ... Jetzt wusste er, weshalb Oz geschrien hatte.

»Halten Sie kurz an«, sagte Jack tonlos. Noch ehe die Kutsche ganz stand, war er hinausgesprungen. Einen Moment später war Naima an seiner Seite.

»2500 Pfund«, las Jack. Er wusste nicht, ob er sich darüber ärgern sollte, dass er gesucht wurde. Oder ob er stolz darauf sein sollte, dass er unter den Verbrechern, deren Konterfeis hier zur Schau gestellt wurden, mit Abstand am meisten wert war.

»Wie kommen die an dein Bild?«, fragte Naima. »Und warum suchen sie nach dir?«

Das Gesicht auf dem Plakat gehörte unverkennbar Jack, auch wenn es nur gemalt worden und wenig schmeichelhaft war. Von den übrigen Verbrechern, nach denen die Polizei fahndete, hatte man echte Fotografien besessen. Neuerdings wurden sie angefertigt, sobald jemand in Gewahrsam genommen wurde. Sehr nützlich, falls die Person ausbrach oder nach ihrer Entlassung wieder straffällig wurde. Jack aber war in seinen kriminellen Tagen nie wichtig genug gewesen, um in die Ehre eines Fotos zu kommen.

»Der Minister wird der Polizei die Beschreibung gegeben haben«, schnurrte Oz aus der Höhe ihrer Knöchel. »Es dürfte ziemlich klar sein, dass er es war, der dein hässliches Gesicht zur Fahndung hat ausschreiben lassen. Ich schätze, er ist ganz einfach zum Commissioner gelaufen und hat ihm ein paar streng geheime Informationen über den meist gesuchten Verbrecher unserer Tage zugespielt.«

»Klappe da unten«, zischte Jack. Es würde alles ziemlich kompliziert machen, wenn jemand den Kater sprechen hörte. Das Plakat indes machte alles, was Jack geplant hatte, unmöglich. *Gesucht wegen der Anschläge auf unsere Stadt.* Dieser Satz und die Summe machten Jack zu einer lebenden Zielscheibe für jeden, der entweder ein glühender Patriot war oder sich in akuter Geldnot befand. Also vermutlich für fast jeden Einwohner der Stadt. Unwillkürlich zog sich Jack den Hut ins Gesicht. Mit einem Mal fürchtete er nicht nur die Schatten der Menschen, sondern auch ihre Blicke.

»Der Commissioner ist ein Bluthund«, wisperte Naima. »Ich bin ihm beim Empfang der Königin begegnet, wenn ich mich nicht irre. Ein strenger Mann. Wie hieß er noch? Er hat mir noch ein Kompliment für mein Kleid gemacht.«

»Sir Mayne«, erwiderte Jack gedankenverloren.

»Sicher sucht jeder einzelne seiner Polizisten nach dir«, plapperte Oz munter drauf los. »Er wird eine Menge Druck haben, den oder die Attentäter zu finden. Es wird also ziemlich schwer sein, überhaupt auch nur vor die Tür des Ministeriums zu kommen. Geschweige denn, unerkannt einen Weg hineinzufinden.«

Für einen Moment erwog Jack die Möglichkeit, Oz auf die Straße unter eine der fahrenden Kutschen zu werfen.

»Du musst dich verstecken«, wisperte Naima besorgt.

»Ausgeschlossen«, erwiderte Jack. »Es wäre nur eine Frage der Zeit, bis mich jemand erkennt. Außerdem habe ich kaum Geld dabei. Und ohne wird es schwer, nicht aufzufallen.«

»Dann kannst du auch gleich zur Polizei marschieren«, brummte Oz und verstummte, als eine ältere Dame an ihnen vorbeiging, die ebenfalls einen Blick auf die Plakate warf.

»Diesen dort«, ihre Stimme zitterte vor Abscheu, als sie auf Jacks gezeichnetes Gesicht deutete, »sollte man hängen.«

Rasch wandte sich Jack ab, ehe sie ihn am Ende noch erkannte. »Recht so«, sagte Oz laut. »Lang lebe die Königin!«

Die Frau sah einen Moment lang verwirrt drein. Doch offenbar ging sie davon aus, dass die Worte aus Jacks Mund gekommen sein mussten. Sie nickte entschlossen und ging mit einem grimmigen Lächeln auf den Lippen weiter.

»Und jetzt?«, fragte Oz, kaum dass die Alte außer Hörweite war.

Etwas, das der vorlaute Kater gesagt hatte, hallte in Jacks Kopf nach. Es war verrückt. Völlig verrückt. Aber vielleicht konnte es gerade deshalb funktionieren. »Ich halte mich an deinen Rat«, erwiderte er. Dann ging er lächelnd zurück zum Kutscher, rief ihm ein neues Ziel zu und stieg wieder ein. Naima und Oz folgten ihm. Während er sich in seinen Sitz sinken ließ, starrten sie ihn an, als hätte er den Verstand verloren.

»Du willst wohin?«, zischte der Kater ein wenig zu laut, nachdem sich die Kutsche wieder in Bewegung gesetzt hatte.

Jack legte einen Finger an die Lippen. »Du hast es doch selbst gesagt. Wir kommen vermutlich nicht mal in die Nähe des Ministeriums, wenn ich gesucht werde. Und sicher halten die Bobbys tatsächlich bereits die Augen nach mir auf.«

»Sie und jeder, der nicht blind ist«, fügte Naima hinzu. Sie runzelte die Stirn. Die Frage, was er vorhatte, stand ihr deutlich ins Gesicht geschrieben. »Und deshalb willst du zu ihnen gehen? In das Büro des Commissioners?«

»Du könntest dich auch gleich umbringen«, bemerkte Oz bissig. »Das würde alles beschleunigen.«

»Ich werde ihm alles erklären«, sagte Jack und lehnte sich zufrieden mit sich gegen die harte Lehne der Sitzbank. »Zumindest das, was er wissen muss.«

»Gegen dein Wort wird das eines Ministers stehen«, erwiderte der Kater besorgt.

»Oz hat recht«, sagte Naima. »Er wird dir sicher nicht glauben.«

Jack grinste sie an. »Sir Mayne hat den Ruf, völlig kalt zu sein. Und ja, er wird mir nicht glauben. Aber der einzigen Überlebenden des Attentats auf die Staatsgäste der Königin schon. Besonders, wenn er dir wirklich ein Kompliment gemacht hat.«

»Verdammt«, entfuhr es Oz. »Du bist gar nicht mal so dumm.«

Jack beschloss, dies als Zeichen der Wertschätzung zu nehmen, und nickte.

»Aber hast du überhört, was ich noch gesagt habe? Wir kommen nicht unentdeckt hinein. Selbst wenn der Commissioner die Fahndung nach dir aufhebt.«

»Eins nach dem anderen«, erwiderte Jack. »Wir haben unsere Armee. Gleich sorgen wir dafür, dass wir uns mehr oder weniger frei durch London bewegen können. Und dann überlege ich mir einen schlauen Weg hinein.«

Die Metropolitan Police residierte im Innenministerium. Auch wenn ihr Einflussbereich nur knapp zwölf Meilen rund um den ehrfurchtgebietenden Prachtbau in Charing Cross ausmachte, war ihr Ansehen unter den Einwohnern Londons enorm. Die Bobbys mochten keine Waffen außer einem Schlagstock tragen. Aber vermutlich machte ausgerechnet dies sie so beliebt in der Stadt.

Jack erkannte den ersten der Uniformierten, kaum dass der gewaltige Backsteinbau in Sicht war. Der Mann trug wie viele seiner Kameraden einen so dichten Vollbart, das von seinem Gesicht kaum etwas außer den Augen zu erkennen war. Während er über die Straße schlenderte, bedachte er jeden mit einem strengen Blick. Und wie schon im Buckingham Palace der Diener senkten auch hier die Passanten die Köpfe, als sie bemerkten, dass sie von der Staatsmacht gemustert wurden. Jeder hatte irgendwo in seinem Herzen etwas zu verbergen. Irgendeine kleine Untat, und sei sie noch so winzig und unbedeutend. Die in zwei Reihen angebrachten dicken Knöpfe der Uniform strahlten mit der Sonne um die Wette, und der Zylinder auf dem Kopf des Bärtigen war so groß, dass er den Mann wohl um wenigstens einen Kopf größer machte. Selbstredend trugen die Bobbys noch höhere Hüte als die Soulmen.

Jack ließ den Kutscher nur wenige Meter entfernt von dem Bobby halten. Wenn er schon verhaftet würde, dann wenigstens diskret. Und ohne durch die halbe Stadt gekarrt zu werden. Eine aufsehenerregende Polizeiaktion könnte am Ende noch dem Minister zu Ohren kommen. Und im schlimmsten Fall dazu führen, dass Jacks Schatten während der zu erwartenden Befragung plötzlich Anstalten machte, sich zu rühren.

In den strengen Blick des Polizisten mischte sich Verwirrung, als aus der Kutsche ein Dutzend Katzen auf die Straße sprang, gefolgt von einer Schönheit in einem opulenten, exotischen Kleid. Dann aber fixierten seine Augen Jack. Offenbar erkannte er ihn als den Gesuchten. Dennoch sah er immer wieder fragend zu Naima. Vermutlich konnte er nicht ganz verstehen, weshalb sie bei ihm war. Noch ehe er den Mund aufmachen konnte, erklang hinter Jack eine für alle außer ihm und Oz körperlose Stimme. »Was für ein stattlicher Mann.«

»Agatha«, sagte Jack in einem Ton, als müsste er ein freches Kind maßregeln. Dann trat er auf den sich verstört umblickenden Polizisten zu und sah ihm direkt in die Augen. »Jack Smith. Ich stelle mich. Und möchte mit meinen Begleitern zum Commissioner gebracht werden. Unverzüglich.«

Der Polizist sah ihn an, als würde er ein Gespenst erblicken. Um sie herum begann sich langsam eine Gruppe Schaulustiger zu bilden. Dies schien dem Mann nicht zu entgehen, dem wohl gerade bewusst wurde, dass er im Begriff war, seine Autorität einzubüßen. Er hob drohend den Schlagstock, doch Jack nickte ihm freundlich zu und trat an ihm vorbei. »Einverstanden, ich folge Ihnen, Sir. Zusammen mit meinen Komplizen beuge ich mich Ihrer Gewalt.«

Der Polizist starrte entgeistert die Katzen und Naima an.

Die Prinzessin zuckte mit den Schultern. »Ich bin so etwas wie seine Gefangene«, meinte sie und folgte Jack, wobei sie sich bei ihm unterhakte.

»Und ich bin umgebracht worden«, ertönte es aus dem Katzenrudel.

»Und hinter mir ist er seit Wochen her«, wisperte eine körperlose Stimme, und aus dem Augenwinkel sah Jack den Polizisten erschrocken eine Hand auf sein Gesäß drücken.

An den Gedanken, dass er gesucht wurde, hatte sich Jack während der Kutschfahrt nur mit einiger Mühe gewöhnen können. Immerhin hatte er die Rolle des Kleinkriminellen, den sein Lebensweg aus dem Kinderheim zunächst in die gierig zugreifenden Arme eines Geistlichen, dem er nur knapp wieder hatte entwischen können, und dann auf Londons Straßen geführt hatte, eigentlich abgelegt. Dass er sie nun wieder trug wie ein altes und außerordentlich schlecht sitzendes Kleidungsstück, bloß weil er sein Leben riskiert hatte, um eine sterbende Prinzessin zu retten, entbehrte nicht einer gewissen Komik. Scheinbar war es gleich, wie tugendhaft er war. *Dein Weg führt dich immer wieder in die Arme des Gesetzes, Jack.*

Das Schnurren von Agathas Katzen bescherte ihnen in dem großen Raum, in dem die Staatsbediensteten an mehreren Tischen saßen, vermutlich dieselbe Aufmerksamkeit wie ein gebrüllter Befehl des Commissioners.

Die Blicke der Polizisten, die Jack zunächst ungläubig und dann mit zunehmender Wut musterten, als er mit Naima und seiner Katzenherde in den lediglich von hölzernen, aktenbeladenen Regalen geschmückten Raum trat, zeigten bald auch Spuren derselben Verwirrung, die ihr hilfloser Kollege noch immer auf dem Gesicht trug. Der Mann mühte sich in Gegenwart seiner Kollegen nach Kräften, den Eindruck zu erwecken, alles unter Kontrolle zu haben. Doch vermutlich verhielt sich Jack dafür einfach falsch. Kein Verbrecher sollte mit einer exotischen Prinzessin am Arm den Vorgesetzten zu sprechen verlangen, um sich von ihm verhören zu lassen. Und erst recht nicht der vermutlich meistgesuchte Kriminelle der Stadt.

»Ich habe den Attentäter festgenommen«, rief der bärtige Polizist in das aufkommende Gemurmel seiner Kollegen, während er sich umsah.

Kein Wunder, dass er nicht ganz bei der Sache war. Agatha nutzte ihre Unsichtbarkeit so schamlos aus, um auf Tuchfühlung zu gehen, dass Jack im Begriff war, sie zurechtzuweisen. Aber man würde ihn für verrückt halten, wenn er mit jemandem sprach, der für die anderen nicht zu sehen war. »Bravo. Sie haben mich gesucht und gefunden. Nun, wo ist der Commissioner?«

»Sir Mayne ist nicht hier«, rief einer der Uniformierten.

»In diesem Fall«, sagte Naima und setzte ein so charmantes Lächeln auf ihre Lippen, dass der Polizist, der nun Jacks Arm gegriffen hatte, um keine Zweifel daran aufkommen zu lassen, dass er ihn tatsächlich festgenommen hatte, seinen stattlichen Bauch einzog und die Uniform glatt strich, »werden wir uns gerne mit seinem Stellvertreter unterhalten. Ich habe ihn beim Empfang der Königin gesehen. Allerdings wurde er mir nicht vorgestellt.«

»Die Königin?« Der Polizist runzelte verärgert die Stirn. Offenbar argwöhnte er, dass man ihn auf den Arm nahm. »Natürlich. Vielleicht war auch der Vater seiner Majestät dabei.« Er lachte humorlos über seinen Scherz. »Und Ihr seid?«, fragte er, während er zwei Männer heranwinkte.

»Prinzessin Naima, die Tochter des ermordeten Emirs von Ra's al-Chaima.«

Die Stimme, die den Flur füllte, ließ die Männer, die das Schauspiel interessiert musterten, sofort aufspringen und Haltung annehmen. Mit einem Mal war nur noch das Schnurren der Katzen zu hören.

»Die Prinzessin?« Der Bärtige erbleichte. »Aber die ganze Familie ist tot! Ich selbst war in der Nacht im Buckingham Palace.«

»Der einzige Tote bin ich«, hörte Jack jemanden aus dem Katzenrudel sagen. Doch außer ihm schien das niemandem aufzufallen.

Am Ende des Raums hatte sich eine Tür geöffnet, durch die ein schlanker Mann trat, der mit seinem schmalen Schnurrbart und den wachen Augen so gar nicht zu den eher grobschlächtigen Polizisten passen wollte. Sein zackiger Gang verriet ebenso wie seine hoch aufgerichtete Haltung, dass er es gewohnt war, sich in einer militärischen Hierarchie zu bewegen. Und zwar sehr weit oben. »Normalerweise würde ich fragen, weshalb ein Rudel Straßenkatzen hier herumstreunt.« Er hatte die Arme hinter den Rücken gelegt und schritt an den Tieren vorbei, als würde er eine Parade abnehmen. Dann blieb er vor Naima stehen, reckte ihr die Hand entgegen, und als sie die ihre in seine legte, verbeugte er sich vor ihr und deutete einen Kuss auf ihren Handrücken an. Offenbar bewegte er sich auch in adligen Kreisen mit absoluter Sicherheit.

Jack beachtete er nicht. Normalerweise hätte ihn dies nicht weiter gestört. Jack war sehr früh zu der Einsicht gelangt, dass die Aufmerksamkeit eines Polizisten so erstrebenswert war wie Keuchhusten oder Syphilis. Nun aber spürte er einen Stich in der Magengrube. Und er wusste nicht, ob er ihn wegen der Missachtung des Mannes oder wegen des Handkusses empfand. »Ich bin glücklich, Euch entgegen unseres Wissens lebendig zu sehen, Prinzessin. Ich darf mich vorstellen«, sagte der Mann und richtete nun doch seinen Blick auf Jack. »Captain William Hay, zweiter Commissioner der Metropolitan Police.«

Naima nickte stumm und deutete dann auf Jack. »Dieser Mann hat mich gerettet. Er dient ebenfalls Eurer Königin.«

»Jack Smith«, stellte er sich vor.

Die Miene des stellvertretenden Commissioners verhärtete sich, auch wenn er seine Höflichkeit weiter wie eine Maske trug. »Ihr werdet sicher verstehen, Mr Smith, dass ich Euch nun festnehmen lasse. Auch wenn ich kein Richter bin, so dürft Ihr davon ausgehen, am Ende vor den Henker zu treten.« Er bedeutete den beiden Männern, die gewartet hatten, zu ihm zu kommen.

»Wartet, Commissioner.« Naima legte Sir Hay eine Hand auf den uniformierten Arm. »Die Anschuldigungen sind falsch. Aber diese Sache sollte besser unter wenigen Augen besprochen werden. Ich bange um die Sicherheit der Königin.«

Der Zweifel im Blick des Commissioners war so deutlich zu erkennen, dass Jack einen Moment fürchtete, sein Plan würde scheitern. Doch dann nickte der Mann und gebot seinen Männern mit einer Geste, wieder zurückzutreten.

»Wenn Ihr kein Attentäter seid, wer oder was seid Ihr dann?«, fragte der Commissioner Jack.

»Ein Soulman«, antwortete er.

»Ein Geisterjäger«, wisperte der Bärtige, als würde es einer genaueren Erläuterung bedürfen. Dazu tippte er sich mit dem Finger gegen die Stirn. Offenbar glaubte er nicht an die Seelen der Toten.

Jack beschloss, Agatha zu bitten, den Mann nachts gelegentlich zu besuchen. Aus rein erzieherischen Gründen.

»Das wissen wir«, erwiderte Hay ungeduldig. »Sein Minister hat die Angelegenheit persönlich zu Protokoll gebracht. Ich will wissen, weshalb Sie und die Prinzessin …« Er ließ den Satz unbeendet ausklingen.

»Oh, er ist wie gesagt mein Retter«, antwortete Naima an Jacks Stelle. »Und ich wäre äußerst betrübt, wenn er von Euren tapferen und stattlichen Männern verhaftet werden würde.«

Aus dem Augenwinkel wurde Jack Zeuge, wie Bäuche bis an die Grenze des physisch Möglichen eingezogen wurden. Wenn die Polizisten nicht bald wieder zu atmen begannen, mussten ein paar Soulmen kommen und die Seelen von Erstickten auf die andere Seite begleiten.

Captain Hay wies auf sein Büro. »Ich habe Euch beim Empfang der Königin gesehen, Prinzessin«, sagte er, während er sie in sein Büro führte. »Eure Schönheit ist mir dabei ebenso im Gedächtnis geblieben wie Euer einzigartiges Kleid.«

Jack versuchte, die plötzlich aufkommende Eifersucht zu unterdrücken. Vermutlich hätte Hay sich Naimas Gesicht auch dann gemerkt, wenn es voller Eiterpusteln gewesen wäre. Er war ein Polizist.

»Oh, der ist ja noch hübscher«, sagte Agatha zu Jack. Wenigstens hatte sie sich bemüht, leise zu reden. Captain Hay aber verfügte offenbar über ein gutes Gehör. »Wie war das?«, fragte er mit hochgezogener Augenbraue an Jack gewandt.

»Ich ... ich meinte den Kater«, sagte er rasch und deutete auf Oz. Als dieser Anstalten machte, etwas zu erwidern, verpasste Jack ihm einen kleinen Tritt. »Ich führe gerne Selbstgespräche«, fügte er erklärend hinzu.

»Ihr pflegt einen seltsamen Umgang, Prinzessin«, bemerkte der Commissioner, und schloss die Tür, nachdem auch die letzte Katze hindurchgeschlüpft war, und wies auf zwei Sessel.

Zu Jacks Entsetzen nahm Agatha auf dem Schreibtisch des Captains Platz und lächelte ihn selig an. Dann setzte auch er sich.

Wie unwirklich Jack das alles vorkam, während der Commissioner Naima zunächst fragte, ob sie sich von einem Arzt untersuchen lassen wollte, was diese indes ablehnte. Dann wechselte Hay mit ihr einige höfliche Worte und bot ihr etwas zu trinken an. Ihm allerdings nicht, wie Jack säuerlich bemerkte. Die Fragen, die er angesichts ihrer unerwarteten Rückkehr von den Toten sicher hatte, stellte er zunächst nicht. Im Laufe seines Lebens hatte Jack zwei Sorten von Polizisten kennengelernt. Die Simplen, denen die Gedanken unweigerlich vom Kopf auf die Zunge sprangen und die sich in Verhören wie Bluthunde in jeden Widerspruch verbissen. Und die Schlauen, die einen Verdächtigen reden ließen, bis sich dieser so sehr in Widersprüche verstrickte, dass er unrettbar verloren war. Diese weitaus selteneren Polizisten waren wie Spinnen, die darauf warteten, dass ihr Opfer beim Versuch, sich zu befreien, müde wurde und kraftlos gestand. Captain Hay schien ein besonders brillanter Vertreter dieser Sorte zu sein. Der einzige Mensch, der ihm in dieser Sache ebenbürtig schien, war der Minister.

»Ich hoffe, Ihr versteht dies nicht als Indiskretion, Eure Hoheit, doch wo habt Ihr Euch nach dem feigen Anschlag auf Euch und Eure Familie verborgen?«

Die Spinne wagte sich einen Schritt vor.

Naima blickte fragend zu Jack. Sie hatten auf der Fahrt hierher vereinbart, dass er reden sollte. Die ganze Geschichte war so verrückt, dass der Commissioner am Ende noch glauben würde, dass Naima den Verstand verloren hatte, falls er die Geschichte aus ihrem Mund hörte. Doch als Jack nickte und das Wort ergriff, war er sicher, dass Hay ihn, falls er alles wahrheitsgetreu berichtete, nach seinem kleinen Vortrag verhaften und nach Bedlam bringen würde, wie das Bethlem Royal Hospital unter Londons Einwohnern kurz genannt wurde. Die Irrenanstalt der Stadt. Daher beschloss er, während er sprach, eine etwas andere Geschichte zu erzählen. Eine, in der nicht von einem Ifriten und der drohenden Zerstörung der Zwischenwelt die Rede war. In der keine sprechenden Kater zauberten und ein Schattentor geöffnet werden sollte, um einem orientalischen Rachegeist den Weg in ein neues Leben zu ebnen. Stattdessen versuchte Jack, eine Geschichte zu erzählen, die ein Polizist glauben konnte. Er berichtete von einem Ritualmord arabischer Extremisten an dem Emir und seinen Verwandten, um die Spannungen zwischen Großbritannien und seiner kleinen Kolonie im Morgenland zu verschärfen. Der Rettung der Prinzessin, die Jack in dieser Version der Ereignisse heimlich aus dem Palast gebracht und in Whitechapel verborgen hatte. Dem Versuch der Attentäter, die Gewalt aus der Wüste nach London zu tragen. Während er sprach, beobachtete er Hay genau. Dem Minister hatte er die Kälte, die in seinem Herzen nistete, und die Arroganz die ganze Zeit über ansehen können.

Hay aber war viel schlimmer. Er wirkte freundlich und aufgeschlossen und vermittelte Jack damit das Gefühl, alles sagen zu können. Zu viel sagen zu können. Jack war bald am entscheidenden Punkt angelangt. Der Minister. Nun galt es, besonders vorsichtig zu sein. Hay und Jacks Vorgesetzter kamen aus denselben Kreisen. Adlige Familien. Sicher verachteten sie sich ebenso sehr wie die Anhänger rivalisierender Gangs in Londons Straßen. Doch im Zweifel hielten alle Gangster gegen die Bobbys zusammen. Und unter dem Adel war es wohl ähnlich. Griff Jack den Minister zu sehr an oder beschuldigte ihn gar des Verrats, so mochte Hay genau das Gegenteil von dem tun, was Jack wollte. Vielleicht war ein Mittelweg der richtige Pfad.

»Ich fürchte«, begann Jack und musste sich zwingen, seine Stimme ruhig zu halten, »dass der Minister … nun, wie soll ich es sagen?« Er spürte den Blick des Commissioners wie Finger auf der Haut. Die Spinne witterte eine Schwäche. Einen Widerspruch. Eine Lüge. *Lass ihn ein wenig von der Wahrheit kosten, Jack. Dann schluckt er auch den Rest deiner Geschichte. Beim Minister hat es auch gut funktioniert.* »Er ist«, begann er, doch dann fiel ihm Naima ins Wort.

»… belogen worden«, beendete sie den Satz für ihn. »Er ist das Opfer einer Intrige, Commissioner.«

Es gelang Jack, seinem Gesicht eine ausdruckslose Miene aufzuzwingen.

Noch für einen Moment blieb Hays Blick auf Jack ruhen, als wartete er darauf, dass dieser doch eine verräterische Reaktion zeigte. Dann wandte er sich Naima zu. »Eine Intrige, Hoheit?«

Jack konnte ihm deutlich ansehen, dass er nicht sicher war, ob er ihr glauben konnte oder nicht. Vermutlich kämpften der Polizist und der Adlige in ihm. Sie war eine Prinzessin. Sicher hatte der Adlige in ihm, für den die Monarchie unantastbar war, den inneren Drang, ihr zu glauben. Und gleichzeitig war er ein

Polizist. Und vor ihm saß eine totgeglaubte Frau neben einem Geisterjäger und einem Dutzend Katzen. Wie sollte er da nicht misstrauisch sein?

»So befürchte ich«, erwiderte Naima ungerührt. Es schien ihr gar nichts auszumachen, zu lügen. *Nicht schlecht*, dachte Jack. Vielleicht lernte man nicht nur auf der Straße, die Wahrheit zu den eigenen Gunsten zu verbiegen, sondern auch in den mit Intrigen durchwobenen Fluren eines orientalischen Palasts. »Die Attentäter, die meine Familie angegriffen haben, stammen, wie der Soulman berichtet hat, aus der Wüste. Sie tragen den Hass über die Anwesenheit der britischen Truppen in diesen Ländern in die Straßen Londons.«

In gewisser Weise kam dies der Wahrheit verhältnismäßig nahe, dachte Jack.

»Und ich habe Kenntnis, dass diese Attentäter auch eine Verbindung zu dem Mann hergestellt haben, der die Geschicke dieses einzigartigen Ministeriums führt.«

»Warum ausgerechnet er?«, wollte Hay wissen.

Eine gerechtfertigte Frage. Sie zeigte auch, dass noch immer ein Restzweifel in ihm steckte. Ein Restzweifel, den der Hass auf die Attentäter hoffentlich wegschmelzen würde. Er mochte ein Polizist und ein Adliger sein. Aber wenn Jack den Blick richtig verstand, war er vor allem ein Patriot.

»Es war ein Zufall, denke ich«, erklärte Naima so selbstverständlich, als plauderte sie über das Wetter. »Die Angelegenheiten der Toten sind in meinem Kulturkreis eine Wissenschaft. Vielleicht haben die Attentäter eigentlich einen anderen Zugang in den innersten Zirkel der Macht dieses wunderbaren Reiches gesucht und sind dann durch irgendeinen Wink des Schicksals auf den Minister gestoßen.«

Die Frage, wie der Ifrit und der Minister zusammengefunden hatten, beschäftigte Jack, seit er von dieser unheilvollen Verbindung erfahren hatte. Doch er hatte einfach keine Antwort auf sie finden können, und auch nun musste er sie zurückstellen. Und er musste sich weiter eine ausdruckslose Miene auf das Gesicht zwingen. Die Selbstverständlichkeit, mit der Naima Unwahrheit in die Wahrheit mischte, machte ihn zunehmend sprachlos. *Wieso Jack?*, fragte er sich einen Moment später. *Wenn die Mächtigen lügen, nennt man das Politik.*

»Durch sie ist er in dieser Sache nicht mehr unvoreingenommen. Sein Blick ist getrübt. Er wurde getäuscht. Der Minister glaubt, mein Retter, einer seiner eigenen Männer, hätte die Anschläge auf Eure Stadt verübt. Ihr seht, Commissioner, wie weit die Täuschung reicht. Der Feind hat einen Weg bis in das Herz dieses Landes gefunden. Und sein Gift wirkt bereits.« Ihr Blick strotzte nur so vor Kraft und Willensstärke, während sie dies sagte. Und Jack begriff, dass die Kämpfe, die hinter den Palastmauern mit Worten ausgefochten wurden, vielleicht ebenso hart waren wie die, in denen die Fäuste in schattengetränkten Gassen zum Einsatz kamen.

Für einen Moment schienen der Commissioner und Naima miteinander zu ringen.

Dann nickte Hay. Und sein Blick wurde eisig. Alle Freundlichkeit, mit der er Jack und Naima eben noch zu einer unbedachten Aussage hatte bringen wollen, war aus seiner Stimme und seinen Augen gewichen. Die geduldige Spinne war fort. Und nun saß dort ein Bluthund, der sich in den verbeißen wollte, der den Tod durch London trug. »Das würde erklären, weshalb es uns nicht gelingt, die Anschläge auf unseren Straßen zu verhindern.«

Nein, dachte Jack bei sich. *Keine Intrige ist schuld daran, dass du und deine Leute versagen. Du jagst einen Geist.*

»Wir haben Grund zu der Annahme, dass diese Elemente in diesem Moment im Ministerium wirken.«

»Ist der Minister in Gefahr?« Hay kniff die Augen zusammen, als könnte er so Naima ins Herz blicken.

»Das sind wir alle«, erwiderte sie so ernst, dass der Commissioner für einen Moment nichts sagte.

»Dann ist der Minister eine Geisel«, stellte er schließlich fest. »Ihr bleibt hier, Hoheit. Ich stelle Euch unter den Schutz meiner Männer. Ich hingegen werde mit allen anderen …«

»Einen Moment«, sagte Naima und legte ihm die Hand auf den Arm. »Ihr müsst mit Bedacht vorgehen.« Sie warf Jack einen kurzen Blick zu, als wollte sie ihn um seine Meinung bitten. Ihr Ziel war es gewesen, die Fahndung nach Jack zu beenden. Doch nun wollte die Metropolitan Police ins Ministerium laufen und würde dort für Durcheinander sorgen.

Eigentlich genau das, was er brauchte. Eine Ablenkung, damit er das Gebäude betreten und den Minister finden konnte. Oder den Ifriten.

»Wir wissen, wie die Attentäter aussehen«, sagte Jack in Naimas Schweigen hinein. Das war irgendwie die Wahrheit. Es fiel Jack daher nicht schwer, Hays prüfendem Blick standzuhalten.

»Dann kommen Sie mit, Soulman«, entschied der Commissioner.

Naima nahm Oz auf den Schoß, der unruhig um ihre Beine strich. Offenbar hätte er auch gerne einiges gesagt, doch eine sprechende Katze hätte Hay den Rest gegeben. Man sah ihm jetzt schon an, dass er schwer an den Bissen zu kauen hatte, die Jack und Naima ihm auftischten. Ganz gleich, wie gut sie ihre Lügen unter ein paar Brocken Wahrheit verbargen. »Jack … ich meine, der Soulman weiß nicht, wie die Attentäter aussehen«, behauptete sie. »Nur ich kann jeden von ihnen identifizieren.«

»Ach?«, fragte Hay.

»Ach?«, wiederholte Jack überrascht die Frage, als wäre er ein Echo des Commissioners. Er hatte eigentlich Naima in der Obhut der Polizei lassen wollen. Nicht, dass sie gegen die Schatten des Ifriten angekommen wären. Ein besserer Ort als dieser hier aber war ihm nicht eingefallen. Und im Ernstfall würden die Polizisten wenigstens etwas kämpfen und Naima so ein paar wertvolle Minuten zur Flucht schenken können, falls es zum Äußersten kam.

»Ich sollte Euch und Eure tapferen Männer begleiten, Commissioner. In jener Nacht, in der …« Auch wenn die Trauer um ihre Familie sicher noch immer wie ein Stachel in Naimas Herzen steckte, klang das Brechen ihrer Stimme in Jacks Ohren ein wenig gekünstelt. Der Commissioner aber, ein Gentleman durch und durch, sah nur eine Prinzessin in Trauer. Er sprang auf und verbeugte sich vor Naima.

»Eure Hoheit«, sagte er so entschlossen, dass sogar Jack innerlich Haltung annahm. »Ich schwöre bei meinem Leben, dass wir die Männer stellen werden, die für all das verantwortlich sind. Meine Leute werden in das Ministerium eindringen und jeden, der sich verdächtig verhält, festnehmen. Doch mit uns könnt Ihr nicht kommen, Hoheit. Ein Einsatz ist nichts für eine Dame. Und erst recht nichts für eine Prinzessin. Aber wir werden sie Euch bringen, damit Ihr denjenigen in die Augen blicken könnt, die für das verantwortlich sind, was Ihr erlitten habt.«

Jeden verhaften, der sich verdächtig verhält? Dann müsste Hay mit seinen Leuten das halbe Ministerium in Ketten legen. Nun, das war offenbar nicht das, was Naima im Sinn gehabt hatte. Jack konnte ihr ansehen, dass sie fieberhaft nach einer Begründung suchte, um doch mitzukommen. Der Commissioner aber strahlte sie an, glücklich über seinen Vorschlag, und Jack zuckte nur die Schultern, als Naima ihn hilfesuchend ansah. Er wollte nicht, dass sie dort war, wenn er auf den Ifriten treffen würde. Er wollte sie schützen. Eine furchtbar selbstlose Tat für jemanden, der die meiste Zeit seines Lebens nur sich selbst hatte schützen müssen. Und sie fühlte sich furchtbar gut an. »Ein hervorragender Plan, Sir«, sagte er und fing sich damit einen bösen Blick von Naima ein. »Selbst wenn ich die Attentäter nicht gesehen habe, so werde ich in der Lage sein, jeden zu entlarven, der kein Soulman ist.« Jack vermied es, Naima anzublicken. Stattdessen sah er zu Oz, der sich erkennbar unruhig auf ihrem Schoß wand. Wenigstens für eine Weile würden der Minister und sein Herr durch die Polizisten abgelenkt sein. Welchen Weg ins Ministerium sollten Jack und Oz nehmen?

Unergründliche Katzenaugen starrten zurück. Jack wusste nicht wie, doch es gelang Oz, eine Augenbraue zu heben. Oder zumindest den Teil seines Gesichts zu bewegen, der sich über seinem rechten Auge befand. Und dann hörte er ein einzelnes Wort. Es nahm nicht den Weg durch seine Ohren, sondern erklang direkt in Jacks Kopf. Und zwar mit Oz' Stimme. *Magie*, dachte er. Nicht schlecht. Auch wenn er alles andere als begeistert von dem war, was er da unbemerkt von allen anderen hörte. Konnte das gelingen? Im Grunde war der Einfall verrückt. *So wie das ganze Abenteuer hier, Jack.* Er seufzte. »Sir?«, fragte er. »Darf ich Sie um etwas bitten? Eine Art Sonderausrüstung.« Höflichkeiten dieser Art gefielen Jack nicht sonderlich. Er kam sich geradezu unterwürfig vor. Doch er schluckte seinen Stolz mit Mühe hinunter und ertrug sogar den kühlen Blick des Commissioners.

»Ich brauche etwas, bevor wir uns auf den Weg machen«, sagte Jack.

»Sie werden draußen vor dem Ministerium warten und meinen Männern nicht in die Quere kommen«, erwiderte Hay. »Sie werden diejenigen identifizieren, die keine Soulmen sind.«

Die Erwiderung lag Jack schon auf der Zunge. Und auch sie schluckte er hinunter. »Ich werde nicht im Weg sein. Die Sachen, von denen ich gesprochen habe, benötige ich dennoch für … nun, es ist für meinen Kater.«

»Sehr gut«, sagte Hay gönnerhaft, als lobte er ein Kind, das freiwillig ins Bett gehen wollte. »Sagen Sie einem meiner Männer Bescheid. Er wird Ihnen geben, was Sie brauchen. Sofern wir es besitzen.«

»Keine Sorge«, meinte Jack und vermied es, die noch immer wütende Naima anzusehen. »Das haben Sie sicherlich.«

DER TUNNEL

Jack hatte Naima mit gemischten Gefühlen bei Hay zurückgelassen. Solange der Ifrit existierte und ihre Seele brauchte, war sie nirgendwo auf der Welt in Sicherheit. Nach dem Gespräch mit Hay hatte der Commissioner Jack mitsamt der Katzenschar – und ohne es zu bemerken auch Agatha und Oz – hinausbegleitet.

»Machen Sie sich keine Sorgen«, hatte er auf dem Weg zum Ausgang aus dem Innenministerium zu Jack gesagt. »Die Plakate von Ihnen werden schon bald vergessen sein. Aber Sie sollten nach dem Einsatz im Ministerium Ihr Gesicht ein paar Tage besser nicht überall zeigen. Bleiben Sie dann ein wenig im Hintergrund, vielleicht in Whitechapel.« Dann hatte er sich abgewandt und sich nur noch ein einziges Mal umgeblickt. Agatha hatte ihm hinterhergepfiffen, als wäre sie ein Hafenarbeiter und der Commissioner ein attraktives Blumenmädchen.

Der Bärtige, dem Jack anschließend seine Wünsche genannt hatte, hatte ihn angestarrt, als wähnte er einen Verrückten vor sich. Doch der Hinweis auf Hays Befehl hatte den Mann in Bewegung gesetzt. Kerzen und Kreide. Mit seiner Spezialausrüstung hatte sich Jack auf den Weg hinaus gemacht. Die Polizisten waren vollauf damit beschäftigt gewesen, sich für ihren Einsatz bereit zu machen, und in all dem Durcheinander schien niemand auf Jack geachtet zu haben. Vermutlich würde Hay ihn für einen Feigling halten, wenn er seine Abwesenheit bemerkte. Sollte er ruhig. Jack hatte eine Droschke herangewunken, und noch ehe sie zum Stillstand gekommen war, hatte er Agatha erklärt, was zu tun sei.

»Wird das nicht sehr auffallen?«, hatte die körperlose Frau gefragt.

»Nun, es kommt in der Tat selten vor, dass sich ein Geist stellt. Wenn du aber sagst, dass du ins Archiv möchtest, um von Terry persönlich registriert zu werden, solltest du keine Probleme bekommen. Aber sei nicht zu früh dort. Der Zeitpunkt muss stimmen.«

Zur Erwiderung hatte Agatha ein weitestgehend zahnloses Lächeln aufgesetzt und war dann, gefolgt von ihren Katzen, losgegangen. Jack hatte sich schon einige Male gefragt, ob Katzen die Geister der Toten so deutlich sehen konnten wie Soulmen oder ob sie nur deren Stimmen hören konnten wie auch normale Menschen. Vielleicht würde er sich darüber einmal mit Terry und Oz unterhalten. Falls er all das hier überlebte.

Die Droschke brauchte nicht lange, bis sie das Ziel erreichte, das Jack dem schweigsamen Fahrer zurief. Durch die Fenster des Fortune of War drang nur ein schwaches Licht auf die Straße. Jack musste ins Ministerium, und es kam nicht in Frage, dass er – am Ende noch unter den Augen eines Uniformierten – die ganze Zeit vor der Tür wartete, während die Polizei unter den Soulmen nach Verdächtigen suchte. Sein und Oz' Weg ins Ministry of Souls würde daher … nicht ganz gerade verlaufen.

Der Pub war kaum halb gefüllt, und in den Schatten, die den Schankraum füllten, drückten sich die üblichen Besucher herum, die hier ihre Geschäfte machten: Leichenräuber und Mediziner. Wenigstens waren keine Soulmen anwesend, wie Jack beruhigt bemerkte. Er hätte keine Zeit gehabt, zu erklären, weshalb das Gesicht eines Agenten des Ministry of Souls neuerdings die Fahndungsplakate der Metropolitan Police zierte.

Der Mann hinter der Theke hob nur kurz die Augenbrauen, als Jack ihn bat, das Hinterzimmer des Pubs betreten zu dürfen.

Jack wusste, was er damit zum Ausdruck bringen wollte. Hinter der Tür, die in den Lagerraum führte, wurden die wirklich hässlichen Geschäfte abgeschlossen. Nicht einmal Travis, der wenig zimperlich durchs Leben torkelte, mochte diesen Ort gerne. Es war ein offenes Geheimnis, dass die Leichenteile, die dort gehandelt wurden, so frisch waren, dass sie zum Zeitpunkt der Vereinbarung nicht selten noch einem Lebenden gehörten. Den gängigen Tarif dafür, dass sich die Tür für Jack öffnete, kannte er nicht. Aber irgendwann nickte der Barmann, als Jack ihm offenbar genug Münzen auf den fleckigen Tresen gelegt hatte.

»Du hast Stil«, meinte Oz, kaum dass sich die Tür hinter ihnen geschlossen hatte. Außer ein paar Bierfässern gab es nur eine Handvoll wackliger Regale mit allerlei Plunder in dem fensterlosen, stickigen Raum. Die Luft roch nach Bier und war sicher schon zu viele Male geatmet worden.

»Ich dachte, du fühlst dich hier ganz wie zu Hause«, erwiderte Jack mit einem schiefen Grinsen. »Ich meine, dein Zimmer im Ministerium war doch fast genauso … gemütlich. Und wenn dich die Einrichtung nicht überzeugt, dann findest du vielleicht an den Mäusen und Ratten Gefallen, die sich hier herumtreiben. Das Fortune of War ist berühmt für seine Delikatessen.«

Oz funkelte Jack ärgerlich an. »Könntest du es bitte lassen, ständig von solchen furchtbaren Dingen zu sprechen, ja? Der Kater in mir bekommt jedes Mal Appetit.« Tatsächlich schüttelte sich Oz angewidert, während sich seine Zunge wieder verräterisch über die Lippen bewegte.

»Was genau hast du nun vor?«, wollte Jack wissen und legte die Kerzen und die Kreide auf dem Boden ab. »Wen willst du beschwören? Nicht den Ifriten, oder?« Der Gedanke schien absurd, doch für einen Moment fürchtete er, die Antwort des Katers könnte *Ja* lauten.

»Unsinn«, erwiderte Oz scharf. »Das Ganze ist schon beim letzten Mal nicht gut gelaufen. Nein, wir brauchen die Hilfe eines Verbündeten, der bereits im Ministerium ist. Der für uns einen Tunnel öffnet.« Es gelang dem Kater, ein Lächeln zustande zu bringen. Ein gefährliches Lächeln. »Fang an, mit der Kreide einen Kreis zu ziehen. Sie wird für den Zweck reichen, auch wenn sie bloß aus Kalkstein besteht. Die Beschwörung wird also nicht lange anhalten. Aber wenn unser Geist mitmacht, sollte die Zeit gerade reichen.«

»Agatha?«, fragte Jack. Ihm fiel kein anderer Geist ein, der … »Oh nein«, entfuhr es ihm. »Das hast du nicht wirklich vor.«

»Oh doch«, schnurrte der Kater selbstgefällig. »Als ich ihn verließ, war ich der Schüler. Jetzt bin ich der Meister.«

»Nur ein Meister mit Fell, Oz«, sagte Jack, während er den Kreis schloss. Dann stellte er die Kerzen auf den Rand und entzündete sie mit einem Streichholz, das er in einem der Regale fand. Er trat einen Schritt zurück und sah zu Oz.

»Dann wollen wir einmal«, sagte der Kater. Und fing an, in einer Sprache zu sprechen, die Jack nicht verstand.

»Brauchst du das Buch nicht?«, wollte er wissen. »Dieses Buch des Todes?«

Der Schwall Worte, die Oz in die Luft malte, dauerte noch einen Moment an, dann versiegte er. »Es ist das Buch des Sterbens«, verbesserte der Kater Jack. »Und nein, ich brauche es nicht. Nur die schwierigen Formeln kann ich nicht auswendig. Das hier ist aber die Beschwörung eines vertrauten Geistes. Und hier ist das Wesentliche der Name, um den es geht.« Er machte eine dramatische Pause. »Terry.«

Und in diesem Moment erschien ein Geist mit einem breitkrempigen Hut im Kreis. »Was ist denn hier los?«, fuhr er Jack an. »Und was ist das für ein Ort? Und wieso …«

»Hallo Sir«, begrüßte ihn der Kater ein wenig verschämt. Und senkte den Kopf. »Ich bin's. Oz.« So viel also zum Meister.

»Oz?« Terry ging auf die geisterhaften Knie nieder und starrte den Kater durch die Gläser seiner Brille hindurch prüfend an. »Man hat deine Leiche in deinem Zimmer gefunden. Habe dich selbst ins Register eingetragen, mein Junge. Wieso bist du jetzt ein Kater? Ich dachte, du wärst tot.«

»Das bin ich auch«, erwiderte der Kater sichtlich bemüht, ebenbürtig zu klingen. »Und das tut nichts zur Sache. Wenn Sie wollen, erkläre ich Ihnen alles.«

»Fantastisch«, rief der tote Chefarchivar. »Ich will unbedingt begreifen, wie du das angestellt hast. Darüber werde ich einen Artikel im International Journal of Necromancy schreiben.« Die Aussicht, in der Fachwelt aufzutrumpfen, ließ den Chefarchivar offenbar gnädig darüber hinwegsehen, dass Oz' Wiederkehr die wohlgehütete Ordnung des Archivs einigermaßen durcheinanderbrachte.

»Sie meinen sicher, dass *wir* den Artikel schreiben werden?«

»Nun«, sagte Terry und hob eine Augenbraue, »wenn es dir gelingt, einen Stift in einer deiner vier Pfoten zu halten, bin ich einverstanden.«

Jack sah schon, wie Oz zu einer Erwiderung ansetzte, und trat einen Schritt vor. »Terry, wir … nein, Großbritannien, nein, die Welt, ach was, die Zwischenwelt …«

»Junge, was willst du mir sagen?«, unterbrach ihn der Geist ungeduldig. »Ich muss noch Register von beinahe einem Jahrhundert durchsehen. Und ich muss wohl nicht sagen, wie irritiert ich darüber bin, einfach aus meinem Archiv heraus …«

»Wir haben es mit einem Ifriten zu tun«, unterbrach ihn Oz. Für einen Moment war er offenbar selbst überrascht, dass er seinen Vorgesetzten unterbrochen hatte. Dann aber schien ihm der Gedanke zu gefallen. Er trat mutig einen Schritt auf die Barriere zu, die Terry im Kreis hielt. »Und mit einem Verräter. Sie wollen die Königin töten«, behauptete der Kater.

»Ifriten? Die gibt es doch gar nicht mehr. Außerdem, was

interessiert mich so eine Räuberpistole?«, entgegnete Terry hörbar verschnupft darüber, dass Oz ihm gerade das Wort von der Zunge geschnitten hatte. »Und selbst wenn so ein Rachegeist überlebt hat und die Königin tatsächlich töten will. Was soll's? Wir müssen alle einmal sterben.«

»Sie bringen Chaos in die Zwischenwelt«, warf Jack ein. Er konnte Terry ansehen, dass ihm diese Vorstellung weit mehr zusetzte als eine tote Monarchin.

»Die Register«, fuhr Oz fort, »könnten alle ... ungültig werden.«

Das war natürlich überaus unwahrscheinlich. Aber damit hatte Oz offenbar den wohl einzigen Punkt getroffen, an dem Terry zu verletzen war. »Meine Register?« Er sah von Oz zu Jack, als müssten sie ihm erklären, wie so eine Teufelei nur denkbar wäre.

»Aber wir können es verhindern. Mit Ihrer Hilfe.« Der Kater drückte sich nun gegen die Barriere und fixierte den Geist, als wollte er ihn hypnotisieren. »Sie müssen uns nur einen Tunnel öffnen.« Dann erklärte er dem Archivar, was dieser zu tun hatte.

»So ein Hokuspokus«, murrte Terry, während Jack auf Oz' Anweisung hin die Kerzen vom Rand des Bannkreises nahm. »Wartet, ich muss hier noch kurz eine Kleinigkeit erledigen.« Der Geist, der nun nicht mehr in den Kreis gezwungen war, verschwand, und die beiden blieben alleine im Hinterraum des Fortune of War zurück.

»Der Alte hält nicht viel von Beschwörungen«, erklärte Oz, während sie darauf warteten, dass Terry zurückkam.

»Er wurde aber gerade herbeigerufen«, warf Jack ein. »Wie kann er da nichts von ihnen halten?«

»Terry ist der Ansicht, dass alles an seinen Platz gehört«, sagte Oz und fixierte den leeren Kreidekreis, als würde er dort jeden Moment eine Maus erwarten. »Seelen sollten seiner Meinung nach in Phiolen stecken oder auf der anderen Seite sein.«

Ehe Jack etwas darauf erwidern konnte, erschien der beschworene Geist wieder.

»Unter Protest«, murrte er und hielt ein Stück Kreide mit einem angewiderten Ausdruck auf dem grauen Gesicht hoch. Dann bückte er sich und zog den Kreis damit nach. Kaum hatte er ihn beendet, leuchtete der Kreis so hell auf, als würde er vom Licht der Sonne beschienen.

»Und jetzt?«, fragte Jack verwirrt.

»Himmel«, entfuhr es Terry. »Ein Soulman durch und durch. Begriffsstutzig und verantwortungslos. Es würde mich nicht wundern, wenn er oder einer der anderen Verbrecher irgendwann einmal die wunderbare Zwischenwelt durch eine Tölpelei vernichten würde. Was ist? Warum seht ihr mich so seltsam an?«

»Nichts«, sagte Jack hastig, der aus dem Augenwinkel sah, dass Oz Anstalten machte, etwas zu erwidern. Rasch packte er den Kater so grob, dass dieser ihn anfauchte und die Krallen ausfuhr. Jack hielt ihn so weit von sich weg, dass das wütende Fellknäuel ihm nicht die Augen auskratzen konnte. »Und jetzt?«

»Tritt in den Kreis«, sagte Terry mit hörbarer Missbilligung in der Stimme. Dann verschwand er.

Für einen Moment war nur das ärgerliche Knurren des Katers zu hören, aus dem Jack das Wort *Unverschämtheit* herauszuhören glaubte.

Ein Tunnel ins Ministerium, dachte er. Das würde sicher nicht schlimm werden.

Selten hatte er sich so sehr geirrt.

Im ersten Moment fühlte sich der Übergang beinahe an, als würde Jack durch eine Pforte treten. Er erkannte sich selbst, wie er mit einem schwarzen Kater im Kreis stand. Dann aber sah ihn das eigene Abbild an. Und grinste böse. Die Haut des anderen Jack floss diesem wie heißes Wachs von den Knochen. Das Wesen riss den Mund auf und stieß durch eine Reihe fauler schwarzer Zähne einen unmenschlichen Schrei aus. Im nächsten Moment begriff Jack, dass er selbst ebenfalls schrie. Um sich herum sah er Seelen. Überall. Die Wut war ihnen auf die Gesichter gemalt. Eine unbändige Wut auf den Lebenden, der durch die Macht einer Geisterbeschwörung von einem Ort des Diesseits zu einem anderen ging.

Unwillkürlich duckte sich Jack, als die Seelen anfingen, nach ihm zu greifen. »Was ist das?«

»Keine Ahnung«, hörte er Oz in seinen Armen sagen. Der Kater versuchte nun nicht mehr, Jack mit seinen Krallen zu erwischen, sondern drückte sich so eng an ihn, als wäre Jack der Magier und nicht er. »Wir sind in einem Tunnel. Ein Weg, der die Zwischenwelt streift. Eigentlich darf hier keiner sein. Aber die sehen mir aus, als wären sie schon sehr lange in der Zwischenwelt.«

Jack starrte das Abbild einer alten Frau an, die ihn mit einem zuckersüßen Lächeln zu sich winkte. Doch als er keine Anstalten machte, ihrer Aufforderung Folge zu leisten, wandelte sich ihre Miene, und sie gebar eine hasserfüllte Fratze.

»Keine Angst, wir sind gleich durch. Der Weg durch den Tunnel soll nur einen Augenblick dauern, heißt es. Es wäre übrigens nett, wenn du mir nicht die ganze Zeit ins Ohr schreien würdest. Kater haben ein sehr empfindliches Gehör. Danke. Und nun geh bitte endlich einen Schritt vorwärts, damit wir aus dieser Hölle herauskommen. Ich bekomme allmählich Angst!«

Jack begriff, dass er tatsächlich die ganze Zeit schrie. Aber er konnte nicht aufhören. Sein Herz schlug so hart in seiner Brust, als wollte es die Knochen, die es schützten, brechen. Jack fürchtete, er würde direkt in diese Hölle gelangen, wenn er sich tatsächlich rührte.

»Vertrau mir«, hörte er Oz sagen.

Jack schrie weiter und nahm all seinen Mut zusammen.

»Ich bin ein Kater und damit qualifiziert.«

»Wenn du dich irrst, bringe ich dich um«, rief Jack.

»Ich bin schon tot«, entgegnete Oz.

Dann machte Jack den Schritt.

Und schien im nächsten Moment von Sternen umgeben. Es waren Hunderte. Tausende. Und sie alle bewegten sich, als wäre er wie eine Pistolenkugel in die Nacht geschossen worden und würde sich nun um sich selbst drehen. Nach ein paar quälend langen Augenblicken aber hörten die Sterne auf zu rotieren. Und dann endlich erkannte Jack, dass er zu Hause war. Im Archiv. Zu Hause. Obwohl sein Magen nach dem Schritt durch den Tunnel noch rebellierte, gebar sein Mund ein Lächeln.

»Hat dir wohl gefallen, was?« Terry musterte Jack streng. »Und du scheinst dir ja einiges herauszunehmen«, fügte er an Oz gewandt hinzu. Terry machte nicht einmal mehr auch nur im Entferntesten den Eindruck, dass ihn die Rückkehr seines Assistenten im Körper eines Katers überraschte. Doch er schien nicht ernsthaft eine Antwort zu erwarten. Stattdessen hob er einen Arm und deutete zu seinem Schreibtisch. »Und was bei allen Geistern dieser Welt ist das dort?«

»Oh«, entfuhr es Oz. »Die Kavallerie ist schon da.«

Katzen im Archiv waren nichts Ungewöhnliches. Doch die Schar, die es sich auf Terrys Schreibtisch gemütlich gemacht hatte, war selbst an diesem Ort kein alltäglicher Anblick. Offensichtlich hatte Agatha den Weg ins Archiv des Ministeriums gut gefunden.

»Oh?« Das Wort schien Terrys Unmut anzufachen wie der Wind ein Feuer. »Diese … diese Person kam hier herein …«

»Agatha«, murmelte Oz.

»… und hat diese … diese Truppe mitgebracht.«

»Sie ist unsere Verbündete«, erwiderte Jack.

»Sie ist tot«, entfuhr es Terry. »Und steht in überhaupt keinem Register. Selbstredend ist sie auch nicht in einer Phiole.« Er warf einen missbilligenden Blick zu seinem Schreibtisch, und Jack erkannte Agathas Haaransatz hinter den Katzen. Sie musste auf Terrys Stuhl sitzen.

»Tot und nicht in der Zwischenwelt? Da kenne ich noch jemanden«, schnurrte Oz gerade so laut, dass nur Jack es hören konnte. Sie waren alleine mit Terry. Und Agatha. Und ihren Katzen. Ein seltener Moment der Ruhe im Archiv.

»Wo sind denn eigentlich alle?«, wollte Jack wissen. Üblicherweise war es fast nie so ruhig im Archiv.

»Ich habe kurzerhand eine Revision angeordnet«, sagte Terry mit einigem Stolz in der Stimme. »Eine Überprüfung der Arbeit meiner Männer. Dachte mir, dass besser niemand hier wäre, wenn ihr kommt. Der Eingang ins Archiv ist verschlossen. Und nur der Revisor, also ich, darf hinein.«

Jack war beeindruckt.

»Aber als ich das Archiv abgesperrt habe, war sie«, er deutete auf Agatha, »bereits da. Und ihre Bande von spitzohrigen Raubtieren sorgt dafür, dass die Seelen unruhig werden. Jeder weiß, dass zu viele Katzen an einem Ort die Geister aufregen. Nur gut, dass ich einmal selbst solch ein Tier besessen habe und daher an sie gewöhnt bin. Maurice, der Kater.« Terry schien einen Moment lang selig.

»Er hat recht«, wisperte Oz. »Sie sind unruhig.«

Obwohl Jack noch ein wenig wacklig auf den Beinen war, machte er einen Schritt auf das nächste Regal zu und griff nach einer der Phiolen. Der Geist in ihr wand sich unruhig umher wie Nebel in einem scharfen Luftzug.

»Siehst du?«, hörte er Terry sagen. »Sie sind sogar laut. Es ist unerhört.«

Und plötzlich hörte es auch Jack. Ein tiefes Summen erfüllte das Archiv. Ganz leise, doch nun, da er es bemerkt hatte, war es unmöglich zu überhören. Es schien, als wäre ein Bienenschwarm in den Phiolen gefangen worden. »Es sind nicht die Katzen, die sie so aufregen«, sagte Jack rau.

»Natürlich sind es die Katzen«, entgegnete Terry. »Wer sollte denn sonst ...«

»Der Ifrit«, unterbrach Oz seinen früheren Vorgesetzten.

Terry schien so verblüfft über Oz' Verhalten, dass er geradewegs vergaß, ihn zu maßregeln. »Er ist bereits hier. Und er ist nicht alleine. Jemand will mich festhalten.«

»Also wirklich. Ein orientalischer Rachegeist in meinem Ministerium.« Terry schüttelte den Kopf. »Aber das erklärt hier so einiges.«

»Was denn?«, drängte Jack den Geist.

»Der Minister hat die Order ausgegeben, dass man überall nach dir suchen soll«, erklärte Terry leichthin. »Bei jedem Gang in die Zwischenwelt sollen die Soulmen nach Hinweisen auf dich Ausschau halten.«

Verdammt, dachte Jack. Die anderen Soulmen würde er wohl nicht auf seine Seite ziehen können. Also konnte er nur auf die Katzen, Agatha, Oz und Terry zählen. Und auf ein paar Polizisten, die vermutlich schon bald im Ministerium für Unruhe sorgen würden. »Hat der Minister Besuch?«, wollte Jack wissen.

»Woher soll ich das wissen?«, erwiderte Terry. »Ich bin doch nicht seine Vorzimmerda...«

»Bitte, wir haben keine Zeit«, fiel ihm Jack ins Wort. »Die Zwischenwelt verfällt. Und der Minister paktiert mit einem Ifriten. Er ist an all dem schuld.« Jack sah dem Geist an, dass er ihm nicht glaubte. Zeit, den Chefarchivar endlich auf ihre Seite zu ziehen. »Und er ist für den Diebstahl der Phiolen verantwortlich.«

Die Gesichtszüge des Geists entgleisten. »Die Zwischenwelt zerfällt? Diebstahl?«

»Terry«, sagte Oz so konspirativ, als planten sie den Umsturz des Königshauses, »der Minister bringt die Ordnung des Archivs und die aller Dinge … durcheinander.«

Für einen Moment war Terry sprachlos. Er schien so verwirrt, dass er sich nicht einmal darüber beschwerte, von Oz mit Vornamen angesprochen worden zu sein. Dann aber brach es aus ihm heraus. Noch nie hatte Jack den Archivar so wütend erlebt.

»Ich habe es immer gewusst. Ein Lebender an der Spitze des Ministeriums für endgültige Angelegenheiten. Das konnte ja nichts werden. Männer«, er sah von Jack zu Oz, »also im weitesten Sinne zumindest, kommt mit. Wir sorgen jetzt für Ordnung. Wir brauchen keine Soulmen. Ich kenne die Besten für diese Aufgabe. Harte Jungs.«

London war nicht nur in Viertel, sondern auch in die Herrschaftsgebiete seiner Banden aufgeteilt. In den ersten Jahren auf der Straße hatte Jack einen regelrechten Krieg zwischen aufstrebenden Gruppen miterlebt. Im East End hatte sich eine von ihnen mit erstaunlicher Härte und Brutalität etabliert, aus denen die heutigen Garrotters hervorgegangen waren. Eine Bande, die sich anschickte, ein zweites, inoffizielles und sehr finsteres Königreich in London auszurufen. Der Begriff *harte Jungs* umschrieb sie sehr passend. Ganz im Gegensatz zu denen, die Terry zu sich gerufen hatte.

Die Archivare des Ministry of Souls waren so unfähig, in der wirklichen Welt zu überleben, dass sie außerhalb des schützenden Kellers des Ministeriums in ernster Lebensgefahr gewesen wären. Jack hatte sie nie gezählt. Sie waren so unauffällig in ihren meist dunklen Sachen, die sie so gekonnt mit den Schatten zwischen den Regalen hier unten verschmelzen ließen, dass Jack sich nicht einmal an ihre Gesichter erinnern konnte. Von ihren Namen ganz zu schweigen. Er sah sich etwa einem Dutzend von ihnen gegenüber. Der Jüngste war etwa in Oz' Alter, der Betagteste konnte aus seinen von allzu vielen Lebensjahren getrübten Augen kaum noch geradeaus sehen. Eines aber war ihnen allen gemein. Sie waren völlig außer Form.

Himmel, dachte Jack. Was für eine Armee aus Katzen und Sonderlingen.

Terry musste die Archivare mehr als einmal ermahnen, ruhig zu sein. Die staubtrockenen Männer, die üblicherweise kaum den Mund aufbekamen, wenn einer der Soulmen sie ansprach, gerieten bei Oz' Anblick völlig aus dem Häuschen und plapperten wild durcheinander, als würden sie gerade ihren ersten Geist zu Gesicht bekommen. Terry hatte sie alle herbeigerufen, um Vorbereitungen zu treffen, wie er es nannte. Jacks Idee, den Ifriten einfach mit einer Phiole zu fangen, hatte er mit einem mitleidigen Lächeln bedacht.

»Ein Ifrit«, hatte der geisterhafte Archivar erklärt, »ist so schrecklich wie der Teufel selbst. Natürlich kann er mit einer Phiole eingefangen werden. Doch du hast nur genau eine Chance dazu. Und wenn du sie nicht nutzt …« Er hatte den Satz unbeendet gelassen und erfolglos versucht, bedeutungsvoll die Augenbrauen zu heben. Jack hatte die Botschaft indes auch so verstanden und Terry um eine bessere Idee gebeten.

»Eine einzelne Phiole reicht nicht«, hatte er gesagt. »Wir werden da ein wenig … größere Geschütze auffahren. Oder besser ein paar mehr.«

Jack stand noch immer ein wenig sprachlos vor dem Kreis aus Phiolen, den die Archivare auf Terrys Anweisung hin aufgestellt hatten. Es waren Dutzende.

»Ich werde leider den ganzen Spaß verpassen«, meinte Terry, während er die Arbeit seiner Leute begutachtete. »Aber wenn so viele dieser kleinen Dinger gleichzeitig geöffnet werden, sollte ich wohl besser nicht in der Nähe sein. Und diese Person«, er sah zu Agatha hinüber, die ihm beschwingt zuwinkte, »wohl besser ebenfalls nicht.«

»Wo werden Sie hingehen?«, fragte Jack.

»Ich suche einen Platz, um meine Unterlagen zu sichern. Die Register von wenigstens zehn Jahrhunderten müssen vor diesem Ifriten in Sicherheit gebracht werden.« Er deutete auf einen immensen Stapel an Papieren, den er herbeigeschafft hatte. Dann sah er sich um, als wollte er sich den Anblick des Archivs einprägen. »Ich erwarte, dass hier nichts kaputtgeht. Wenn auch nur eine Phiole am falschen Platz steht …« Er ließ den Satz wie eine Todesdrohung ausklingen. »Wie willst du eigentlich den Ifriten hierherlocken?«

»Es ist eine Mausefalle«, sagte Oz. »Die Geister in den Phiolen sind der Käse. Und wir brauchen jetzt noch einen Dum… Helden, der die Maus herlockt.« Es gelang ihm, ein leicht hämisches Grinsen auf seine Katerlippen zu zaubern, während er Jack ansah. »Und dreimal darfst du raten, wer das sein wird.«

RETTE IHN, PRINZESSIN

Die aufgesetzte Höflichkeit des Polizisten war beinahe ebenso wenig zu ertragen wie die Sorge um Jack. Oder die Wut darüber, dass er sie hier zurückgelassen hatte. Er wollte sie schützen. Sie wusste das. Und es tat gut, dass er sich so um sie sorgte. Doch Naima wollte nicht beschützt werden. Sie saß im Büro des Commissioners auf dessen hohem Schreibtischstuhl und sah dem Uniformierten dabei zu, wie er versuchte, zur selben Zeit Wächter und Diener zu sein. Und bei beidem scheiterte.

»Eure königliche Hoheit«, wisperte er mit seiner tiefen Stimme so vorsichtig, als dürften den Ohren einer Adligen keine lauten Geräusche zugemutet werden. »Wenn es noch etwas gibt, das Ihr verlangt, so will ich es für Euch tun.«

Ja, ich will hier raus, dachte sie bei sich. Nur der Polizist und sie waren noch da. Hay war mit allen anderen Männern zum Ministerium gegangen. Die Angehörigen der Metropolitan Police hatte dabei einen Krach veranstaltet, als würden sie in den Krieg ziehen. Bevor Jack gegangen war, hatte er Hay gefragt, ob sie ein paar tragbare Scheinwerfer hätten. Auf Hays Nicken hin hatte Jack ihn ermahnt, nicht ohne sie loszuziehen. Doch der Commissioner hatte, nachdem Jack, Oz und vermutlich auch ihre unsichtbare Verbündete samt ihrer Katzen gegangen waren, beschlossen, nur mit dem Teil ihrer Ausrüstung ins Ministerium zu fahren, auf den die Polizisten offenbar blind vertrauten. Ihrem Schlagstock. Törichter Narr. Sie dachte an Oz' Worte. *Wo viel Licht ist, sind keine Schatten mehr.*

»Ich würde mich freuen, wenn Sie mir ein Glas des Whiskeys Ihres Vorgesetzten eingießen würden.« Naima zwang sich ihr süßestes Lächeln auf die Lippen.

Ihre Bitte zauberte dem Mann einen Ausdruck des Erschreckens auf das Gesicht, dessen größter Teil von einem so dicken Schnauzbart verdeckt wurde, dass er einem Walross zur Ehre gereicht hätte.

»Majestät«, sagte er unsicher, »der Whiskey des Commissioners ...«

»Ich fühle mich so schwach«, hauchte Naima. Oh, wie sie es hasste, die Rolle der schwachen Frau spielen zu müssen. Abdal hatte ihr geraten, sie gelegentlich anzulegen wie ein Kostüm. Sich hineinzuzwängen, damit einige der Leute, auf die sie traf, nicht durch Stärke oder Entschlossenheit verwirrt wurden.

»Verständlich, verständlich«, rief der Polizist und stolperte zu dem kleinen Tischchen mit der Karaffe und einer Handvoll Gläser. »Ein winziger Schluck dürfte Euch wieder Kraft geben.« Er goss eines der Gläser halb voll mit der bernsteinfarbenen Flüssigkeit.

Ich würde nie trinken, dachte Naima bei sich. Gut, dass der Mann keine Ahnung von den Bräuchen des Orients hatte. Anderenfalls wäre er sicher nicht auf die Lüge hereingefallen. »Ihr bitte auch«, sagte Naima und legte sich eine Hand auf die Stirn, als hätte sie Fieber. Ja, sie hasste sich in der Tat für dieses Schauspiel.

»Ich?« Nun schien der Mann regelrecht entsetzt und sah sich um.

»Ich würde nie alleine trinken«, erwiderte Naima und setzte ein so verführerisches Lächeln auf, dass vermutlich jede der leichenfressenden Ghoulas aus den Märchen ihrer Heimat, die ihre arglosen männlichen Opfer mit zuckersüßer Miene in die Falle lockten, beeindruckt gewesen wäre.

»Für Euch, Durchlaucht«, sagte der Polizist und goss sich

selbst auch ein. Dann gab er ihr das andere Glas und setzte seines an die Lippen. »Für England«, rief er, als müsste er in die Schlacht ziehen, und trank die Hälfte in nur einem Zug.

Naima aber nippte nicht einmal an ihrem Glas, sondern hob es in die Höhe. »Auf die Königin«, rief sie.

»Auf die Königin«, echote der Polizist und schluckte auch die andere Hälfte in sich hinein.

»Ich bin so froh, dass Sie auf mich aufpassen«, säuselte Naima und beschloss, sich ihren Mund später auszuwaschen, um den Geschmack all der falschen Worte loszuwerden.

»Eine Schande, dass ich nicht mit den Jungs gehen durfte«, sagte der Polizist, während Naima ihm nachschenkte. Und zwar randvoll.

»Auf die Metropolitan Police.« Sie hob ihr Glas und sah dem Mann dabei zu, wie er seines ohne abzusetzen leerte. Drei Trinksprüche später hatte sich der Blick des Mannes bereits verklärt. Die Antwort auf Naimas Frage nach der Adresse des Ministry of Souls kam dem Mann nur noch mit größter Mühe über die schwere Zunge. Und als Naima wissen wollte, wo die Polizisten ihre Ausrüstung aufbewahrten, führte der Mann, dessen Gang nach beinahe der vollen Flasche Whiskey so schwankend wie das eines Kindes war, das seine ersten Schritte machte, einfach wortlos in den Keller des Innenministeriums. In einem der vielen Räume entdeckte Naima zwei Handscheinwerfer. Es brauchte nur ein wenig Überredungskunst, damit der angetrunkene Polizist ihr einen davon in die Hände drückte. *Verdammt*, dachte Naima, das Ding war schwerer, als es aussah. Sie musste über sich lachen. Jacks Neigung zum Fluchen konnte sie offenbar nicht mehr ablegen. Etwas kniffliger war es, sich von dem reichlich betrunkenen Mann in den Gebrauch des Geräts einweisen zu lassen. Doch irgendwann gelang es Naima, aus den alkoholschweren Worten des Polizisten alles herauszuhören, was sie wissen musste. Sie hoffte, dass sie sich alles merken konnte. Die Lampe war ein Prototyp. In ihr wurde mithilfe elektrischer Batterien ein Lichtbogen erzeugt, der, wenn der lallende Polizist die Wahrheit sprach, so hell strahlte, dass alles um die Lampe herum in gleißendem Licht ertrank. Es klang nach Magie. Also genau das Richtige, um gegen ein magisches Wesen zu kämpfen.

Naima lächelte.

Der Polizist lächelte selig zurück. »Ich ... hoffe, Ihr seid zufrieden, meine Hoheit. Ich meine, Eure Hoheit. Also ...«

»Oh, ja«, erwiderte Naima. »Ich bin sogar sehr glücklich.«

Und mit diesen Worten trat sie über die Schwelle, schlug die Tür zu dem Lagerraum zu und drehte den Schlüssel. Begleitet von den gelallten Rufen des Mannes ging sie hinauf ins Büro des Commissioners. Sie schrieb eine hastige Nachricht über den Verbleib des Polizisten auf ein Stück Papier und legte es Hay auf den Tisch. Dann atmete sie tief durch. War es schlau, was sie vorhatte? Nein! Sie würde an den Ort gehen, an dem die größte Gefahr für sie lauerte. Das Geschöpf, das ihre unsterbliche Seele vernichten wollte. Aber wie konnte sie hier darauf warten, dass Jack und Oz ihren verzweifelten Plan in die Tat umsetzten? Nutzlos wie all die Monarchen, die in ihren Palästen hockten, bis ihr Leben irgendwann vergangen war und ein anderer, ebenso sinnentleert, ihren Platz einnahm. Nein, sie war dazu erzogen worden, zu kämpfen. Und dies war ihr größter Kampf. Was Jack und Oz vorhatten, war gefährlich. Lebensgefährlich. Und ihre Gegner übermächtig. Es war mehr als wahrscheinlich, dass Jack und Oz selbst gerettet werden mussten.

Sie lächelte noch einmal.

In den Märchen ihrer Heimat wurden die Prinzessinnen meist von einem gottesfürchtigen Helden vor dem Tod bewahrt. Doch es gab auch ein oder zwei Erzählungen, in der die Prinzessin all ihren Mut zusammennahm und sich selbst rettete. Es waren ihre liebsten. *Nun*, dachte sie bei sich, *vielleicht ist es an der*

Zeit für eine eigene Erzählung. Eine, in der die Rollen vertauscht waren. Sie fand im Schreibtisch des Commissioners ein paar Geldnoten und steckte sie ein. Sie war nicht nur eine Lügnerin, sondern auch eine Diebin. Als Prinzessin musste man offenbar vielseitig sein. Entschlossen packte sie mit beiden Händen den Scheinwerfer, ging hinaus und rief eine Droschke. Sie ignorierte den ungläubigen Blick des Kutschers, als er der Frau mit dem exotischen Kleid und dem seltsamen Ding in die Kutsche half.

Dann rief sie dem Mann die Adresse zu, die der Polizist ihr genannt hatte, und sah mit wild klopfendem Herzen aus dem Fenster, während das Pferd lostrabte.

Sie dachte an Jack. *Rette ihn, Prinzessin*, sagte sie sich. *Rette euch alle*.

EIN LICHT IN DER DUNKELHEIT

Jack stand hinter dem Tor, das aus dem Archiv führte, und versuchte, sein wild schlagendes Herz zu beruhigen. Alles ging so schnell. Terry hatte seine Register in Sicherheit gebracht, und Jack hatte Agatha erklärt, was genau sie tun sollte, ehe sie sich weit genug entfernt vom Kreis der Phiolen zwischen den Regalen verborgen hatte. Dann hatte er ihren Namen wie versprochen ins Register eingetragen, sie damit offiziell für … erledigt erklärt und sich zur Sicherheit mit einigen Phiolen bewaffnet. Die Gelegenheit, sich auf das, was nun kommen würde, angemessen vorzubereiten, hatte er nicht mehr gehabt.

Im ersten Augenblick glaubte er, dass irgendwo in einer Etage über ihnen etwas Schweres zu Boden gefallen wäre. Wie der Schlag einer gewaltigen Glocke hallte der tiefe Ton durch das Treppenhaus. Doch dann mischten sich Schreie in den Nachklang, und Jack wusste, dass die Metropolitan Police gekommen war. Er hatte nur diese eine Chance, ohne selbst Aufsehen zu erregen, zum Minister zu gelangen.

Vermutlich hatten Hay und seine Männer die Tür ins Ministerium gewaltsam geöffnet.

»Es geht los«, zischte er Oz zu, der neben ihm unruhig auf und ab tigerte.

»Was du nicht sagst«, erwiderte der Kater. »Viel Glück, du Held.«

Jack drückte das Tor auf und spähte in die Dunkelheit des Treppenhauses. Niemand da. Offenbar hatte man Terry die Geschichte der Revision abgenommen. »Vielen Dank«, erwiderte er, packte den Kater so schnell, dass dieser nicht einmal dazu kam, seine Krallen auszufahren, und klemmte ihn sich unter den Arm.

»Hey«, zischte der Kater in den Krach hinein, den die Uniformierten ein Stockwerk über ihnen verursachten. »Das kannst du nicht machen!«

»Ich glaube, ich kann es doch«, erwiderte Jack gepresst und versuchte, leise die Treppe hinaufzurennen.

»Dafür verwandle ich dich in …« Ehe Oz sagen konnte, welche Gestalt Jack würde annehmen müssen, hatten sie das Erdgeschoss erreicht und sahen die ersten Männer mit schwarzen Zylindern auf den Köpfen. Augenblicklich verstummte Oz. Auf dem Flur, der zum Hauptportal führte, schien sich das halbe Ministerium versammelt zu haben. Die Soulmen wichen vor Hays Männern zurück, die ihre Schlagstöcke wie Schwerter schwangen. Vor den Uniformierten schritt der Commissioner persönlich, als sei er der General einer feindlichen Armee, die in die Hauptstadt ihrer Widersacher eingedrungen war. »Gehen Sie zurück in Ihre Büros«, rief Hay über die Menge an Zylindern hinweg. »Sie behindern eine Polizeiaktion.«

Es wunderte Jack nicht, dass sich niemand an diese Aufforderung hielt. Die meisten Soulmen nahmen es den Männern der Metropolitan Police übel, dass diese sie für einen Haufen Verrückte mit hohen Hüten hielten und noch dazu höhere Hüte trugen als sie selbst. Aus den oberen Stockwerken kamen weitere Agenten heruntergelaufen, um nachzusehen, was da für ein Tumult ausgebrochen war. Jack zog sich den Zylinder tiefer ins Gesicht und stieg so selbstverständlich er nur konnte die Treppe hinauf.

»Eine dicke, saftige Ratte, das wirst du«, hörte er Oz sagen, kaum dass sie die Menge hinter sich gelassen hatten. »Oh verdammt, der Kater bekommt Appetit.«

»Wie bitte?«, fragte einer der Soulmen, die ihnen entgegenkamen.

»Nichts«, brummte Jack, bemüht, den anderen nicht anzusehen.

»Miau«, machte Oz.

Sie hatten erst den zweiten Stock erreicht, als unter ihnen die Schlägerei losging. Der Kampf war vermutlich einigermaßen ausgeglichen. Die Soulmen waren zwar in der Überzahl, doch die Schlagstöcke der Polizisten verursachten sicher weit mehr Schaden als blanke Fäuste.

Jack hechtete die letzten Stockwerke hinauf. Würde der Minister argwöhnisch werden, wenn er mitbekam, was unten los war? *Natürlich, Jack*, beantwortete er sich selbst die Frage. *Also musst du schnell genug sein, damit du ihn noch auf dem falschen Fuß erwischst.*

Der Flur, der sich schließlich vor ihnen erstreckte, war ruhig und friedlich, und der dicke Teppich schien alle Geräusche von unten zu schlucken. Es war still. Totenstill.

Jack kam sich vor wie einer der Geister, nach denen er als Soulman suchte. Keiner seiner Schritte verursachte ein Geräusch.

Oz grollte unmerklich. Ganz so, als würde dort kein Kater, sondern ein Tiger an seiner Seite über den Flur schleichen.

»Etwas stimmt nicht«, zischte Oz schließlich, nachdem sie die Tür zum Vorzimmer des Ministers erreicht hatten.

Jack nickte. Niemand war hier oben. Hatten sie schon alle mitbekommen, dass es unten einen Tumult gab? Vielleicht. Aber niemand war geflüchtet. Jack und Oz hätten jedem, der von hier hinuntergekommen wäre, über den Weg laufen müssen.

Jack warf noch einen schnellen Blick über den Flur. Normalerweise standen die meisten Türen offen. Doch jetzt waren sie alle geschlossen. Fast schien es, dass niemand da wäre. Oder dass sich niemand heraustraute. Sein Herz schlug so verräterisch fest in seiner Brust, dass er fürchtete, nicht nur ein Ifrit, sondern auch ein Mensch könnte es hören, als er schließlich vor der Tür zum Vorzimmer des Ministers stand. Sie schwang lautlos auf, als Jack gegen sie drückte. Alles schien wie immer. Die Sekretärin des Ministers saß hinter ihrem Tisch und starrte Jack an wie … einen Geist. Vermutlich hielt sie ihn für den skrupellosen Verbrecher von den Fahndungsplakaten. *Keine Zeit für Erklärungen*, dachte er bei sich und ging mit schnellen Schritten auf die geschlossene Tür zu, die ins Büro des Ministers führte. Er hatte schon die Hand auf die Klinke gelegt, als ihn ein Räuspern herumfahren ließ. Es kam von unten.

»Ich schätze, der Minister hat Besuch«, sagte Oz zu der Sekretärin.

Jack verstand nicht. Doch dann erkannte er die Furcht auf dem Gesicht der Frau.

Für einen Moment mischte sich Verwirrung in den angsterfüllten Blick der Frau. Ihr Blick aber richtete sich alleine auf Jack, und sie sah ihn so eindringlich an, als wollte sie ihn ohne Worte um Hilfe bitten.

»Und ich schätze, der Besuch ist selbst für dieses Ministerium ungewöhnlich«, fügte Oz hinzu.

Diesmal glitt der Blick der Frau auf Oz. Und obwohl ihr die Frage, wieso der Kater sprechen konnte, deutlich ins Gesicht geschrieben stand, fand kein Wort den Weg aus ihrem Mund. Es schien, als würde ihr die Angst die Kehle blockieren und alle Verwirrung ersticken.

»Wie viele sind es?«, fragte Oz, während Jack die Hand auf die Klinke legte.

Und endlich fanden die Worte doch einen Weg aus dem Mund der Frau. »Nur einer.« Ihre Stimme war schwach vor Angst.

»Wo?«, wollte Jack wissen.

Die Furcht ließ die Stimme der Sekretärin brechen, als säße sie ihr wie ein Splitter im Hals. Wie eine Marionette erhob sie sich. Und während sie stehen blieb, trat ihr Schatten vor.

Eine Falle? In diesem Moment wurde die Tür aufgerissen, und Jack stolperte zurück. Das wutverzerrte Gesicht des Ministers erschien im Türrahmen.

»Endlich, Jack. Sie werden langsam zum Ärgernis.«

Vergeblich hielt Jack Ausschau nach einer dunklen Gestalt mit silberleuchtenden Augen. Verdammt, wo war der Ifrit? »Nur langsam?«, fragte er trocken, während er nach Oz griff. »Ich werde mir mehr Mühe geben, Sir.«

Und mit diesen Worten wirbelte er herum. Keinen Augenblick zu früh. Er sah noch die schattenhaften Finger auf ihrem Hals. Dann fiel der Körper der Sekretärin zu Boden, als hätte man der Marionette die Fäden zerschnitten.

»Tante Alima«, begrüßte er das Wesen, das auf ihn zutrat. Dann streckte er ihr Oz entgegen. Und rüttelte an ihm, als wollte er den Kater dazu bringen, ein Fellknäuel auszuspucken, das ihm im Hals saß.

Ein schrilles Kreischen erfüllte das Büro, und Jack war für einen Moment versucht, Oz fallen zu lassen und sich die Hände auf die Ohren zu pressen. Doch er hielt ihn eisern gepackt, während der Leib des Schattens zerfaserte. Dann rannte er los.

Auf dem Flur wurden einige Türen geöffnet. Jack hatte keine Zeit, in die Gesichter der Menschen zu blicken. Er musste schnell sein. So schnell wie noch nie. Er hätte am liebsten den Ifriten und all seine Schatten an einem Ort gehabt. Nun, die verfluchte Tante musste fürs Erste reichen. Die anderen würden sicher auch noch kommen. Während er lief, blickte er sich um. Und wünschte sich einen Augenblick später, er hätte es nicht getan. Naimas tote Tante hatte wieder ihre Gestalt angenommen und war ihm so dicht auf den Fersen, dass er fürchtete, sie würde ihn im nächsten Moment mit ihrer grauen Hand packen können. Er schlug einen Haken wie ein Hase, doch er hatte nicht einmal die Hälfte des Flurs hinter sich gebracht, als er Oz etwas zischen hörte.

»Halt mich so, dass ich sie sehen kann«, knurrte der Kater in seinem Arm.

Jack wäre beinahe über die eigenen Füße gestolpert, als er sich ohne anzuhalten drehte und – weitaus langsamer – rückwärts weiterlief. Falls Oz glaubte, Tante Alima würde sich noch einmal so erschrecken, dass sie eine Zeit lang verging, so hatte er sich getäuscht. Der Schatten hielt unbeirrt auf sie zu. Alima verfolgte sie nun wie ein Jagdhund auf alle Vieren. Jack hörte Oz etwas murmeln. Und dann entlud sich krachend ein Blitz in Richtung des Schattens.

Nur mit Mühe konnte ihre Verfolgerin ihm ausweichen.

Ein zweiter Blitz, der einen Teil des Teppichs in Brand steckte.

Diesmal sprang Alima auf die Wand und lief einfach auf ihr weiter. Oz' Magie hatte sie nicht verletzt. Aber vielleicht würde sein Zauber den Schatten langsamer machen.

So schnell, dass er beinahe stolperte, drehte sich Jack erneut. Und ohne auf Oz' Jammern zu achten, warf er sich den Kater über die Schulter, damit dieser die tote Tante weiter im Blick hatte. Die Treppe hinab war nur noch wenige Meter entfernt. Vor sich in einer der geöffneten Türen erkannte Jack eine Frau, deren Schatten Anstalten machte, sich zu rühren. Er wollte sie warnen. Doch dann riss sie bereits die Hände an den Hals, als wollte sie unsichtbare Finger abwehren, und aus dem Augenwinkel sah Jack sie zusammenbrechen.

»Sie sind jetzt zu zweit«, rief der Kater, während es erneut krachte.

»Danke für die Information«, entgegnete Jack schwer atmend.

»Oh, und nun zu dritt.«

»Wunderbar.« Endlich hatte Jack die Treppe erreicht. In halsbrecherischem Tempo hechtete er die Stufen hinab. Nun hatte er fast alle Schatten auf den Fersen. Hatte Alima sie herbeigerufen? Vielleicht waren sie untereinander auf eine Art verbunden, die Jack nicht verstand. Es war gleich, solange sie alle kamen. *Aber sieh zu, dass nicht noch mehr Unschuldige sterben, Jack.*

»Weg da!«, schrie er, als er in der nächsten Etage einen Soulman erblickte, der vermutlich nachsehen wollte, woher der unerwartete Lärm kam.

Der Mann stolperte zurück, und Jack rannte weiter, ohne sich damit aufzuhalten, ob sich sein Schatten regte. Das Krachen weiterer Blitze ertönte hinter ihm, und Jack traf erst wieder auf Menschen, als sie das Erdgeschoss erreicht hatten. Die Schlägerei zwischen den Soulmen und den Angehörigen der Metropolitan Police war noch im vollen Gange.

Im ersten Augenblick hatte Jack die verrückte Hoffnung, unbemerkt an der aufgebrachten Menge vorbeizukommen. Doch dann schrie einer der Männer aus dem Pulk etwas und deutete entgeistert auf die Schatten, die Jack und Oz verfolgten.

Inmitten der Männer machte Jack den Commissioner aus. Ihre Blicke trafen sich über die Köpfe der Kämpfenden hinweg. Dann sprang Jack weiter hinab in Richtung des Archivs.

Schneller, Jack, trieb er sich an. Das Tor zum Archiv fand er geschlossen vor.

Jack blieb davor stehen.

Und senkte geschlagen den Kopf.

Dann drehte er sich um und blickte in die grauen Gesichter seiner Verfolger. Sein eigener Schatten erhob sich und griff seine Arme. Ein Schaudern erfasste Jack, und er musste all die negativen Gefühle, die von dem Wesen ausgingen, mit Macht unterdrücken.

»Vier«, murmelte Oz.

»Wenn du zauberst, Kater, stirbt er«, zischte Alima kalt. »Wo ist meine Nichte?«

»Du glaubst doch nicht im Ernst, dass ich dir verraten würde, wo sie ist«, erwiderte Jack. Ganz gleich, wie furchterregend das Wesen vor ihm auch sein mochte, die Angst, die es in Jack auslöste, wurde von der Wut darüber verbrannt, dass sie Naima töten wollten.

»Jack.« Die Stimme, die vom Treppenabsatz her erklang, war so ruhig, als herrschte ihr Besitzer über das ganze Ministerium. Und im Grunde war das nicht ganz falsch. Während er sich Jack näherte, hielt der Minister jedoch Abstand zu den Schatten.

»Verräter!« Jack musste sich zurückhalten. Liebend gerne hätte er sich auf den Mann gestürzt, der die Schuld an allem trug. *Nein, Jack*, dachte er bei sich. *Die Schuld trägt ein anderer.* Aber der Minister war beinahe ebenso schlimm.

»Ich hatte darauf gewartet, dass die Diener des Ifriten die Prinzessin finden. Aber ich hätte ahnen müssen, dass Sie unsere Pläne wieder stören. Sie können der Prinzessin ein Leben in Angst ersparen«, sagte Jacks Vorgesetzter so leichthin, als plauderte er mit ihm über das Wetter. »Sie wird ohnehin sterben. Eines Tages hört ihr Herz auf zu schlagen. Und spätestens dann findet der Ifrit sie in der Zwischenwelt. Sie sehen, die Prinzessin kann sich nicht vor ihm verbergen. Warum soll ihr Herz sich denn ein Leben lang mit Angst füllen? Warum die Qualen nicht gleich beenden?«

»Was ist Ihr Preis?« Jack wollte es im Grunde nicht wissen. Aber er brauchte Zeit. Der Minister und Naimas grausige Verwandten reichten nicht. Sie brauchten auch den Ifriten.

»Er soll uns sagen, wo unsere Nichte ist«, zischte Alima so hasserfüllt, dass der Minister zusammenzuckte.

»Er wird es sagen«, erwiderte dieser. Und an Jack gewandt fuhr er fort: »Mein Preis? Sie sagen es, als wäre es etwas Verwerfliches, einen Lohn zu fordern. Hinter dieser Tür dort«, er deutete auf das Tor zum Archiv, »haben wir den Tod in Flaschen verkorkt. Wir reden uns ein, dass er nur ein weiterer Schritt ist. Wissen, welchen Weg die Seelen nehmen werden. Doch dann?« Er machte eine kurze Pause, ohne darauf zu warten, ob Jack eine Antwort gab. »Niemand weiß, was dann kommt.«

»Das stimmt nicht«, entfuhr es Oz. Das Temperament des Katers ergriff offenbar Besitz von ihm. »Das Jenseits ist …«

»Ah, der Kater«, sagte er Minister. »Ich hatte geglaubt, unser guter Jack hier hätte in der Zwischenwelt den Verstand verloren, nachdem er mir dich präsentiert hat. Wie sollte ich da glauben, dass du sprechen kannst? Es war eine Überraschung, als mir der Ifrit bestätigt hat, dass es da einen Kater gibt, der Magie beherrscht. Es wäre interessant, mehr über dich zu erfahren. Aber vermutlich ist es besser, auch du … stirbst. Du wirst als eine Kuriosität in diese Geschichte eingehen. Dann darfst du in dein wunderbares Jenseits gehen. Aber du wirst niemandem erzählen können, ob es dort wirklich weiter mit allem geht. Denn niemand ist je von dort zurückgekommen, um davon zu berichten.« Die letzten Worte hatte der Minister regelrecht ausgespien. Er fiel aus der Rolle des aristokratischen Gentlemans, als würde sie nicht mehr zu ihm passen. »Wir haben immer gesagt, dass es keine Hölle, keinen Himmel gibt. Nur einen weiteren Schritt. Aber stimmt das? Ich will es nicht erfahren und bleibe lieber hier. Der Ifrit wird durch das Schattentor treten, wenn er die letzte Seele gefangen hat. Und dann wird er als Unsterblicher dieses Land regieren. Solange er lebt, lebe ich auch.«

»Sie dienen der Königin«, zischte Jack. Die Entrüstung war nicht völlig gespielt. Wer ohne Eltern aufwuchs, verlor zwar früh den Glauben an die Ehre und Unantastbarkeit der Krone, der Kirche und der ehrwürdigen Institutionen des Landes. Man sah die Welt, wie sie war. Unvollkommen und ständig auf der

Kippe. Und doch hatte ausgerechnet eine Prinzessin ein Ehrgefühl in Jack erwachen und wachsen lassen, das er nie in sich vermutet hätte.

»Sie ist halb ein Kind«, höhnte der Minister. »Die Krone hat schon vor ihr bewiesen, dass sie es nicht wert ist, das Land zu führen, gleich auf welchem Kopf sie sitzt. Victoria ist nur eine weitere Enttäuschung in einer langen Reihe von Versagern. Sie ist eine Marionette des Premiers.«

»So wie Sie eine Marionette des Ifriten sind?«, erwiderte Jack. »Glauben Sie, er wäre ein besserer König?«

»Oh, ich denke, unser geliebter Minister will sich als Stellvertreter auf den Thron Ihrer Majestät setzen«, schnurrte Oz. »Sicher hat sein finsterer Herr Besseres zu tun, als sich um die Befindlichkeiten seiner britischen Untertanen zu kümmern, und wird sich lieber ein Plätzchen in seiner Heimat suchen, wo seinesgleichen im Wüstensand vergraben sind.«

»Du bist schlau, Kater«, sagte der Minister anerkennend. »Schade um deinen klugen Kopf. Ich bin gespannt, was *er* mit dir anstellen wird.«

»Da wir gerade von *ihm* reden«, sagte Jack, »würde ich gerne wissen, wo er steckt.« In gespielter Sorge blickte er sich um. »Er wird sich doch nicht verlaufen haben? Oder hat er etwa Angst?«

Jack bemerkte Oz' fragenden Blick, während die Schatten böse zischten. Gut so. Je wütender der eigene Feind war, desto weniger konnte er denken.

»Du vermisst ihn?«, höhnte der Minister. »Das brauchst du nicht.« Und mit diesen Worten murmelte er ein paar Worte, die Jack nicht verstand.

»Lass mich raten«, raunte er Oz zu. »Eine Beschwörung?«

»Langsam kommst du dahinter«, erwiderte der Kater angespannt.

Die Worte spürte Jack wie Frost auf der Haut. Er fühlte, wie sie ihm die Zuversicht aus dem Herzen treiben wollten, und er musste sich anstrengen, um nicht in der Tat den Mut zu verlieren.

Im nächsten Moment regte sich der Schatten des Ministers.

Jack hielt den Atem an. Ihr Feind war gekommen.

Alle bis auf Jack und Oz beugten die Köpfe.

»Wo ist sie?« Die Stimme des übergroßen Ifriten donnerte durch das Treppenhaus, während er sich umsah. Nur kurz streifte sein Blick Jack und Oz, und seine silberleuchtenden Augen blitzten auf. »Sag es mir.« Der Schatten löste sich vom Minister und streckte einen Arm aus. Unnatürlich lang wurde er, bis sich die Finger des Rachegeistes um Jacks Hals legten.

»Ich ...«, röchelte er. Verdammt, er bekam keine Luft mehr. Dennoch schüttelte er unmerklich den Kopf, als er Oz' Blick bemerkte. Kein magischer Rettungsversuch. »Zwisch...« Er schaffte es kaum, das Wort aus dem Mund zu pressen. »...enlag...«

»Im Zwischenlager?« Der Minister kniff misstrauisch die Augen zusammen.

Der Griff der schattenhaften Finger lockerte sich etwas, und Jack sog begierig Luft in seine Lunge.

»Dort, wo ihr sie nie vermutet hättet«, wisperte Oz.

Jack musste sich bemühen, nicht zu lächeln. Als Kater war der tote Archivar überraschend spontan und verschlagen.

»Vergebens«, grollte der Ifrit und entließ Jack aus seinem Griff, als würde er keinen Wert mehr besitzen. Auf einen Wink seiner Hände hin öffneten sich die Torflügel zum Archiv. Die Lichter der Phiolen flackerten nervös. Niemand war zu sehen.

»Führe mich«, befahl der Ifrit.

Eilfertig lief der Minister voraus, durchquerte das verwaiste Archiv und hielt auf eine Eisentür zu, die in einer Ecke des

Raums lag. Vergeblich zog er an ihr, während sein Herr ihm folgte. Jack und Oz wurden von den Schatten eskortiert. »Sie ist verriegelt«, sagte er und trat zur Seite.

»Natürlich ist sie das«, ließ sich Jack vernehmen. Seine Stimme klang nach dem Angriff des Ifriten so heiser wie die eines Raben. »Dort verbergen wir auch jemanden.«

»Du warst ein guter Gegner«, zischte der Ifrit. »Du hast mehr Ehre als mein Diener.«

Der Minister verzog das Gesicht, als hätte ihn eine schattenhafte Hand geschlagen.

»Doch Ehre ist eine Schwäche, die sich nur Verlierer leisten.« Mit diesen Worten gab er Naimas toter Tante einen Wink.

Alima trat auf die Tür zum Zwischenlager zu. Und riss sie scheinbar mühelos aus den Angeln.

Für einen Moment stand der Ifrit wortlos da und starrte in den Raum hinter der Tür, in dem die Geister aufbewahrt wurden, die keiner Pforte mehr eindeutig zugeordnet werden konnten. »Was soll das?«, schrie er und wirbelte herum.

Zur Antwort deutete Jack auf den Gang, in dem sich Agatha verborgen hielt. »Jetzt«, rief er. Im nächsten Moment kamen die Katzen herausgerannt. Vielleicht hatten sich der Ifrit und seine toten Diener an den Anblick eines einzelnen großmäuligen Katers gewöhnt. Doch die kleine Armee aus Katzen ließ sie für einen Moment zurückstolpern. In das Zwischenlager hinein.

»Jetzt!«, schrie Jack. Er erkannte dunkle Gestalten in dem lichtlosen Raum. Die harten Jungs. Jack hörte das Geräusch von Stopfen, die aus Phiolen gezogen wurden. Und dann ertönte ein Kreischen, das Jack beinahe taub werden ließ.

Terrys Archivare leisteten ganze Arbeit. Immer mehr Phiolen wurden geöffnet. Und ganz gleich, wie mächtig der Ifrit und seine Begleiter waren, sie wurden vom Sog der Glasfläschchen erfasst.

Der Druck auf Jacks Hände, die ihm sein eigener Schatten

hinter seinem Rücken band, ließ abrupt nach. Als er herumwirbelte, sah er, wie das Geschöpf auf die Tür zugezogen wurde. Fast schien es, als würde ein Sturm hier unten toben. Ein Sturm, den Jack und alle, in deren Brust ein Herz schlug, nicht fühlen konnten. Mit aller Kraft klammerten sich die Schatten am Türrahmen fest. Doch schon im nächsten Moment waren die Katzen vor ihnen, und das Grauen, das die Tiere in den Geistern auslösten, machte diese vollends wahnsinnig. Eines der verfluchten Geschöpfe kreischte so laut, als wollte es die Katzen fortbrüllen. Dann lösten sich seine Finger von dem Türrahmen, und es wurde fortgezogen in eine der Phiolen. Und kaum war es in dem Glas verschwunden, stolperte einer der Archivare heran und drückte einen Stopfen auf das Fläschchen.

»Eins.« Oz schlenderte mit einem beinahe diabolischen Lächeln auf den Schatten zu, der ihm am nächsten war. Währenddessen suchte Jacks Blick den Ifriten. Agathas Katzen hatten ihn auf die Tür zugetrieben. Und auch er war vom Sog der Phiolen erfasst worden. Doch er stemmte sich dagegen und war nur ein oder zwei Schritte in Richtung des Zwischenlagers getrieben worden. Der Sog war nicht stark genug. Und nun fehlte auch noch eine Phiole. »Wir brauchen mehr Fläschchen«, brüllte er über die Schreie der übrigen Schatten und ihres Herrn hinweg. Einer der Archivare stürzte davon und kam kurz darauf mit weiteren Phiolen wieder. Während er sie aufstellte und die Stopfen herauszog, hatte Oz den nächsten Schatten erreicht.

»Buh«, machte der Kater.

Und mit Grauen in den geisterhaften Augen ließ das Geschöpf los und wurde wie schon das andere Wesen in eine Phiole gezogen.

»Zwei.« Oz klang sehr zufrieden mit sich, als er Tante Alima ins Visier nahm, die ihn anzischte wie eine Schlange.

Im Zwischenlager wurde gerade die Phiole mit dem gefangenen Schatten verschlossen.

Und in diesem Moment ergab sich der Ifrit offenbar in sein Schicksal, und wurde endgültig vom Sog der Phiolen mitgerissen.

Jack ballte die Hand zur Faust. Sie hatten gewonnen. Sie … Ein Schrei kam aus dem Maul des Ifriten. Ein Schrei, der so hoch und durchdringend war, dass er Jacks Herz zum Stehen gebracht hätte. Jack presste sich die Hände auf die Ohren. Sah die Archivare wie betäubte Fliegen zu Boden fallen. Oz taumelte wie die anderen Katzen. Und die Phiolen, die als Falle aufgestellt waren, zerbarsten. Ein Splitterregen erfüllte die Luft, und es schien Eiskristalle zu regnen.

Und dann war alles ruhig.

Jack war auf die Knie gesunken und starrte den Ifriten an, der langsam auf ihn zuschritt. Der Schrei mochte geendet haben, doch noch immer erfüllte ein Dröhnen Jacks Ohren wie eine Erinnerung an den Lärm. Taub und geschlagen starrte er seinen eigenen Tod an. Hörte nicht die Worte, die über die geisterhaften Lippen strichen.

»Zauber etwas«, murmelte er. Doch ob aus seinem Mund tatsächlich Worte oder nur ein Krächzen gekommen war, konnte er nicht sagen.

Oz reagierte nicht. Er hatte Mühe, überhaupt auf seinen vier Beinen zu bleiben.

Verloren. Jack wurde klar, dass es nun vorbei war. Und dann dachte er an Naima. Was würde nun aus ihr werden? Er glaubte, sie zu sehen, wie sie zwischen den Regalen hervortrat. Ihre Blicke trafen sich. Es war ein Traum, aber ein schöner immerhin. Mit ihrem Bild würde er also sterben. Und dann? Welchen Ort würde die Zwischenwelt für ihn schaffen? *Einen, an dem du mit ihr warst, Jack*, dachte er bei sich. Denn nie war er glücklicher gewesen als in ihrer Nähe.

»Ich liebe dich.« Die Worte galten ihr, auch wenn er nicht wusste, ob überhaupt etwas Verständliches über seine Lippen kam. Noch nie hatte er sie für jemanden ausgesprochen. Geschweige denn das, was sie versprachen, auch so gemeint. Aber in dem Moment, in dem er sterben würde, öffnete sich sein Herz für jemanden. Er sah sie die Stirn runzeln, als hätte sie nicht verstanden, was er gesagt hatte.

Naima stellte einen Kasten ab. Einen Kasten, aus dem ein so helles Licht in das Halbdunkel des Archivs strömte, dass es alle Schatten ausblich. Ein Licht in der Dunkelheit.

Der Ifrit und die Schatten bleichten so sehr aus, dass sie kaum noch zu sehen waren. Jack kam wankend auf die Beine und stolperte auf das Bild von Naima zu. Hinter ihr erkannte er eine weitere Gestalt. Commissioner Hay? Er halluzinierte sich die Gestalt eines Polizisten herbei? Oder waren beide etwa echt? Seine Hände fühlten warme Haut, als sie Naima berührten. Und während sein Herz schneller vor ungläubiger Freude darüber schlug, dass sie kein Bild sondern echt war, drückte er seine Lippen auf ihre und küsste sie.

DAS SCHATTENTOR

Keine Zeit für so etwas, ihr Turteltauben«, hörte Jack jemanden grollen. Er sah hinab und blickte in Oz' Kateraugen. »Mach dem endlich ein Ende, Soulman.«

Das Grinsen erschien wie von selbst auf Jacks Gesicht. Ja, er war ein Soulman. Und er würde nun alles in Ordnung bringen. Wer auch sonst? Immerhin war dies hier irgendwie die ganze Zeit sein erster richtiger Auftrag gewesen. Die wieder befreiten Schatten und ihr Herr waren wie erstarrt im Licht. Nur einer der Diener war nicht im Ministerium erschienen, wenn Jack richtig zählte. Egal, ihn würden sie auch noch finden. Vielleicht würde er sogar einfach vergehen, wenn sein Meister unschädlich gemacht worden war. Jack brauchte nur die Phiolen, die er bei sich trug, aus der Tasche zu ziehen und dann …

»Ich habe von Anfang an geahnt, dass Sie Schwierigkeiten machen würden, Jack.« *Verdammt, der Minister*, schoss es ihm durch den Kopf. Jack hatte ihn in all dem Durcheinander aus den Augen verloren. Wie hatte ihm das nur passieren können? *Du hast zu sehr auf die Toten geachtet und nicht mehr an die Lebenden gedacht, Jack.*

Er wirbelte herum. Und erkannte den Minister nur wenige Schritte entfernt von sich und Naima an dem Kasten stehen, der das gleißend helle Licht in das Archiv warf. Das Licht, das den Ifriten und seine Diener ausblich.

Jack hörte Oz etwas murmeln. Worte, die er nicht verstand und die mehr in die Luft gemalt als ausgesprochen wurden. Ein

Zauber. Doch Jack wollte sich nicht darauf verlassen. Er stolperte im selben Moment los wie der Commissioner. Jack begriff nicht, wieso er eigentlich hier war. Vielleicht war er Naima auf ihrem Weg hinab ins Archiv begegnet. Und wieso war sie überhaupt hier? *Keine Zeit für Fragen, Jack*, dachte er bei sich, während er spürte, wie sich seine Nackenhaare aufstellten.

Und dann geschahen mehrere Dinge zur gleichen Zeit.

Der Minister drücke einen Knopf, das Licht erlosch. Und mit dem Halbdunkel kamen die Schreie zurück. Den ersten stieß der Minister aus. Oz' Zauber, der zu spät seine Wirkung entfaltete, riss Jacks verräterischen Vorgesetzten so hart von den Beinen, dass er sicher ein, zwei Meter durch die Luft flog und gegen eines der Regale prallte. Der zweite Schrei drang Jack aus der Kehle. Zwar hatte Oz' Fluch ihn nur gestreift und dabei nicht mehr Schaden verursacht als ein halbherziger Fausthieb. Doch er sah die leuchtenden Phiolen von dem Regalbrett fallen, gegen das der Minister gestürzt war. Die Glasfläschchen zerbrachen. Und eine Handvoll Geister erhoben sich neben Jacks verräterischem Vorgesetzten.

Die Blicke, die sie dem Minister zuwarfen, waren in Abscheu ertränkt. Hassten sie ihn, weil sie gegen ihren Willen in den Phiolen gesteckt hatten? Oder weil sie spürten, dass er mit einem Wesen paktierte, das schon einige von ihnen ausgelöscht hatte? Aus der Abscheu wurde ein tiefer Hass, als sich die Blicke auf den Ifriten und Alima richteten. Die geisterhafte Tante stieß den dritten Schrei aus, während die Befreiten auf sie und die beiden anderen Schatten zustürzten.

»Endlich, die letzte Seele.« Der Ifrit beachtete all das Chaos nicht. Seine Aufmerksamkeit richtete sich alleine auf Naima.

Jack wollte zu ihr. Sich vor sie stellen, damit er sie nicht zu packen bekam. Doch im nächsten Moment begriff er, dass er hier nichts ausrichten konnte. Es brauchte einen anderen Helden. Einen mit mehr Fell. »Oz«, zischte er.

»Aha«, rief sein Freund. »Der Kater soll es also mal wieder richten.« Seine Magie entlud sich zur selben Zeit, in der auch der Ifrit einen Zauber wirkte. Licht und Dunkelheit schienen miteinander zu ringen. Um die Hände des Ifriten legten sich leuchtende Bänder wie Fesseln. Sie schlangen sich auch um seine Beine und seinen Hals. Doch ehe sie ihm das Maul verschlossen, drangen Worte daraus hervor, und eine tiefe Dunkelheit legte sich um den Kater. Es war, als hätte ein Nebel den Weg in das Archiv gefunden. Oz wurde völlig darin eingewoben wie in einen Kokon.

»Oz«, schrie Jack.

Die Antwort bestand in einem gequälten Stöhnen.

Und dann verglühten die Bänder, die den Ifriten gefesselt hatten, und er stand frei und ungebunden vor Jack und Naima. Drohend kam er auf sie zu.

Jack blickte sich schnell um. Die Dunkelheit um Oz verging. Der Kater lag da wie benommen und konnte kaum den Kopf heben. Hay kniete neben dem reglosen Minister und blickte Jack so fassungslos an, als wähnte er sich in einem Albtraum. Agathas Katzen liefen zu Oz, während die befreiten Geister die Schatten in die Enge drängten.

Jack griff nach Naimas Hand. »Du hättest nicht kommen sollen«, wisperte er.

»Ich musste dich retten«, entgegnete sie. Trotz allem brachte sie es irgendwie fertig, sich ein Lächeln auf die Lippen zu zaubern.

»Und wer rettet dich?«, fragte er.

»Nun ist es endlich vorbei«, donnerte der Ifrit. »Mit der letzten Seele öffnet sich das Schattentor endgültig für mich. Und ich kann zurückkehren. Als unsterblicher Mensch. Ohne Grenzen. Mit der Macht eines Ifriten.«

»Wozu?«, rief Jack. Er wollte die Antwort nicht hören. Er wollte nur mehr Zeit. Noch ein paar Sekunden mehr, in denen er Naimas Hand halten konnte, ehe er starb. Und sie … Das Schicksal, das sie erwartete, machte ihn wütend. Noch nie hatte er so viel Hass in sich gespürt. Er fühlte sich machtlos. Er konnte nichts tun. Es gab nur noch die Katzen und ein paar Geister, die … Ein verrückter Gedanke nahm in seinem Kopf Gestalt an.

»Um Rache zu nehmen«, zischte der Ifrit. »Rache für all das Leid, das Menschen wie ihr in mein Land gebracht habt.«

Jack hörte bloß mit einem Ohr zu. Er konnte nur noch an eines denken. Es gab etwas, das er dem Ifriten entgegensetzen konnte. Ein einzelner Geist war nicht mächtig. Doch schon eine Handvoll von ihnen konnten die Diener des Ifriten in Schach halten. Und was wäre, wenn er Dutzende, Hunderte oder gar Tausende von ihnen befreite?

Mit einem kräftigen Stoß brachte er Naima aus der Reichweite des Ifriten. Er selbst aber rannte auf das nächste Regal zu. Jedes von ihnen wog sicher Hunderte Kilogramm. Jack begnügte sich daher damit, die Phiolen vom Brett zu wischen, die er ohne Mühe erreichen konnte. Klirrend zersprangen sie auf dem Boden des Archivs. Und nur einen Moment später erschienen wenigsten ein Dutzend Geister um Jack herum.

»Er hat die anderen auf dem Gewissen«, rief Jack und deutete auf den Ifriten. Er wusste nicht, ob die Geister verstanden, dass er auf die verschwundenen Phiolen anspielte. Oder ob ihnen überhaupt bewusst war, dass einige von ihnen vernichtet worden waren. Sie rührten sich nicht. Verdammt. Jack hatte keine andere Idee, als die Geister um Hilfe zu bitten. Aber für lange Erklärungen war keine Zeit.

In diesem Moment leuchtete eine der Seelen hell auf, als hätte sich ein Lichtstrahl in das Archiv verirrt. Der Geist sank wie betäubt zu Boden. Und hinter ihm stand der Ifrit, die Hand noch ausgestreckt. Er richtete sie auf die nächste Seele. Offenbar erkannte er die Gefahr in den befreiten Geistern. Doch ehe er dazu kam, auch den nächsten von ihnen auszuschalten, stoben die anderen auseinander wie ein Schwarm Tauben, auf die man einen Stein geworfen hatte. Gemeinsam stürzten sie sich auf den Ifriten.

Es war ein aussichtloser und ungleicher Kampf.

Noch.

Jack riss weitere Phiolen aus dem Regal.

»Oz«, rief Naima. »Hilf ihm.«

»Das sind Phiolen«, hörte er die schwache Erwiderung des Katers. Oz schien noch benommen. »Und wenn ich sie zerstöre, gibt das eine Katastrophe.«

»Die gibt es auch, wenn du es nicht tust«, schrie Jack aus Leibeskräften, während um ihn herum immer mehr Geister Gestalt annahmen.

Der Kater seufzte.

Und im nächsten Moment hatte Jack das Gefühl, als würde sich ein Sommergewitter entladen. Jack hatte ein paar weitere Phiolen zerspringen lassen, doch nun stolperte er fort von dem Regal und blickte sich verwirrt um. Ein Erdbeben schien das Archiv erfasst zu haben. Die meterhohen Regale wankten wie Bäume, durch deren Reihen ein Orkan fegte.

Und dann fielen sie von den Brettern, als würden unsichtbare Finger sie werfen. Jack eilte zu Naima und drückte sie an sich, während die Phiolen wie riesige Hagelkörner zu Boden regneten. In das Klirren mischten sich Stimmen. Zahllose Geister wurden gleichzeitig befreit. Jack starrte wortlos auf das Chaos, das sich um ihn entfaltete. Noch nie hatte er mehr als eine Handvoll Geister an einem Ort erlebt. Und hier wurden es mit jedem Moment mehr. Das Beben hielt weiter an, und Jack begriff, dass es nicht alleine die Regale waren, die wankten. Längst hatte das Beben auch den Boden und die Wände erfasst. Die Macht, die sich mit den befreiten Geistern an diesem Ort ballte, war zu groß.

Jack konnte den Ifriten nicht mehr unter den Geistern ausmachen. War er besiegt? Oder würde er sich mit all seiner Magie der Seelen entledigen können, die ihn unter sich begraben hatten? Er wusste es nicht. Er wusste nur, dass sie den Ifriten loswerden mussten. »Tötet ihn«, rief er in die Menge der Geister und hoffte, dass sie begriffen, wen genau er meinte.

»Niemand befiehlt uns etwas, Mensch.« Die Seele, die gesprochen hatte, trug ein schemenhaftes Priestergewand. Der Ausdruck auf dem geisterhaften Gesicht aber war weder ernst noch barmherzig. Jack las eine ungeheure Wut aus den durchscheinenden Zügen heraus. Die Geister waren offenbar nicht gut auf die Menschen zu sprechen, nach der Zeit, die sie in ihren Glasfläschchen hatten zubringen müssen.

»Er bittet euch.« Naima war an seine Seite getreten. »Wir brauchen eure Hilfe. Der Ifrit will diese Welt beherrschen. Und er mordet dafür. Selbst euresgleichen tötet er.«

Der Priester bedachte sie mit einem strengen Blick, als müsste er abwägen, ob in ihren Worten eine Lüge verborgen war. »Kein Geist kann getötet werden«, entgegnete er.

»Und doch hat er Geister vernichtet.« Jack wies in die Richtung, in der er den Ifriten vermutete.

In diesem Moment bäumte sich der Rachegeist unter den Geistern auf, als würde er sich aus einem Fluss an die Wasseroberfläche drücken. Sofort wurde er wieder unter den Seelen begraben.

»Wir waren zu lange hier. Wir sind dieser Welt überdrüssig«, zischte der Priester. »Wir wollen gehen.«

»Nein«, rief Jack. »Ihr müsst …« Er brach ab. Er musste verhandeln. Und er hatte eine Idee, wie er die Geister auf seine Seite ziehen konnte. Jack trat vor und deutete auf das Tor, das aus dem Archiv führte. »Ihr könnt diese Welt verlassen. Aber es wird lange dauern, bis wir euch zeigen können, wo die Türen sind, durch die ihr gehen müsst. Doch es gibt eine Pforte, durch die ihr alle zur selben Zeit gelangen könnt. Sofort. Ich zeige sie euch.«

»Und was willst du dafür?« Der Priester fixierte ihn mit einem drohenden Blick.

»Dass ihr den Ifriten und seine Diener mit euch nehmt. Nur den Menschen …« Jack brach ab, als er auf den reglosen Leib des Ministers blickte. Neben dem Körper stand sein Geist, der einen Ausdruck panischer Verwirrtheit auf dem Gesicht trug. Jack fiel sein Versprechen ein, das er dem Bettler gegeben hatte, den der Minister getötet hatte. Der Mörder hatte bezahlt. Den höchsten aller Preise. »Nun, nehmt sie alle mit. Auch die Seele des Verräters.«

Für einen Moment schwieg der tote Priester.

Ob er wirklich glaubte, dass das Himmelreich auf ihn wartete, wenn er die Zwischenwelt hinter sich lassen würde? Nun, vielleicht würde er sogar recht damit haben.

»Du hast mein Wort«, antwortete der tote Geistliche. Dann wandte er sich den zahllosen Seelen zu, deutete auf den Ausgang und ging los. »Our Father, who art in heaven. Hallowed be thy Name. Thy kingdom come. Thy will be done.«

Himmel, dachte Jack bei sich. *Jetzt betet er.*

Nach und nach wandten sich ihm die Blicke der Geister zu. Erst sprach er alleine, doch dann kamen weitere Stimmen zu seiner dazu. Ein ganzer Chor erfüllte auf einmal das Archiv, während sich die Flut aus Seelen langsam auf die Tür aus dem Ministerium zubewegte. »On earth, as it is in heaven. Give us this day our daily bread. And forgive us our trespasses, as we forgive those that trespass against us.«

Auch Jack und die anderen wurden gepackt. Im ersten Moment wollte er sich dagegen wehren, doch dann blickte ihn der Priester, der voranschritt, an. »Zeig uns den Weg«, sagte er, dann fiel er wieder in sein Gebet ein.

»And lead us not into temptation. But deliver us from evil.«

Die Torflügel wurden aufgerissen, und der Fluss aus Geistern stieg die Treppe hinauf. Noch immer konnte Jack den Ifriten nicht mehr erkennen. Er hoffte nur, dass die Geister Wort hielten. Dafür aber sah er Naima nicht weit entfernt. »Hey«, rief er dem Geist zu, der ihn trug. Es war eine stämmige Seele, die sicher einmal in den Körper eines Schmieds oder Bauern gehört hatte. Er musste sich anstrengen, um den Gebetschor zu übertönen. »Bring mich zu ihr.«

»For thine is the kingdom, the power, and the glory. For ever and ever.«

Sie hatten das Erdgeschoss erreicht. Soulmen und Polizisten hielten in ihrem Kampf inne und sahen verwirrt zu Jack und Naima. Und zum Commissioner. Die einen würden nur ein paar schwebende Menschen erkennen und den Gebetschor hören. Und die anderen, die das Talent besaßen, auch Geister zu erkennen, würden nicht verstehen, was da vor sich ging. Hays und Jacks Blicke trafen sich. Auf ein Nicken von Jack hin wandte der Commissioner seinen Männern den Kopf zu. »Weitermachen«, brüllte er.

»Ihr auch«, rief Jack, der alle Mühe hatte, seinen Zylinder auf dem Kopf zu behalten, den Soulmen zu.

Unbeirrt zogen die Seelen weiter hinaus auf die Straße.

»Amen.«

Jack hatte das Wort ebenfalls ausgesprochen. Nun würde das Geheimnis um das Ministry of Souls gelüftet. Oder doch nicht? Es war weit nach Mitternacht. Kaum noch einer war unterwegs. Selbst in London würden nicht allzu viele Augen sehen können, wie drei Menschen und eine Katze durch die Luft schwebten.

»Warum singen sie?«, fragte Naima atemlos.

»Sie beten«, erklärte Jack von plötzlichem Ernst ergriffen. Für die Kirche hatte er nie viel übrig gehabt. Sie schien allzu oft daran interessiert, die Hölle auf Erden zu entfesseln und dann das Himmelreich in Aussicht zu stellen. »Und sie freuen sich. Denn sie gehen … nach Hause. Dort entlang«, fügte er in Richtung des Priesters hinzu und deutete zur Themse.

Sie überquerten die Westminster Bridge. Es war genau der Weg, den Jack in jener Nacht genommen hatte, in der alles begonnen hatte.

»Our Father, who art in heaven.«

Der James's Park kam in Sicht, als sie das Gebet ein weiteres Mal begannen.

»Hallowed be thy Name. Thy kingdom come.«

Unwillkürlich fiel Jack mit ein. »Thy will be done.«

Sie hatten das Gebet noch einige Male wiederholt, ehe sie den Buckingham Palace erreichten. Jack musste nichts sagen. Die Geister spürten sicher von selbst, dass hier die Pforte war, durch die sie alle gehen konnten. Vermutlich würde jeder in seine eigene Zwischenwelt gelangen.

Jack blickte sich um, während er wieder auf die eigenen Füße gestellt wurde. So breit die Mall auch sein mochte, die ganze Straße war nun voller Seelen. Als wäre das Volk zum Palast gekommen, um seine Königin zu feiern. Unter ihnen erkannte er auch einen Leib, der so viel Dunkelheit ausstrahlte, dass Jack den Blick abwenden musste. Der Ifrit. Geschrumpft auf Menschengröße. Sie sollten sich eilen und ihn einsperren, ehe er sich noch befreien konnte. Jack sah in viele glückliche Gesichter. Und in eines, das voller Angst war.

»Bitte helfen Sie mir, Jack«, flehte der Geist des Ministers. Doch ehe Jack auch nur ein Wort erwidern konnte, hatte der Priester einige Seelen herbeigerufen, die den Minister packten und fortzerrten.

»Hier hat es begonnen, und hier wird es enden.« Naima griff nach Jacks Hand. »Aber was machen wir mit …«

Er konnte ihr ansehen, dass es ihr schwer fiel, den Hass auf das Geschöpf, das ihre Familie getötet hatte, zu unterdrücken.

»Wir sperren deine Verwandten und ihn in Phiolen«, hörte

Jack Oz' Stimme zu seinen Füßen. »Unser guter Soulman hat doch hoffentlich noch einige bei sich. Und dann entscheiden wir, was wir mit ihnen machen werden. Vielleicht hängst du sie dir um den Hals wie ein Schmuckstück, Prinzessin? Oder wir werfen sie ins Meer, damit sie im Magen eines gefräßigen Fisches enden. Oder wir geben sie in Terrys Obhut. Die Suche nach dem Endlager wird sicher einmal enden. Und dann hätten wir direkt die ersten Bewohner.«

»Wer hat mich hierhergebracht?« Commissioner Hay wankte auf sie zu. Jack blickte in das Gesicht eines Mannes, dessen Weltbild sich in wenigen Minuten völlig gewandelt hatte. »Ich höre Stimmen. Aber ich sehe niemanden. Nur kalte Finger habe ich gespürt. Sind das … Geister? Unglaublich.« Er schüttelte sich.

»Wieso wundern Sie sich?«, fragte Oz brummig. »Ich meine, Sie wissen doch, dass es das Ministerium für endgültige Angelegenheiten gibt.«

Hays Mund öffnete und schloss sich, ohne dass weitere Worte über seine Lippen kamen. Zu wissen, dass es das Ministerium gab, war eine Sache. Aber an Geister zu glauben offenbar eine andere. Und an sprechende Kater.

Jack zog die Phiolen hervor. »Das Tor«, sagte er an Oz gewandt.

»Oh, damit meintest du wohl, lieber Oz, bitte nutze deine einzigartige Macht und öffne das Tor. Übrigens, ohne dich wären wir alle längst getötet worden. Mehrmals. Und du bist sogar gestorben, weil ich …«

»Das Tor. Und du bekommst eine fette Maus von mir.«

»Verdammt«, keuchte der Kater. »Hör bitte damit auf. Mir knurrt sonst der Magen.« Er stöhnte und fing an, etwas zu murmeln.

Der Marble Arch begann zu schimmern.

Und dann sprang das Schattentor auf.

»Ich habe mein Versprechen gehalten«, rief Jack dem Priester zu.

»Mit meiner Hilfe«, grummelte Oz.

»Nun möchte ich den Ifriten und seine Diener.« Er stellte die Phiolen auf den Boden. Hinter ihm ergoss sich eine Flut aus Geistern wie ein Fluss durch die Pforte. Es dauerte eine Weile, bis fast alle Seelen das Diesseits verlassen hatten. Schließlich waren nur noch der Priester und die Geister da, die den Ifriten und seine Diener hielten.

»Er ist geschlagen«, raunte der Priester und deutete auf den Ifriten. Der Rachegeist kniete, wie auch seine Diener, im Griff der Geister. Er hatte den Kopf gesenkt. Die Flammen auf seinem Leib waren erloschen. In der Tat regte er sich nicht mehr. Als hätte er begriffen, dass er kurz vor dem letzten Schritt gestrauchelt war und verloren hatte. Besiegt von den Wesen, die er so bereitwillig hatte opfern wollen. »Doch wie wollt ihr ihn binden, sobald wir fort sind?«

»Das übernehme ich.« Oz schlenderte so erhaben auf den Ifriten zu, als würde er sich einem besiegten Rivalen gegenübersehen. Die Worte, die er in die Nacht stieß, klangen einmal mehr, als würden sie in die Luft gemalt. Jede Silbe war wie ein Pinselstrich. Und diesmal nahmen sie eine Form an. Ein Muster, das wie die Ranken einer Pflanze austrieb. Die Worte legten sich dem Ifriten um die Hände und den Mund. Und ebenso wie ihn banden sie auch die Schatten an seiner Seite und den Geist des Ministers.

Der Priester nickte stumm. Dann verließen er und die letzten Seelen das Diesseits und ließen die Menschen und ihre Feinde zurück.

Und einen Kater, der offensichtlich mehr als zufrieden mit sich war. »Ich denke, dafür sollte man mir den Ministerposten anbieten«, meinte Oz übermütig.

»Minister?« Jack starrte ihn fassungslos an. »Und wie willst du dem Regierungschef Bericht erstatten? Willst du vielleicht auf seinem Schoß sitzen und dir dabei den Kopf kraulen lassen?« Er schüttelte den Kopf und bückte sich. Die erste Phiole war für den Ifriten reserviert. Und die zweite …

Jack kam nicht mehr dazu, seinen Gedanken zu beenden. Ohne Vorwarnung regte sich sein Schatten, den eine der Gaslaternen auf den Boden malte. Eine dunkle Faust traf ihn ins Gesicht. Dann fühlte er, wie ihm die Arme auf den Rücken gedrückt wurden. Verdammt, der fehlende Diener des Ifriten. Sie würden ihn wohl doch nicht suchen müssen. »Komm Minister, unternimm etwas«, schrie Jack.

Ehe Oz auch nur einen Laut von sich geben konnte, war der Ifrit aufgesprungen. Er streifte sich und seinen Dienern die Fesseln wie welkes Laub von Händen und Lippen. Und dann loderten die Flammen auf seinem Leib hell auf. »Ich bin wohl doch nicht geschlagen«, dröhnte er und spie dem Kater einen so dunklen Nebel entgegen, dass Oz in wenigen Augenblicken völlig eingehüllt war. »Nun, Prinzessin, endet es. Euer Tod wird einer gerechten Sache dienen. Ihr sterbt nicht umsonst. Das verspreche ich Euch.«

Jack sah zu Naima. Ehe sie sich rühren konnte, waren die Diener des Ifriten bei ihr und hatten sie umzingelt. Vergeblich wand sie sich im Griff eines der Schatten. Sie war voller Wut.

Und Jack glaubte, dass etwas von dieser Wut auf ihn übersprang. Sein Herz antrieb. Ihn stark machte. Für einen Moment wenigstens stark genug, um dem Griff zu entkommen. Er hatte Naima schon einmal verloren. Doch das würde er nicht wieder zulassen. Jack bekam nur einen Arm frei. Und als er ihn aus dem Griff des Schattens riss, glaubte er einen Moment, sein Ellenbogen würde brechen. Er biss die Zähne zusammen und fiel auf die Knie. Seinen Wächter zog er mit sich hinunter, während er nach einer der Phiolen griff und sie warf. Vermutlich war es der schlechteste Wurf seines Lebens. Doch der Ifrit stand direkt vor ihm und war in seinem Triumph so groß geworden, dass er kaum durch den Marble Arch passen würde.

Für einen Moment starrte Jack in die wutverzerrte Fratze des Ifriten.

Und dann zersplitterte das Glas an dessen Leib.

Vermutlich ließ sich ein Riese nur in den Predigten des Priesters von einem einzelnen Stein besiegen. Dieser Stein aber war in der Lage, den Riesen für einen winzigen Moment zu schwächen. Der Nebel um Oz klarte sich auf, und aus dem Maul des Katers drangen neue Worte. Auch wenn sie nur gekeucht waren, entfachten sie einen Sturm, der die Schatten und den Ifriten erfasste. Sie wie mit unsichtbaren Fingern auf den Marble Arch zustieß.

Die Schatten verschwanden zuerst. Der Ifrit war schon halb durch die Pforte, als er sich mit den Fingern seiner rechten Hand an den Marmorbogen festkrallte. Für einen Moment hing er in der Luft. Dann streckte er die linke Hand aus. Und richtete sie auf Naima.

Jack dachte nicht nach. Er wusste, dass alles, was der Ifrit im Sinn hatte, zum Tod der Frau führen würde, die er verdammt noch einmal liebte.

Er sprang. Und sah Hay, der sich ebenfalls vor Naima warf.

Der Fluch des Ifriten traf sie beide. Jeder von ihnen schien einen Teil abzubekommen. Jack hörte den Commissioner schreien. Er selbst aber bekam keinen Laut über die Lippen. Er glaubte, etwas würde sich in sein Herz pflanzen. Dort Wurzeln treiben, die hineinstießen und versuchten, es anzuhalten. Es kam aus dem Takt. Sein Blick verschwamm. *Es ist der Fluch des Ifriten, Jack. Er wird dich töten.* Der Gedanke machte ihm nur kurz Angst. Ein anderer hingegen erfüllte sein stolperndes Herz mit Hoffnung. Hoffnung für Naima. *Weil du stirbst, kann sie leben*. Er hätte sie gerne noch einmal gesehen.

»Ich finde Euch, Prinzessin«, spie der Ifrit eine Drohung in die Nacht. »Eure Seele ist die letzte. Die siebte. Und ich werde sie bekommen.«

Und dann fielen die Flügel des Marble Arch wie von Geisterhand bewegt zu. Der Ifrit war fort. Es wurde ganz still.

Nur noch Oz' raue Stimme war zu hören. »Das sieht nicht gut aus.« Der Kater hustete, als würde er gleich ersticken.

»Was ist?«, fragte Naima. »Was hast du?«

»Schon wieder ein Fellknäuel.«

Und dann wurde alles dunkel. Und nichts war gut.

DER TOD IM HERZEN

Jack fühlte sich alt. So alt, als hätte er am Marble Arch fast alle Lebensjahre eingebüßt. *Aber ein paar hast du noch in dir, Jack*, sagte er sich. Er wollte sich aufsetzen, doch jemand drückte ihn wieder hinunter. Er lag auf einem Bett. Alles um ihn herum war dunkel, als hätte sich die Nacht, die er in seinem steinschweren Herzen spürte, um ihn herum ausgebreitet. Das Licht des Tages fiel kaum merklich durch schwere Vorhänge. Er hörte das Schnurren von Katzen und glaubte schemenhaft Agathas Schlafzimmer zu erkennen.

»Naima?« War sie hier? »Wo …?« Eine Hand legte sich auf seine Lippen. Er hoffte, dass es nicht die von Agatha war.

»Ich bin hier.«

Naima. Nie hatte Jack schönere Worte gehört. Sie lebte. Nur das zählte.

»Du hast lange geschlafen.« Die Sorge machte ihre Stimme schwer.

Jack genoss die Berührung, während Naimas Finger über seine Stirn strichen.

»Es ist viel passiert«, fuhr sie leise fort. »Aber das alles ist nicht wichtig, wenn …« Ihre Stimme brach, als säßen ihr die ungesagten Worte wie Splitter im Hals. »In deinem Herzen nistet der Tod. Aber ich werde dich retten«, wisperte sie. »Du wirst leben, hörst du?«

»Ja, Eure Hoheit«, flüsterte er zurück. Es kümmerte ihn nicht, dass er offenbar im Begriff war zu sterben. Sie lebte. Und nur das zählte. Dann spürte er ihre Lippen auf seinen. Es war, als wollte sie ihm etwas von ihrem Leben geben, um den Tod in seinem Herzen zu besiegen.

»Wenn ihr beiden damit fertig seid, können wir miteinander reden, in Ordnung?«

Jack sah die Umrisse einer Katze am Bettende. Sie hockte dort und starrte ihn aufmerksam an.

»Dieser irre Ifrit will Naimas Seele. Er sagt, es sei die letzte, die siebte. Habt ihr mitgezählt? Ihre fünf Verwandten und sie sind aber nur sechs. Welche fehlt?«

»Die meines Vaters«, antwortete Naima traurig.

»Aber der war nicht dabei, oder? Kein schattenhafter Emir. Nirgendwo. Seltsam, oder? Wo um alles in der Welt ist er? Und hat der Ifrit nicht auch etwas von einer Armee erzählt?«, knurrte Oz.

»Eine Schattenarmee«, sagte Jack rau. »Wir müssen das Rätsel um die Seelen lösen. Und ihn aufhalten, ehe er seine Armee aufstellen kann.«

»Ein guter Plan«, erwiderte der Kater bissig. »Vielleicht sollten wir vorher noch ein wenig an ihm feilen?«

»Wir haben keine Zeit für lange Pläne«, erwiderte Naima.

Jack spürte, dass er wieder einschlafen würde. Er konnte kaum noch die Augen offen halten.

»Er trägt den Tod in sich. Aber er darf nicht sterben. Ich … ich liebe ihn.«

»Ja, ja«, hörte Jack Oz grummeln, unfähig, etwas zu sagen. Die Stimmen wurden leiser in seinen Ohren. Er fiel in den Schlaf zurück. »Es ist wieder typisch. Der Kater muss sich um alles kümmern. Und am Ende muss er wohl auch noch die Welt retten.«

Der Kampf Mensch gegen Maschine hat begonnen!

Marie Graßhoff
NEON BIRDS
Roman
DEU
464 Seiten
ISBN 978-3-404-20000-9

Es ist das Jahr 2101. Ein außer Kontrolle geratener technischer Virus verwandelt Menschen in hyperfunktionale Cyborgs, sogenannte Moja, die dem Willen der künstlichen Intelligenz KAMI gehorchen. In Sperrzonen eingepfercht, werden sie von Supersoldaten bekämpft, die man weltweit als Stars feiert. Doch es gibt auch jene, die KAMI als Maschinengott anbeten.
Als es den Moja gelingt, die Mauern der Sperrzonen zu durchbrechen, entflammt ein erbitterter Krieg um das Überleben der Menschheit. Und während der Kampf zwischen Menschlichkeit und Technologie hin und her wogt, versuchen vier junge Erwachsene, den Untergang ihrer Zivilisation zu verhindern …

Lübbe